EL AFINADOR DE PIANOS

Daniel Mason

EL AFINADOR DE PIANOS

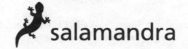

salamandra

Título original: *The Piano Tuner*

Traducción: Gemma Rovira Ortega

Copyright © Daniel Mason, 2002
Copyright © Ediciones Salamandra, 2003

Publicaciones y Ediciones Salamandra, S.A.
Mallorca, 237 - 08008 Barcelona - Tel. 93 215 11 99

ISBN: 84-7888-574-9
Depósito legal: B-49.531-2003

1ª edición, febrero de 2003
9ª edición, diciembre de 2003
Printed in Spain

Impresión: Romanyà-Valls, Pl. Verdaguer, 1
Capellades, Barcelona

para mi abuela, Halina

Oh, hermanos, que llegáis —yo les hablaba—
tras de cien mil peligros a Occidente,
cuando de los sentidos ya se acaba
la vigilia, y es poco el remanente,
negaros no queráis a la experiencia
de ir tras el sol por ese mar sin gente.

DANTE, Infierno, canto XXVI

La música, para crear armonía, debe estudiar la discordancia.

PLUTARCO

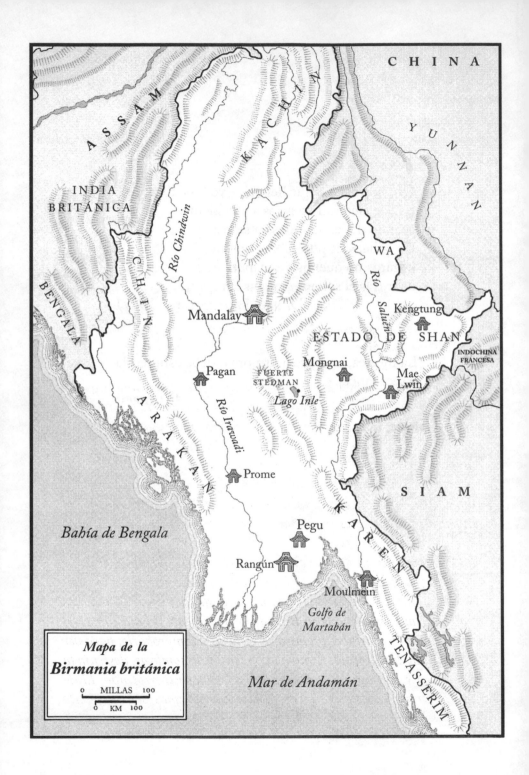

CHINA

ASSAM

INDIA
BRITÁNICA

BENGALA

Río Chindwin

KACHIN

YUNNAN

WA

Río Saluén

Kengtung

ESTADO DE SHAN

INDOCHINA
FRANCESA

Mandalay

CHIN

Pagan

FUERTE
STEDMAN

Mongnai

Mae
Lwin

Lago Inle

ARAKAN

Río Irawadi

Prome

Bahía de Bengala

Pegu

KAREN

SIAM

Rangún

Moulmein

Golfo de
Martabán

Mapa de la
Birmania británica

0   MILLAS   100

0   KM   100

Mar de Andamán

TENASSERIM

En los fugaces segundos del último recuerdo, una imagen resume Birmania: el sol y una sombrilla de mujer. Él se ha preguntado muchas veces qué visiones permanecerán: las musicales aguas del Saluén, de color café, después de una tormenta; las empalizadas de redes de pesca al amanecer; el resplandor de la cúrcuma molida; el llanto de las lianas de la selva... Durante meses las imágenes temblaron en sus retinas; unas veces llameaban y se extinguían lentamente como si fueran velas, otras luchaban para que las vieran, como las mercancías que ofrecían los insistentes vendedores en los bazares. En ocasiones pasaban sin más, como borrosos vagones de un circo ambulante; cada historia ponía a prueba la verosimilitud, no porque tuviera fallos argumentales, sino porque la naturaleza no podía permitir semejante condensación de colores sin robar nada en algún sitio, sin producir ningún vacío en otro lugar.

Pero por encima de todo eso se eleva el sol, y se derrama sobre las visiones como pintura blanca. El «bedin-saya», que interpreta los sueños en los rincones sombreados y aromáticos de los mercados, le contó una historia: el sol que sale en Birmania es diferente del que sale en el resto del mundo. Bastaba con mirar el cielo para comprobarlo; para ver cómo bañaba los caminos, llenaba las grietas y las sombras, destruía la perspectiva y las texturas... Ardía, parpadeaba, chisporroteaba; la línea del horizonte era como un daguerrotipo en llamas, sobreexpuesto y con los bordes despegados. Derretía el cielo, los banianos, el espeso

11

aire, su aliento, su garganta y su sangre; los espejismos se acercaban por los senderos para retorcer sus manos; la piel se le resquebrajaba y caía.

El sol está colgado sobre una carretera seca. Debajo, una mujer camina bajo una sombrilla; su delgado vestido de algodón se estremece agitado por la brisa; los pies descalzos la llevan hacia los límites de la percepción.

El calor es implacable y él lo nota en las venas del cuello, como algo húmedo y cálido que se extiende. La mira, la ve aproximarse al sol. Está a punto de llamarla, pero no puede hablar.

La mujer atraviesa un espejismo, el fantasma de luz y agua que los birmanos llaman «than hlat». A su alrededor el aire tiembla, descompone su silueta, la separa, la ondula. Y entonces también ella se desvanece. Ahora sólo quedan el sol y la sombrilla.

24 de octubre de 1886

Querido señor Drake:

El Estado Mayor me ha comunicado que ha recibido usted una solicitud de servicio de nuestra oficina en nombre de Su Majestad, pero tengo entendido que todavía no se le ha notificado cuál es el carácter de su misión. Me dirijo a usted para explicarle los detalles y la urgencia de un asunto de máxima gravedad, y para instarlo a presentarse en el Ministerio de Defensa, donde recibirá más información, que le ofreceremos el coronel Killian, jefe de operaciones de la División de Birmania, y yo mismo.

A continuación le haré un breve resumen de lo sucedido hasta ahora. Como supongo que ya sabrá, desde que hace sesenta años ocupamos las regiones costeras de Birmania hasta la reciente anexión de Mandalay y la Alta Birmania, Su Majestad ha considerado que la ocupación y la pacificación del territorio son fundamentales para la seguridad de nuestro Imperio en toda Asia. Pese a nuestras victorias militares, hay diversos acontecimientos que ponen en grave peligro nuestras posesiones birmanas. Informes recientes de nuestros servicios de inteligencia han confirmado la consolidación de fuerzas francesas a

13

lo largo del río Mekong, en Indochina, mientras que dentro de la propia colonia las sublevaciones de nativos amenazan nuestro dominio en las provincias más apartadas.

En 1869, durante el reinado del rey birmano Mindon Min, destinamos a Birmania al comandante médico Anthony Carroll, licenciado en el University College Hospital de Londres. En 1874 fue trasladado a un remoto puesto del estado de Shan, en la región más oriental de la colonia. Desde su llegada, Carroll se convirtió en un elemento indispensable para el ejército, y no sólo en lo referente a su especialidad, la medicina. Ha conseguido establecer importantes alianzas con algunos príncipes nativos, y, pese a encontrarse lejos de nuestro puesto de mando, su emplazamiento proporciona una vía de acceso esencial a la zona sur de la meseta Shan y la posibilidad de desplegar tropas con rapidez hasta la frontera siamesa. Los detalles de su éxito son muy poco corrientes, y cuando se presente usted en el Ministerio de Defensa será oportunamente informado de ellos. Lo que ahora inquieta a la Corona es una peculiar solicitud del comandante médico recibida el mes pasado. Ese comunicado fue el último de una serie un tanto desconcertante, relacionada con su interés por un piano.

El motivo de nuestra preocupación es el siguiente: pese a estar acostumbrados a peticiones poco comunes de Carroll relativas a sus investigaciones científicas, nos dejó perplejos una carta del pasado mes de diciembre que solicitaba la compra y entrega inmediata de un piano de cola Erard. Al principio el comandante de Mandalay se mostró escéptico, hasta que dos días más tarde llegó una segunda misiva por mensajero, que insistía en la seriedad del encargo, como si Carroll hubiera adivinado la incredulidad que la primera iba a provocar en el Estado Mayor. Nuestra respuesta (que era imposible enviárselo) tuvo como réplica, una semana más tarde, la llegada de otro agotado mensajero. Traía una sencilla nota cuyo contenido vale la pena reproducir literalmente:

Caballeros:
  Con el debido respeto hacia ustedes, por la presente vuelvo a solicitar un piano de cola Erard. Soy consciente de la importancia que mi puesto tiene para la seguridad de esta región. Para que no vuelvan a menospreciar la urgencia de mi demanda, les aseguro que si no lo recibo en el término de tres meses, renunciaré a mi plaza. Sé que por mi rango y mis años de servicio me corresponden una licencia honrosa y una suculenta pensión, en caso de que decidiera regresar a Inglaterra.
  Comandante médico Anthony J. Carroll
  Mae Lwin, estado de Shan

Como podrá imaginar, esta carta provocó una gran consternación en el Estado Mayor. El comandante médico había sido un irreprochable servidor de la Corona; tenía una hoja de servicios ejemplar y, sin embargo, era consciente de que dependíamos de él y de sus alianzas con los príncipes nativos, y de lo cruciales que eran esos pactos para cualquier potencia europea. Tras el oportuno debate, aprobamos su reclamación, y en enero le enviamos por barco un piano de cola Erard de 1840, que llegó a Mandalay a principios de febrero, y que el propio Carroll transportó hasta su campamento en elefante y a pie. En los meses posteriores siguió realizando correctamente su labor, y avanzó de forma notable en el estudio de rutas de abastecimiento por la meseta Shan. Pero el mes pasado recibimos otra instancia suya. Al parecer, la humedad ha dilatado la caja del Erard, que se ha desafinado, y todos los intentos que se han llevado a cabo para arreglar el instrumento han fracasado.

15

Y llegamos al motivo de esta misiva. En su carta, Carroll especificó que necesitaba un afinador especializado en Erards. Nosotros le respondimos que quizá hubiera formas más sencillas de repararlo, pero él se mantuvo inflexible. Al final cedimos y, tras realizar un sondeo de los profesionales de Londres, conseguimos una lista de varios artesanos de eficacia comprobada. Como usted ya debe de saber, la mayoría de sus colegas son de edad muy avanzada y no están para aventuras. Tras una investigación más detallada obtuvimos su nombre y el del señor Claude Hastings de Poultry, de Londres. Usted figura como experto en pianos de cola Erard, por lo que nos pareció apropiado solicitar sus servicios. Si rechaza usted nuestra propuesta, nos dirigiremos al señor Hastings. La Corona está dispuesta a reembolsarle una cantidad equivalente a un año de trabajo por un encargo de tres meses.

Señor Drake, su habilidad y su experiencia lo capacitan para esta misión, de extrema importancia. Le rogamos que se ponga en contacto con nuestra oficina tan pronto como le sea posible para discutir este asunto.

Atentamente,

Coronel George Fitzgerald
Director adjunto de Operaciones Militares
Ministerio de Defensa
División de Birmania y las Indias Orientales

La tarde estaba entrada. Los últimos rayos de sol se colaban por un ventanuco e iluminaban una pequeña habitación llena de armazones de pianos. Edgar Drake, afinador y especialista en Erards, dejó la carta encima de la mesa. «Un Erard de cola de 1840 es una preciosidad —pensó; dobló la hoja y se la guardó en el bolsillo de la chaqueta—. Y Birmania está lejos.»

Primera Parte

fuga. (Del lat. *fuga*). f. Huida apresurada. [...] 5. *Mús.* Composición que gira sobre un tema y su contrapunto, repetidos con cierto artificio por diferentes tonos.

1

Por la tarde, en el despacho del coronel Killian, jefe de operaciones de la División de Birmania del Ejército Británico, Edgar Drake, sentado junto a un par de oscuros y ruidosos tubos de calefacción, miraba por la ventana y observaba la intensa lluvia. Al otro lado de la sala estaba el coronel, un individuo robusto y bronceado, con una mata de pelo rojizo y un grueso bigote que se abría en abanico con perfecta simetría y resaltaba unos ojos verdes y feroces. En la pared, detrás de su mesa, había una lanza bantú y un escudo pintado que aún exhibían las heridas de la batalla. El oficial llevaba un uniforme escarlata ribeteado con galones de mohair negro; a Edgar Drake se le quedó grabado ese detalle porque las guarniciones parecían las rayas de la piel de un tigre, y el rojo acentuaba todavía más el verde de los ojos.

Hacía varios minutos que Killian había entrado, había acercado una silla a un pulido escritorio de caoba y había empezado a hojear un montón de papeles. Finalmente levantó la cabeza. Tras el bigote sonó una estentórea voz de barítono:

—Gracias por esperar, señor Drake. Tenía que encargarme de un caso urgente.

El afinador de pianos se volvió y dijo:

—Por supuesto, coronel. —Acarició su sombrero, que tenía en el regazo.

—Si le parece bien, abordaremos sin más dilación el asunto que nos ocupa. —Se inclinó hacia delante—. Bienvenido, una vez más, al Ministerio de Defensa. Supongo que es la primera vez que visita nuestras dependencias. —No le dejó tiempo para responder—. En nombre de mi personal y de mis superiores, quiero agradecerle su interés por lo que nosotros consideramos una cuestión de máxima importancia. Hemos preparado un resumen; si no tiene inconveniente, se lo leeré. Una vez conozca los pormenores de la historia, podremos discutir cualquier aspecto o duda que quiera plantear. —Posó la mano sobre los papeles.

—Gracias, coronel —replicó Edgar con deferencia—. Debo admitir que su solicitud me ha intrigado mucho. No es muy corriente.

Al otro lado de la mesa, el mostacho tembló un poco.

—Desde luego, señor Drake. Es algo que da mucho de que hablar. Y como quizá habrá comprendido ya, este encargo no sólo se refiere a un piano, sino también a un hombre. De modo que empezaré hablando del comandante médico Carroll. —El afinador asintió con la cabeza. El bigote del militar volvió a estremecerse—. No lo aburriré con los detalles de la juventud de Carroll. De hecho, sus orígenes son un tanto misteriosos y no disponemos de muchos datos sobre su pasado. Sabemos que nació en mil ochocientos treinta y tres, en el seno de una familia de origen irlandés; su padre era el señor Thomas Carroll, profesor de literatura griega en un internado de Oxfordshire. Aunque su familia nunca fue adinerada, él debió de heredar el interés de su padre por la educación; en la escuela siempre fue un alumno destacado, y se marchó a Londres para estudiar Medicina en el University College Hospital. Tras licenciarse, en lugar de montar una consulta privada, como habría hecho la mayoría, solicitó un puesto en un hospital comarcal para indigentes. Como ya le he dicho, no tenemos mucha información sobre esa etapa de su vida; sólo sabemos que pasó cinco años en provincias. Durante esa época se casó con una muchacha de la región. El matrimonio no duró mucho: su mujer murió de parto, junto con el bebé, y Carroll no volvió a casarse.

El coronel carraspeó, cogió otro documento y continuó:

—Después de la muerte de su esposa regresó a Londres, donde buscó trabajo en el Manicomio para Indigentes del East End durante los brotes de cólera. Sólo estuvo dos años allí. En mil ochocientos sesenta y tres obtuvo una plaza de cirujano en el Cuerpo Médico del ejército.

»A partir de ese momento empezamos a tener más información. Carroll fue destinado al vigésimo octavo batallón de infantería de Bristol, pero sólo cuatro meses después de alistarse solicitó un traslado para servir en las colonias. Se aceptó inmediatamente, y lo nombraron subdirector del hospital militar de Saharanpur, en la India. Allí no tardó en labrarse una excelente reputación, no sólo como médico sino también, en cierto modo, como aventurero. Participó en varias expediciones al Punjab y a Cachemira, pese a que encerraban el peligro de las tribus aborígenes y el de los agentes rusos, un problema que aún persiste, dado que el zar intenta ponerse a nuestra altura en conquistas territoriales. Allí también se ganó cierta fama de hombre de letras; aunque nada pudiera sugerir el... fervor, por así decirlo, que lo llevó a pedir el piano. Varios superiores suyos informaron de que Carroll evitaba hacer las rondas y de que lo habían visto leyendo poesía en los jardines del hospital. Esa costumbre se toleró de mala gana después de que, al parecer, le recitara un poema de Shelley, "Ozymandias", si no me equivoco, a un jefe militar autóctono que estaba recibiendo tratamiento. El hombre, que ya había firmado un tratado de cooperación, pero que se había negado a aportar tropas, regresó una semana después de su convalecencia y solicitó una entrevista con Carroll en lugar de con el oficial al mando. Lo acompañaban trescientos milicianos con los que quería "servir al soldado-poeta"; ésas fueron sus palabras, señor Drake.

El coronel levantó la cabeza. Le pareció ver una tímida sonrisa en el rostro del afinador.

—Una historia extraordinaria, lo sé —dijo.

—Es un poema muy bonito.

—Cierto, aunque admito que el episodio quizá fue un poco desafortunado.

—¿Desafortunado?

—Nos estamos adelantando, señor Drake, pero creo que este asunto del Erard tiene algo que ver con el hecho de que el «soldado» se está volviendo «poeta» poco a poco. El instrumento, y esto no es más que mi opinión personal, por supuesto, representa un..., ¿cómo podría expresarlo?, una extensión ilógica de esa estrategia. Si el doctor Carroll cree de verdad que llevando un piano de cola a un lugar como ése ayudará a conseguir la paz, espero que tenga suficientes fusileros para defenderlo. —Edgar no dijo nada, y Killian se removió un poco en la silla—. Supongo que coincidirá conmigo, señor Drake, en que una cosa es impresionar a un noble nativo recitando versos, y otra es pedir que le envíen un piano al más remoto de nuestros fuertes.

—La verdad es que no entiendo mucho de táctica militar —repuso Edgar.

El coronel lo miró unos instantes antes de volver a los papeles. No se le antojaba el tipo de persona indicada para el clima y los desafíos de Birmania. El afinador, un individuo alto y delgado, con largos mechones de cabello grueso y entrecano y gafas de montura metálica, se parecía más a un maestro de escuela que a alguien capaz de asumir responsabilidades militares. Aparentaba más años de los que tenía: cuarenta y uno; tenía las cejas oscuras y unas sedosas patillas. Tenía arrugas en las comisuras de los ojos, que eran claros, pero no creía que fueran de esas que salen de tanto sonreír. Llevaba una chaqueta de pana, pajarita y unos gastados pantalones de lanilla. Killian pensó que todo ello le habría conferido cierto aire de tristeza, de no ser por los labios, inusitadamente carnosos para tratarse de un inglés; la forma expresaba una mezcla de desconcierto y ligera sorpresa, y le aportaban una suavidad que lo ponía nervioso. También se fijó en sus manos, que no dejaba de masajearse y cuyas muñecas se perdían en las cavidades de las mangas. No eran la clase de manos a las que él estaba acostumbrado: eran demasiado delicadas para ser de hombre y, sin embargo, cuando se habían saludado había notado en ellas fuerza y aspereza, como si debajo de la encallecida piel hubiera alambres en lugar de músculos y huesos.

Volvió a mirar los papeles y siguió hablando:

—Carroll permaneció cinco años en Saharanpur. Durante ese tiempo participó nada menos que en diecisiete misiones, y pasó más tiempo fuera que dentro del puesto.

Empezó a hojear los documentos correspondientes, y leyó los nombres. «Septiembre de 1866: Trazado de una ruta de ferrocarril junto al Alto Sutlej.» «Diciembre: Campaña de medición del Cuerpo de Ingenieros en el Punjab.» «Febrero de 1867: Informe sobre partos y enfermedades obstétricas en el este de Afganistán.» «Mayo: Infecciones veterinarias del ganado en las montañas de Cachemira y riesgos que suponen para los humanos.» «Septiembre: Estudio de la flora de las tierras altas de Sikkim para la Royal Society.» Parecía dispuesto a enumerarlas todas, y lo hizo sin parar para tomar aliento, de modo que al poco rato se le hincharon las venas del cuello hasta parecerse a las montañas de Cachemira; al menos eso fue lo que pensó Edgar Drake, que nunca había estado allí, ni había estudiado su geografía, pero que, a esas alturas, ya estaba impaciente por la notable ausencia del piano en la historia que estaba escuchando.

El coronel levantó la cabeza y vio que el afinador se removía en su asiento, nervioso. Prosiguió:

—A finales de mil ochocientos sesenta y ocho, el subdirector de nuestro hospital militar en Rangún, que entonces era el único centro importante de Birmania, murió de repente de disentería. Para sustituirlo, el director médico de Delhi recomendó a Carroll, que llegó en febrero de mil ochocientos sesenta y nueve. Sirvió allí tres años, y como su trabajo era básicamente sanitario, tenemos escasos datos sobre sus actividades. Todo indica que estaba ocupado con las obligaciones que conllevaba su cargo. —Tosió un poco y continuó—: Aquí tiene una fotografía de Carroll en Bengala.

Le dio un empujoncito a la carpeta que había encima de la mesa. Edgar esperó un momento, y luego, al darse cuenta de que tenía que levantarse para cogerla, se inclinó hacia delante y se le cayó el sombrero al suelo.

—Lo siento —murmuró; cogió el sombrero, luego el portafolios, y volvió a su silla.

Lo abrió sobre su regazo. Dentro había una fotografía, que estaba al revés; la giró con cautela. En ella aparecía un hombre alto, seguro de sí mismo, con bigote oscuro y el cabello peinado con esmero, vestido con uniforme de soldado; estaba de pie junto a la cama de un paciente, un hombre de tez más oscura que él, indio quizá. En el fondo se veían otros lechos, otros enfermos. «Un hospital», pensó el afinador, y volvió a fijarse en el rostro del doctor: su expresión no denotaba casi nada. Su cara era borrosa, aunque curiosamente las de los pacientes estaban muy bien enfocadas, como si el médico estuviera en constante movimiento. Se quedó mirándolo, intentando ligar aquella imagen con lo que le estaban contando, pero la fotografía no revelaba gran cosa. Se levantó y la dejó sobre el escritorio del coronel.

—En mil ochocientos setenta y uno Carroll solicitó que lo trasladaran a un puesto más distante, en el centro de Birmania. Su demanda fue aprobada, pues en aquel momento se estaba intensificando la actividad birmana en el valle del río Irawadi, al sur de Mandalay. En ese nuevo destino, como en la India, participó en numerosas expediciones topográficas, muchas veces por el sur de las montañas Shan. No sabemos exactamente cómo lo consiguió, dado que tenía muchas responsabilidades, pero encontró tiempo para aprender la lengua shan hasta hablarla casi con fluidez. Hay quien dice que estudió con un monje; otros aseguran que el idioma se lo enseñó una amante.

»Monjes o amantes, el caso es que en mil ochocientos setenta y tres recibimos la desastrosa noticia de que los birmanos, tras varias décadas de devaneos, habían firmado un tratado comercial

24

con Francia. Quizá conozca ya la historia; la prensa se hizo eco de ella. Aunque las tropas francesas todavía estaban instaladas en Indochina y no habían atravesado el río Mekong, aquél era, sin duda, un precedente muy peligroso para posteriores colaboraciones entre Francia y Birmania, y una amenaza abierta para la India. Iniciamos enseguida los preparativos para ocupar los estados de la Alta Birmania. Había muchos príncipes shan que siempre se habían opuesto al trono birmano, y... —Se interrumpió unos instantes, agotado por el soliloquio, y vio que Edgar miraba por la ventana—. ¿Me está escuchando, señor Drake?

Éste se volvió, abochornado.

—Sí, sí... Por supuesto —dijo.

—Muy bien. En ese caso, continuaré. —Volvió a estudiar sus notas.

Al otro lado del escritorio, el afinador habló con tono vacilante:

—Con el debido respeto, coronel, la verdad es que es una historia compleja y sumamente interesante, pero debo admitir que no entiendo para qué necesita a un experto como yo... Ya sé que está usted acostumbrado a dar las instrucciones de este modo, pero ¿le importa que le haga una pregunta?

—Adelante, señor Drake.

—Pues... la verdad, me gustaría saber qué le pasa al Erard.

—¿Cómo dice?

—El piano. Me han contratado para que afine uno. Esta reunión está resultando muy útil para conocer al doctor Carroll, pero creo que no estoy aquí para eso.

El coronel se ruborizó.

—Como ya he dicho al principio, señor Drake, creo que estos antecedentes son muy importantes.

—No lo dudo, señor, pero todavía no sé qué le pasa al piano ni si puedo arreglarlo o no. No sé si me explico.

—Sí, sí. Claro que lo entiendo, señor Drake.

Se le tensaron los músculos de la mandíbula. Se disponía a hablar de la renuncia del residente de Mandalay, en 1879, de la batalla de Myingyan y del sitio del fuerte de Maymyo, uno de sus relatos favoritos. Pero esperó.

Edgar bajó la cabeza y se observó las manos.

—Lo siento, coronel. Continúe, se lo ruego —dijo—. Es que no dispongo de mucho tiempo, pues vivo lejos de aquí, y me interesa muchísimo ese Erard.

Pese a sentirse intimidado, en el fondo Edgar se deleitó con aquella pequeña interrupción. Siempre le habían desagradado los militares, y, sin embargo, aquel tipo, Carroll, cada vez le gustaba más. En realidad estaba deseando saber más cosas de aquella historia, pero empezaba a oscurecer y el coronel no parecía tener ninguna prisa.

Killian volvió a fijar la vista en sus papeles.

—Muy bien, señor Drake, procuraré ser breve. En mil ochocientos setenta y cuatro ya habíamos empezado a establecer varios puestos de avanzada en los territorios de los shan, uno cerca de Hsipaw, otro próximo a Taunggyi y otro, el más alejado, en un pequeño poblado llamado Mae Lwin, a orillas del río Saluén. Este enclave no aparece en ningún mapa, y hasta que se haya comprometido a realizar este encargo no puedo revelarle dónde está. Allí fue adonde enviamos a Carroll.

La habitación se estaba quedando a oscuras y el coronel encendió una lamparita que había en la mesa. La luz parpadeó y le proyectó la sombra del bigote sobre los pómulos. Volvió a observar al afinador. «Parece impaciente», se dijo, y respiró hondo.

—Señor Drake, para no entretenerlo más le ahorraré los detalles de los doce años que Carroll pasó en Mae Lwin. Si acepta usted esta tarea, podemos volver a hablar más adelante, y entonces le enseñaré los partes militares; a menos que quiera oírlos ahora, por supuesto.

—Si no le importa, preferiría que me hablara del piano.

—Sí, claro. —Suspiró—. ¿Qué quiere saber? Tengo entendido que el coronel Fitzgerald le envió una carta en la que le informaba a fondo de este asunto.

—Sí, sé que Carroll pidió un piano. El ejército compró un Erard de mil ochocientos cuarenta y se lo mandó. ¿Le importaría contarme algo más sobre eso?

—La verdad es que no puedo. No entendemos para qué lo quería, a menos que fuera para repetir el éxito que había logrado recitando a Shelley.

—¿Para qué? —Edgar se rió; fue una risa profunda que salió inesperadamente de su delgado esqueleto—. Cuántas veces me he formulado esa pregunta respecto a otros clientes míos. ¿Para qué querría una dama de la alta sociedad que no distingue a Händel de Haydn comprar un Broadwood de mil ochocientos veinte, y que se lo afinaran todas las semanas, aunque nunca lo tocara nadie? ¿Y cómo se explica que un juez quiera que armonicen el suyo cada dos meses, y admito que, aun innecesario, es maravilloso para mi economía, y sin embargo no conceda el permiso para celebrar el concurso anual de piano del condado? Con todos mis respetos, la conducta del doctor Carroll no me parece tan descabellada. ¿Ha oído usted alguna vez las *Invenciones* de Bach?

—Creo que sí... —titubeó el coronel—. Sí, seguro, pero sin ánimo de ofender, señor Drake, no sé qué tiene eso que ver con...

—La idea de vivir ocho años en la selva sin la música de Bach me parece espantosa. —Hizo una pausa y añadió—: Suenan de maravilla en un Erard de mil ochocientos cuarenta.

—Es posible, pero nuestros soldados siguen luchando.

Edgar respiró hondo. Notaba que el corazón le latía más deprisa.

—Le ruego que me disculpe; no pretendía ser impertinente. De hecho cada vez me intriga más lo que me está contando, aunque he de admitir que estoy desconcertado. Si tan mal concepto tiene de nuestro pianista, ¿qué hago yo aquí? Coronel, usted es una persona muy importante: no es habitual que alguien de su rango pase tanto tiempo entrevistando a un civil; eso hasta yo lo sé. También sé que el Ministerio de Defensa debe de haber invertido mucho dinero para enviar el piano a Birmania, por no hablar de lo que debió de pagar por él. Y usted me ha ofrecido una remuneración muy generosa; bueno, justa en mi opinión, pero desde una perspectiva objetiva, muy generosa. Y, sin embargo, me parece que no aprueba mi misión.

Killian se apoyó en el respaldo de la silla y se cruzó de brazos.

—Está bien. Conviene que hablemos de esto. Yo no disimulo mi disconformidad, pero le ruego que no la confunda con falta de respeto. El comandante médico es un soldado excelente, quizá incluso alguien fuera de lo normal, y, sin duda, una pieza insustituible. Hay personas de muy alto rango en este departamento a quienes les interesa muchísimo su trabajo.

—Pero no a usted.

—Digamos que hay hombres que se pierden en la retórica de nuestro destino imperial y afirman que no conquistamos para ganar terreno y riquezas, sino para extender nuestra cultura y nuestra civilización. Yo no se lo voy a negar, pero no es ésa nuestra función.

—Y, pese a todo, ¿usted lo apoya?

El coronel hizo una pausa.

—Si quiere se lo diré sin rodeos, señor Drake, porque es crucial que comprenda la posición en que se halla el Ministerio de Defensa. El estado de Shan es una región anárquica; excepto Mae Lwin. Carroll ha conseguido, él solo, más que varios batallones. Es imprescindible, y está al mando de uno de los enclaves más peligrosos e importantes de nuestras colonias. Shan es fundamental para asegurar nuestra frontera oriental; sin él nos arriesgamos a una invasión, francesa o incluso siamesa. Si el piano es la concesión que hemos de hacer para mantenerlo allí, nos parece un coste razonable. Pero su lugar es un puesto militar, no un salón de música. Confiamos en que cuando el instrumento esté afinado, Carroll vuelva al trabajo. Me interesa mucho que comprenda bien esto: a usted lo hemos contratado nosotros, y no el comandante médico. Sus ideas pueden resultar... seductoras.

—Entonces no es más que un privilegio, como un paquete de cigarrillos —dijo Edgar Drake, y pensó: «No confía en él.»

—No, esto es distinto. Creo que usted ya me entiende.

—Quizá no convenga argumentar que es indispensable debido al piano, ¿no?

—Eso lo sabremos cuando esté reparado, ¿no, señor Drake?

Edgar sonrió.

—Supongo.

El oficial se inclinó hacia delante.

—¿Tiene alguna pregunta más?

—Sólo una.

—Veamos.

Edgar Drake bajó la cabeza y se observó las manos.

—Lo siento, pero exactamente ¿qué le ocurre al piano?

El coronel se quedó mirándolo.

—Me parece que ya hemos hablado de eso.

El afinador inspiró hondo.

—Con el debido respeto, señor, hemos hablado de lo que usted cree que les pasa a los pianos, pero yo necesito saber qué le sucede a ése en concreto, al Erard de mil ochocientos cuarenta que se encuentra en una selva lejana adonde me está pidiendo que vaya. Su oficina me ha explicado muy pocas cosas sobre él, aparte de que está desafinado, lo cual, si me permite decirlo, se debe a la dilatación de la tabla armónica, y no de la caja, como mencionaban ustedes en su carta. Huelga decir que me sorprende que no lo previeran: la humedad tiene efectos desastrosos.

—He de recordarle una vez más, señor Drake, que lo hicimos por Carroll. Esas cuestiones tan filosóficas tendrá que planteárselas a él directamente.

Edgar suspiró.

—Muy bien, en ese caso, ¿puedo preguntar qué es lo que tengo que arreglar?

Killian tosió y contestó:

—No nos han proporcionado esos datos.

—Pero el comandante debe de haberle escrito algo al respecto.

—Sólo tenemos una nota, extraña y de brevedad inusitada tratándose del doctor, que es un hombre de gran elocuencia, y que al principio nos hizo dudar de la seriedad de la solicitud, hasta que la siguió una perturbadora amenaza de dimisión.

—¿Me permite leerla?

El coronel vaciló, mas acabó entregándole un pequeño trozo de papel marrón.

—Es papel shan —explicó—. Al parecer, la tribu es famosa por él. Es curioso, pues nunca lo había utilizado para su correspondencia.

El papel, hecho a mano, era mate, suave y fibroso; el mensaje estaba escrito con tinta oscura.

Caballeros:

Ya no se puede seguir tocando el piano: hay que afinarlo y repararlo, un trabajo que he intentado hacer personalmente, pero sin éxito. Necesito con urgencia que envíen a un profesional especializado en Erards a Mae Lwin. Confío en que no resulte demasiado difícil. De hecho, es infinitamente más sencillo mandar a un hombre que un piano.

Comandante médico Anthony J. Carroll
Mae Lwin, estado de Shan

—Con eso sobra para justificar el envío de un hombre al otro extremo del mundo.

—Señor Drake —dijo el coronel—, su reputación como afinador de Erards es de sobra conocida en Londres por todo aquel que está introducido en el mundo de la música. Hemos calculado que la duración total del viaje no superará los tres meses desde el momento en que salga usted de Inglaterra hasta que regrese. Como ya sabe, recibirá una buena remuneración.

—Y tengo que ir solo.

—Nos encargaremos de que a su esposa no le falte de nada. —Edgard se recostó en la silla—. ¿Alguna pregunta más? —añadió el coronel.

—No, creo que ya lo comprendo —dijo en voz baja, como si hablara para sí.

Killian dejó los papeles en el escritorio y se inclinó hacia delante.

—¿Irá a Mae Lwin?

Edgar Drake giró la cabeza hacia la ventana. Anochecía, y el viento jugaba con la lluvia y provocaba elaborados crescendos y diminuendos. «Ya lo había decidido mucho antes de venir aquí», pensó.

Miró de nuevo al coronel y asintió.

Se estrecharon las manos. Killian insistió en conducirlo al despacho del coronel Fitzgerald, donde comunicó la noticia. Después intercambiaron algunas palabras más, pero Edgar ya no escuchaba. Era como si estuviera soñando: la realidad de la decisión todavía flotaba por encima de él. Seguía sacudiendo afirmativamente la cabeza, como si con ese gesto pudiera hacer más real su resolución, conciliar la pequeñez de ese movimiento con la importancia de su significado.

Había papeles que firmar, fechas que concretar y copias de documentos que pedir para su «posterior examen». Killian explicó que Carroll había encargado al Ministerio de Defensa una larga lista de lecturas preparatorias para el afinador: historias, estudios de antropología, de geología, de historia natural...

—Yo no le daría demasiada importancia a todo esto, pero el doctor nos pidió que se las proporcionáramos —aclaró—. Creo que ya le he contado todo lo que usted necesita saber.

Cuando Edgar se marchó, lo acompañó una frase de la nota de Carroll, como un débil rastro de humo de cigarrillo acompaña a quienes abandonan una sala de conciertos: «Es

infinitamente más sencillo mandar a un hombre que un piano.»
Pensó que aquel doctor le iba a caer bien; no era habitual hallar
palabras tan poéticas en las cartas de los militares. Y él sentía
un profundo respeto por los que encontraban un lugar para la
música en sus obligaciones.

2

Una densa bruma se extendía por Pall Mall cuando Edgar Drake salió del Ministerio de Defensa. Siguió a un par de muchachos que portaban antorchas a través de la niebla, tan espesa que los niños, envueltos en gruesos harapos, no parecían ser los dueños de las manos que sostenían las vacilantes luces.

—¿Necesita un coche, señor? —le preguntó uno de ellos.

—Sí, voy a Fitzroy Square, por favor —respondió él, pero luego cambió de idea—. No, será mejor que me acompañéis hasta la escollera.

Se abrieron paso entre la multitud, atravesaron los serios pasillos marmolados de Whitehall y volvieron a salir a través de un revoltijo de coches de caballos llenos de abrigos negros y chisteras y salpicados de acentos patricios y humo de puros.

—Esta noche hay baile en uno de los clubs, señor —le confió uno de los chicos, y Edgar asintió con la cabeza.

En los edificios que los rodeaban, unos grandes ventanales dejaban entrever paredes cubiertas de cuadros al óleo, iluminados por arañas colgadas de altos techos. Él conocía algunos locales; tres años antes había afinado un Pleyel en Boodle's y un Erard en Brooks's, un precioso instrumento con marquetería de un taller de París.

Dejaron atrás a un grupo de gente bien vestida y con las mejillas y la nariz enrojecidas por el frío y el coñac. Los caballeros reían bajo sus oscuros bigotes, y las damas, apretadas en sus corsés de ballenas, se levantaban el dobladillo del vestido para no mancharlo con el agua de lluvia y las boñigas de caballo que cubrían la calle. Un coche vacío los esperaba al otro lado de la calzada, y había un anciano indio con turbante junto a la puerta. Edgar se volvió. «Quizá él haya visto lo que yo voy a ver», pensó, y tuvo que contener el impulso de hablar con él. A su alrededor el grupo empezaba a dispersarse, y Edgar, que se había alejado de la luz de las teas, tropezó.

—¡Vigila por dónde vas, amigo! —le gritó uno de aquellos hombres.

A continuación, una mujer añadió:

—¡Estos borrachos!

Los demás rieron, y Edgar vio que al indio le brillaban los ojos: la modestia era lo único que le impedía compartir la risa con sus pasajeros.

Los chicos lo esperaban junto al murete que discurría a lo largo de la escollera.

—¿Adónde vamos ahora, señor?

—Ya está bien, gracias —repuso Drake, y les lanzó una moneda.

Los dos saltaron para cogerla, pero se les cayó, rebotó en el irregular pavimento y se coló por una rejilla. Los niños se arrodillaron.

—Toma, aguanta las antorchas —dijo uno.

—Ni hablar; si las sujeto te quedarás con el dinero. Nunca compartes nada.

—El que no comparte nada eres tú. Esa moneda es mía; he sido yo el que le ha preguntado si...

Abochornado, Edgar buscó otras dos monedas en el bolsillo.

—Lo siento, chicos. Tomad éstas.

Se alejó de allí y los muchachos siguieron discutiendo junto a la reja. Pronto sólo quedó la luz de sus teas. Edgar se detuvo y miró hacia el Támesis.

Oyó ruidos en la superficie del agua. «Quizá sean barqueros», supuso, y se preguntó adónde irían o de dónde procederían. Pensó en otro río, lejano, desconocido; hasta el nombre era nuevo y extraño: Saluén. Lo susurró y luego, avergonzado, se giró rápidamente para ver si estaba solo. Oyó a unos hombres y el ruido de las olas al chocar contra las rocas. La niebla empezaba a disiparse sobre el agua. No había luna, pero gracias a la luz de los farolillos que se balanceaban en los remolcadores pudo distinguir la imprecisa línea de la orilla, la inmensa y pesada arquitectura que poblaba el río. «Como animales en un abrevadero —se dijo, y le gustó aquella comparación—. Tengo que contárselo a Katherine.» Y al pensar en ella se dio cuenta de lo tarde que era.

Echó a andar a lo largo del malecón y pasó junto a un grupo de vagabundos, tres individuos vestidos con andrajos y apiñados alrededor de una pequeña hoguera. Cuando pasó a su lado lo miraron y él los saludó con la cabeza, un tanto intimidado. Uno de los mendigos levantó la vista y sonrió abiertamente mostrando sus dientes rotos.

—Buenas, señor —dijo con una voz de marcado acento *cockney* y cargada de whisky.

Los otros no dijeron nada y volvieron a contemplar el fuego.

Edgar cruzó la calle y se alejó del río abriéndose camino entre grupos de gente que se agolpaba delante del Metropole. Siguió por Northumberland Avenue hasta Trafalgar Square. Allí la muchedumbre se movía alrededor de los coches y omnibuses; los policías intentaban en vano que la multitud circulase; los cobradores gritaban para atraer a los clientes; los látigos restallaban y los caballos defecaban, y había letreros que pregonaban:

«CORSÉS SWANBILL PARA TODO TIPO DE FIGURAS»
«CIGARROS DE LA ALEGRÍA: UNO SOLO PROPORCIONA ALIVIO
INMEDIATO HASTA EN LOS PEORES CASOS DE ASMA, TOS,
BRONQUITIS Y FALTA DE ALIENTO»

«CERVEZA AMARGA, CERVEZA AMARGA»
«ESTA NAVIDAD, CUANDO SUENEN LAS CAMPANAS
DE LA IGLESIA, REGÁLESE UN RELOJ ROBINSON»

Bajo el resplandor de las fuentes que rodeaban la Columna de Nelson se detuvo para observar a un organillero, un italiano con un mono escandaloso. El mico llevaba un sombrero de Napoleón, y no paraba de brincar en torno al instrumento y de agitar los brazos mientras su amo giraba la manivela. A su alrededor, un grupo de niños aplaudía: portadores de antorchas, deshollinadores, mendigos y los hijos de los vendedores de fruta. Un policía se acercó agitando el bastón.

—Fuera de aquí todos, y tú llévate a ese animal repugnante. Vete a tocar a Lambeth; éste no es lugar para la gentuza.

Se dispersaron lentamente, entre protestas. Edgar se dio la vuelta. Otro simio, gigantesco y sonriente, se peinaba ante un espejo adornado con piedras preciosas: «JABÓN DEL MONO BROOKE: EL ESLABÓN PERDIDO DE LA LIMPIEZA DOMÉSTICA.» El anuncio se alejó, enganchado en el lateral de un tranvía. El mozo voceaba:

—¡Fitzroy Square, vamos a Fitzroy Square!

«Ahí es donde vivo», pensó Edgar Drake, y lo vio pasar de largo.

Dejó la plaza y siguió andando por el torbellino, cada vez más oscuro, de comerciantes y coches; se metió en Cockspur, que desembocaba en el barullo de Haymarket; ahora llevaba las manos en los bolsillos de la chaqueta y se arrepentía de no haber tomado el ómnibus. Al final de la calle los edificios se apretaban más y los callejones se volvían más sombríos: había entrado en Narrows.

Continuó caminando sin saber exactamente dónde estaba, con sólo una vaga idea de la dirección en que debía avanzar. Dejó atrás negras hileras de casitas de ladrillo, se cruzó con varias personas que regresaban corriendo a sus casas, atravesó todo tipo de penumbras y vislumbró algún destello en los delgados charcos que discurrían entre los adoquines como delgadas venas; vio tejados abuhardillados que desprendían agua y algún que otro parpadeante farol que proyectaba sombras de telarañas aumentadas y deformes. No paró hasta que todo se oscureció de nuevo y las calles se estrecharon, y entonces se encogió de hombros. Lo hizo porque tenía frío y para imitar a los edificios.

Cuando el barrio de Narrows desembocó en Oxford Street, las vías se iluminaron y se tornaron reconocibles. Edgar pasó ante el Oxford Music Hall y tomó Newman, Cleveland, Howland Street, una, dos manzanas; luego torció a la derecha por una calle muy pequeña, tanto que no aparecía en los planos más recientes de Londres, lo cual había disgustado mucho a sus vecinos.

El número catorce de Franklin Mews era la cuarta casa de la fila de adosados, una construcción prácticamente idéntica a la del señor Lillypenny, el vendedor de flores que vivía en el número doce, y a la del señor Bennett-Edwards, el tapicero del dieciséis: todas compartían una pared y una fachada de ladrillo. La entrada estaba al nivel de la calle. Detrás de una verja de hierro, un corto sendero marcaba un espacio abierto entre la calzada y la puerta principal, junto a la cual había una escalera metálica que bajaba al sótano, donde Edgar tenía su taller. Había tiestos de flores colgados de la valla y en las ventanas. En algunos había crisantemos que habían florecido pese al frío del otoño y que ya empezaban a marchitarse. Otros, vacíos o medio llenos de tierra, estaban en ese momento cubiertos de una humedad que reflejaba el parpadeo del farolillo que había junto a la puerta. «Katherine debe de haberlo dejado encendido», pensó.

Llegó hasta allí y se puso a dar vueltas a las llaves para retrasar, deliberadamente, su entrada en la casa. Se giró y miró hacia la calle. Estaba oscura. La conversación que había mantenido en el Ministerio de Defensa parecía algo muy lejano, casi irreal, y durante un segundo pensó que quizá se esfumase, como un sueño, y que no podía contársela a su esposa mientras él siguiera dudando de su realidad. Notó que su cabeza se movía sin querer:

era aquel gesto afirmativo, otra vez. «Eso es lo único que he sacado de la reunión.»

Abrió y encontró a Katherine esperando en el salón, leyendo un periódico a la débil luz de una lámpara. Hacía frío, y llevaba un delgado chal de lana blanca sobre los hombros. Edgar cerró la puerta sin hacer ruido, se detuvo y colgó el sombrero y la chaqueta en el perchero, sin decir nada. No había necesidad de anunciar su llegada a bombo y platillo; era mejor entrar a hurtadillas. «Quizá así crea que ya llevo un rato en casa», pensó, aunque en el fondo sabía que no podía ser, igual que sabía que Katherine no estaba leyendo.

Al otro lado de la habitación, ella seguía con la vista clavada en el diario que tenía en las manos. Era el *Illustrated London News*, y más tarde le contaría a su marido que había leído el artículo «Recepción en el Metropole», donde describían la música de un piano nuevo, aunque no especificaban la marca ni, como de costumbre, quién lo había afinado. Siguió hojeándolo un minuto más. No dijo nada; era una mujer de una serenidad impecable, una virtud ideal para vérselas con esposos que volvían tarde. Muchas de sus amigas eran diferentes. «Eres demasiado tolerante con él», solían decirle, pero ella no les hacía caso. «El día que regrese oliendo a ginebra o a perfume barato me enfadaré. Edgar se retrasa porque su trabajo lo absorbe, o porque se pierde cuando vuelve caminando.»

—Buenas noches, Katherine —dijo Edgar.

—Buenas noches, Edgar —repuso ella—. Llegas casi dos horas tarde.

Él estaba acostumbrado a aquel ritual: las excusas inocentes, las explicaciones... «Ya lo sé, querida, amor mío, lo siento; tenía que terminar todas las cuerdas para poder reafinarlas mañana», o «Es urgente», o «Me pagan muy bien», o «Me he perdido por el camino; la casa está cerca de Westminster y me he equivocado de tranvía», o «Es que tenía tantas ganas de tocarlo... Era un Erard de mil ochocientos treinta y cinco, un instrumento muy raro, precioso, por supuesto; pertenece a la familia del señor

Vincento, el tenor italiano», o «Es de lady Neville, un ejemplar único, de mil ochocientos veintisiete. Ojalá pudieras venir a tocarlo tú también». Y si alguna vez mentía, era sólo porque cambiaba una razón por otra. Que era un trabajo urgente cuando en realidad se había parado para escuchar a unos músicos callejeros. Que se había equivocado de tranvía cuando se había quedado tocando el piano del tenor italiano.

—Ya lo sé, lo siento, todavía estoy trabajando en el encargo de los Farrell.

Y con eso bastó. Vio que Katherine cerraba el *Illustrated London News* y cruzó la sala para sentarse a su lado, con el corazón acelerado. «Sabe que pasa algo raro», se dijo. Fue a besarla, pero ella lo apartó, intentando disimular una sonrisa.

—Llegas tarde, Edgar; he tenido que recalentar la carne. Basta ya, no creas que puedes presentarte a estas horas y engatusarme con palabras cariñosas. —Se giró, pero él la sujetó por la cintura—. Creía que ya habías terminado ese arreglo —añadió.

—No, el piano está en muy malas condiciones y la señora Farrell insiste en que se lo afine «como si fuera a dar un concierto» —replicó subiendo la voz una octava para imitar a la dama.

Ella rió, y Edgar la besó en el cuello.

—Dice que su pequeño Roland será el nuevo Mozart.

—Ya lo sé, hoy me lo ha dicho otra vez; hasta me ha obligado a oír tocar a ese granuja.

Katherine se volvió hacia su marido.

—Pobrecillo. Aunque me lo proponga, no consigo estar mucho tiempo enfadada contigo.

Él sonrió y se relajó un poco. Miró a su esposa mientras ella intentaba componer una expresión de falsa severidad. «Qué guapa es aún», pensó. Los rizos dorados que tanto lo habían hechizado cuando la vio por primera vez se habían desteñido ligeramente, pero seguía llevando el cabello suelto, y los bucles recuperaban el color y el brillo de antaño cuando les daba el sol. Se habían conocido cuando Edgar, todavía aprendiz, había ido a reparar el Broadwood vertical de la familia de Katherine. El instrumento no lo impresionó (era bastante barato), pero sí las delicadas manos que lo tocaban, y también la dulzura de la joven que se había sentado a su lado, frente al teclado, una presencia que aún lo estremecía. Se inclinó hacia ella y volvió a besarla.

—Basta —dijo ella riendo—. Ahora no, y ten cuidado con el sofá: ese damasco es nuevo.

Edgar se recostó. «Está de buen humor —pensó—. Quizá debería contárselo en este momento.»

—Tengo un nuevo encargo —anunció.

—Tienes que leer este artículo, Edgar —dijo Katherine alisándose el vestido y estirando un brazo para coger el *News*.

—Es un Erard de mil ochocientos cuarenta. Dicen que está destrozado. Debería sonar maravillosamente.

—Ah, ¿sí?

Su mujer se levantó y fue hacia la mesa del comedor. No quiso saber de quién era el piano ni dónde estaba; ésas no eran cosas que acostumbrara a preguntar, pues desde hacía dieciocho años las únicas respuestas que recibía eran doña Tal y la calle Tal o Cual de Londres. Edgar se alegró de que no lo interrogara; el resto no tardaría en salir: él era un hombre paciente y no le gustaba precipitarse, pues con ello sólo se conseguían cuerdas de piano demasiado tensadas y esposas furiosas. Además, acababa de ver el ejemplar del *Illustrated London News*, donde, bajo el artículo del Metropole, había otro sobre «Las atrocidades de los *dacoits*», firmado por un oficial del tercer regimiento de gurkas. Era una noticia breve que describía una escaramuza sostenida contra unos bandidos que habían saqueado un poblado amigo: la clásica columna sobre los esfuerzos de pacificación en las colonias, y Edgar no se habría fijado en ella si no hubiese sido por el nombre, «Apuntes sobre Birmania». Ya la conocía, pues aparecía casi todas las semanas, pero hasta entonces nunca le había prestado atención. Arrancó la hoja y escondió el periódico bajo un montón de revistas que había en la mesa de centro. No quería que Katherine lo viera. Del comedor llegaba ruido de platos y cubiertos y olor a patatas hervidas.

···

A la mañana siguiente, Edgar se sentó ante una pequeña mesa para dos mientras Katherine preparaba el té y las tostadas y llevaba los tarros de mermelada y la mantequilla. Edgar estaba callado, y ella, mientras se movía por la cocina, llenaba el silencio hablando de la interminable lluvia otoñal, de política, de noticias...

—¿Te has enterado del accidente de ómnibus que hubo ayer? ¿Y de la recepción celebrada en honor del barón alemán? ¿Y de la joven madre del East End a la que han detenido por el asesinato de sus hijos?

—No —contestó él. «Tenía otras cosas en la cabeza; estaba distraído»—. No, cuéntamelo.

—Es horrible, absolutamente horrible. Su marido, transportista de carbón, si no me equivoco, fue quien encontró a los niños, dos chicos y una chica, acurrucados en su cama; avisó a un agente de la policía y arrestaron a la esposa. Pobrecilla. El desdichado hombre no podía creer que lo hubiera hecho ella. Imagínate, perder a tu mujer y a tus hijos al mismo tiempo. Y ella dice que lo único que hizo fue darles un específico para ayudarlos a dormir. Yo creo que al que tendrían que detener es al que se lo vendió. Estoy segura de que dice la verdad. Tú también, ¿no?

—Por supuesto, querida. —Se acercó la taza a la boca y aspiró el vapor.

—No me escuchas —dijo Katherine.

—Claro que sí. Es terrible.

La escuchaba, y lo encontraba espantoso. Se imaginó a los tres niños, pálidos, como crías de ratón, con los ojos cerrados.

—¡Ay!, ya sé que no debería leer esas historias —comentó ella—. Me afectan mucho. Hablemos de otra cosa. ¿Vas a terminar el encargo de los Farrell hoy?

—No, creo que iré otro día. Tengo una cita a las diez en Mayfair, en casa de un miembro del Parlamento: un Broadwood de cola; no sé qué le pasa. Y antes de marcharme tengo que terminar unas cosas en el taller.

—Procura no llegar tarde esta noche. Ya sabes que no soporto tener que esperarte.

—Lo sé.

Edgar estiró un brazo y le cogió una mano a su esposa.

«Un gesto exagerado», pensó ella, pero no le dio más importancia.

Su sirvienta, una joven de Whitechapel, había tenido que regresar a su hogar para ocuparse de su madre, que estaba enferma de tisis, así que Katherine se levantó y subió a arreglar el dormitorio. Normalmente se quedaba en casa durante el día para ayudar con las labores domésticas, recibir a los clientes de Edgar, organizar los encargos y planear actos sociales, una tarea que su marido, que siempre se había sentido más cómodo entre cuerdas y macillos, delegaba en ella de buen grado. No tenían hijos, aunque no porque no lo intentaran. Es más, eran una pareja muy apasionada, un hecho que a veces sorprendía a Katherine cuando veía a su esposo paseando distraído por la casa. Aunque al principio esa destacable «ausencia de niños», como lo describía su madre, los había entristecido, habían acabado acostumbrándose, y en ocasiones Katherine pensaba que esa circunstancia los había unido aún más. Además, a veces admitía ante sus amigas que sentía cierto alivio, pues Edgar ya le daba suficiente trabajo.

Cuando Katherine abandonó la mesa, su esposo se terminó el té y bajó la empinada escalera que conducía al sótano. Casi nunca trabajaba en casa. Transportar un instrumento por las calles de Londres podía resultar desastroso, y era mucho más fácil llevarse todas sus herramientas a donde fuera. El taller lo utilizaba, básicamente, para sus propios proyectos. Era un espacio reducido con el techo bajo, una maraña de polvorientos armazones de piano, utensilios colgados de los muros y del techo, como los cuchillos en una carnicería, y dibujos descoloridos de pianos y retratos de pianistas clavados en las paredes. Había estantes llenos de teclas inservibles que parecían hileras de dientes.

Katherine lo había llamado en una ocasión «el cementerio de elefantes», y él le había preguntado si lo decía por las inmensas cajas vacías o por los rollos de fieltro, que parecía cuero, y ella le había contestado: «Eres demasiado poético; lo decía sólo por el marfil.»

Al bajar estuvo a punto de tropezar con un mecanismo de percusión desechado que estaba apoyado en la pared. Además de la dificultad de mover un piano, ése era otro motivo por el que no llevaba a sus clientes al taller. Para quienes estaban acostumbrados al brillo de las cajas instaladas en salones floreados, siempre resultaba un tanto desconcertante ver un piano abierto y darse cuenta de que algo tan mecánico podía producir un sonido celestial.

La habitación estaba escasamente iluminada por un ventanuco que había en lo alto. Edgar Drake fue hacia un pequeño escritorio y encendió una lámpara. La noche anterior había escondido el paquete que le habían entregado en el Ministerio de Defensa debajo de un montón de papeles viejos sobre técnicas de afinación. Abrió el sobre. Había una copia de la carta original que le había enviado Fitzgerald, un mapa y un contrato donde se especificaba su misión. También había unas instrucciones impresas, que le habían dado a instancias del doctor Carroll, tituladas en letras mayúsculas: «HISTORIA GENERAL DE BIRMANIA, CON ESPECIAL ATENCIÓN A LAS GUERRAS ANGLO-BIRMANAS Y LAS ANEXIONES BRITÁNICAS.» Se sentó y se puso a leer.

La historia le resultaba familiar. Había oído hablar de aquellos conflictos, notables por su brevedad y por los considerables avances territoriales arrancados a los reyes birmanos tras cada victoria: los estados costeros de Arakan y Tenasserim después de la primera guerra; Rangún y la Baja Birmania al finalizar la segunda; la Alta Birmania y el estado de Shan tras la tercera. Y mientras que las dos primeras, que terminaron en 1826 y 1853 respectivamente, las había estudiado en la escuela, de la tercera se había enterado por los periódicos el año anterior, pues la última anexión no la habían anunciado hasta enero. Pero, aparte de esas generalidades, desconocía la mayoría de los datos: que la segunda contienda empezó, por lo visto, tras el secuestro de dos capitanes de barco ingleses; que la tercera fue producto, en parte, de las tensiones creadas tras la negativa de unos emisarios británicos a quitarse los zapatos para ser recibidos en audiencia por el rey birmano... Había otros apartados que incluían historias de los monarcas, una vertiginosa genealogía complicada por la multitud de esposas y por lo que, al parecer, era una práctica muy común: matar a todos los parientes que pudieran aspirar al trono. Estaba aturdido por tantas palabras desconocidas, por nombres con sílabas extrañas que no lograba pronunciar, y se concentró en la biografía del último rey, Thibaw, al que destronaron y que se exilió a la India cuando las tropas británicas invadieron Mandalay. Según el informe del ejército, era un líder débil e inepto, manipulado por su esposa y su suegra, y su reinado estuvo marcado por la anarquía, cada vez mayor en las regiones más lejanas. Eso se tradujo en una plaga de ataques por parte de bandas armadas de *dacoits*, un término con el que se designaba a los bandoleros que Edgar Drake ya había visto en el artículo que había arrancado del *Illustrated London News*.

Oyó los pasos de Katherine en el piso de arriba e hizo una pausa, preparado para meter los pliegos en el sobre. Las pisadas se detuvieron en lo alto de la escalera.

—Son casi las diez, Edgar —anunció su mujer.

—¿Tan tarde? ¡Tengo que irme! —exclamó él.

Apagó la lámpara, guardó los documentos y volvió a esconderlos entre el montón de papeles, sorprendido de su propia prudencia. Katherine lo esperaba con su abrigo y su bolsa de herramientas.

—Esta noche llegaré pronto, te lo prometo —dijo Edgar mientras deslizaba los brazos por las mangas del gabán.

Besó a su esposa en la mejilla y salió a la calle.

Pasó el resto de la mañana con el Broadwood de cola del miembro del Parlamento, que, en la habitación de al lado, hablaba a gritos de la construcción de un nuevo manicomio para ricos. No tardó mucho en acabar; habría podido entretenerse más afinándolo, pero tenía la impresión de que no lo tocaban mucho. Además, la acústica de la sala era pésima, y la política del parlamentario, muy desagradable.

Se marchó a primera hora de la tarde. Las calles estaban llenas. El cielo se había nublado y amenazaba lluvia. Edgar se abrió paso entre el gentío y cruzó la calzada para esquivar a un grupo de obreros que levantaban los adoquines con picos e interrumpían el tráfico. Alrededor de los coches parados, los vendedores de periódicos y los pequeños comerciantes anunciaban a gritos su mercancía; un par de chiquillos se pasaban una pelota entre la gente y huían cada vez que el balón golpeaba el costado de un vehículo. Empezó a chispear.

Edgar caminó un rato, con la esperanza de encontrar un ómnibus, pero la llovizna se convirtió pronto en un aguacero. Se refugió en la puerta de un pub, cuyo nombre estaba escrito en el vidrio esmerilado; a través de las ventanas empañadas se veía la espalda de hombres con traje y mujeres con la cara empolvada. Se levantó el cuello del gabán, se lo ciñó y miró la lluvia. Dos conductores dejaron un carro al otro lado de la calle y la atravesaron tapándose la cabeza con la chaqueta. Edgar se hizo a un lado, y cuando entraron en el pub, la puerta de batiente dejó escapar un humeante olor a perfume, sudor y ginebra derramada. Oyó cantar a unos borrachos. La puerta volvió a cerrarse; él esperó contemplando la calle. Y volvió a pensar en el informe.

Cuando iba al colegio nunca le habían interesado mucho ni la historia ni la política; prefería las artes, sobre todo la música, por supuesto. Sus tendencias políticas, si es que las tenía, se orientaban hacia Gladstone y el apoyo de los liberales al autogobierno, aunque esa convicción no era fruto de un análisis concienzudo. La desconfianza que sentía hacia los militares era algo más visceral; no le gustaba la arrogancia con que actuaban en las colonias ni la que mostraban al regresar. Además, le desagradaba aquella opinión generalizada de que los orientales eran vagos e ineptos. Tal como le había explicado a Katherine, la historia del piano demostraba que esa concepción era falsa. Las teorías matemáticas de la afinación temperada habían ocupado a muchos pensadores, desde Galileo Galilei hasta el padre Marin Mersenne, autor del clásico *La armonía universal*. Y, sin embargo, Edgar sabía que las cifras correctas las había publicado por primera vez un príncipe chino llamado Tsaiyu, lo cual resultaba sorprendente; por lo que él conocía, la música china, con su falta de énfasis armónico, no requería una armonización temperada. Evitaba comentar ese detalle en público, por supuesto. Le disgustaban las discusiones, y tenía suficiente experiencia para saber que había poca gente capaz de valorar la belleza técnica de semejante innovación.

La lluvia amainó un poco y Edgar salió de su refugio. Pronto llegó a una calle más ancha por donde pasaban autobuses y coches de caballos. «Todavía es temprano —pensó—; Katherine estará contenta.»

Subió a un ómnibus y se quedó atrapado entre un apuesto caballero que llevaba un grueso abrigo y una joven de rostro lívido que tosía sin cesar. Avanzaban a trompicones. Edgar buscaba una ventana, pero el vehículo estaba abarrotado y no consiguió ver pasar las calles.

No olvidará ese momento.

Llega a casa. Abre la puerta y encuentra a Katherine sentada en un extremo del sofá, al borde del semicírculo de damasco que cubre los cojines, igual que el día anterior. Pero esta vez la lámpara no está encendida. La mecha está negra; habría que cortarla, mas la sirvienta está en Whitechapel. Sólo entra un poco de luz a través de las cortinas de encaje de Nottingham, y queda atrapada en las partículas de polvo suspendidas en el aire. Ella mira por la ventana; debe de haber visto la silueta de Edgar al pasar por la calle. Tiene un pañuelo en la mano, acaba de secarse apresuradamente las mejillas. Él ve las lágrimas, el rastro que no ha llegado a enjugar.

Hay un montón de hojas desparramadas por la mesa de caoba, y un envoltorio marrón que conserva la forma de lo que antes contenía, atado aún con cordel y abierto con cuidado por un extremo, como si hubieran examinado su contenido de forma disimulada. O mejor dicho, como si hubieran querido hacerlo, pues los papeles esparcidos no están en absoluto ocultos, como tampoco los ojos hinchados o las huellas del llanto.

Ninguno de los dos se mueve ni dice nada. Él todavía lleva el gabán en la mano. Ella sigue sentada en el borde del sofá, retorciendo el pañuelo con los dedos, nerviosa. Él comprende de inmediato por qué llora; ella lo sabe, pero, aunque no sea así, debería serlo: las noticias hay que compartirlas. Se lo tendría que haber contado la noche anterior; sabía que irían a su casa, ahora recuerda que antes de marcharse del Ministerio de Defensa el coronel se lo dijo. De no haber estado tan abrumado por la magnitud de la decisión que tenía que tomar, no lo habría olvidado. Debería haberlo planeado, podría habérselo comunicado con más delicadeza. Edgar nunca se guarda un secreto, y cuando lo hace éste se convierte en una mentira.

Le tiemblan las manos al colgar el gabán. Se da la vuelta.

—Katherine —dice.

Quiere preguntarle qué le ocurre, algo innecesario porque ya conoce la respuesta. La mira; todavía hay interrogantes por aclarar: «¿Quién ha traído esos papeles? ¿Cuándo ha venido? ¿Qué dicen? ¿Estás enfadada?»

—Has llorado.

Ella guarda silencio, pero empieza a sollozar débilmente. Tiene el cabello suelto sobre los hombros.

Edgar no se mueve, no sabe si acercarse; no es como el día anterior, ésta no es una ocasión para abrazos.

—Katherine, quería contártelo, intenté hacerlo anoche, pero no me pareció un buen momento...

Ahora se decide a cruzar la habitación, pasa entre el sofá y la mesa y se sienta junto a su esposa.

—Cariño... —Le toca el brazo con suavidad, intentando que se vuelva hacia él—. Katherine, amor mío, quería decírtelo; mírame, por favor.

Ella gira la cabeza despacio, lo mira, tiene los ojos enrojecidos, lleva mucho rato llorando. Él espera que diga algo, no sabe de qué se ha enterado, quién le ha entregado los papeles, qué le han explicado.

—¿Qué ha sucedido? —Ella no contesta—. Por favor, Katherine.

—Edgar, ya sabes qué ha sucedido.

—Lo sé y no lo sé. ¿Quién ha traído esto?

—¿Qué más da?

—Katherine, cariño, no te enfades conmigo; quería hablarte de esto, por favor, Katherine...

—No estoy enojada, Edgar —replica ella.

Él se mete una mano en el bolsillo y saca un pañuelo.

—Mírame. —Se lo acerca a la mejilla.

—Antes sí me he disgustado, cuando ha venido.

—¿Quién?

—Un soldado del Ministerio de Defensa, que ha preguntado por ti y ha dejado este paquete. —Lo señala.

—¿Y qué ha dicho?

—Nada, sólo que eran los documentos para tu preparación, que debería estar orgullosa, que estabas haciendo algo muy importante... Al decir eso no he entendido de qué me estaba hablando. «¿Qué quiere decir?» Y sólo me ha dicho: «Señora Drake, ¿sabe que su esposo es un hombre muy valiente?» Yo he tenido que replicar: «¿Por qué?» Me he sentido como una imbécil, Edgar; se ha mostrado sorprendido, se ha reído y se ha limitado a decir que Birmania está muy lejos. He querido preguntarle a qué se refería, he estado a punto de decirle que se había equivocado de casa, de marido, pero le he dado las gracias y se ha marchado.

—Y los has leído.

—Bueno, sólo algunos. No hacía falta verlos todos. —Se queda callada.

—¿Cuándo ha venido?

—Esta mañana. Ya sé que no debía haber mirado tu correo; lo he dejado sobre la mesa, no era mío, y he subido para intentar terminar el bordado de nuestra colcha, pero estaba distraída, me pinchaba todo el rato, no podía dejar de pensar en lo que me había dicho ese soldado... Así que al final he bajado, me he pasado casi una hora aquí sentada, preguntándome si debía abrirlo, diciéndome que no tenía importancia, pero sabía que sí la tenía; y entonces me he acordado de anoche: estabas muy raro.

—Te diste cuenta.

—Ayer no, pero esta mañana sí. Creo que te conozco demasiado bien.

Edgar le coge las manos.

Se quedan largo rato allí sentados, con las rodillas juntas, las manos de ella en las de él. Katherine repite:

—No estoy enfadada.

—Tienes derecho a estarlo.

—Antes sí lo estaba; la rabia iba y venía. Sólo lamento que no me lo contaras; no me importa lo de Birmania, no me parece mal, bueno, sí que me preocupa, pero... No sé por qué no me lo dijiste, quizá creyeras que te prohibiría hacerlo; eso es lo que más me duele: yo estoy orgullosa de ti, Edgar.

Las palabras se quedan suspendidas ante la pareja. Edgar le suelta las manos a su esposa y ella rompe a llorar de nuevo. Se seca las lágrimas.

—Mira, me estoy portando como una niña.

—Todavía no he tomado una decisión —dice Edgar.

—No se trata de eso; yo no quiero que cambies de idea.

—¿Quieres que vaya?

—No, no quiero, pero sé que tienes que ir. Hace tiempo que espero que pase algo así.

—¿Que me envíen a Birmania a afinar un piano?

—No, me refiero a esto, a algo diferente; es una idea maravillosa: utilizar la música para lograr la paz. Me pregunto qué canciones tocarás allí.

—Sólo voy a arreglar un Erard; yo no soy pianista, voy porque es un encargo.

—Pero éste es distinto, y no sólo porque te vas lejos.

—No te entiendo.

—No es como tus otros proyectos: es una buena causa.

—Así que no crees que la labor que hago aquí valga la pena.

—No, no he dicho eso.

—Sí lo has dicho.

—Yo te observo, Edgar, y a veces es como si fueras mi hijo. Estoy orgullosa de ti: tienes un don del que otros carecen, posees un oído excepcional, eres hábil para los trabajos mecánicos, consigues que la música suene de maravilla, y con eso basta.

—Parece mejor de lo que es.

—Edgar, por favor, ahora eres tú el que está molesto.

—Sólo te pido que te expliques; nunca me habías dicho eso. Éste no es más que otro trabajo, y yo no soy más que un mecánico; no vamos a atribuirle el mérito de los cuadros de Turner al individuo que le hace los pinceles.

—Ahora hablas como si no estuvieras seguro de querer ir.

—Pues claro que no lo sé, pero ahora mi esposa me dice que debo ir para demostrar algo.

—Sabes perfectamente que eso no es lo que te estoy diciendo.

—Esto no es más que otro servicio, Katherine.

—Sé que no es eso lo que piensas.

—Ya he tenido propuestas raras en otras ocasiones.

—Pero ésta es diferente; es la única que has mantenido en secreto.

Fuera el sol desaparece por fin tras los tejados, y de pronto la habitación se sume en la oscuridad.

—No me esperaba esto de ti, Katherine.

—¿Qué esperabas?

—No lo sé; es la primera vez que hago una cosa así.

50

—Suponías que me pondría a llorar como ahora, que te suplicaría que no aceptaras el encargo, porque así es como se comportan las mujeres cuando pierden a sus maridos, que temería quedarme sola porque no estarías a mi lado para cuidarme, que tendría miedo de no volver a verte...

—Katherine, no es cierto; si no te lo he contado antes no es por esa razón.

—Creíste que me asustaría, arrancaste una página del *Illustrated London News* porque había un artículo sobre Birmania.

Se produce un largo silencio.

—Lo siento, ya sabes que esto es nuevo para mí.

—Lo sé, también lo es para mí. Creo que deberías ir, Edgar; ojalá yo también pudiera. Ha de ser fabuloso ver el mundo. Tienes que ir; y volver para contarme un montón de historias.

—No es más que un trabajo.

—Di lo que quieras, pero sabes perfectamente que no lo es.

—El barco no zarpa hasta dentro de un mes. Es mucho tiempo.

—Hay muchas cosas que preparar.

—Birmania está muy lejos, Katherine.

—Ya lo sé.

Los días pasaron deprisa. Edgar terminó el encargo de los Farrell y rechazó uno nuevo que consistía en armonizar un hermoso Streicher de 1870 con un viejo mecanismo vienés.

A menudo iban a verlo a su casa oficiales del Ministerio de Defensa que le entregaban nuevos impresos: informes, programas, listas de artículos que tenía que llevarse a Birmania... Tras las lágrimas del primer día, Katherine parecía plantearse la misión de su marido con verdadero entusiasmo. Edgar le estaba profundamente agradecido; había creído que su mujer se llevaría un disgusto enorme, y, además, nunca había sabido organizarse. Katherine siempre se burlaba de él diciendo que, al parecer, la ordenación exacta de las cuerdas del piano exigía un caos absoluto en los demás aspectos de su vida. En un día normal llegaba un soldado con más pliegos mientras Edgar estaba ausente. Katherine los cogía, los leía y luego los clasificaba en el escritorio de su marido en tres grupos: formularios para rellenar y devolver al ejército, informes generales y documentos específicos para aquella misión. Luego Edgar regresaba, y tras unos minutos los montones estaban desordenados, como si se hubiera limitado a buscar algo entre ellos. Katherine sabía que ese «algo» era los datos sobre el piano, pero no llegaban, y transcurridos tres o cuatro días, ella lo saludaba y decía:

—Hoy han traído más cosas: mucha información militar, pero nada sobre el Erard.

Aquello desmoralizaba a Edgar, mas ayudaba considerablemente a mantener la mesa arreglada. A continuación él recogía lo que había en lo alto del montón de papeles y se sentaba en su butaca.

Poco después Katherine lo encontraba dormido con la hoja en el regazo.

Estaba admirada de la cantidad de informes que le estaban proporcionando, al parecer a petición de Carroll; ella los leía con avidez y copiaba incluso algunos pasajes de una historia del estado de Shan escrita por el propio doctor. Al principio pensó que sería aburrida, pero resultó emocionante; eso le dio confianza en el hombre al que consideraba responsable de velar por la seguridad de su marido. Se la recomendó a Edgar, pero él le dijo que prefería esperar, porque cuando estuviera solo necesitaría cosas para distraerse. Por lo demás, Katherine casi nunca le comentaba sus lecturas. Los relatos y las descripciones de la gente la fascinaban; las narraciones de lugares lejanos le habían encantado siempre, desde pequeña. Pero, pese a que disfrutaba y fantaseaba leyendo, se alegraba de no ser ella la que tenía que viajar a aquel remoto país. Le confesó a una amiga suya que lo consideraba un juego absurdo para hombres que no habían dejado de ser niños, como los cuentos de *Boy's Own*, o aquellas novelas por entregas de indios y vaqueros que importaban de América.

—Y, sin embargo, dejas ir a Edgar —repuso su amiga.

—Él nunca ha jugado a esas cosas —replicó Katherine—. Quizá todavía no sea demasiado tarde. Además, nunca lo había visto tan emocionado, tan concentrado en un objetivo. Es como si volviera a ser joven.

Pasados unos días llegaron otros paquetes, esta vez con anotaciones del coronel Fitzgerald, que Edgar tenía que entregar al comandante médico Carroll. Daba la impresión de que contenían partituras y él empezó a abrirlos, pero Katherine se lo impidió. Estaban cuidadosamente envueltas con papel marrón, y Edgar las desordenaría. Por suerte, los nombres de los compositores estaban escritos en la parte exterior, y él se consoló al saber que si se perdía en la jungla, al menos Liszt le haría compañía. Esa muestra de buen gusto hizo que se ilusionara con su misión.

La partida estaba prevista para el 26 de noviembre, un mes después de haber aceptado el encargo. Esa fecha se aproximaba como un ciclón, tanto por los apresurados preparativos que la precedían como por la calma que reinaría después. Edgar pasaba el día terminando trabajos y ordenando el taller; mientras tanto Katherine le hacía el equipaje y corregía las recomendaciones del ejército con la sabiduría propia de la esposa de un experto en Erards. Así, a la lista de artículos como ropa impermeable, ropa de vestir y un surtido de píldoras y polvos para «disfrutar mejor del clima tropical», ella añadió pomada para los dedos, agrietados de afinar, y unas gafas de repuesto, pues Edgar se sentaba encima de las suyas una vez cada tres meses aproximadamente. También incluyó una chaqueta de frac.

—Por si te piden que toques —explicó.

Pero Edgar le dio un beso en la frente y la sacó del baúl.

—Me halagas, cariño, pero yo no soy pianista; no te hagas ilusiones, por favor.

Katherine volvió a meterla. Estaba acostumbrada a ese tipo de protestas. Desde niño Edgar había notado que tenía un don especial para la música, aunque muy joven comprendió, con tristeza, que no poseía aptitudes para la composición. Su padre, que

53

era carpintero, había sido un apasionado músico diletante: coleccionaba y reconstruía instrumentos de todo tipo de formas y sonidos; saqueaba los bazares en busca de extrañas piezas folclóricas importadas del continente. Cuando se dio cuenta de que su hijo era demasiado tímido para tocar ante sus invitados, invirtió toda su energía en la hermana de Edgar, una niñita delicada que más tarde se casaría con un cantante de la D'Oyly Carte Company, que actuaba en las operetas de los señores Gilbert y Sullivan. De modo que, mientras ella soportaba largas lecciones de música, Edgar se pasaba el día con su padre, un hombre del que recordaba sobre todo sus enormes manos, demasiado grandes, como él mismo decía, para los trabajos delicados. Y así fue como empezó a reparar la colección paterna, cada vez más extensa, cuyos instrumentos, para satisfacción del niño, estaban muy estropeados. Cuando, siendo ya un muchacho, conoció a Katherine y se enamoró de ella, sintió el mismo deleite al oírla tocar, y así se lo dijo cuando se le declaró. «Espero que no me estés pidiendo que me case contigo porque así tendrás a alguien para probar lo que arregles», le dijo ella, con la mano posada sobre su brazo, y él contestó, ruborizado por el contacto de sus dedos: «No te preocupes, si no quieres tocar, no toques. La música de tu voz es suficiente.»

Edgar recogió sus herramientas. El ejército todavía no le había dado información sobre el piano, así que fue a la tienda donde lo habían comprado y habló largo rato con el propietario de sus características, de la amplia reconstrucción a que había sido sometido, de qué partes originales se habían conservado... Como el espacio que tenía era limitado, sólo podía llevarse utensilios y piezas de recambio específicas para aquel Erard. Aun así, llenó medio baúl.

Una semana antes del viaje, Katherine celebró una cena de despedida en honor de su marido. Edgar tenía pocos amigos, la mayoría de los cuales se dedicaban a lo mismo que él: el señor

54

Wiggers, especialista en Broadwoods; el señor d'Argences, un francés cuya gran pasión eran los pianos verticales vieneses; y el señor Poffy, que en realidad no era afinador, pues sobre todo reparaba órganos. En una ocasión Edgar le explicó a Katherine que era bueno que hubiese variedad en las amistades, aunque las suyas no cubrían, ni mucho menos, la categoría de «personajes relacionados con los pianos». En el directorio de Londres, sin ir más lejos, había fabricantes de pianos, de mecanismos de piano, de trastes de pianoforte, de fieltro para macillos y apagadores, de apoyos de macillos, blanqueadores y cortadores de marfil, fabricantes de teclas, de clavijas, de cuerdas de piano, armonizadores... En la reunión fue notoria la ausencia del señor Hastings, que también era un experto en Erards, y que no saludaba a Edgar desde que éste había colgado un letrero en la entrada de su casa que rezaba: «ESTOY EN BIRMANIA AFINANDO UN PIANO POR ENCARGO DE SU MAJESTAD. POR FAVOR, CONSULTEN AL SEÑOR CLAUDE HASTINGS PARA PROBLEMAS MENORES QUE NO PUEDAN ESPERAR HASTA MI REGRESO.»

En la fiesta todo el mundo estaba entusiasmado con la misión, y los invitados especularon hasta bien entrada la noche sobre lo que podía pasarle al instrumento. Al final, aburrida con la discusión, Katherine dejó a los hombres y se fue a la cama, donde leyó unas páginas de *Los birmanos*, una maravillosa obra de etnografía escrita por un periodista recién destinado a la Comisión Birmana. El autor, un tal señor Scott, había adoptado como pseudónimo el nombre birmano Shway Yoe, que significa «verdad dorada». Ese detalle, pese a que para ella constituía una prueba más de que la guerra sólo era un juego de niños, hizo que se sintiese inquieta, y antes de quedarse dormida pensó que tenía que pedirle a Edgar que no regresara con un nuevo y ridículo nombre.

A medida que pasaban los días Katherine temía quedarse sin tiempo para ultimar los preparativos, pero tres días antes del señalado, Edgar y ella se despertaron y se dieron cuenta de que ya no había nada más que hacer. El equipaje estaba listo; las herramientas, limpias y ordenadas; el taller, cerrado.

Edgar llevó a Katherine hasta el Támesis; se sentaron en la escollera y se quedaron viendo pasar las barcas. El cielo tenía una claridad inequívoca, como el tacto de la mano de su esposa en la suya. «Lo único que falta para completar este momento es música», pensó él. Desde que era niño tenía la costumbre de asociar sentimientos a canciones, y canciones a sentimientos. Katherine se enteró de ello en una carta que él le envió poco después de visitar su casa por primera vez, en la que describía sus emociones «como un alegro con brío de la sonata número cincuenta en re mayor de Haydn». Entonces ella se rió y se preguntó si lo decía en serio o si era la clase de broma que sólo les hacía gracia a los aprendices de afinación. Sus amigas, por su parte, decidieron que se trataba de una humorada, por extraña que fuera, y ella no tuvo más remedio que darles la razón; hasta que más tarde se compró la partitura de aquella sonata y la tocó. Del piano, recién reparado, salió una alegre canción que la llevó a pensar en mariposas: no de las que llegan después de la primavera, sino de las pálidas y revoloteadoras que viven en el estómago de los jóvenes enamorados.

Mientras estaban allí juntos, a Edgar le acudían a la mente fragmentos de melodías, como si hubiera cerca una orquesta calentando los instrumentos, hasta que, poco a poco, una empezó a dominar y las otras la siguieron. Se puso a tararear.

—Clementi, sonata en fa menor sostenido, opus veinticinco, número cinco —dijo Katherine, y él asintió con la cabeza.

En una ocasión Edgar le había dicho que le recordaba a un marinero perdido en el mar, mientras su amada lo esperaba en la playa. Las notas eran el sonido de las olas y de las gaviotas.

Se quedaron sentados, escuchando.

—¿Él regresa?

—En esta versión sí.

En el río había trabajadores descargando cajas de las barcas empleadas para el tráfico fluvial. Las gaviotas gritaban, esperando residuos de comida y llamándose mientras volaban en círculo. Edgar y Katherine echaron a andar por la orilla. Cuando dieron media vuelta y empezaron a alejarse del Támesis, él entrelazó sus dedos con los de su esposa. «Los afinadores son buenos maridos —les había dicho a sus amigas cuando regresaron de su luna de miel—. Saben escuchar, y sus caricias son más delicadas que las de los pianistas, porque sólo ellos conocen el interior del piano.» Las jóvenes rieron ante las escandalosas insinuaciones de aquellas palabras. En ese momento, dieciocho años más tarde, ella sabía dónde tenía él callosidades y de qué eran. En una ocasión le había explicado el origen de cada una de ellas, como un hombre tatuado relata la historia de sus ilustraciones: «Ésta que discurre por la parte interior del pulgar es del destornillador; los arañazos de la muñeca son de la caja, porque suelo apoyar el brazo así cuando toco. Las durezas del índice y del anular de la mano derecha son de apretar las clavijas antes de utilizar los alicates; nunca uso el dedo corazón, no sé por qué, quizá sea una costumbre de juventud. Las uñas rotas son de las cuerdas; es una señal de impaciencia.»

Volvieron dando un paseo, hablando de cosas intrascendentes, como con cuántos pares de calcetines contaba Edgar, con qué frecuencia escribiría, qué regalos llevaría a su regreso, qué debía hacer para no caer enfermo... La conversación se fue apagando poco a poco; no parecía lógico llenar de banalidades una despedida como ésa. «En los libros es diferente; y en el teatro», pensó él, y sintió la necesidad de hablar del deber, de la misión, del amor... Llegaron a casa, cerraron la puerta y él no le soltó la mano a Katherine. Cuando las palabras no sirven, siempre queda el tacto.

Faltan tres días, luego dos, y Edgar no puede dormir. Sale temprano para pasear, cuando todavía está oscuro; deja el cálido refugio de las sábanas, que huelen a sueño. Su esposa se da la vuelta, soñando quizá.

—¿Edgar?

—Duerme, mi amor.

Y ella se duerme, se acurruca de nuevo bajo las mantas, emite un murmullo de satisfacción. Él posa los pies en el suelo, nota el frío beso de la madera en las plantas y cruza la habitación. Se viste deprisa. Se lleva las botas en la mano para no despertar a Katherine, sale sin hacer ruido y baja la escalera, cubierta con una alfombra, hasta la puerta.

Fuera hace frío y la calle está vacía, salvo por un grupo de hojas que revolotean atrapadas en una ráfaga de viento que se ha equivocado y ha torcido por Franklin Mews; gira sobre sí misma, se retuerce e intenta retroceder. No se ven estrellas. Edgar se sube el cuello del abrigo y se cala el sombrero. Sigue al viento en su retirada. Pasa ante vías adoquinadas, desiertas, hileras de casas adosadas, cortinas echadas como ojos cerrados y dormidos... Algo se mueve: un gato callejero, quizá, o un hombre. Está oscuro, y en esa zona todavía no hay luz eléctrica, así que Edgar ve las lámparas y las velas escondidas en las profundidades de las casas. Se ajusta más el gabán y sigue andando; la noche deja paso al amanecer.

Faltan dos días, uno... Ella lo acompaña, se levanta con él de madrugada, y juntos caminan por el extenso Regent's Park. Están prácticamente solos. Se dan la mano mientras el viento sopla por los amplios paseos, roza la superficie de los charcos y mueve las hojas húmedas que hay enredadas entre la hierba. Se paran y se sientan en una glorieta, y desde allí observan a los pocos que se han atrevido a salir pese a la lluvia, ocultos bajo paraguas que el vendaval estremece: ancianos que deambulan solos, parejas, madres que van brincando con sus hijos por el parque, quizá al zoo.

—¿Qué animales hay, mami?

—¡Chist! Pórtate bien; hay tigres de Bengala y serpientes pitón birmanas que se comen a los niños malos.

Pasean por el oscuro parque; las flores gotean lluvia, hay nubes bajas, las hojas están amarillas. Katherine lleva de la mano a

58

Edgar a través de las vastas extensiones de césped, fuera de la larga avenida: dos diminutas figuras que recorren un mar de color verde. Él no pregunta adónde van, pero oye cómo el barro se le pega a la suela de las botas y produce un desagradable ruido. El cielo está gris y cargado, y no se ve el sol.

Ella lo guía hasta una pequeña pérgola, donde no se mojan, y él le aparta el cabello húmedo de la cara. Katherine tiene la nariz fría. Edgar recordará ese detalle.

El día deja paso a la noche, imperceptiblemente.

Y llega el 26 de noviembre de 1886.

Un coche se detiene en el Royal Albert Dock. Dos individuos con impecables uniformes del ejército se apean y les abren las puertas a un hombre y una mujer de mediana edad. La pareja baja con vacilación, como si fuera la primera vez que viaja en un vehículo militar: los escalones son más altos, y las ruedas son más anchas para que pueda circular por terrenos accidentados. Uno de los reclutas señala el barco; el hombre lo contempla y luego mira a la mujer. Se quedan de pie el uno junto al otro y él la besa con dulzura. Luego se da la vuelta y sigue a los soldados hacia la nave. Cada joven lleva un baúl, y el hombre, una bolsa pequeña.

No hay mucho bullicio; no estrellan botellas contra la proa: esa costumbre se reserva para los bautizos de viajes inaugurales y para los borrachos que duermen en el puerto, que de vez en cuando bajan al río a lavar sus cosas. De pie en la cubierta, los pasajeros dicen adiós con la mano a la multitud que se ha congregado en el muelle y que les devuelve el gesto.

Los motores empiezan a rugir.

La niebla se cierra como una cortina sobre el Támesis y borra los edificios, el embarcadero y a la gente que ha ido a despedir el barco de vapor. En medio de la corriente se vuelve más espesa, invade el buque e impide incluso que los viajeros se vean.

Lentamente, uno a uno, los pasajeros vuelven adentro, y Edgar Drake se queda solo. Se le empañan los cristales de las gafas; se las quita para secárselas en el chaleco. Intenta escudriñar la bruma, pero no logra distinguir la ribera. Detrás de él, la neblina engulle la chimenea del barco, y Edgar tiene la impresión de que está flotando en el vacío. Extiende un brazo y contempla los remolinos blancos que se enroscan alrededor de sus dedos formando corrientes de gotas diminutas.

Blanco. Como una hoja de papel, como el marfil sin tallar, todo es de color blanco cuando empieza la historia.

3

30 de noviembre de 1886

Querida Katherine:

Hace ya cinco días que salí de Londres. Perdona que no te haya escrito hasta ahora, pero Alejandría es nuestra primera escala desde Marsella, y he decidido esperar para no enviarte cartas que sólo habrían expresado ideas antiguas.

Mi querida, mi amada Katherine, ¿cómo puedo describirte lo que han significado estos últimos días para mí? ¡Cómo me gustaría que estuvieras aquí para ver juntos todo lo que estoy viendo! Ayer por la mañana, por ejemplo, apareció una nueva costa a estribor del barco y pregunté a uno de los marineros qué era. «África», me contestó, y me dio la impresión de que lo sorprendí bastante. Me sentí un poco ridículo, desde luego, pero es que no podía controlar mi entusiasmo. Este mundo parece a la vez tan pequeño y tan enorme...

Tengo muchas cosas que contarte, pero antes de nada déjame decirte cómo ha ido el viaje hasta ahora, empezando por el momento en que nos despedimos. En el trayecto de Londres a Calais no hubo incidentes. Había una niebla muy espesa que pocas veces se levantó el tiempo suficiente para permitirnos ver algo que no fueran las olas. La travesía sólo duró unas horas. Cuando atracamos en Calais ya era de noche, y nos llevaron en coche hasta la estación, donde tomamos el tren de París. Como ya sabes, siempre había soñado con visitar la ciudad de adopción de Sebastien Erard. Pero en cuanto llegamos me subieron a otro tren que se dirigía hacia el sur. Francia es un país hermoso, y nuestra ruta nos condujo por pastos dorados, viñas e incluso campos de lavanda (con la que fabrican sus famosos perfumes, de los que prometo llevarte una muestra a mi regreso). En cuanto a los franceses, mi opinión no es muy positiva, pues ninguno de los lugareños con los que hablé había oído mencionar siquiera a Erard, ni el *mécanisme à étrier*, su gran innovación. Cuando se lo preguntaba, se quedaban mirándome como si estuviera loco.

En Marsella nos embarcamos en otro buque de la misma compañía naviera, con el que no tardamos en surcar las aguas del Mediterráneo. ¡Me encantaría que pudieras ver lo bello que es este mar! Sus aguas son de un azul que jamás había visto. El color más parecido que se me ocurre es el del cielo al anochecer, o quizá el de los zafiros. La cámara es un invento maravilloso, desde luego, pero me gustaría que pudiéramos tomar fotografías en color, pues así podrías comprobar tú misma lo que quiero decir. Tienes que ir a la National Gallery y buscar *El «Temerario» remolcado a dique seco*, de Turner; es lo más cercano a esto que puedo imaginar. Hace mucho calor, y ya he olvidado los fríos inviernos ingleses. Pasé gran parte del primer día en la cubierta y acabé quemado por el sol. Tengo que acordarme de ponerme el sombrero.

El segundo día atravesamos el estrecho de Bonifacio, que separa las islas de Cerdeña y Córcega. Desde el barco pudimos ver la costa italiana, que parece muy tranquila y apacible. Cuesta creer que en esas colinas se desarrollara una historia tan tumultuosa, que ése sea el país natal de Verdi, Vivaldi, Rossini y, sobre todo, de Cristofori.

¿Cómo podría describirte mi jornada? Aparte de sentarme en la cubierta y contemplar el mar, he pasado muchas horas leyendo sobre Anthony Carroll. Resulta extraño pensar que ese hombre, que ocupa mis pensamientos desde hace varias semanas, todavía no sepa siquiera mi nombre. Con todo, he de reconocer que tiene un gusto extraordinario. Abrí uno de los paquetes de partituras que me dieron para él y descubrí que contenía el concierto para piano número uno de Liszt y la tocata en do mayor de Schumann, entre otras. Hay unas cuya música no he identificado; cuando intento tararearla no puedo descifrar ninguna melodía. Tendré que preguntarle a él por ese particular cuando lo vea.

Mañana haremos escala en Alejandría. Ahora la costa está muy cerca y se ven minaretes a lo lejos. Esta mañana hemos pasado junto a una pequeña barca de pesca: su ocupante se ha puesto de pie para ver cómo echábamos vapor, y se ha quedado embobado mientras una red le colgaba de las manos; estaba tan cerca que he podido distinguir la sal reseca que recubría su piel. ¡Y pensar que hace sólo una semana estaba en Londres! Lástima que vayamos a permanecer muy poco en el puerto y que no tenga tiempo para visitar las pirámides.

Hay tantas cosas que quiero contarte... Ahora la luna está casi llena, y por la noche suelo salir a contemplarla. He oído decir que los orientales creen que hay una liebre en la luna, pero yo sigo sin verla: sólo veo a un hombre que parpadea, con la boca abierta por la sorpresa. Y creo que ahora entiendo por qué pone esa cara: si todo parece asombroso desde un barco, imagínate cómo debe de verse desde allí. Hace dos noches no podía dormir por el calor y la emoción, y subí a la cubierta de madrugada. Estaba admirando el océano cuando, poco a poco, a menos de noventa metros del buque, el agua empezó a brillar. Al principio creí que era el reflejo de las estrellas, pero entonces el destello comenzó a tomar forma; relucía como un millar de diminutas hogueras, como las calles de Londres por la noche. Supuse que debía de haber algún extraño animal marino, pero el resplandor flotaba en la superficie, amorfo, se extendió hasta alcanzar casi dos metros y luego se alejó; cuando me puse a buscarlo por el mar comprobé que había desaparecido. Pues bien, anoche volví a ver aquella bestia luminosa, y un naturalista que viaja en el barco y que había salido a observar el cielo me explicó que esa luz no era de un monstruo, sino de millones de ellos, unas criaturas microscópicas que él llamó diatomeas; y me contó que unos seres parecidos son los que tiñen el Mar Rojo. Katherine, qué mundo tan extraño es éste en el que lo invisible puede iluminar las aguas y colorear el mar de púrpura.

Ahora tengo que dejarte, cariño. Es tarde y te echo terriblemente de menos; espero que no te sientas sola. No sufras por mí, te lo ruego. He de confesar que cuando me marché estaba un poco asustado, y que a veces, tumbado en la cama, me pregunto por qué he emprendido este viaje. Todavía no tengo respuesta. Recuerdo lo que me dijiste en Londres: que se trata de una noble tarea, que se lo debo a mi país..., pero eso no puede ser. Cuando era joven no me alisté en el ejército, y me interesa muy poco nuestra política exterior. Ya sé que te enfadaste conmigo cuando insinué que lo hacía por el piano y no por la Corona, mas sigo pensando que Carroll está cumpliendo con su obligación, y que si yo puedo ayudarlo en la causa de la música, quizá ése sí sea mi deber. En parte mi decisión se basa, desde luego, en la confianza que tengo en el doctor, y en la sensación de que comparto una misión con él y con su deseo de llevar la música que yo considero hermosa hasta lugares donde a otros sólo se les ha ocurrido enviar armas. Ya sé que esos sentimientos, muchas veces, pierden valor cuando se contrastan con la realidad. Te extraño muchísimo, y espero no haberme embarcado en una aventura quijotesca. Sabes que no me gusta correr riesgos innecesarios. Creo que estoy más atemorizado que tú por las historias que oigo contar sobre la guerra y la selva.

¿Por qué malgasto las palabras hablando de mis miedos y mis inseguridades cuando tengo tantas cosas bonitas que decirte? Supongo que es porque no tengo a nadie más con quien compartir estos pensamientos. La verdad es que ya empiezo a sentir una felicidad que hasta ahora desconocía. Lo único que lamento es que no estés aquí para disfrutar este viaje conmigo.

Volveré a escribirte pronto, mi amor.

Tu devoto marido,

Edgar

Envió la carta desde Alejandría, una parada breve donde embarcaron nuevos pasajeros, en su mayoría hombres vestidos con amplias túnicas, que hablaban un idioma que parecía salir de lo más profundo de su garganta. Permanecieron unas horas en el puerto, y sólo tuvieron tiempo para pasear un rato por los muelles entre el olor de los pulpos puestos a secar y los aromáticos sacos de los comerciantes de especias. Pronto emprendieron de nuevo la marcha, pasaron por el canal de Suez y llegaron a otro mar.

4

Aquella noche, mientras el barco surcaba lentamente las aguas del Mar Rojo, Edgar no podía conciliar el sueño. Al principio intentó leer un documento que le había entregado el Ministerio de Defensa, un ampuloso relato sobre las campañas militares durante la tercera guerra anglo-birmana, pero el aburrimiento lo venció. En el camarote hacía un calor sofocante, y por el pequeño ojo de buey apenas entraba aire. Al final se vistió y recorrió el largo pasillo hasta llegar a la escalera que conducía a la cubierta.

Fuera hace frío, el cielo está despejado y hay luna llena. Semanas más tarde, cuando haya oído las leyendas, comprenderá por qué ese detalle era importante. Aunque los ingleses llaman luna nueva a unas delgadas y anémicas rodajas de luz, ésa no es más que una forma posible de interpretarlas. Cualquier niño del estado de Shan, de Wa o de Pa-O diría que la nueva es la luna llena, porque brilla y destella como el sol, y que esos finos gajos son la luna vieja, frágil y próxima a la muerte. Por eso las lunas llenas marcan los principios, los momentos de cambio, y se debe prestar mucha atención a los presagios.

Sin embargo, faltan muchos días para que Edgar Drake llegue a Birmania, y todavía no conoce las adivinaciones de los shan. No sabe que existen cuatro tipos de augurios: los del cielo, los de los pájaros, los de las aves de corral y los del movimiento de las bestias de cuatro patas. Él no conoce el significado de los cometas, de los halos, de las tormentas ni de los meteoritos; no sabe que la profecía puede hallarse en la dirección del vuelo de una grulla, que deben buscarse señales en los huevos de las gallinas y en los enjambres de abejas, y que hay que estar atento por si a uno le cae encima un lagarto, una rata o una araña. Si el agua de una laguna o de un río se vuelve roja, el país padecerá una guerra devastadora; esa señal fue la que predijo la destrucción de Ayutthaya, la antigua capital de Siam. Si un hombre coge algo con la mano y se le rompe sin motivo aparente, o si se le cae el turbante, no tardará en morir.

Edgar Drake no tiene necesidad de pensar en esos vaticinios, al menos todavía. No lleva turbante y pocas veces se le rompen las cuerdas cuando afina y repara un piano. De pie en la cubierta ve cómo el mar refleja la luz de la luna con un resplandor plateado sobre su azul oscuro.

Aún se distingue el trazado de la costa, y hasta el lejano parpadeo de un faro. El cielo está despejado y salpicado de miles de estrellas. Edgar se queda mirando el mar, donde las olas juegan con la reverberación de los astros.

Al día siguiente por la noche Edgar se sentó en el comedor, en el extremo de una larga mesa vestida con un mantel blanco muy limpio. En el techo, una lámpara de araña delataba el movimiento del barco. «Es muy elegante —le contó a Katherine—; no han escatimado lujos.» Se sentó solo y se puso a escuchar la animada conversación de dos oficiales sobre una batalla que había ocurrido en la India y en la que no había intervenido ninguno de ellos, pero sobre la que ambos tenían firmes opiniones. Edgar dejó de interesarse por esos combates y se puso a pensar en Birmania, en Carroll, en su oficio, en pianos, en su casa...

Una voz a su espalda lo devolvió a la realidad.

—¿Es usted el afinador de pianos?

Edgar se dio la vuelta y vio a un hombre alto vestido de uniforme.

—Sí —contestó; se tragó la comida que tenía en la boca y se levantó para estrecharle la mano—. Drake. ¿Y usted, señor?

—Tideworth —respondió el individuo mostrando una atractiva sonrisa—. Soy el capitán del barco desde Marsella hasta Bombay.

—Por supuesto, capitán, he reconocido su nombre. Es un honor para mí conocerlo.

—No, señor Drake, el honor es mío. Lamento que no hayamos podido reunirnos hasta ahora. Llevo varias semanas intentando hablar con usted.

—¿Conmigo? ¿Para qué?

—Debía habérselo dicho al presentarme: soy amigo de Anthony Carroll. Él me escribió y me pidió que lo recibiera a bordo. Está deseando verlo.

—Y yo a él. De hecho, él es mi misión —añadió riendo.

El capitán señaló las sillas.

—Sentémonos, por favor —dijo—. No era mi intención interrumpir su cena.

—No se preocupe, ya había terminado. Las comidas son muy abundantes. —Se sentaron a la mesa—. ¿De modo que el doctor Carroll le ha hablado de mí? Me encantaría saber qué le decía en esa carta.

—Poca cosa. Creo que ni siquiera le han revelado su nombre. Pero me contó que usted es un excelente profesional, y que para él es de suma importancia que llegue sano y salvo a su destino. También me pidió que lo cuidara si se encontraba mal durante el viaje.

—Es usted muy amable. De momento me siento bien; aunque sin una guerra india a mis espaldas no puedo dar mucha conversación. —Inclinó la cabeza hacia los militares que estaban a su lado.

—Ah, son los pelmazos de siempre —repuso el capitán bajando el tono de voz, una precaución innecesaria, pues los oficiales estaban ya muy borrachos y ni siquiera se habían percatado de su presencia.

68

—De todos modos, espero no estar alejándolo de sus obligaciones.

—En absoluto, señor Drake. Navegamos sin problemas, como solemos decir nosotros. Si no surgen imprevistos, calculo que llegaremos a Adén dentro de seis días. Si me necesitan, ya me llamarán. Dígame, ¿le está gustando el viaje?

—Lo encuentro maravilloso. De hecho, es la primera vez que salgo de Inglaterra. Todo es mucho más bonito de lo que yo imaginaba. Hasta ahora lo único que conocía del continente era su música o, mejor dicho, sus pianos. —Tideworth no dijo nada, y Edgar agregó, un tanto abochornado—: Soy especialista en Erards. Es un modelo francés.

El capitán lo miró con curiosidad.

—¿Y qué le ha parecido el trayecto hasta Alejandría? Aunque me temo que por aquí no debe de haber muchos pianos.

—No, no los hay —confirmó Edgar, riendo—. Pero, en cambio, hay un paisaje espectacular; me he pasado horas en cubierta. Es como si volviera a ser joven. No sé si me explico.

—Por supuesto. Todavía recuerdo la primera vez que hice esta ruta. Hasta escribí poemas sobre la travesía, ridículas odas en las que describía la navegación entre dos continentes, extensos y yermos, con kilómetros y kilómetros de desiertos y ciudades legendarias que se elevaban hacia el cielo, hacia levante, hacia el Congo... Seguro que se lo imagina. El mar sigue siendo emocionante para mí, aunque por fortuna hace tiempo que abandoné la poesía. Dígame, ¿ya ha trabado amistad con alguien?

—No soy muy extravertido. Me dedico a disfrutar del viaje, sin más. Todo es tan nuevo para mí...

—Es una lástima que no haya conocido a nadie. Los viajeros suelen ser personajes extraordinarios. Sin ellos, creo que hasta yo me aburriría de este paisaje.

—¿Extraordinarios? ¿En qué sentido?

—Ah, ojalá tuviera tiempo de contarle todas sus historias. Embarcan en puertos muy exóticos; no sólo de Europa o Asia, sino también de las miles de escalas que hay a lo largo del Mediterráneo, del norte de África, de Arabia... Esta ruta se conoce como «el eje del mundo». Pero... ¡hay cada caso! Me basta con echar un vistazo a la sala... Por ejemplo... —Se aproximó un poco más a Drake—. Allí, en la mesa del fondo, ¿ve a ese caballero que está cenando con una dama de cabello cano?

—Sí, ya me he fijado en él. Debe de ser el pasajero de más edad del barco.

—Se llama William Penfield. Era oficial de la Compañía de las Indias Orientales. Lo llamaban Bill *el Sangriento*. Me atrevería a decir que es el soldado más condecorado y salvaje que ha servido en las colonias.

—¿Ese anciano?

—Como lo oye. La próxima vez que se acerque a él, repare en su mano izquierda: le faltan dos dedos; los perdió en una escaramuza ocurrida durante su primer periodo de servicio. Sus hombres solían bromear diciendo que segó mil vidas por cada dedo.

—Es terrible.

—Y eso no es nada, pero le ahorraré los detalles. Y ahora, mire hacia la izquierda. A ese joven moreno lo llaman Harry *Madera de Teca*; no sé cuál es su verdadero nombre. Es un armenio de Bakú. Su padre era maderero y daba los permisos para que los vapores transportaran madera siberiana de la costa norte del mar Caspio a la del sur. Dicen que durante un tiempo controló todo el tráfico con destino a Persia, hasta que lo asesinaron, hace diez años. Su familia tuvo que huir, parte a Arabia, parte a Europa. Harry *Madera de Teca* se fue hacia el este, al mercado indochino. Tiene fama de aventurero. Se rumorea que financió la expedición de Garnier que tenía como objetivo buscar el nacimiento del Mekong, aunque no hay pruebas de ello; y si es cierto, Harry ha sido muy discreto para preservar sus contratos de transporte. Lo más probable es que viaje con usted hasta Rangún, aunque allí con seguridad tomará un vapor de su propia compañía hasta Mandalay. Posee una mansión, o mejor dicho, un palacio lo bastante fastuoso para despertar la envidia de los reyes de Ava. Y por lo visto así ha sido: dicen que Thibaw intentó matarlo dos veces, pero que el armenio logró escapar. Quizá vea su sede central en Mandalay. La teca es su vida; no es fácil conversar con él, a menos que se esté introducido en ese negocio. —El capitán hablaba sin detenerse apenas para respirar—. El individuo corpulento que está sentado junto a él es un francés, Jean-Baptiste Valerie, profesor de Lingüística de la Sorbona. Dicen que domina veintisiete idiomas, tres de los cuales no los habla ningún otro hombre blanco, ni siquiera los misioneros.

—¿Y el que está a su lado, el que lleva tantos anillos? Es muy gallardo, por cierto.

—Ah, ése es Nader Modarress, un persa especialista en alfombras de Bakhtiari. Suele viajar con dos amantes, lo cual es insólito, porque en Bombay tiene tantas esposas que, sólo para mantenerlas, debería pasar todo el tiempo dedicado a su negocio. Se aloja en el camarote real; nunca ha tenido problemas para pagar el pasaje. Como ya ha visto usted, lleva anillos de oro en todos los dedos; le recomiendo que intente verlos de cerca: tienen incrustadas gemas extraordinarias.

—Embarcó con otro caballero, un tipo enorme y rubio.

—Su guardaespaldas; me parece que es noruego. Aunque no creo que sea muy bueno. Se pasa la mayor parte del tiempo fumando opio con los fogoneros; es un hábito muy desagradable, pero impide que se quejen demasiado. Modarress tiene contratado a otro personaje, un tipo con gafas, un poeta de Kiev que compone odas para sus esposas. Por lo visto el persa se las da de romántico, pero no se aclara con los adjetivos. ¡Ay!, discúlpeme, estoy chismorreando como una colegiala. Venga, vamos a tomar un poco el aire antes de que tenga que regresar al trabajo.

Se levantaron, salieron a cubierta y se apoyaron en la barandilla. En la proa había una figura de pie, sola, envuelta en una larga túnica blanca que ondeaba alrededor de su cuerpo.

Edgar la miró y observó:

—Creo que no se ha movido de ahí desde que zarpamos de Alejandría.

—Quizá sea el más extraño de nuestros pasajeros. Nosotros lo llamamos el Hombre de Una Sola Historia. Lleva años recorriendo esta ruta, y siempre está solo. No sé quién le paga el billete ni a qué se dedica. Viaja en los camarotes inferiores; embarca en Alejandría y baja en Adén. Nunca lo he visto hacer el viaje de regreso.

—¿Y por qué lo llaman así?

El viento azotaba el mar y levantaba la blanca espuma. El capitán chascó la lengua y respondió:

—Es un nombre que viene de lejos. En las raras ocasiones en que se ha decidido a hablar, sólo ha contado una historia. Yo la escuché una vez y no la he olvidado. Él no entabla una conversación; sólo empieza a narrar y no para hasta que ha terminado. Es extraño, como si uno estuviera escuchando un fonógrafo. En general está callado, pero los que han oído su relato... nunca vuelven a ser los mismos.

—¿Habla inglés?

—Uno muy lento y meditado: el de un narrador.

—¿Y qué es lo que cuenta?

—Ah, señor Drake... Eso tendrá que descubrirlo usted mismo si es que está escrito que así sea.

Y, como si se tratara de una escena teatral ensayada, en ese momento llamaron al capitán. Edgar tenía otras preguntas que formularle sobre Anthony Carroll, sobre el Hombre de Una Sola Historia... Mas Tideworth se despidió apresuradamente, desapareció en el comedor y lo dejó solo, respirando el aroma del aire marino, cargado de sal y premoniciones.

A la mañana siguiente Edgar Drake se despertó temprano debido al calor. Se vistió, recorrió el largo pasillo y salió. El cielo estaba despejado y notó el sol, aunque apenas empezaba a asomar por detrás de las colinas que se veían hacia el este. El tramo de mar era ancho, y todavía se distinguían vagamente ambas orillas. Vio que hacia la popa había otro pasajero apoyado en la barandilla; la ondeante túnica destacaba su silueta contra el sol.

Edgar tenía por costumbre dar la vuelta a la cubierta todas las mañanas hasta que el calor empezaba a apretar. Durante uno de esos paseos vio por primera vez a ese hombre desenrollando una alfombrilla para rezar junto a otros; cada día marcaban un ángulo diferente respecto a la proa del barco, como la aguja de una brújula que señalara La Meca. Edgar pasaba a su lado, pero nunca le había dicho nada.

Aquella cálida mañana, mientras realizaba la ruta acostumbrada y se acercaba al hombre de la túnica blanca, sintió que le temblaban las piernas.

«Tengo miedo», pensó, e intentó convencerse de que aquel recorrido matutino no era diferente respecto al del día anterior, pero en el fondo sabía que no era verdad. El capitán había hablado con una ligereza que no acababa de encajar con aquel alto y sereno marinero. Por un instante Edgar creyó que quizá hubiese imaginado aquella conversación, que Tideworth se había despedido de él en el comedor y que él había subido solo a la cubierta. O tal vez el capitán sabía que el nuevo viajero y el narrador acabarían conociéndose; a lo mejor se refería a eso al hablar de la gravedad de las historias.

De pronto se encontró junto a él.

—Hermosa mañana, señor —dijo.

El anciano asintió con la cabeza. Tenía el cutis oscuro y una barba del mismo color que la ropa que llevaba. Edgar no sabía qué decir, pero hizo un esfuerzo y permaneció junto a él, en la barandilla. El pasajero guardaba silencio. Edgar se puso a mirar cómo las olas chocaban contra la proa del barco. El estruendo de los motores de vapor engullía el sonido del mar.

—Es la primera vez que navega usted por el Mar Rojo —dijo el hombre con voz grave y acento extraño.

—Sí, así es; de hecho es la primera vez que salgo de Inglaterra...

El anciano lo interrumpió:

—Debe enseñarme los labios cuando hable. Soy sordo.

Edgar se dio la vuelta y repuso:

—Lo siento, no lo sabía...

—¿Cómo se llama?

—Drake... Tome...

Metió la mano en el bolsillo y sacó una de las tarjetas que había encargado con ocasión de aquel viaje.

EDGAR DRAKE

AFINADOR DE PIANOS — ESPECIALISTA EN ERARDS

FRANKLIN MEWS, 14

LONDRES

Al ver la pequeña cartulina y su nombre escrito con elegante caligrafía en las arrugadas manos de aquel hombre, Edgar se sintió avergonzado. Pero él la examinó y dijo:

—Un afinador de pianos inglés. Un hombre que conoce los sonidos. ¿Le gustaría oír una historia, señor Edgar Drake? ¿La de un viejo sordo?

Hace treinta años, cuando era mucho más joven y no sufría los achaques de la edad, trabajaba como marinero y hacía este mismo trayecto, desde Suez hasta el estrecho de Babelmandeb. A diferencia de los buques de vapor de hoy, que atraviesan el mar en línea recta sin detenerse, nosotros viajábamos a vela y echábamos el ancla en innumerables y minúsculos puertos de ambas costas, la africana y la arábiga; pueblos con nombres como Fareez, Gomaina, Tektozu o Weevineev, muchos de los cuales han acabado invadidos por la arena, donde parábamos para comerciar con los nómadas, que nos vendían alfombras y cacharros que habían rescatado de poblaciones del desierto abandonadas. Haciendo ese recorrido nuestra nave quedó atrapada en una tormenta; era una embarcación vieja y deberían haber prohibido que viajase.

Arriamos las velas, pero el casco empezó a hacer agua y acabó partiéndose. Cuando eso sucedió, caí, me golpeé la cabeza y quedé inconsciente.

Desperté tumbado en la arena de una playa, solo, rodeado de restos del navío a los que debí de aferrarme de puro milagro. Al principio me costó moverme y temí haberme quedado paralítico, pero luego comprendí que se me había enrollado el turbante alrededor del cuerpo, como los pañales de un niño o como las momias que desentierran en Egipto. Tardé mucho en recobrar los sentidos. Estaba magullado, y cuando intenté respirar noté un fuerte dolor en las costillas. El sol ya estaba alto en el cielo, y yo tenía la piel cubierta de sal marina, y la garganta y la lengua, resecas e hinchadas. Un agua de color azul claro mojaba mis pies y un trozo de casco roto donde todavía se veían las tres primeras letras árabes del nombre del barco.

Al final conseguí desprenderme del turbante y me lo até de nuevo a la cabeza. Me levanté. A mi alrededor el terreno era llano, pero a lo lejos vi montes, secos y áridos. Como todos los que hemos crecido en el desierto, sólo podía pensar en una cosa: el agua. Sabía por nuestros viajes anteriores que la costa estaba salpicada de pequeños estuarios. La mayoría eran salobres, aunque algunos, según los nómadas, se mezclaban con el agua dulce de los arroyos que se nutrían de los acuíferos o de la nieve que había caído en las cimas de remotas montañas. Así que decidí seguir el litoral con la esperanza de encontrar uno de esos ríos. Al menos el mar me permitiría orientarme, y tal vez, con suerte, divisaría algún barco.

Mientras caminaba, el sol se elevó sobre las colinas, lo que significaba que estaba en África. Fue un descubrimiento sencillo y aterrador. Todos nos hemos perdido en alguna ocasión, pero es raro que no sepamos a qué continente pertenece la orilla por la que vagamos. No conocía el idioma ni el terreno de África, no como los de Arabia. Sin embargo, había algo que me daba valor para continuar; quizá la juventud, quizá el delirio provocado por el sol.

Todavía no llevaba una hora andando cuando llegué a un punto de la costa donde una porción de mar torcía hacia un lado e invadía la arena. Probé el agua. Aún estaba salada y, sin embargo, a mi lado había una rama de arbusto que había llegado río abajo, con una sola hoja, seca, que el viento agitaba. Durante mis viajes y mis negocios había aprendido algo de botánica, pues cuando atracábamos en Fareez y Gomaina comerciábamos con hierbas con los nómadas. Y enseguida supe que pertenecía a una planta que llamamos *belaidour*, y que los bereberes conocen como *adil-ououchchn*, cuya infusión produce sueños del futuro, y cuyos frutos vuelven grandes y oscuros los ojos de las mujeres. En ese momento no me interesaban las decocciones, pero sí la especie; porque la *belaidour* es muy cara, pues no crece en las costas del Mar Rojo, sino en las montañas boscosas que hay a muchos kilómetros hacia el oeste. Eso me hizo albergar esperanzas de que allí hubiese habido hombres alguna vez; y, por tanto, quizá también habría agua.

De modo que con esa única idea me dirigí hacia el interior, siguiendo el entrante de mar hacia el sur. Rezaba para encontrar la procedencia del arbusto y, con ella, el agua que saciaba la sed de los que comerciaban con esa planta.

Caminé hasta que anocheció. Todavía me acuerdo del arco que describió la luna al cruzar la bóveda celeste. Aún no estaba llena, pero el cielo despejado no ofrecía refugio de la luz que se proyectaba sobre el agua y la arena. Lo que no recuerdo es que en algún momento de la noche me tumbé para descansar y me quedé dormido.

Me desperté al notar los golpecitos del bastón de un cabrero, y, al abrir los ojos, vi a dos muchachos que sólo llevaban taparrabos y collares. Uno de ellos se agachó y me miró fijamente con expresión burlona. El otro, que parecía más joven, se quedó de pie a su lado, aunque no paraba de mirar hacia atrás por encima de un hombro. Los dos permanecimos un rato así: ninguno se movía, sólo nos observábamos; él, en cuclillas y sujetándose las rodillas, me contemplaba con curiosidad, desafiándome. Yo estaba tumbado boca arriba, y él estaba a mi izquierda. Me incorporé despacio y me quedé sentado, sin desviar la vista ni un instante. Luego levanté una mano y lo saludé en mi propia lengua.

El chico no se movió. Sus ojos se dirigieron a mi mano, la examinaron un poco y luego regresaron a mi cara. El otro niño dijo algo en un idioma que no entendí, y el mayor asintió con la cabeza, sin apartar sus pupilas de las mías. Alzó la mano que tenía libre y la llevó hacia atrás; su compañero se descolgó un odre del hombro y se lo dio. El muchacho desató un delgado cordón que cerraba la boca de la bolsa y me la ofreció. Me la acerqué a los labios sin dejar de vigilarlo, hasta que cerré los ojos y empecé a beber.

Tenía tanta sed que habría podido vaciarla diez veces. Pero el calor exigía prudencia; yo no sabía de dónde había salido aquella agua, ni cuánta quedaba. Cuando terminé, bajé el odre y se lo devolví al silencioso cabrero, que lo ató sin mirar, enrollando el cordel de cuero con los dedos. Después se puso en pie y se lo entregó al pequeño. Se dirigió a mí en voz alta; aunque yo no conocía aquella lengua, el tono autoritario de un niño que se enfrenta a una responsabilidad es universal. Esperé. El chico volvió a hablar subiendo el tono. Me señalé la boca y negué con la cabeza, como hago ahora con las orejas para indicar que soy sordo. Entonces todavía no lo era; esa historia viene después.

Me gritó de nuevo con brusquedad, como si se sintiera frustrado, y golpeó el suelo con el bastón. Aguardé un momento y entonces me levanté, despacio, para indicarle que lo hacía por mi propia voluntad y no porque él estuviera vociferando. No pensaba permitir que un chiquillo me diera órdenes.

Ya de pie, tuve ocasión por primera vez de examinar el paraje donde nos encontrábamos. Me había quedado dormido junto al agua, y a no más de treinta pasos de distancia vi un pequeño arroyo que terminaba en el estuario entre borbotones. En la desembocadura había plantas que se aferraban a las rocas. Me detuve para beber. Los chicos esperaron sin decir nada; nos pusimos de nuevo en marcha y subimos por un risco donde un par de cabras mordisqueaban la hierba. Los chicos las hicieron moverse y seguimos por el lecho seco de un torrente que en la estación de las lluvias debía de alimentar el río.

Era temprano, pero ya hacía un calor considerable; a ambos lados del arenoso camino se alzaban las paredes del cañón, que intensificaban el bochorno y el ruido de nuestros pasos. Las voces de los niños, que les hablaban a las cabras, resonaban produciendo un extraño sonido que recuerdo a la perfección. Ahora que soy viejo, me pregunto si ese efecto se debía a alguna característica física del desfiladero, o a que en menos de dos días iba a dejar de oír.

Recorrimos varios kilómetros por ese barranco, hasta que al llegar a una curva idéntica a otros cientos por las que habíamos pasado los animales se metieron instintivamente por un sendero que había en una de las paredes. Los chicos fueron tras ellos con destreza y escalaron sin mucha dificultad. Yo hice cuanto pude para seguirlos, pero resbalé y me pelé una rodilla antes de encontrar un punto de apoyo sólido; por fin, utilizando las manos y los pies conseguí remontar aquella senda por la que los niños habían subido con tanta agilidad. Recuerdo que al llegar arriba me detuve para mirarme la pierna; tenía una herida pequeña, superficial, y con aquel calor no tardaría en secarse. Pero no me acuerdo de ese momento porque tuviera alguna importancia, sino por lo que ocurrió a continuación. Cuando levanté la cabeza vi que los niños bajaban corriendo por una amplia pendiente, persiguiendo a las cabras. Abajo se extendía una de las imágenes más asombrosas que he visto jamás. Si poco después me hubiera quedado ciego en lugar de sordo, creo que me habría contentado, pues nada, ni siquiera el rompiente de Babelmandeb, podía compararse con el espectáculo que se desplegaba ante mí. La ladera descendía hasta convertirse en una enorme y desierta llanura que llegaba hasta un horizonte emborronado por los vendavales. Y por aquella densa superficie, cuyo silencio no dejaba traslucir la furia que conoce todo el que se ha quedado atrapado alguna vez en el terror de una tormenta de arena, desfilaban legiones de caravanas, procedentes de todos los puntos cardinales: largas, oscuras hileras de caballos y camellos que salían de la masa borrosa que recorría el valle y lo convertían en un campamento levantado a los pies de la colina.

Debía de haber ya cientos de tiendas, quizá llegarían a miles contando las comitivas que se acercaban. Pude contemplarlas desde mi posición privilegiada en lo alto de la montaña. Había algunos estilos que conocía. Las carpas blancas y puntiagudas de los borobodo, que iban a menudo a los puertos donde hacíamos escala para negociar con pieles de camello. Las anchas y lisas de los yus, una tribu guerrera que se movía por el sur del Sinaí, famosa entre los egipcios por los asaltos a los comerciantes; eran tan violentos que muchas veces los barcos no echaban el ancla si los veían en la orilla. Los rebez, una raza árabe que cavaba hoyos en la arena sobre los que extendía pieles a modo de techo, y clavaba un palo largo en el umbral de las casas; esa vara era su seña de identidad y servía de baliza si las dunas, al desplazarse, enterraban una vivienda y a sus ocupantes. Sin embargo, junto a esos entoldados había diversas estructuras que yo nunca había visto, lo cual debía de indicar que pertenecían a pueblos de remotas regiones del interior de África.

Oí un agudo silbido procedente de la falda de la colina. A medio camino entre mi puesto de observación y la ciudad de tiendas, el mayor de los muchachos gritaba y agitaba su bastón. Eché a correr y no tardé en alcanzarlos; descendimos juntos lo que quedaba de camino. Pasamos ante un grupo de niños que jugaban con piedras y palos, y mis amigos los saludaron gritando. Me fijé en que mantenían la cabeza erguida y me señalaban con frecuencia; supongo que yo era una especie de aparición imponente para ellos. Llegamos a las primeras carpas, frente a las que estaban amarrados los camellos. Alcancé a ver luz de lumbre en el interior de algunas, pero nadie salió a recibirnos. Dejamos muchas atrás, y mientras seguía a mis escoltas hacia un destino misterioso, los caminos empezaron a animarse. Pasé junto a nómadas encapuchados cuyo rostro no pude ver, oscuros africanos engalanados con lujosas pieles, mujeres con velo que me miraban y agachaban rápidamente la cabeza cuando nuestros ojos se encontraban... Es decir, que causé una considerable conmoción en aquel enclave. En dos ocasiones me crucé con hombres a los que oí hablar en árabe, pero mi vergüenza, mi desaliño y la prisa que tenían los niños me impidieron detenerme a conversar con ellos. Pasamos ante varias hogueras donde unos músicos tocaban canciones que yo no conocía. Los chicos se detuvieron un momento junto a una, y oí que el mayor cantaba en voz baja mientras observaba a los músicos. Luego volvimos a adentrarnos en el laberinto de callejones de arena. Por fin llegamos a un gran pabellón circular con el techo plano y un agujero en el centro del que salían penachos de humo y resplandor de fuego que se perdían en el cielo nocturno. Los muchachos ataron las cabras a un poste que se encontraba frente a él, donde ya había dos camellos. Abrieron la portezuela y me hicieron señas para que entrara.

Antes de fijarme en las personas que estaban sentadas junto al fuego me impresionó el rico aroma procedente del asador central. El hecho de que me interesara más el trozo de carne que se estaba cocinando que mis nuevos anfitriones era testimonio del hambre que tenía. Se trataba de una pata de cabrito; desprendía gotas de sangre que se hinchaban antes de caer a las llamas. Los chicos, a mi lado, hablaban deprisa y me señalaban. Se dirigían a una anciana de rostro arrugado que estaba reclinada en una delgada alfombra de piel de camello, sobre una cama cerca del borde de la tienda. Llevaba el cabello envuelto en un chal fino, casi transparente, y con ese tocado parecía una oscura tortuga del desierto; tenía una larga pipa en la boca y fumaba con aire pensativo. Cuando los niños terminaron, la mujer guardó silencio durante un rato. Por fin les regaló unas breves palabras; ellos inclinaron la cabeza y se retiraron al otro extremo, se sentaron en una estera con las rodillas pegadas al pecho y se quedaron mirándome. Allí había otras personas, quizá diez rostros silenciosos.

—Vienes de muy lejos —dijo la anciana.

—¿Habla usted árabe? —le pregunté, sorprendido.

—El suficiente para comerciar. Siéntate, por favor. —Le hizo señas a una muchacha que estaba cerca de la puerta. La niña se puso en pie, cogió una alfombrilla y la colocó en la arena para mí. Me senté—. Mis nietos dicen que te han encontrado cerca de la costa del Mar Rojo.

—Así es. Me han dado agua, y de ese modo me han salvado la vida.

—¿Cómo has llegado hasta aquí? —inquirió con voz severa.

—He sufrido un accidente. Viajaba en un barco de Suez a Babelmandeb; nos sorprendió una tormenta y la nave se hundió. No sé qué ha sido de mis camaradas, pero temo que hayan muerto.

La mujer tortuga se volvió hacia el resto de ocupantes de la tienda y les habló. Los otros asintieron y charlaron apresuradamente entre sí.

Cuando ella hubo terminado de hablar, intervine de nuevo.

—¿Dónde estoy?

La anciana sacudió la cabeza. Me di cuenta de que tenía un ojo desviado. Ese defecto suele resultar desagradable, pero en ella daba una impresión de extrema vigilancia; parecía que, mientras me miraba, también estaba observando la habitación.

—Ésa es una pregunta peligrosa —me respondió—. Ya hay quien cree que la fama de la aparición se ha extendido mucho, y que si viene demasiada gente Ella no volverá. Puedes considerarte dichoso por haberme encontrado. Aquí hay algunos que te habrían matado.

Al oír esas palabras, el alivio de haber dado con gente civilizada fue sustituido por un miedo atroz.

—No lo entiendo —confesé.

—No quieras saber demasiado. Has llegado en una feliz ocasión: los astrólogos bantúes dicen que Ella aparecerá mañana y que cantará. Entonces tus preguntas hallarán respuesta.

Dicho eso se llevó la pipa a la boca una vez más y dirigió un ojo, y luego el otro, hacia el fuego. Nadie habló conmigo durante el resto de la velada. Comí cabrito asado y bebí un dulce néctar hasta que me quedé dormido junto a la hoguera.

A la mañana siguiente me desperté y encontré la tienda vacía. Recé mis oraciones; luego levanté la portezuela y salí. El sol brillaba en lo alto del cielo; estaba tan agotado que había dormido casi hasta el mediodía. Los camellos seguían amarrados, pero las cabras ya no estaban. Entré de nuevo; no tenía agua para lavarme, pero hice lo que pude para arreglarme el turbante. Volví a salir.

Los callejones estaban casi vacíos; debían de estar todos refugiándose del sol. Vi a un grupo de hombres que ensillaba unos camellos para salir a cazar y, cerca de ellos, a unas muchachas vestidas de azul intenso que molían grano. Hacia el límite del poblado distinguí a unos recién llegados, algunos de los cuales debían de haber aparecido al amanecer; todavía estaban descargando los toldos de los lomos de sus estoicos camellos. Fui hacia donde la ciudad terminaba, bruscamente, y donde habían trazado una línea, la barrera ritual que muchas tribus dibujan para separar su campamento del desierto. Más allá, éste se extendía sin interrupción hasta el horizonte. Rememoré las palabras de la anciana. Mucho tiempo atrás, cuando yo era niño, acompañé a mi hermano a Adén, donde pasamos la noche con unos beduinos. Ellos hablan su propio dialecto, pero yo lo entendía un poco, pues me crié en los bazares, donde los jóvenes aprenden una sorprendente diversidad de lenguas. Recordé que nos reunimos con aquella familia alrededor del fuego, y que el abuelo nos contó la historia de un congreso de tribus. A la luz de la hoguera describió con todo detalle a cada una: la ropa que llevaba, sus costumbres, sus animales, el color de sus ojos... Yo estaba hechizado, pero me quedé dormido antes de que el anciano terminara su relato; no me desperté hasta que mi hermano me zarandeó para que entráramos en la tienda. En ese momento, al borde del desierto, algo de lo que nos había contado aquel hombre volvió a mí, una mera sensación, como el recuerdo de un sueño.

A lo lejos, detrás de una pequeña duna, vi revolotear un trozo de tela roja agitada por el viento. Fue muy breve, como el corto vuelo de un pájaro, pero esas visiones son raras en el desierto. Crucé la línea, pues aquello era una superstición de infieles, o eso pensaba yo; ahora ya no estoy tan convencido. Subí el promontorio y bajé por el otro lado hasta una llanura de arena. No vi a nadie. Luego noté una presencia a mi espalda y me di la vuelta: era una mujer. Estaba allí plantada, observándome a través de un velo carmesí. Tenía la piel oscura y pensé que debía de pertenecer a una tribu etíope, pero ella me saludó en árabe:

—*Salaam aleikum.*

—*Wa aleikum al-salaam* —repliqué yo al tiempo que intentaba identificar su acento—. ¿De dónde eres?

—De la misma tierra que tú —me contestó.

—Estás lejos de casa —añadí.

—Tú también.

Me quedé boquiabierto, hechizado por la dulzura de sus palabras, por la belleza de sus ojos.

—¿Qué haces sola en el desierto? —le pregunté.

Ella tardó un rato en contestar. Mis ojos siguieron la caída de su velo hasta su cuerpo, cubierto con gruesas túnicas rojas que no permitían adivinar la silueta que se ocultaba debajo. La tela llegaba hasta el suelo, donde se posaba, y donde el viento ya la había tapado con una capa de tierra, lo que creaba la ilusión de que la mujer había surgido de las dunas. Luego volvió a hablar.

—Tengo que ir a buscar agua —dijo, y miró la vasija de arcilla que tenía apoyada en una cadera—. Me da miedo perderme. ¿Me acompañas?

—Pero yo no sé dónde encontrar agua —me excusé, aturdido por la franqueza de su proposición y por lo cerca que estaba de mí.

—Yo sí —me respondió.

Mas no nos movimos. Yo nunca había visto unos ojos como aquéllos: no eran marrón oscuro, como los de las mujeres de mi país, sino más claros, más suaves; de color arena. Sopló una ráfaga de viento y su tocado se sacudió; le vi un poco la cara, que me pareció extraña, aunque no supe por qué, pues parpadeé y el velo se la cubrió de nuevo.

—¿Qué haces aquí? —inquirí.

—Ven —me dijo ella, y echó a andar.

El viento nos envolvió y nos disparó una arena que se nos clavaba en la piel como un millar de alfileres.

—Quizá deberíamos regresar —sugerí—. Podríamos perdernos en la tormenta.

Ella siguió caminando.

La alcancé. El temporal empeoraba.

—Volvamos al campamento —insistí—. Aquí corremos peligro.

—No podemos —repuso ella—. Nosotros no somos de aquí.

—Pero el vendaval...

—Quédate conmigo.

—Pero...

Se dio la vuelta.

—Tienes miedo —afirmó.

—No. Conozco el desierto; podemos volver más tarde.

—Ibrahim —dijo ella.

—Ése es mi nombre.

—Ibrahim —repitió, y se acercó a mí.

Yo tenía los brazos colgando.

—Sabes cómo me llamo...

—Tranquilo. La tormenta amainará.

Y de pronto el viento se detuvo. Diminutas partículas de arena quedaron paralizadas en el aire como pequeños planetas; suspendidas, inmóviles, tiñendo de blanco el cielo, el horizonte, y borrándolo todo excepto a ella.

Dio un paso más hacia mí y dejó la vasija en el suelo.

—Ibrahim —dijo de nuevo, y levantó el velo que le ocultaba el rostro.

Nunca he visto nada tan bello y tan espantoso al mismo tiempo. Me miraba con ojos femeninos, pero le tembló la boca, como si fuera un espejismo, y no tenía la boca y la nariz de una mujer, sino las de un ciervo, con la piel cubierta de suave pelusilla. Yo no podía hablar; el viento volvió a soplar y la arena se puso en movimiento, girando alrededor de nosotros y haciendo borrosa la figura de la mujer. Me tapé los ojos.

Y entonces la arena se paró otra vez.

Bajé las manos, indeciso. Estaba solo, en suspenso bajo el sol. Mis ojos no sabían dónde enfocar ni en qué dirección estaban el cielo o el desierto.

—*Salaam* —susurré.

Entonces, desde algún lugar que yo no podía ver, me llegó el sonido de una mujer que cantaba.

Empezó despacio, y al principio no me di cuenta de que se trataba de una canción. Era dulce y suave como el vino, prohibida y embriagadora; no podía compararse a ninguna que hubiera oído hasta entonces. No entendía la letra, pero la melodía era extrañísima. Y, sin embargo, había en ella algo tan íntimo que me sentí desnudo y avergonzado.

El lamento se intensificó y la arena volvió a rodearme. En medio de aquel torbellino vislumbré algunas imágenes. Pájaros que volaban en círculo, el campamento, el poblado de tiendas, el sol que se ponía deprisa desprendiendo astillas luminosas y convirtiendo el desierto en una llama gigantesca que se extendía por las dunas, lo envolvía todo y luego se retiraba, dejando únicamente algunas fogatas diseminadas. Y de pronto había anochecido y alrededor de las hogueras se reunían viajeros, bailarines, músicos, tambores, un millar de instrumentos cuyo sonido gemía como la arena al arrastrarse, cada vez más alto. Y ante mí un encantador de serpientes tocaba un *ud*, con la cabeza echada hacia atrás, como extasiado, mientras los reptiles le trepaban por las piernas, se retorcían, se entrelazaban, se arrellanaban en su abdomen y lo vaciaban. Había muchachas que danzaban junto al fuego con la piel reluciente, untada con perfume y grasa, y de pronto me di cuenta de que estaba contemplando a un gigante con cicatrices como estrellas, el cuerpo tatuado con historias, y los costurones se convirtieron en hombres vestidos con pieles de lagarto y niños de arcilla que bailaban, y los muchachos se rompían. Luego se hizo de día y las visiones se desvanecieron; sólo quedaban la arena y un aullido, y de pronto éste cesó. Tapé el sol con la mano y grité:

—¿Quién eres? —Pero ya no oía mi voz.

Noté una mano sobre el hombro; abrí los ojos y me hallé tumbado al lado del mar, con las piernas sumergidas a medias en el agua. Había un joven agachado junto a mí; vi que movía la boca, pero no lo oía. Otros hombres me observaban desde la playa. El marinero me habló de nuevo, mas yo no percibía nada, ni su voz ni el ruido de las olas que me acariciaban. Me señalé las orejas y sacudí la cabeza.

—No te oigo —confesé—. Estoy sordo.

Se aproximó otro hombre y entre los dos me pusieron en pie. Había una barca en la orilla, con la proa clavada en la arena y la popa flotando en el agua. Me llevaron hasta la embarcación y me metieron en ella. Si dijeron algo, no me enteré. Empezaron a remar hacia el Mar Rojo, hacia un barco que esperaba, un mercante de Alejandría.

El anciano no había apartado la vista de la cara de Edgar durante toda la narración. Entonces miró hacia el mar.

—Le he contado esta historia a mucha gente —dijo— porque quiero encontrar a alguien que haya oído la canción que me dejó sordo.

Edgar le tocó suavemente el brazo para que el hombre se volviera y pudiera leerle los labios.

—¿Cómo sabe que no fue un sueño? ¿Que no se golpeó la cabeza durante el naufragio? Las canciones no tienen esos efectos.

—Oh, ojalá lo hubiera soñado. Pero es imposible. La luna había cambiado y según el calendario del barco, que tuve ocasión de ver a la mañana siguiente durante el desayuno, habían pasado viente días desde el hundimiento de mi navío. Pero yo ya lo sabía, porque aquella noche, cuando me desvestí para acostarme, me fijé en lo gastadas que estaban mis sandalias. En Reweez, nuestra última escala antes del accidente, me había comprado un par nuevo. Además, no creo que fuera la melodía lo que me produjo la sordera. Creo que después de haber escuchado algo tan hermoso dejé de captar el sonido, sin más, porque sabía que jamás volvería a oír nada tan perfecto. No sé si eso tiene algún sentido para un afinador de pianos.

El cielo ya estaba muy alto; Edgar Drake notaba su calor en la cara. El anciano continuó.

—Mi relato ha terminado y ya no tengo nada más que contar, pues, al igual que ya no puede haber sonido alguno después de aquella canción, para mí ya no puede haber más historias después de aquélla. Y ahora hemos de entrar, porque el sol es capaz de provocar delirios hasta en los cuerdos.

Siguieron navegando por el Mar Rojo. Las aguas se volvieron más claras y cruzaron el estrecho de Babelmandeb, cuyas orillas bañaba el océano Índico. Atracaron en el puerto de Adén, que estaba lleno de naves que se dirigían a todos los rincones del mundo, y por cuyas sombras corrían diminutas barcas árabes de vela latina. Edgar Drake, de pie en la cubierta, contemplaba el muelle y a la gente ataviada con túnicas que subía y bajaba del buque. No vio partir al Hombre de Una Sola Historia, pero, cuando lo buscó en el sitio donde solía sentarse, ya se había marchado.

5

Ahora viajan más deprisa. En dos días Edgar Drake alcanza a ver la costa, que aparece con timidez en forma de diminutas islas boscosas que salpican la orilla como fragmentos desprendidos del continente. Son de color verde oscuro; no divisa nada a través del denso follaje y se pregunta si estarán habitadas. Se lo comenta a otro pasajero, un funcionario jubilado que le contesta que en una de ellas se levanta el templo que él llama Elephanta, donde los hindúes adoran a «un elefante con muchos brazos».

—Es un lugar extraño, lleno de supersticiones —añade el hombre, pero Edgar no dice nada.

Una vez, en Londres, afinó el Erard de un acaudalado banquero indio, hijo de un marajá, que le enseñó el santuario dedicado a esa divinidad que tenía en un estante, sobre el piano. «Escucha las canciones», le explicó su cliente, y a Edgar le gustó esa religión cuyos dioses disfrutaban con la música y en la que se podía utilizar un piano para rezar.

Más deprisa. Cientos de pequeñas barcas de pesca, esquifes, transbordadores, balsas, canoas y naves de vela latina se apiñan en la bocana del puerto de Bombay, hacia donde se dirige la proa del inmenso casco del vapor. El buque reduce la velocidad y entra en la dársena pasando entre los mercantes, menores que él. Los pasajeros desembarcan; en el muelle los esperan coches de la empresa naviera que los llevan a la estación de ferrocarril.

—No hay tiempo para pasear por la calle —dice un representante uniformado de la compañía—. El tren aguarda. Su vapor ha llegado con un día de retraso porque hacía mucho viento.

Entran por la puerta trasera de la estación. Edgar vigila mientras descargan y vuelven a cargar sus baúles; observa atentamente: si pierde las herramientas no podrá sustituirlas por otras. Al fondo, donde se encuentran los coches de tercera clase, ve una masa de cuerpos que avanza por el andén. Una mano lo agarra por un brazo, lo sube a un vagón y le enseña su litera. Pronto están de nuevo en movimiento.

Más rápido aún. Dejan atrás los apeaderos, y Edgar Drake contempla una multitud que no puede compararse con nada que haya visto hasta entonces, ni siquiera en las zonas más pobres de Londres. El tren acelera y atraviesa barrios de chabolas que llegan hasta el borde de las vías; un grupo de niños descalzos corre junto a la locomotora. Edgar pega la cara al vidrio de la ventanilla para observar las casuchas, los desvencijados barracones cubiertos de moho, los balcones decorados con plantas colgantes y las calles llenas de miles de transeúntes que avanzan a empujones y miran cómo pasa el tren.

La máquina iba a toda velocidad hacia el interior de la India. Nasik, Bhusaval, Jubbulpore; los nombres de las ciudades cada vez eran más raros y melódicos. Cruzaron una inmensa meseta donde el sol salió y se puso sin que vieran moverse un alma.

De vez en cuando se paraban: la locomotora reducía la marcha y se detenía en estaciones solitarias y azotadas por el viento. De pronto aparecían unos vendedores ambulantes que se acercaban, se asomaban al interior y ofrecían a los pasajeros platos picantes de carne al curry, o con el aroma amargo de la lima y el betel, joyas, abanicos, postales de castillos, camellos y dioses hindúes, fruta, caramelos, cuencos de mendigo, vasijas rotas llenas de monedas sucias... A través de las ventanas llegaban los productos y las voces: «Compre, señor, por favor, compre, señor, para usted, señor, especial para usted.» Y el tren volvía a moverse. Algunos vendedores, generalmente los más jóvenes, se colgaban de los vagones y reían hasta que un policía los obligaba a bajar de un bastonazo. En algunas ocasiones conseguían sujetarse durante más rato, y no saltaban hasta que empezaban a ir demasiado deprisa.

Una noche Edgar Drake se despertó cuando el tren entraba en un pequeño y oscuro apeadero, en algún lugar al sur de Allahabad. Muchos cuerpos se apiñaban en las grietas que había entre los edificios que flanqueban las vías. El andén estaba vacío salvo por unos cuantos vendedores, que desfilaron por las ventanillas y se asomaron para ver si había alguien despierto. Se pararon, uno por uno, frente a la de Edgar.

—¡Mangos, señor, para usted!

—¿Quiere que le limpie los zapatos, señor? ¡Pásemelos por la ventana!

—¡Samosas, buenísimas, señor!

«Qué lugar tan triste para un limpiabotas», pensó Edgar Drake. Un joven se acercó y se detuvo; no dijo nada, pero se quedó esperando, atisbando el interior. Al final Edgar comenzó a sentirse incómodo bajo la atenta mirada del chico.

—¿Qué vendes tú? —le preguntó.

—Soy un poeta-wallah, señor.

—¿Un poeta-wallah?

—Sí, señor, deme un anna y le recitaré un poema.

—¿Cuál?

—El que usted quiera, señor. Me los sé todos, aunque para usted tengo uno especial, antiguo, de Birmania, donde lo conocen como «El cuento del viaje del *leip-bya*», pero yo lo llamo «El espíritu de la mariposa», porque lo he adaptado yo mismo. Sólo cuesta un anna.

—¿Cómo sabes que voy a Birmania?

—Lo sé porque conozco la dirección de las historias; mis poemas son hijos de la profecía.

90

—Aquí tienes el dinero. Rápido, el tren se mueve. —Y así era; las ruedas empezaban a rechinar—. Recítalo, deprisa —dijo, y de pronto sintió pánico—. Si has elegido mi vagón habrá sido por algún motivo.

La locomotora aceleraba y el viento empezó a agitarle el cabello al joven.

—Es un relato de sueños —gritó.

—Todos hablan de eso. ¡Date prisa!

Edgar oyó otras voces:

—Eh, chico, bájate del tren. Tú, polizón, bájate.

El afinador quiso gritar algo, pero entonces junto a la ventana apareció la figura de un policía con turbante, que también corría; el agente sacudió su bastón y el muchacho saltó, echó a correr trastabillando y se perdió en la noche.

El terreno descendió y se cubrió de vegetación, y pronto la ruta férrea se acercó a la del Ganges. Pasaron por la ciudad santa de Benarés, donde, mientras los pasajeros dormían, los hombres se levantaban al amanecer para bañarse en las aguas del río y rezar. Después de tres días llegaron a Calcuta, y una vez más los viajeros montaron en coches y se abrieron paso entre el enjambre de gente que abarrotaba las calles hasta los muelles. Allí Edgar subió a otro barco, menor en esta ocasión, pues eran pocos los que iban a Rangún.

De nuevo se pusieron en marcha los motores, y el vapor siguió la fangosa corriente del Ganges hacia la bahía de Bengala.

Las gaviotas volaban en círculo. La atmósfera era húmeda y pesada; Edgar se despegó la camisa del cuerpo y se abanicó con el sombrero. Hacia el sur empezaban a formarse nubes de tormenta. Calcuta desapareció pronto del horizonte. Las aguas marrones del Ganges se fueron destiñendo hasta perderse en el mar formando espirales de sedimentos.

Edgar sabía, por el itinerario que le habían entregado, que sólo faltaban tres días para llegar a Rangún. Empezó a leer otra vez. Llevaba una bolsa llena de papeles; algunos se los había proporcionado el Ministerio de Defensa, y otros, Katherine. Leyó expedientes militares, artículos de periódico, informes personales y capítulos de índices geográficos. Estudió minuciosamente varios mapas e intentó memorizar algunas frases en birmano. Había un sobre que rezaba: «Para el afinador de pianos. No abrir antes de llegar a Mae Lwin, A. C.» Edgar había estado tentado de leerlo desde que abandonó Inglaterra, pero se había contenido por respeto al doctor; sin duda Carroll debía de tener buenos motivos para pedirle que esperara. Había dos documentos más largos: resúmenes históricos elementales de Birmania y del estado de Shan. El primero ya lo había leído en su taller, en Londres, y lo había vuelto a consultar después; era amedrentador: había muchísimos nombres desconocidos. Recordó que el segundo se lo había recomendado Katherine, y que estaba escrito por el propio Anthony Carroll. Le sorprendió no haberse acordado antes, y se lo llevó a la cama, dispuesto a leerlo. Le bastaron las primeras líneas para darse cuenta de lo diferente que era de los demás.

HISTORIA GENERAL DEL PUEBLO SHAN,
CON ESPECIAL ATENCIÓN AL MOMENTO POLÍTICO
DE LA INSURRECCIÓN EN EL ESTADO DE SHAN

Redactada por el comandante médico Anthony Carroll,
Mae Lwin, sur del estado de Shan

(Del Ministerio de Defensa: por favor, tenga en cuenta que el tema de este informe está sujeto a rápidos cambios. Le recomendamos buscar las correcciones correspondientes disponibles en nuestra sede.)

I. Historia general de los shan
Si le preguntáramos a un birmano por la geografía de su país, seguramente lo primero que nos ofrecería sería una descripción de los *nga-hlyin*, los cuatro dragones que

92

viven bajo tierra. Por desgracia, los memorandos oficiales no disponen de espacio para semejantes complejidades. Sin embargo, es imposible entender la historia de la región Shan sin tener en cuenta su fisonomía. La zona que ahora se conoce como el estado de Shan consiste en una extensa meseta que se alza al este del polvoriento valle central del río Irawadi. Se trata de una vasta y verde planicie que se despliega por el norte hasta la frontera de Yunnan, y hacia el este hasta Siam. La surcan imponentes ríos, que serpentean hacia el sur como la cola del dragón del Himalaya; el mayor es el Saluén. La importancia de las características topográficas y su relación con la historia (y, por tanto, con la actual situación política) reside en la afinidad de los shan con otras razas de la llanura, así como en su aislamiento respecto a los birmanos de las tierras bajas. La terminología, a veces confusa, requiere una explicación: cuando hablamos de birmanos podemos referirnos a un grupo étnico, o bien al reino y al gobierno de Birmania, así como a su idioma. Aunque a veces esa distinción queda encubierta, puede resultar crucial: no todos los reyes del país han sido de etnia birmana, pero todos han tenido súbditos no birmanos; como los kachin, los karen y los shan, que en su día tuvieron sus propios reinos dentro de las fronteras de la actual nación. Hoy en día, pese a que esas tribus están sacudidas por divisiones internas, todavía no han aceptado ser dominadas por otros. Como quedará claro en el resto de este documento, el alzamiento de los shan contra los británicos tiene su origen en una incipiente insurrección contra un monarca birmano.

Los shan, que se refieren a sí mismos como los tai o thai, comparten una herencia histórica con sus vecinos orientales: los siameses, los lao y los yunnan. Creen que su tierra ancestral estaba en el sur de China, y aunque algunos eruditos lo ponen en duda, existen numerosas pruebas de que hacia finales del siglo XII, en la época de las invasiones mongolas, el pueblo tai tenía varios reinos. Entre ellos estaba el debilitado territorio yunnan de Xipsongbanna, cuyo nombre significa «reino de diez mil campos de arroz», la antigua capital siamesa de Sukhothai y, lo más relevante para el tema de esta crónica, dos imperios dentro de las fronteras actuales de Birmania: el de Tai Mao, en el norte, y el de Ava, en las cercanías de lo que ahora es Mandalay. Su poder era considerable; los shan gobernaron gran parte de Birmania durante casi tres siglos: desde la caída de la capital, Pagan (cuyos inmensos templos, erosionados por el viento, todavía montan guardia silenciosamente en las orillas del río Irawadi, a principios del siglo XIII, hasta 1555, cuando el estado birmano de Pegu eclipsó al de Ava, y se iniciaron trescientos años de dominio que desembocaron en la Birmania de hoy.

Después de la caída de Ava y de que los invasores chinos destruyeran Tai Mao en 1604, los shan se dispersaron en pequeños principados, como pedazos de un hermoso jarrón de porcelana. Esa fragmentación continúa marcándolos. Sin embargo, pese a la desunión general, en ocasiones se movilizan contra su enemigo común birmano, como ocurrió en una revuelta popular que tuvo lugar en Hanthawaddy en 1564 o, más recientemente, en un levantamiento tras la ejecución de un líder de la ciudad norteña de Hsenwi. Aunque estos sucesos parezcan pertenecer a un pasado remoto, no puede subestimarse su importancia, pues en momentos de guerra estas leyendas se extienden por la meseta como llamas por una tierra agostada por la sequía, y se elevan con el humo de las hogueras cuando los ancianos las narran en voz baja ante un círculo de niños de ojos muy abiertos.

El resultado de ese fraccionamiento fue el desarrollo de estructuras políticas únicas que deben tenerse en cuenta porque desempeñan un papel fundamental en el presente. Los principados shan, que ellos llaman *muang* (y que eran cuarenta y uno en los años setenta de nuestro siglo), representaban el grado más alto del orden político en un sistema altamente jerarquizado de organización local; y estaban dirigidos por un *sawbwa* (transcripción birmana que utilizaré en el resto de este informe). Por debajo del *sawbwa* había una serie de divisiones, desde distritos a grupos de pueblos o aldeas; todos a su servicio. Esta dispersión era la causante de frecuentes guerras intestinas en la meseta Shan, y de que sus habitantes fueran incapaces de unirse para librarse del yugo birmano. Una vez más vuelve a resultar útil la analogía del jarrón roto: así como los trozos de porcelana no retienen el agua, los fragmentos de un gobierno no pueden controlar una anarquía cada vez mayor. Como resultado de ello, gran parte de la planicie está plagada de bandas de *dacoits* (palabra indostánica que significa «bandido»), un gran reto para la administración de esta región, aunque diferente de la resistencia organizada conocida como la Confederación Limbin, que es el tema del siguiente epígrafe.

II. La Confederación Limbin, Twet Nga Lu y la situación actual

En 1880 surgió un movimiento shan organizado contra el gobierno birmano, que aún persiste (en ese momento, Inglaterra sólo controlaba la Baja Birmania. La Alta Birmania y Mandalay todavía estaban bajo el dominio del rey birmano). Aquel año, los *sawbwas* de los estados de Mongnai, Lawksawk, Mongpawn y Mongnawng se negaron a presentarse ante el monarca Thibaw en una fiesta anual que se celebraba con motivo del año nuevo.

Éste envió una columna que no consiguió capturar a los insolentes. En 1882 el desafío adquirió un tono violento: el jerarca de Kengtung atacó y mató al residente birmano. Inspirados por este atrevimiento, el *sawbwa* de Mongnai y sus aliados se rebelaron abiertamente. En noviembre de 1883 asaltaron el fuerte de Mongnai y mataron a cuatrocientos hombres; pero su éxito fue breve. Los birmanos contraatacaron y obligaron a los jefes shan a huir a Kengtung, al otro lado del río Saluén, en cuyos abruptos desfiladeros y en cuyas densas selvas encontraron cobijo contra posteriores incursiones.

Aunque la revuelta iba dirigida contra el gobierno birmano, el objetivo no era la independencia, un hecho histórico que no siempre se ha entendido bien. En efecto, los *sawbwas* reconocían que sin un poder central fuerte el estado de Shan siempre estaría amenazado por las guerras. Su propósito principal era el derrocamiento de Thibaw y la coronación de un caudillo que eliminara el *thathameda*, un impuesto sobre la tierra que consideraban injusto. Pues bien, el candidato fue un birmano, el príncipe Limbin, un miembro sin derecho a voto de la casa de Alaungpaya, la dinastía que gobernaba entonces. Esta sublevación se conoce como la Confederación Limbin. En diciembre de 1885 el elegido llegó a Kengtung. Aunque el movimiento lleva su nombre, hay datos que indican que él sólo es una figura decorativa y que el verdadero poder lo detentan lo *sawbwas*.

Entre tanto, mientras el príncipe recorría los solitarios caminos que conducían a las tierras altas, estalló una nueva guerra entre la Alta Birmania y Gran Bretaña: era la tercera y última contienda anglo-birmana. La derrota de los nativos en Mandalay a manos de nuestro ejército se produjo dos semanas antes de que Limbin alcanzara Kengtung, pero debido a la extensión y a la dificultad del terreno que separa los dos territorios, la noticia no les llegó hasta mediados de diciembre. Nosotros confiábamos en que la Confederación abandonara la resistencia y se sometiera a nuestro poder, pero en lugar de eso retomó sus propósitos originales y declaró la guerra a la Corona británica en nombre de la independencia de los shan.

Dicen que la naturaleza aborrece el vacío, y lo mismo puede decirse de la política. En efecto, la retirada de los confederados a Kengtung en 1883 había dejado tronos vacantes en muchos de los poderosos *muang*, que ocuparon de inmediato los caudillos autóctonos. Entre ellos destaca un guerrero llamado Twet Nga Lu, que se convirtió en el gobernante de facto de Mongnai. Este hombre, originario de Kengtawng (no hay que confundirlo con Kengtung; a veces uno se pregunta si los shan han bautizado sus ciudades con el único fin de despistar a los ingleses), un subestado de Mongnai, es un ex monje convertido en bandolero local, famoso en toda la región por su virulencia, que le ha valido el apodo de Príncipe Bandido. Antes de que el jefe de Mongnai se retirara, Twet Nga Lu había dirigido varios ataques contra esa provincia. Casi todos fracasaron, así que cambió de táctica y pasó del campo de batalla a la cama: finalmente consiguió el poder casándose con la viuda del hermano del *sawbwa*. Cuando éste huyó, el guerrillero, con el apoyo de los oficiales birmanos, se apoderó por completo de la región.

Este individuo, junto con otros usurpadores, gobernó hasta principios de este año, 1886, cuando las fuerzas de Limbin lanzaron una ofensiva y reclamaron parte de su territorio. Él huyó a su pueblo natal, donde continúa con su campaña de violencia; deja un reguero de poblaciones quemadas allí por donde pasa con su ejército. La enemistad entre él y el *sawbwa* de Mongnai representa uno de los mayores retos para el establecimiento de la paz. Mientras que el dirigente cuenta con el respeto de sus súbditos, Twet Nga Lu es famoso por su ferocidad y por su reputación de maestro de tatuajes y encantamientos; dicen que lleva incrustados en la piel cientos de amuletos que lo hacen invencible, por lo que lo temen y veneran (un inciso: esos talismanes son un aspecto importante de las culturas birmana y shan. Pueden ser cualquier cosa, desde piedras preciosas hasta conchas o esculturas de Buda, y se introducen bajo la piel mediante una incisión superficial. Los pescadores practican una variante particularmente curiosa: la implantación de piedras y cascabeles debajo de la piel de los genitales masculinos, cuyo propósito y función, el autor, de momento, no ha logrado elucidar).

En el momento de la redacción de este informe, la Confederación Limbin continúa consolidando su poder y Twet Nga Lu todavía anda suelto; hemos encontrado señales de su brutalidad en los restos de los pueblos incendiados y en los aldeanos asesinados. Todos los intentos de negociación han resultado infructuosos. Desde mi puesto de mando en el fuerte de Mae Lwin no he conseguido entrar en contacto con la Confederación Limbin, y mis intentos de comunicarme con Twet Nga Lu también han fracasado. Hasta la fecha pocos británicos han visto al guerrero; algunos se preguntan si existe en realidad o si es una simple leyenda, un personaje imaginario al que se atribuyen todas las barbaridades cometidas por diferentes grupos de *dacoits*. Con todo, se ha ofrecido una recompensa por el Príncipe Bandido, vivo o muerto; uno de los muchos intentos de conseguir la paz en la meseta Shan.

Edgar Drake leyó el documento sin interrupción. Había otras breves notas de Carroll, y todas eran parecidas, llenas de digresiones sobre etnografía e historia natural. En la parte superior de la primera página de un estudio sobre rutas comerciales el doctor había escrito: «Por favor, incluyan esto para instruir al afinador de pianos sobre la geografía del país.» Dentro había dos apéndices, uno sobre la accesibilidad de ciertas pistas de montaña para el transporte de artillería, y otro con un listado de plantas comestibles, «por si un grupo se pierde y se queda sin alimentos», con dibujos de flores y el nombre de cada especie en cinco lenguas tribales diferentes.

El contraste que había entre los expedientes del doctor y los del ejército resultaba sorprendente, y Edgar se preguntó si no sería ésa, en parte, la razón de la antipatía que inspiraba Carroll. Sabía que la mayoría de los oficiales pertenecían a la aristocracia rural y que se habían educado en las mejores escuelas del país. De modo que entendía que sintieran animadversión hacia un hombre como el comandante médico, que procedía de una familia mucho más modesta, pero que parecía mucho más culto que ellos. «Quizá por eso me cae bien ya», se dijo. Cuando Edgar terminó sus estudios, dejó el hogar paterno y se fue a vivir y a trabajar con un afinador de pianos de Londres, un anciano excéntrico que creía que un buen profesional no sólo debía tener conocimientos de su oficio, sino también de física, filosofía y poesía. Así que cuando cumplió veinte años, Edgar, pese a no haber ido nunca a la universidad, tenía más educación que muchos universitarios.

«También hay otras coincidencias —pensó—. En muchos aspectos nuestras profesiones se asemejan; ambas son raras porque trascienden las diferencias de clase: todo el mundo enferma, y todos los pianos, tanto los de cola de concierto como los verticales, se desafinan.» Se preguntó qué significaría eso para el doctor, pues él había aprendido enseguida que el que te necesitaran no quería decir que te aceptasen. Pese a que visitaba con frecuencia residencias de clase alta donde los propietarios de unos pianos carísimos entablaban con él conversaciones sobre música, nunca se sentía cómodo en aquellos ambientes. Y ese distanciamiento se extendía también en la otra dirección, pues él se mostraba excesivamente reservado cuando estaba con carpinteros, herreros o mozos, a los que su trabajo le exigía contratar con frecuencia. Recordaba haberle hablado a Katherine de esa sensación de estar fuera de lugar poco después de casarse, una mañana mientras paseaban por la orilla del Támesis. Ella se limitó a reír y lo besó; tenía las mejillas enrojecidas por el frío, y los labios, cálidos y húmedos. Se acordaba de esos detalles casi tan bien como de lo que le dijo su esposa: «Puedes pensar lo que quieras sobre dónde encajas y dónde no, Edgar; a mí lo único que me importa es que eres mío.» Por lo demás, sus amigos eran personas con las que tenía intereses comunes, como por lo visto ocurría en ese momento, mientras navegaba hacia Rangún, con Carroll.

«Es una lástima que el doctor no haya escrito nada sobre el piano —pensó—, pues él es el verdadero héroe de toda esta empresa, y hasta ahora su ausencia es obvia en la narración.» Esa idea se le antojó graciosa: Carroll obligaba al ejército a leer sus relatos sobre historia natural; por lo tanto, no había motivo para que no se vieran forzados a aprender también algo sobre pianos. En medio de un impulso creativo y de una creciente sensación de misión compartida, Edgar se levantó, cogió un tintero, pluma y papel, encendió otra vela, pues la primera casi se había consumido, y empezó a escribir.

Caballeros:

Les escribo a bordo del buque que me conduce a Rangún. Hoy es el decimocuarto día de mi viaje, y he disfrutado mucho con las vistas y con los interesantísimos informes que me ha facilitado su oficina. Sin embargo, me he fijado en que se ha escrito muy poco sobre el auténtico centro y propósito de nuestra operación, es decir, el piano. Por lo tanto, y con el fin de ilustrar a los miembros del Ministerio de Defensa, considero necesario relatar esta historia personalmente. Por favor, compártanla con quien les parezca oportuno. Y si necesitan algún otro dato, caballeros, no duden en consultarme, pues estaré encantado de proporcionárselo.

La Historia del Piano Erard

Hay dos comienzos posibles: la historia del piano y la de Sebastien Erard. La primera es muy larga y enrevesada; fascinante, como es lógico, pero un reto excesivo para mi pluma, pues considero que sólo soy un afinador amante de la Historia. Baste decir que después de que Cristofori lo inventara a principios del siglo XVIII, el piano sufrió importantes modificaciones, y el Erard, que es el tema central de esta carta, está en deuda con esa formidable tradición, como todos los ejemplares modernos.

Sebastien Erard era alemán, nacido en Estrasburgo, pero se marchó a París en 1768, a los dieciséis años, y trabajó como aprendiz con un fabricante de clavicémbalos. El chico era un prodigio, por decirlo así, y pronto dejó a su maestro y montó su propia tienda. Los otros artesanos parisinos se sintieron tan amenazados por el gran talento del muchacho que iniciaron una campaña para obligarlo a cerrar el taller después de que diseñara un *clavecin mécanique*, un instrumento con múltiples registros, con púas de pluma y cuero, que funcionaba con un ingenioso dispositivo de pedales que jamás se había empleado hasta entonces. Pero, pese al boicoteo, el diseño era tan original que la duquesa de Villeroi decidió patrocinar al joven. Erard empezó a fabricar pianofortes y los amigos aristócratas de la duquesa comenzaron a comprarlos. Esa vez provocó la ira de los importadores, cuyos pianos ingleses acusaron la competencia. Intentaron asaltar su casa, pero se lo impidieron nada menos que los soldados de Luis XVI. Era tan famoso que el rey le concedió plena libertad para comerciar.

Pese al patrocinio real, Erard acabó interesándose por otras naciones y a mediados de la década de los ochenta viajó a Londres, donde montó otra tienda en Great Marlborough Street. Allí estaba el 14 de julio de 1789, cuando tomaron la Bastilla, y tres años más tarde, cuando las purgas del régimen del Terror sacudieron Francia. Estoy seguro de que conocen bien esa historia; miles de burgueses huyeron del país o fueron condenados a morir en la guillotina. Mas hay un hecho que sabe muy poca gente: los que escaparon o fueron ejecutados dejaron millares de obras de arte, entre ellas muchos instrumentos musicales. Sin entrar en opiniones sobre el gusto francés, quizá valdría la pena señalar que, incluso en medio de una revolución, mientras a los eruditos y a los músicos les cortaban la cabeza, alguien decidió que había que proteger la música. Se organizó una Comisión Artística Temporal, y Antonio Bartolomeo Bruni, un mediocre violinista de la Comédie Italienne, fue nombrado responsable de inventario. Durante catorce meses se dedicó a recoger los instrumentos de los reos. En total llegó a reunir más de trescientos, y cada uno tiene su propia y trágica historia. Antoine Lavoisier, el gran químico, perdió la vida y su piano de cola Zimmerman francés; muchos otros pianos de linaje parecido todavía se usan hoy en día. De éstos, sesenta y cuatro son pianofortes, y la mayoría de los confiscados de procedencia francesa son Erards: doce en total. Eso demuestra tanto el buen gusto de Bruni como el de las víctimas, pero esa macabra distinción fue quizá lo que estableció con mayor solidez la reputación de Sebastien como el mejor fabricante de pianos. Es significativo que ni él ni su hermano Jean-Baptiste, que permaneció en París, fueran llamados a presentarse ante el Terror, pese a haber estado amparados por el trono. De esas doce piezas se conoce el paradero de once, y yo he afinado todas las que actualmente se encuentran en Inglaterra.

Sebastien Erard ya está muerto, por supuesto, pero su taller de Londres sigue funcionando. El resto es una historia de belleza técnica, y si no pueden entender ustedes la mecánica de lo que describo, al menos deben estimarla, igual que yo aprecio la función de sus cañones sin comprender las características químicas de los gases que les permiten disparar. Las innovaciones de Erard revolucionaron la construcción de pianos. El mecanismo de doble escape, el *mécanisme à étrier*, que los macillos estén unidos al apoyo individualmente en lugar de estarlo en grupos de seis como en los pianos Broadwood, los agrafes, las barras de refuerzo...; todo eso son aportaciones suyas. Napoleón tocaba con un Erard; Sebastien le regaló un piano de cola a Haydn; Beethoven también tocó uno durante siete años.

Espero que esta información le sirva a su personal para entender y valorar mejor el excelente instrumento que ahora se encuentra en las más remotas fronteras de nuestro Imperio. No sólo es digno de respeto y atención, sino también de ser protegido con el mismo celo con que preservaríamos las obras de arte de un museo. La calidad del Erard merece los servicios de un afinador, que quizá sean el primer paso de su posterior cuidado.

Su humilde servidor,

Edgar Drake
Afinador y armonizador de pianos
Especialista en Erards

Cuando terminó, se quedó sentado releyendo la carta mientras giraba la pluma entre los dedos. Pensó unos momentos, tachó «cuidado» y encima escribió «defensa»; al fin y al cabo, eran militares. Dobló la hoja, la metió en un sobre y guardó éste en su bolsa para enviarlo desde Rangún. Por fin empezaba a entrarle sueño.

«Espero que lean mi carta», pensó, y se quedó dormido con una sonrisa en los labios. Entonces no podía saber cuántas veces la iban a leer, inspeccionar, enviar a criptógrafos, examinar bajo lámparas y lupas... Porque cuando un hombre desaparece nos aferramos a cualquier rastro suyo, a cualquier cosa que haya dejado atrás.

6

Una mañana, tres días después de zarpar de Calcuta, avistaron tierra: un faro colgado en lo alto de una torre de piedra negra.

—El arrecife de Alguada —le dijo un anciano escocés a su acompañante—. Es muy difícil de salvar. Aquí han embarrancado cientos de buques.

Edgar sabía, gracias a los mapas, que sólo estaban a treinta y dos kilómetros al sur del cabo Negrais, y que pronto llegarían a Rangún.

En menos de una hora el barco pasó junto a unas boyas que señalaban los bajíos de la desembocadura del Rangún, uno de los cientos de ríos que desaguaban en el delta de Irawadi. Pasaron junto a varias embarcaciones ancladas; el anciano explicó que eran naves comerciales que intentaban evitar los derechos de puerto. El vapor viró hacia el norte y Edgar vio que los bancos de arena se convertían en playas bajas y boscosas. Allí el canal era más hondo, pero todavía tenía unos tres kilómetros de ancho, y de no ser por los enormes obeliscos rojos que había a ambos lados de la desembocadura, no se habría dado cuenta de que navegaban hacia el interior.

Remontaron el río durante varias horas. El terreno era llano, no destacaba por nada en particular, y, sin embargo, Edgar sintió una repentina emoción cuando pasaron junto a una serie de pequeñas pagodas con las paredes blancas y desconchadas.

Un poco después vieron un conjunto de chabolas apiñadas al borde del agua, donde jugaban unos chiquillos. El cauce se estrechó y pudieron distinguir mejor ambas orillas; el buque seguía un curso tortuoso, pues había bancos de arena y curvas cerradas que entorpecían su progreso. Finalmente, después de doblar uno de esos recodos, divisaron unos barcos a lo lejos. Un murmullo recorrió toda la cubierta y varios pasajeros bajaron por la escalera para regresar a sus habitaciones.

—¿Hemos llegado ya? —le preguntó Edgar Drake al anciano.

—Sí, casi. Mire hacia allí. —El hombre levantó un brazo y señaló un edificio que había en lo alto de una colina—. Es la pagoda Shwedagon. Seguro que ya ha oído hablar de ella.

Edgar asintió con la cabeza. De hecho, la conocía antes de que le asignaran el encargo del Erard: en una revista había encontrado un artículo sobre su esplendor escrito por la mujer de un juez de Rangún. Sus descripciones estaban llenas de adjetivos: dorada, reluciente, fastuosa... Lo había leído por encima, preguntándose si mencionaría en algún momento un órgano o algún equivalente budista, pues imaginaba que un templo tan importante necesitaría música. Pero sólo halló datos sobre «centelleantes joyas doradas» y «pintorescos motivos birmanos», así que, cansado del texto, lo olvidó; hasta entonces. Desde aquella distancia el santuario parecía pequeño y decorado como un resplandeciente alhajero.

El buque redujo la velocidad. Los poblados que salpicaban las márgenes empezaron a aparecer entre la vegetación con regularidad. Un poco más allá, Edgar se sorprendió al ver elefantes trabajando; los guías iban sentados sobre su cuello mientras los animales levantaban troncos gigantescos del agua y los amontonaban en la orilla. Se quedó mirándolos, maravillado ante la fuerza de aquellas bestias y de la facilidad con que cogían los árboles. Cuando se acercaron a la ribera, tuvo ocasión de apreciarlos mejor: el agua, de color marrón, chorreaba por su piel mientras ellos chapoteaban.

Por el río se habían cruzado con otros barcos, que cada vez pasaban con más frecuencia en todas direcciones: buques de vapor de dos pisos, viejas barcas de pesca con inscripciones en el alfabeto birmano, pequeños botes de remos y delgados esquifes, frágiles y con apenas espacio para una persona. También había veleros de formas que Edgar nunca había visto. Cerca de la orilla los adelantó una extraña nave con una enorme vela que se agitaba sobre otras dos menores.

En ese momento se aproximaban al muelle con rapidez, y aparecieron varios edificios gubernamentales de estilo europeo, sólidas estructuras de ladrillo y brillantes columnas.

El vapor se acercó a un embarcadero cubierto, conectado a la orilla mediante una larga plataforma de bisagra, donde esperaba un grupo de porteadores. El barco vaciló un momento y puso los motores en marcha atrás para reducir la velocidad. Uno de los marinos lanzó un cabo al amarradero, donde lo atraparon y lo ataron alrededor de un par de norays. Los mozos, que sólo llevaban unos taparrabos sujetos a la cintura y metidos entre las piernas, gritaron para que colocaran una pasarela desde el muelle. Ésta golpeó ruidosamente el suelo de la cubierta, y los hombres la cruzaron para ayudar a los pasajeros con el equipaje. Edgar se quedó de pie a la sombra del toldo, observándolos. Eran menudos y llevaban toallas enrolladas en la cabeza para protegerse del sol. Su cuerpo estaba cubierto de tatuajes que se extendían por el pecho y los muslos, donde se enroscaban hasta terminar en las rodillas.

Edgar contempló a los otros viajeros; la mayoría mataban el tiempo conversando; algunos señalaban las sedes oficiales y hacían comentarios sobre ellas. Siguió observando a los porteadores, que no paraban de moverse; los dibujos de sus tatuajes cambiaban a medida que los nervudos brazos se tensaban bajo los baúles de cuero. En la orilla, bajo los árboles, había un grupo de gente esperando junto al montón de maletas y paquetes, cada vez mayor. Un poco más allá vio los uniformes de color caqui de unos soldados británicos, que estaban de pie junto a una pequeña verja. Y detrás de ellos, en la penumbra de una hilera de exuberantes banianos que bordeaba la línea de la costa, había indicios de movimiento, sombras cambiantes...

Finalmente los porteadores terminaron de descargar el equipaje. Los pasajeros bajaron y se dirigieron a los coches que los aguardaban; las mujeres desembarcaban con sombrillas, y los hombres, protegidos con sombreros de copa o salacots. Edgar siguió al escocés con el que había hablado esa mañana y cruzó la destartalada pasarela intentando no perder el equilibrio. Llegó al embarcadero. Su itinerario decía que en el puerto lo recibiría personal militar, pero poco más. Durante unos instantes lo acometió un repentino ataque de pánico. «Quizá no sepan que he llegado», pensó.

Detrás de los guardias, algo se movía entre las sombras, como un animal al despertarse. Edgar sudaba muchísimo y sacó un pañuelo para secarse la frente.

—¡Señor Drake! —gritó alguien entre el gentío. Él trató de localizar aquella voz. Había un grupo de soldados resguardados del sol; vio una mano levantada—. Aquí, señor Drake.

Edgar se abrió paso entre los viajeros y los mozos, que ya se movían por el muelle con los equipajes. Un joven se adelantó y alzó una mano.

—Bienvenido a Rangún, señor Drake. Suerte que me ha visto; yo no habría podido reconocerlo. Capitán Dalton, Regimiento Herefordshire.

—¿Cómo está usted? La familia de mi madre es de Hereford.

El militar sonrió, encantado, y exclamó:

—¡Qué coincidencia!

Era un joven de piel bronceada, con los hombros anchos y el cabello rubio, peinado en diagonal.

—Desde luego —convino el afinador de pianos, y aguardó a que el oficial añadiera algo más.

Pero éste se limitó a reír, bien por aquella pequeña casualidad, bien porque lo habían ascendido hacía poco tiempo y estaba orgulloso de decir cuál era su rango. Edgar le devolvió la sonrisa, pues de pronto tuvo la impresión de que aquel viaje, tras más de ocho mil kilómetros, lo había conducido de nuevo a su país natal.

—¿Ha tenido usted una travesía agradable?

—Mucho.

—Espero que no le importe aguardar un momento. Debemos llevar otros bultos al cuartel general.

Cuando lo hubieron recogido todo, uno de los soldados llamó a los porteadores, que cargaron los baúles sobre los hombros. Pasaron junto a los guardias que había junto a la verja, la cruzaron y salieron a la calle, donde se encontraban los carruajes.

Más tarde Edgar le explicaría a Katherine en una de sus cartas que en aquellos quince pasos que separaban la valla de los coches, Birmania se mostró ante él como si surgiera tras el telón de un escenario. En cuanto puso el pie en la calle, la multitud se agolpó a su alrededor. Él se dio la vuelta. La gente se peleaba para acercarle cestos de comida. Las mujeres lo miraban fijamente, con la cara pintada de blanco y las manos llenas de guirnaldas de flores. Un mendigo, un muchacho cubierto de costras y llagas supurantes, le agarró una pierna; él se giró de nuevo y tropezó con un grupo de hombres que llevaban cajones de especias colgados de unas largas pingas. Los militares, que iban delante, se abrían paso a empujones; de no ser por las ramas de los gigantescos banianos, desde los centros de oficinas habrían podido ver una fila de jóvenes vestidos de color caqui que atravesaba aquel mosaico, y a un hombre solo que avanzaba despacio, como si estuviera perdido. Edgar se volvió una vez más al oír una tos, y se quedó mirando a un vendedor de betel que había escupido cerca de sus pies, intentando discernir si se trataba de una amenaza o de una simple advertencia; hasta que uno de los soldados dijo:

—Usted primero, señor Drake.

Ya habían llegado. Edgar entró en el coche agachando la cabeza, y el mundo se esfumó tan deprisa como había aparecido. De pronto fue como si la calle nunca hubiera existido.

Tres oficiales lo siguieron; se sentaron frente a él y a su lado. Oyeron ruidos en el techo: estaban cargando el equipaje. El cochero se montó en el pescante; Edgar oyó gritos y el restallar de un látigo; se pusieron en marcha.

El afinador iba sentado en el sentido de la marcha, pero como la situación de la ventanilla le impedía ver bien el exterior, las imágenes pasaban en rápida sucesión, como si hojeara un libro de ilustraciones. Los jóvenes lo rodeaban, y el capitán seguía sonriendo.

Avanzaron despacio entre la multitud, y cuando empezaron a desaparecer los vendedores ambulantes, aligeraron el paso. Dejaron atrás más edificios del gobierno. Frente a uno de ellos había un grupo de ingleses con bigote y traje oscuro, hablando, mientras un par de sijs esperaban detrás de ellos. La calzada estaba macadamizada y era sorprendentemente lisa. Luego torcieron por una callejuela. Las amplias fachadas de las sedes administrativas dejaron paso a casas menores, que todavía eran de estilo europeo aunque tenían terrazas adornadas con lánguidas plantas tropicales y paredes manchadas por la oscura y musgosa pátina que Edgar ya había visto en muchas viviendas de la India. Pasaron por delante de una tienda donde había un montón de jóvenes sentados en pequeños taburetes alrededor de unas mesitas llenas de cazos y montañas de comida frita. El humo acre del aceite de freír se coló en el coche y le irritó los ojos. Parpadeó y perdió de vista el establecimiento; en su lugar apareció una mujer con una fuente llena de frutos de betel y pequeñas hojas. Se acercó al vehículo y miró en su interior. Como algunas vendedoras ambulantes de la ribera, tenía círculos blancos pintados en el rostro, que contrastaban con su tez oscura.

Edgar se volvió hacia el capitán.

—¿Qué es eso que lleva en la cara? —le preguntó.

—¿La pintura?

—Sí. Ya se la he visto a otras mujeres en el muelle; pero los dibujos eran diferentes. Es curioso...

—Lo llaman *thanaka* y está hecho de madera de sándalo molida. Casi todas lo usan, y también muchos hombres. A los bebés los untan de los pies a la cabeza.

—¿Para qué sirve?

—Dicen que los protege del sol y que los hace más atractivos. Nosotros lo llamamos maquillaje birmano. ¿Por qué se pintan las inglesas?

El coche se detuvo en ese momento. Fuera se oían voces.

—¿Hemos llegado?

—No, todavía estamos lejos. No sé por qué nos hemos parado. Espere un momento; voy a ver qué ocurre.

Abrió la puerta y se asomó, pero volvió a entrar rápidamente.

—¿Qué sucede?

—Un accidente; nada grave. Es el problema de tomar las callejuelas, pero hoy están pavimentando Sule Pagoda Road y por eso hemos tenido que venir por aquí. Quizá tardemos unos minutos. Si quiere, puede bajar y mirar.

Edgar sacó la cabeza por la ventanilla. Delante de ellos había una bicicleta tirada en medio de montones de lentejas verdes que habían caído de un par de cestos. Un individuo, que al parecer era el conductor del vehículo, se curaba una rodilla ensangrentada mientras el vendedor, un indio delgado vestido de blanco, intentaba con desesperación salvar las pocas lentejas que no se habían manchado con el estiércol que cubría la calzada. Ninguno de los dos hombres parecía especialmente enojado, y mucha gente se había parado con el pretexto de ayudar, cuando en realidad lo que querían era echar un vistazo. Edgar bajó del coche.

La calle era estrecha y a ambos lados había una ininterrumpida fila de casas. Delante de cada vivienda, unas empinadas escaleras de casi un metro de altura conducían a un estrecho patio lleno de curiosos. Los hombres llevaban turbante, no muy ceñido, y un trozo de tela atado a la cintura a modo de falda. Los turbantes eran distintos de los de los soldados sijs, y, recordando el relato de un viajero sobre Birmania, Edgar supuso que debían de

111

ser *gaung-baungs*, y las faldas, *pasos*. Recordó que las que usaban las birmanas recibían otro nombre, *hta main*, unas sílabas extrañas que parecían un susurro, no una palabra. Todas las mujeres iban maquilladas con madera de sándalo: algunas lucían delgadas rayas paralelas que les cubrían las mejillas; otras, los círculos de la vendedora que acababan de ver; otras, volutas y líneas que descendían desde el puente de la nariz. A las que tenían la piel más oscura, esos dibujos les daban un aire fantasmal, y Edgar se fijó en que algunas también llevaban los labios pintados con carmín, con lo cual el *thanaka* adquiría un tono burlesco. Aquel maquillaje tenía algo inquietante que no alcanzaba a identificar; superada la sorpresa inicial, en la siguiente carta que le escribió a Katherine admitió que resultaba bastante agradable. Quizá no fuera lo más adecuado para el cutis inglés, pero a las birmanas les quedaba bien, y añadió con énfasis: «Desde un punto de vista puramente objetivo, como se contempla una obra de arte.» No quería que hubiera malentendidos.

Edgar miró hacia arriba para examinar las fachadas de los edificios y sus ojos toparon con unos balcones cubiertos de jardines colgantes de helechos y flores. Allí también había espectadores, casi todos niños, que entrelazaban sus delgados brazos en las barandillas de hierro forjado. Algunos le gritaron, rieron y lo saludaron con la mano. Él les devolvió el gesto.

El conductor ya había cogido su bicicleta y estaba enderezando el torcido manillar, mientras que el chico de las lentejas había abandonado la tarea de recuperarlas y se había puesto a reparar uno de los cestos en medio de la calzada. El cochero le chilló y la gente rió. El vendedor se apartó corriendo hacia la acera. Edgar se despidió de los niños y montó en el carruaje. Se pusieron de nuevo en marcha y la estrecha calle desembocó en otra más ancha que rodeaba una enorme estructura dorada, adornada con sombrillas relucientes.

—Pagoda Sule —dijo el capitán.

Pasaron por delante de una iglesia, luego vieron los minaretes de una mezquita, y más adelante, junto al ayuntamiento, otro bazar montado en el paseo, junto a una estatua de Mercurio, el dios romano de los mercaderes; los británicos la habían levantado como símbolo de su comercio, pero en ese momento estaba rodeada de vendedores ambulantes.

La calzada se ensanchó y el coche aceleró. Pronto las imágenes que se colaban por la ventana lo hicieron demasiado deprisa para distinguirlas.

Después de media hora de viaje pararon en una vía adoquinada frente a un edificio de dos pisos. Los soldados se encorvaron y bajaron, uno a uno, mientras los mozos subían al techo para descargar los baúles. Edgar se quedó de pie y respiró hondo. Pese al fuerte sol, que ya empezaba a descender, en la calle el aire parecía fresco comparado con el del coche.

El capitán lo guió hasta el edificio. En la puerta había dos sijs de rostro impertérrito, con espadas al cinto. Edgar los saludó con la cabeza y entró apresuradamente. Dalton desapareció por un pasillo y volvió al poco rato con un montón de papeles.

—Señor Drake —dijo—, por lo visto hay un pequeño cambio de planes. La idea original era que lo recibiera el capitán Nash-Burnham, de Mandalay, que está al corriente de los proyectos del doctor Carroll. Estuvo aquí ayer para asistir a una reunión sobre los intentos de controlar a los *dacoits* del estado de Shan; pero por desgracia están reparando el barco que debía llevarlo a usted río arriba y el capitán tenía prisa por regresar, así que ha partido en otro buque que salía antes. —Hizo una pausa para examinar las notas que asía—. Pero no se preocupe. Cuando llegue a Mandalay dispondrá de tiempo suficiente para ponerse al corriente de todo. Eso sí, se marchará más tarde de lo esperado, pues el primer vapor en el que le hemos encontrado camarote es uno de la Irawadi Flotilla Company, que zarpa a finales de esta semana. Confío en que esto no suponga un gran inconveniente para usted.

—No, en absoluto. No me importa tener unos cuantos días para pasearme por aquí.

—Claro. De hecho, iba a invitarlo a participar en una cacería de tigres programada mañana. Se lo comenté al capitán Nash-Burnham y éste dijo que le parecía una buena forma de pasar el tiempo, así como de familiarizarse con la región.

—Pero yo no sé cazar —protestó Edgar.

—Eso da igual. Es muy divertido; ya lo verá. En fin, ahora debe de estar cansado. Vendré a buscarlo esta noche.

—¿Hay algo más planeado?

—No, esta tarde no hay nada. El capitán Nash-Burnham pensaba estar aquí con usted. Si me lo permite, yo le aconsejaría que aprovechara para descansar en sus aposentos. El mozo le enseñará dónde están.

Le hizo una seña con la cabeza a un indio que esperaba.

Edgar le dio las gracias al oficial y siguió al muchacho, que salió por la puerta. Recogieron los baúles y fueron hacia el final de un sendero que conducía a una calle más espaciosa. Allí se cruzaron con un grupo de jóvenes monjes ataviados con túnicas de color azafrán. El chico no se fijó en ellos.

—¿De dónde han salido? —le preguntó Edgar, impresionado por la belleza de aquellas telas.

—¿Quiénes, señor?

—Los monjes.

Estaban de pie en la esquina; el mozo se volvió y señaló la dirección por la que habían aparecido.

—Pues de la Shwedagon, señor. En este barrio, todo el que no es soldado viene a ver la pagoda.

Edgar estaba en la base de una pendiente, flanqueada por docenas de pequeños santuarios, que conducía hasta la pirámide dorada que había visto brillar desde el río y que en ese instante parecía enorme, altísima. Una fila de peregrinos se arremolinaba a los pies de la escalera. Edgar había leído que el ejército británico se había instalado alrededor del templo, pero no se le había ocurrido pensar que estuviera tan cerca. Siguió a regañadientes al indio, que ya había cruzado la calle y seguía caminando por una callejuela. Llegaron a una habitación que se hallaba al final de un largo barracón. El muchacho dejó los baúles en el suelo y abrió.

Era un espacio sencillo que utilizaban los oficiales que estaban de paso, y el chico le dijo que los edificios que lo rodeaban también eran dependencias de la guarnición, de modo que si necesitaba algo no tenía más que llamar a cualquier puerta. Inclinó la cabeza y se marchó. Edgar esperó un momento, hasta que se perdió el sonido de los pasos del mozo; luego abrió, salió al callejón y fue hasta la escalera que conducía al templo. Había un letrero que rezaba: «PROHIBIDO ENTRAR CON ZAPATOS Y CON SOMBRILLA», y recordó lo que había leído acerca del inicio de la tercera guerra anglo-birmana, cuando los emisarios británicos se negaron a descalzarse en presencia de un miembro de la realeza nativa. Se arrodilló, se quitó las botas y, con ellas en la mano, empezó a subir la larga escalinata.

Las baldosas estaban frías y húmedas. A lo largo de la cuesta había vendedores ambulantes con todo tipo de artículos religiosos: pinturas y estatuas de Buda, guirnaldas de jazmín, libros, abanicos, cestos llenos de ofrendas de comida, manojos de varillas de incienso, pan de oro y flores de loto hechas de finísimo papel de plata... Los mercaderes languidecían a la sombra. Por todas partes había peregrinos que subían los escalones: monjes, mendigos y elegantes birmanas ataviadas con sus mejores galas. Al llegar arriba, Edgar pasó por debajo de un pórtico de intrincada decoración y llegó a una extensa plataforma de mármol blanco y cúpulas doradas de pagodas menores. La multitud de suplicantes circulaba en el sentido de las agujas del reloj, y todos reparaban en el alto inglés al pasar a su lado. Edgar se introdujo en aquella corriente humana y desfiló por delante de hileras de pequeñas capillas y fieles arrodillados que rezaban con unos rosarios de grandes cuentas. Sin detenerse, contempló la construcción principal, su delicada cúpula en forma de campana y rematada con un cilindro. Los destellos del oro, el reflejo del sol en el pavimento blanco y la masa latente de devotos lo deslumbraron. A medio camino de su recorrido se paró a descansar en la sombra, y se estaba secando el sudor de la cara cuando le llamó la atención un débil repiqueteo musical.

Al principio no supo de dónde procedía; las notas rebotaban en los pasillos de las capillas y se mezclaban con las oraciones de los peregrinos. Se metió por un pequeño callejón que discurría por detrás de una amplia explanada, donde un monje dirigía el rezo de un grupo de gente entonando las palabras de un idioma hipnótico que, como más tarde descubriría, no era birmano, sino pali. La música sonaba más fuerte en ese momento. Bajo las ramas de un baniano, Edgar divisó a los intérpretes.

Eran cuatro, y levantaron la cabeza al verlo. Él sonrió y estudió los instrumentos: un tambor, algo parecido a un xilófono, un largo cuerno y un arpa. Eso fue lo que más le llamó la atención, pues sabía que el clavicordio era el abuelo del piano. Se trataba de un arpa preciosa con forma de barco, o de cisne; las cuerdas estaban muy juntas, y se fijó en que eso era posible debido a su peculiar diseño. «Es muy ingenioso», pensó. El músico que la tocaba movía los dedos despacio; la melodía discordaba de forma inquietante, y a Edgar le resultó difícil descubrir su pauta. Reparó en la irregularidad con que recorría la escala; se concentró más, pero aun así la composición se le resistía.

Al poco rato llegó otro curioso, un birmano vestido con elegancia que llevaba a un niño de la mano. Drake los saludó inclinando la cabeza y se quedaron juntos escuchando la canción. La presencia de otro hombre le recordó a Edgar que el capitán Dalton había dicho que iría a buscarlo aquella noche y que, por lo tanto, debía bañarse y vestirse. Se alejó de los músicos de mala gana. Acabó de dar la vuelta entera al santuario y se mezcló con el gentío una vez más para cruzar el pórtico y bajar la escalera. Siguió a la multitud hasta la calle y se sentó en un peldaño para atarse las botas. A su alrededor, hombres y mujeres se ponían y quitaban las sandalias con facilidad. Mientras peleaba con sus cordones Edgar comenzó a silbar, intentando recuperar la tonada que acababa de oír. Luego se levantó, y entonces la vio.

116

Estaba sólo a un paso de él, sosteniendo a un bebé, cubierta con andrajos, con la mano extendida y el cuerpo pintado de amarillo intenso. Al principio Edgar parpadeó, creyendo que era una aparición: el color de la piel de la mujer parecía un reflejo del oro de la pagoda, como la ilusión que produce contemplar demasiado rato el sol. Ella lo miró a los ojos y se le acercó, y él vio que no llevaba pintura, sino un polvo dorado que le revestía la cara, los brazos y los pies. Se quedó contemplándola, y ella le tendió al niño, que dormía, sujetándolo con fuerza con sus manos amarillas. Edgar observó el rostro de la joven y los oscuros y suplicantes ojos bordeados de gualda; más tarde se enteró de que ese polvo era cúrcuma, que los nativos llamaban *sa-nwin*, con la que las birmanas se cubrían el cuerpo tras dar a luz para protegerse de los malos espíritus. Pero aquélla se la había puesto para mendigar, pues, según la tradición, una mujer que todavía lleva *sa-nwin* no debe salir de su casa durante varios días después del parto; si lo hace sólo puede significar que el recién nacido está enfermo. Pero entonces, allí, a los pies de la pagoda Shwedagon, Edgar no lo sabía, y no podía hacer otra cosa que mirar, hechizado, a la joven aúrea, hasta que ella se aproximó un poco más. Vio las moscas que el niño tenía en la boca y una llaga en su diminuta cabeza, y retrocedió, horrorizado; buscó unas monedas en el bolsillo y se las puso a la mujer en las manos sin contarlas.

Edgar se alejó de allí con el corazón desbocado. A su alrededor los peregrinos continuaban desfilando sin prestar atención a la muchacha dorada que contaba el dinero, sorprendida, ni al alto y desgarbado inglés que miraba una vez más el templo y a la joven que permanecía bajo su altísima aguja, se metía las manos en los bolsillos y echaba a andar apresuradamente calle abajo.

Aquella noche pasó a verlo el capitán Dalton, que lo invitó al Pegu Club para jugar al billar con otros oficiales. Edgar declinó la propuesta alegando cansancio, y además dijo que hacía varios días que no escribía a su esposa. No le habló de la imagen que todavía conservaba en la retina, ni le confesó que no le parecía adecuado beber jerez y hablar de la guerra mientras pensaba en aquella muchacha y en su hijo.

—Bueno, tendrá tiempo de sobra para el billar —repuso Dalton—. Pero insisto en que mañana venga con nosotros a cazar. La semana pasada un soldado de infantería vio un tigre cerca de Dabein. Me he propuesto ir hasta allí con el capitán Witherspoon y el capitán Fogg, que han llegado hace poco de Bengala. ¿Vendrá con nosotros?

Se quedó plantado en el umbral, esperando una respuesta.

—Es que yo no he cazado nunca y no creo que...

—¡Por favor! No admito excusas. Se trata de una misión militar: ese tigre está aterrorizando a los aldeanos. Saldremos a primera hora de la mañana. Reúnase con nosotros en los establos, ¿sabe dónde están? No, no hace falta que lleve nada. El sombrero, quizá; tenemos muchas botas de montar, y rifles, por supuesto. Supongo que un hombre con unos dedos tan hábiles como los suyos debe de ser un estupendo tirador.

Y ante aquel cumplido, y porque ya había rechazado una invitación, Edgar aceptó.

7

Al día siguiente Edgar encontró al capitán frente a los establos. Había otros cinco hombres con él, dos ingleses y tres birmanos. Al ver acercarse al afinador, Dalton salió de debajo de un caballo, donde estaba cinchando la silla de montar. Se secó la mano en los pantalones y se la tendió.

—Una mañana espléndida, ¿no, señor Drake? El clima es una maravilla cuando la brisa llega hasta aquí; resulta muy refrescante. Eso quiere decir que este año las lluvias podrían adelantarse.

Se irguió y miró el cielo como si quisiera confirmar su pronóstico. A Edgar le impresionó lo guapo y atlético que era: tenía la cara bronceada; el cabello, peinado hacia atrás; la camisa, arremangada; y los antebrazos, descubiertos.

—Señor Drake, le presento al capitán Witherspoon y al capitán Fogg. Caballeros, el señor Drake, el mejor afinador de pianos de Londres. —Le dio una palmada en la espalda a Edgar y añadió—: Es un buen hombre; su familia es de Hereford.

Los otros dos le alargaron la mano amablemente.

—Encantado de conocerlo, señor Drake —dijo Witherspoon; Fogg asintió con un gesto.

—Enseguida acabo de ensillar esta yegua —comentó Dalton, y volvió a meter la cabeza bajo el vientre del animal—. Es un poco traviesa, y no me gustaría caerme si hay un tigre cerca.

Levantó la mirada y guiñó un ojo. Los otros rieron. A escasa distancia, los birmanos permanecían sentados en cuclillas con sus amplios *pasos* a cuadros.

Subieron a los caballos. A Edgar le costó trabajo pasar la pierna por encima de la silla y el capitán tuvo que ayudarlo. Ya fuera de la cuadra, uno de los sirvientes se adelantó con su montura y pronto lo perdieron de vista. Dalton guiaba el pequeño grupo, lo seguían los dos capitanes y después iba Edgar; los otros dos birmanos cabalgaban en último lugar, en el mismo animal.

Aún era temprano y el sol todavía no había despejado la bruma de las lagunas. A Edgar lo sorprendió la rapidez con que Rangún terminó y aparecieron las tierras de labranza. Se cruzaron con varios carros de bueyes que se dirigían a la ciudad. Los carreteros se paraban al borde del camino para dejar pasar a los jinetes, pero por lo demás no les hacían ningún caso. A lo lejos Edgar vio a unos pescadores que impulsaban sus botes por los pantanos y que entraban y salían de la niebla. Había garcetas cazando en las marismas, cerca del sendero: levantaban las patas y volvían a posarlas con gran precisión. Witherspoon preguntó si podían detenerse para disparar contra ellas.

—Aquí no —contestó Dalton—. La última vez que matamos pájaros, los aldeanos se pusieron furiosos. Las garcetas forman parte de los mitos ancestrales de Pegu: da mala suerte abatirlas, amigo mío.

—Eso son supersticiones absurdas —gritó Witherspoon—. Tenía entendido que los educábamos para que abandonasen esas creencias.

—Sí, así es. Pero personalmente prefiero cazar un tigre a pasarme la mañana discutiendo con un cacique local.

—¡Ja! —dijo Witherspoon, burlón; pero en realidad aquella respuesta pareció satisfacerlo.

Siguieron su camino. A lo lejos, los pescadores lanzaban espirales de redes; al chocar contra el agua despedían pequeñas gotas que formaban arcos luminosos.

120

Cabalgaron durante una hora. Los pantanos dejaron paso a una escasa maleza. El sol ya calentaba mucho y Edgar notaba el sudor que le goteaba por el pecho. Cuando la carretera describió una curva y se adentró en la selva, sintió un gran alivio. El calor seco del sol fue sustituido por una pegajosa humedad. Sólo llevaban unos minutos por la espesura cuando se reunió con ellos el birmano que se había adelantado. Mientras éste hablaba con los otros dos, Edgar miró a su alrededor. De pequeño había leído muchas historias sobre exploradores y había pasado horas imaginándose ingentes legiones de animales feroces y un caos de flores que dejaban caer gotas de agua. «Esto debe de ser otro tipo de jungla —se dijo—. Está demasiado tranquila y oscura.» Escudriñó la vegetación y sólo alcanzó a distinguir unos cinco metros del laberinto de lianas.

Finalmente los nativos dejaron de deliberar y uno de ellos se acercó a Dalton para hablar con él. Edgar estaba demasiado distraído para seguir la conversación. Se le empañaron las gafas, así que se las quitó y las secó con la camisa. Luego se las puso y se le nublaron de nuevo. Se las volvió a quitar. Después del tercer intento, las dejó donde estaban y contempló la selva a través de una delgada capa de vapor condensado.

Dalton había terminado de consultar con el birmano.

—Muy bien —gritó, y se giró con su caballo; el animal pisoteó la maleza—. He hablado con el guía —anunció—. Ha ido hasta la aldea más cercana y ha preguntado a sus habitantes por el tigre. Al parecer lo vieron ayer destrozándole el cuello a la cerda del porquerizo. El poblado entero está consternado; uno de los adivinos dice que es el mismo que mató a un niño hace dos años. Están organizando su propia cacería, quieren obligarlo a salir de la jungla, y no tienen inconveniente en que nosotros intentemos atraparlo. Esta mañana lo han visto a cinco kilómetros hacia el norte. ¡Ah!, y también dicen que podemos ir a unos humedales que hay un poco más al sur, donde abundan los jabalíes.

—Yo no he venido hasta aquí para tirotear cerdos —intervino Fogg.

—Ni yo —coincidió Witherspoon.

—¿Qué dice usted, señor Drake? —le preguntó Dalton.

—Oh, yo no pienso disparar. Sería incapaz de acertarle a un cerdo relleno y asado aunque lo tuviera en la mesa delante de mis narices, y no digamos a un jabalí. Decidan ustedes.

—Bueno, yo hace meses que no cazo ningún tigre —dijo Dalton.

—No se hable más —sentenció Witherspoon.

—Vigilen adónde apuntan —les recomendó Dalton—. No todo lo que se mueve son tigres. Y señor Drake, cuidado con las serpientes: no coja nada que parezca un palo sin asegurarse de que no tiene colmillos.

Espoleó su caballo y los demás lo siguieron abriéndose camino por la selva.

La vegetación cada vez era más densa, y el grupo se paraba con frecuencia para que el jinete que iba en cabeza cortara las lianas suspendidas sobre el camino. Daba la impresión de que crecían más plantas en las alturas que en el suelo, retorcidas enredaderas que trepaban por las ramas hacia la luz del sol. De los árboles mayores colgaban líquenes, orquídeas y sarracenias, cuyas raíces se perdían en la confusión boscosa que se entrecruzaba por el cielo. A Edgar siempre le habían gustado los jardines y se enorgullecía de conocer los nombres científicos de muchas plantas, pero en ese momento buscaba en vano una sola que pudiera identificar. Hasta los árboles eran desconocidos, enormes, con troncos gigantescos que extendían por la tierra fortísimas raíces, lo bastante altas para ocultar un tigre.

Siguieron cabalgando durante media hora más y pasaron por las ruinas de una pequeña estructura, envueltas en la maraña. Los ingleses no se detuvieron. A Edgar le habría gustado preguntarles qué eran aquellos restos, mas sus compañeros ya se habían alejado demasiado. Se volvió para mirar las piedras, ocultas entre el musgo. Los birmanos que iban detrás también se habían fijado en ellas. Uno de los dos, que llevaba una pequeña corona de flores, desmontó rápidamente y la colocó en la base de las ruinas. Drake se giró mientras su caballo avanzaba. A través del mosaico que formaban las lianas alcanzó a ver que el hombre inclinaba la cabeza, aunque entonces lo perdió de vista: las ramas se cerraron detrás de él, y su montura siguió andando.

Los otros se habían adelantado y Edgar estuvo a punto de chocar contra ellos tras una curva del camino. Se habían congregado junto a un árbol inmenso. Dalton y Witherspoon discutían en voz baja.

—Un solo disparo —decía Witherspoon—. No podemos perder una piel así. Le prometo que sólo necesito un tiro.

—Ya se lo he explicado: por lo que nos han dicho, el tigre podría estar observándonos. Si dispara ahora, lo ahuyentará.

—Bobadas —repuso Witherspoon—. Ese animal ya está asustado. Llevo tres años aquí y todavía no tengo una buena piel de mono. Son todas muy viejas, y la única decente que conseguí me la estropeó un desollador inepto.

Edgar miró hacia arriba intentando averiguar qué había provocado ese debate. Al principio no vio nada, sólo un montón de hojas y lianas. Pero entonces notó que algo se movía, y vislumbró la pequeña cabeza de un mono joven que asomaba por un liquen. Oyó que cargaban un rifle, y también la voz de Dalton:

—Se lo digo en serio, déjelo en paz.

En la copa del árbol, el mico debió de percibir que algo no iba bien, pues se irguió y se dispuso a saltar. Witherspoon levantó el arma y Dalton insistió:

—No dispare, maldita sea.

Pero el salto del animal coincidió con el movimiento del dedo de Witherspoon, el fogonazo del cañón y la detonación. Hubo una breve pausa, un silencio, mientras en lo alto se desprendían ramas y hojas que cayeron sobre el claro. Y entonces Edgar oyó otro ruido justo encima de su cabeza, un débil chirrido; alzó la vista y vio una figura, destacada contra el fondo de árboles y fragmentos de cielo, que se desplomaba. Descendía despacio: el cuerpo giraba en el aire, con la cola hacia arriba, agitándose, como si volara. Se quedó mirando, petrificado, cómo el mono se derrumbaba a su lado, a menos de tres palmos, y se estrellaba contra la maleza. Se produjo una larga pausa, y luego Dalton maldijo en voz alta y espoleó su caballo. Uno de los birmanos desmontó, recogió la presa y se la mostró a Witherspoon, que examinó brevemente la piel, ensangrentada y manchada de barro. A continuación le hizo un signo afirmativo al hombre, que metió el mono en un saco de lona. Entonces Witherspoon aguijoneó también su montura y el grupo se puso en marcha. Edgar, que iba detrás, contemplaba la diminuta silueta del animal en la bolsa, que se balanceaba junto a la ijada del caballo, y cómo las cambiantes sombras de la selva jugaban sobre la mancha roja que se iba extendiendo por la tela.

Siguieron adelante. Cerca de un arroyo atravesaron un enjambre de mosquitos, y Edgar intentó ahuyentarlos de su cara. Uno se posó en su mano, y él observó, fascinado, cómo le tanteaba la piel buscando un lugar donde picar. Era mucho mayor que los que había visto en Inglaterra y tenía las patas atigradas. «Hoy voy a ser el primero en matar al tigre», pensó, y lo aplastó de una palmada. Otro aterrizó en su brazo y Edgar dejó que lo picara: se quedó mirando cómo bebía y cómo se le hinchaba el abdomen, luego lo despachurró también, y se manchó con su propia sangre.

La jungla se fue aclarando y al cabo de un rato llegaron a unos campos de arroz. Había varias mujeres inclinadas sobre el fango, plantando semillas. El camino se ensanchó y a lo lejos divisaron un poblado, una masa desordenada de casas de bambú. Al acercarse, un hombre salió a recibirlos. No llevaba encima nada más que un viejo *paso* rojo, y habló muy emocionado con el guía birmano, que tradujo sus palabras.

—Es uno de los jefes. Dice que han visto el tigre esta mañana. Sus hombres se han unido a la cacería y nos pide que vayamos nosotros también; tienen pocas armas. Nos traerá a un chico para que nos oriente.

—Estupendo —dijo Dalton, incapaz de controlar su entusiasmo—. Y yo que creía que por culpa de la precipitación de Witherspoon habíamos perdido nuestra oportunidad...

—Así tendré una piel de tigre además de la de mono —terció Witherspoon—. ¡Qué día tan maravilloso!

Hasta Edgar Drake sintió que se le agitaba la sangre. La fiera estaba cerca de allí, y era peligrosa. El único ejemplar que había visto en su vida era uno del zoo de Londres, un animal delgado, patético, que estaba perdiendo el pelo por culpa de una enfermedad que ni los mejores veterinarios de la ciudad habían sabido diagnosticar. Su malestar por tener que matar a un ser vivo, empeorado por la caza de la cría de mono, se desvaneció. Dalton tenía razón: aquella gente los necesitaba. Contempló a un grupo de mujeres que había cerca; cada una llevaba un bebé en brazos. Notó que algo le tiraba de la bota, miró hacia abajo y vio a un chiquillo desnudo que le tocaba el estribo.

—Hola —dijo el afinador, y el niño alzó la vista. Llevaba la cara manchada de polvo y mocos—. Eres muy guapo, pero te hace falta un baño.

Fogg lo oyó y se volvió hacia él.

—Observo que ha hecho un amigo, señor Drake —comentó.

—Eso parece —respondió Edgar, y le dijo al pequeño—: Toma.

Rebuscó en su bolsillo hasta que encontró un anna, y se lo lanzó. El niño extendió el brazo, pero no logró coger la moneda, que fue a parar a un pequeño charco que había junto al camino. Se arrodilló, metió las manos en el agua y la buscó con expresión afligida. De pronto agarró algo, sacó la pieza y la contempló, triunfante. Escupió y la limpió; luego corrió a enseñársela a sus amigos. Unos segundos más tarde estaban todos alrededor del caballo de Edgar.

—No, no hay más monedas —añadió.

Miró al frente e intentó no hacer caso de las manitas que le tendían los críos.

El aldeano que había hablado con ellos los dejó y regresó unos minutos más tarde con un muchacho que se montó en el caballo del guía. Tomaron un camino que salía del pueblo y discurría entre los arrozales y la selva. Detrás de ellos, el grupo de

125

niños corría alegremente; sus pies descalzos tamborileaban por el sendero. Al llegar al pie de la pendiente, se apartaron de las plantaciones y siguieron por un claro que rodeaba la espesura. Llegaron junto a dos hombres que esperaban al borde de la jungla. Iban desnudos de cintura para arriba; uno llevaba una mala imitación de un casco británico y una escopeta vieja y oxidada.

—Un soldado —bromeó Witherspoon—. Espero que no le haya quitado el arma a una de sus víctimas.

Edgar frunció el entrecejo. Fogg chascó la lengua y dijo:

—Yo no me preocuparía. Los productos defectuosos de nuestras fábricas de Calcuta suelen acabar en sitios donde hasta a nuestros hombres les da miedo viajar.

Dalton se adelantó con su guía.

—¿Han visto el tigre? —le preguntó después Fogg.

—Hoy no, pero la última vez que lo avistaron estaba cerca de aquí. Deberíamos cargar los rifles. Usted también, Edgar.

—Francamente, creo que yo no...

—Si ese animal nos ataca vamos a necesitar la máxima potencia de fuego. Bueno, ¿dónde se han metido todos esos chiquillos?

—No lo sé. Se han ido hacia la jungla persiguiendo un pájaro.

—Estupendo. No nos interesa un séquito de niños ruidosos.

—Lo siento, no pensé que...

De pronto Witherspoon alzó una mano y chistó:

—¡Chist!

Dalton y Edgar lo miraron.

—¿Qué pasa?

—No lo sé. Hay algo en los matorrales, en el otro extremo del claro.

—Vamos, muévanse con cuidado —ordenó Dalton picando a su yegua.

Avanzaron lentamente.

—¡Ahí está! ¡Ya lo veo! —exclamó el guía levantando un brazo y señalando unas densas matas. Los caballos se pararon. Estaban a menos de veinte metros de la espesura.

Edgar Drake advirtió que el corazón le latía con fuerza mientras miraba hacia donde el hombre apuntaba. Sintió como si todo se ralentizara para intensificar el silencio; agarró el fusil y notó la presión que ejercía su dedo índice contra el gatillo. Witherspoon, que estaba a su lado, levantó el arma.

Aguardaron. Los arbustos temblaron.

—Diablos, no veo nada. Podría estar en cualquier sitio.

—No dispare si no está seguro de que es el tigre. Ya se ha arriesgado bastante con el mono. Ahora tenemos otra oportunidad, y hemos de abrir fuego todos a la vez.

—Ahí está.

—Despacio.

—Maldita sea, prepárense. Se está moviendo otra vez. —Witherspoon amartilló el rifle y pegó el ojo a la mira. Algo se deslizaba entre las matas; la agitación de las hojas cada vez era más evidente—. Viene hacia aquí. Apunten.

—De acuerdo, apunten. Usted también, señor Drake. Sólo podemos disparar una vez. ¿Fogg?

—Listo. Cuando usted dé la orden, capitán.

Edgar notó un sudor frío por todo el cuerpo. Le temblaban los brazos. Apenas tenía fuerzas para levantar la culata hasta el hombro.

Un buitre voló por encima de ellos, observando la escena: siete hombres y cinco caballos en la hierba seca del claro, rodeados de la densa vegetación selvática que se extendía por las colinas. Detrás, por los campos de arroz, un grupo de mujeres se dirigía hacia ellos; cada vez caminaban más deprisa, hasta que echaron a correr.

El caballo de Edgar estaba en la retaguardia. Él se dio la vuelta y vio a las aldeanas; le pareció que gritaban. Se giró y llamó:

—¡Capitán!

—Silencio, Drake, se está aproximando.

—Espere, capitán.

—Cállese, Drake —le espetó Witherspoon sin apartar los ojos del visor.

Pero entonces ellos también oyeron el clamor, y Dalton se volvió.

—¿Qué sucede?

Los birmanos dijeron algo. Edgar miró hacia los arbustos, que en ese instante se estremecían con más fuerza. Oyó ruido de pasos sobre la maleza que cubría el suelo.

Las mujeres se pusieron a chillar.

—¿Qué demonios ocurre?

—Que alguien las haga callar. Lo van a ahuyentar.

—Witherspoon, baje el rifle.

—No lo estropee, Dalton.

—Witherspoon, obedézcame. Pasa algo raro.

Las mujeres se habían acercado a ellos gritando.

—¡Maldición! Que alguien les cierre la boca. ¡Fogg, haga algo!

Edgar vio que Witherspoon apuntaba con su fusil. Fogg, que hasta entonces había permanecido callado, se giró con la pistola en la mano.

—¡Alto! —aulló. Pero ellas siguieron corriendo, vociferando, mientras se sujetaban el bajo de los *hta mains*—. ¡Alto! ¡Maldita sea!

Todo estaba borroso: gente que corría, que gritaba; el sol, implacable...

Edgar volvió la vista hacia la selva.

—¡Ahí está! —exclamó Fogg nuevamente.

—¡Capitán! ¡Baje el arma! —bramó Dalton, y espoleó su caballo hacia donde estaba Witherspoon, que sujetó con fuerza el rifle y disparó.

El resto permanece congelado, un recuerdo descolorido por el sol, una inclinación. Hay lamentos y gritos, mas es la postura lo que obsesiona a Edgar, el increíble ángulo del dolor, el gesto de la madre hacia el hijo, los brazos extendidos, buscando, apartando a los que intentan retenerla. Es una posición que nunca había visto, pero que, aun así, reconoce. Ha visto piedades, y urnas griegas con diminutas figuras que aúllan «*Oi moi*».

Se queda quieto y observa largo rato; pero pasarán días hasta que comprenda el horror de lo acaecido y éste le golpee el pecho y penetre en él como si de pronto lo hubiera poseído. Ocurre en la recepción de oficiales celebrada en la residencia del gobernador, cuando ve a una criada con su hijo en brazos. Es entonces cuando recibe el impacto: siente que se ahoga, que se asfixia, y tiene que murmurar improvisadas excusas ante los desconcertados asistentes, que le preguntan si se encuentra bien. Él contesta: «Sí, no se preocupen; sólo me he mareado un poco, nada más.» Y sale tambaleándose y baja la escalera que conduce al jardín, donde se arrodilla y vomita entre los rosales. Los ojos se le llenan de lágrimas y rompe a llorar, sollozando, temblando, y siente un dolor inconmensurable, tanto que más tarde reflexionará y se preguntará si no lo afligía alguna otra cosa.

Pero aquel día, en aquella quietud, no se mueve mientras observa lo sucedido. El niño, la mujer, el murmullo de las ramas agitadas por una dulce brisa que sopla sobre la calma, y los gritos... Edgar y los otros hombres están inmóviles, pálidos. Contemplan la escena que se desarrolla ante ellos: la madre sacude el cuerpecito de su hijo, lo besa, le pasa las manos ensangrentadas por la cara, después por la suya, y gime en un tono sobrenatural que resulta extraño y familiar al mismo tiempo. Hasta que oye un susurro cerca y ve que las otras mujeres se aproximan corriendo, se arrodillan junto a ella y la apartan del pequeño. Ella se resiste; forcejean. A su lado, un hombre con el rostro iluminado de lleno por el sol da un paso hacia atrás, se tambalea un poco, y recupera el equilibrio apoyando la culata del rifle en el suelo.

Esa noche Edgar se despierta desorientado. Faltan dos días para que se derrumbe en el jardín, entre los rosales, pero ya nota que algo ha empezado a romperse; y es irreparable, como los pedacitos de pintura que se lleva el viento cuando se rasga un lienzo. «Lo ha cambiado todo —piensa—. Esto no forma parte de mi plan, de mi contrato, de mi encargo.» Recuerda haberle escrito a Katherine al llegar a Birmania que no podía creer que ya estuviera allí, que en realidad todavía estaba muy lejos. «Ahora esa carta seguramente viaja en un tren correo camino de Londres. Y yo aquí, solo, en Rangún.»

8

Dos días más tarde Edgar Drake recibió un mensaje del Ministerio de Defensa. Habían conseguido un camarote en un barco de la Irawadi Flotilla Company que transportaba teca. Zarparía de los muelles de Prome dos días más tarde, por lo que tendría que trasladarse hasta allí en tren; el viaje hasta Mandalay duraría una semana.

En los cuatro días que llevaba en Rangún apenas había deshecho el equipaje. Desde la cacería había permanecido en su habitación, y sólo había salido cuando diversos funcionarios requerían su presencia, o alguna vez para dar un paseo. La burocracia de la organización colonial lo asombró. Después de lo acontecido, lo habían citado para firmar declaraciones en los departamentos de Justicia Civil y Criminal, en la comisaría de policía, en el departamento de Administración Municipal, en el de Medicina, e incluso en el de Bosques (porque, tal como especificaba la citación, «el accidente tuvo lugar durante una expedición de control de fauna salvaje»). Al principio le sorprendió que el suceso hubiera llegado a oídos de las autoridades. Era consciente de que si todos se hubieran puesto de acuerdo, habrían podido encubrirlo con facilidad; los aldeanos no habrían encontrado una forma de denunciar lo ocurrido y, aunque hubiera sido así, era difícil que los hubiesen creído, e incluso en ese caso no era probable que hubieran castigado a los oficiales.

Sin embargo, todos, incluido Witherspoon, insistieron en que había que informar del asunto. Éste aceptó una multa moderada que iría a parar a la familia de la víctima junto con los fondos del ejército reservados para aquel tipo de indemnizaciones. «Todo parece increíblemente civilizado —le contó Edgar a Katherine—; quizá esto sea una prueba de la influencia positiva de las instituciones británicas, pese a las ocasionales aberraciones que perpetran nuestros soldados.» «O tal vez —escribió al día siguiente, tras firmar su séptimo testimonio— no sea más que un simple bálsamo, un método eficaz y probado para enfrentarse a semejante espanto, para absolver algo más profundo; pues aquella tarde ya empieza a desdibujarse tras la pantalla de la burocracia.»

Witherspoon y Fogg partieron con destino a Pegu en cuanto terminó el papeleo, y llegaron a tiempo de relevar a un par de oficiales que regresaban a Calcuta con sus regimientos. Edgar no se despidió de ellos. Pese a que le habría gustado culpar a Witherspoon de la tragedia, no fue capaz de hacerlo. Porque éste se había precipitado, pero sólo dos segundos antes que el resto del grupo, pues todos compartían el afán de la cacería. Y, sin embargo, cada vez que Edgar lo veía, en las comidas o en las oficinas del gobierno, no podía contener el recuerdo: el rifle apoyado en la firme mandíbula y las gotas de sudor corriendo por la bronceada nuca.

Edgar no sólo evitó a Witherspoon, sino también a Dalton. La noche antes de su partida un mensajero le llevó una invitación del capitán para que lo acompañara al Pegu Club. Edgar la rechazó cortésmente y adujo que estaba agotado. En el fondo quería verlo, agradecerle su hospitalidad y decirle que no le guardaba ningún rencor. Pero la idea de revivir el incidente lo aterraba, y tenía la sensación de que en ese momento lo único que compartía con el joven era un instante de horror, y que reunirse con él supondría recordarlo. Así que se excusó, y el capitán no volvió a llamarlo; y aunque Edgar se dijo que siempre podía visitarlo cuando volviera a pasar por Rangún, sabía que no lo haría.

132

El día de su partida un coche fue a buscarlo a la puerta y lo llevó a la estación del ferrocarril, donde subió al tren de Prome. Mientras lo cargaban, Edgar observó el bullicio que había en el andén. Vio a un grupo de chiquillos que jugaban a pasarse una cáscara de coco. Sin pensarlo, sus dedos asieron la única moneda que le quedaba en el bolsillo izquierdo, y que guardaba desde la cacería: un símbolo de responsabilidad, de altruismo desatinado, el recordatorio de un error y, por lo tanto, un amuleto.

En medio del caos del duelo, cuando todos se marcharon y se llevaron al niño, Edgar distinguió la moneda en el suelo, sobre la huella que el cuerpo había dejado en la tierra. Supuso que nadie había reparado en ella, y la cogió sencillamente porque era del pequeño y no le pareció bien que se perdiera en aquel rincón de la selva. Edgar no sabía que se equivocaba: ni la habían pasado por alto ni la habían olvidado; brillaba como el oro bajo la luz del sol, y todos los críos la habían visto y la habían deseado. Pero lo que los niños sabían, y él no entendía, se lo podría haber explicado cualquiera de los mozos que cargaban cajones en el tren. Le habrían dicho que los talismanes más poderosos son los que se heredan, y que con ellos se transmite también la suerte.

En Prome lo recibió un representante de un oficial del distrito, que lo acompañó a los muelles. Allí Edgar embarcó en un pequeño vapor de la Irawadi Flotilla Company, cuyos motores ya habían empezado a girar. Le enseñaron su camarote, con vistas a la margen izquierda del río. Era pequeño pero limpio, y Edgar sintió que la ansiedad que le producía pensar en aquel viaje se calmaba. Mientras deshacía el equipaje advirtió que se apartaban de la orilla, y fue hacia la ventana para observar cómo desaparecían las riberas. Como todavía pensaba en la cacería del tigre, no se había fijado en Prome: sólo había visto algunas ruinas y un bullicioso mercado que había cerca del puerto. Entonces, en el río, notó que se quitaba un peso de encima, como si al separarse de las calurosas y abarrotadas calles de Rangún, y del delta, se alejara también de la muerte de aquel niño. Subió a cubierta. Había otros pasajeros y unos cuantos soldados; una pareja de ancianos italianos le dijo que habían ido a hacer turismo. Todo eran caras nuevas; no había nadie que estuviera al corriente del suceso, y Edgar se propuso olvidar aquella desgraciada experiencia y dejarla en el fango de las orillas.

Desde el centro del río la vista no tenía nada de particular, así que se puso a jugar a las cartas con los militares. Al principio vaciló en mezclarse con ellos, al recordar la altanería de los oficiales que había conocido en el barco de Marsella. Pero aquéllos eran reclutas, y cuando vieron que Edgar viajaba solo lo invitaron a jugar; a cambio, él los distrajo con novedades sobre la liga de fútbol: en Birmania, hasta las noticias de varios meses atrás eran bienvenidas. En realidad no entendía mucho de ese deporte, pero había afinado el piano del propietario de un club de Londres, que le había regalado entradas para varios partidos. Antes de marcharse, y por sugerencia de Katherine, memorizó algunos resultados para, como dijo ella, «poder participar en las conversaciones y conocer a gente». En ese momento disfrutaba con la atención que le prestaban los muchachos, y con el entusiasmo con que recibían sus noticias. Bebieron ginebra juntos, rieron y proclamaron a Edgar Drake «un buen hombre». Él pensó en lo felices que eran aquellos jóvenes que, sin embargo, también debían de haber presenciado el horror, pero que allí se conformaban con oír historias de los encuentros de fútbol jugados dos meses antes. Y siguió tomando ginebra con agua tónica; los soldados bromeaban diciendo que lo hacían «por prescripción médica», porque la quinina de la tónica combatía las fiebres palúdicas.

Aquella noche durmió profundamente, sin soñar por primera vez desde hacía varios días, y se despertó mucho después de que hubiera salido el sol, con un intenso dolor de cabeza debido al alcohol. Las boscosas orillas todavía estaban lejos, y en ellas sólo se veía alguna pagoda. Así que se unió a otra partida de cartas e invitó a los muchachos a unas cuantas rondas más de ginebra.

Pasaron tres días bebiendo y jugando, y cuando había repetido tantas veces los resultados de la liga que hasta el más borracho de los reclutas se los sabía de memoria, Edgar se arrellanó en la silla y dejó que le hablaran de Birmania. Uno de ellos había participado en la batalla del fuerte Minhla durante la tercera guerra, y relató su avance a través de la bruma y la feroz resistencia de los birmanos. Otro había formado parte de una misión en el estado de Shan, en el territorio del caudillo Twet Nga Lu, y contó su historia. Edgar la escuchó con atención porque había oído varias veces el nombre de aquel bandolero, y le preguntó al soldado: «¿Llegaste a ver a Twet Nga Lu?» El muchacho contestó que no, que caminaron varios días seguidos por la selva y que por todas partes encontraban señales de que los estaban vigilando: restos de hogueras, sombras que se movían entre los árboles... Pero nunca los atacaron, y regresaron sin derrota ni conquista; la tierra obtenida sin testigos no es una verdadera victoria.

Edgar le hizo más preguntas. ¿Había visto alguien a Twet Nga Lu? ¿Hasta dónde se extendía su territorio? ¿Eran ciertos los rumores que circulaban sobre su crueldad? El joven respondió que el bandido nunca se dejaba ver y que sólo enviaba mensajeros, por lo que mucha gente creía que no existía. Ni siquiera el señor Scott, el gobernador del estado de Shan, cuya facilidad para trabar amistad con tribus como los kachin era célebre, había logrado verlo. Y sí, su virulencia era cierta: él había visto con sus propios ojos a hombres crucificados en las cimas de las montañas, clavados en hileras de equis de madera. Y nadie conocía la superficie que dominaba. Algunos informes aseguraban que había tenido que refugiarse en las montañas, rechazado por el *sawbwa* de Mongnai, cuyo trono había usurpado. Pero la mayoría de la gente opinaba que esa pérdida de terreno era insignificante: era demasiado temido por sus poderes sobrenaturales, sus tatuajes y sus amuletos, los talismanes que llevaba bajo la piel.

Cuando la botella de ginebra estaba a punto de terminarse, el muchacho dejó de hablar y le preguntó a Edgar por qué le interesaba tanto Twet Nga Lu. El embriagador sentimiento de camaradería y aprobación pudo con la confidencialidad, y él les reveló que había ido a afinar el piano del comandante médico Anthony Carroll.

Al oír el nombre del doctor, los otros hombres, que estaban jugando a las cartas, se detuvieron y se quedaron mirándolo.

—¿Carroll? —gritó uno de ellos, con marcado acento escocés—. Cielo santo, ¿ha dicho usted Carroll?

—Pues sí... ¿Por qué? —repuso Edgar, sorprendido ante esa reacción.

—¿Por qué? —rió el soldado, y miró a sus compañeros—. ¿Habéis oído? Llevamos tres días en este barco suplicándole a este amigo que nos diga los resultados de la liga de fútbol, y hoy va y nos cuenta que es amigo del doctor, nada menos.

Todos rieron y entrechocaron los vasos.

—Bueno, amigo no, todavía... —los corrigió Edgar—. Pero no lo entiendo. ¿A qué viene tanta emoción? ¿Lo conocen ustedes?

—¿Que si lo conocemos? —repitió el joven riendo a carcajadas—. Ese hombre es tan legendario como Twet Nga Lu. ¿Qué digo?, ¡tanto como la reina!

Volvieron a brindar y se sirvieron más ginebra.

—¿En serio? —preguntó Edgar inclinándose hacia delante—. No sabía que fuera tan... famoso. No me extrañó que algunos oficiales lo conocieran, pero me dio la impresión de que muchos no lo apreciaban.

—Claro, porque es muchísimo más competente que ellos. Carroll es un verdadero hombre de acción. ¿Cómo va a caerles bien?

Más risas.

—Sin embargo, a ustedes sí les gusta.

—¿Gustarnos? Cualquiera que tenga que servir en el estado de Shan adora a ese bastardo. Si no llega a ser por él, ahora yo estaría perdido en alguna selva pestilente, cubierto de barro y peleando con una sanguinaria banda. No sé cómo lo hace, pero el caso es que a mí me rescató de la muerte, sobre eso no albergo ninguna duda. Si estalla una guerra de verdad en el estado de Shan, nos cuelgan a todos en cuestión de días.

Otro soldado levantó su vaso y dijo:

—Por Carroll. Al cuerno con sus poemas y su estetoscopio, pero que Dios bendiga a ese cabrón, porque me salvó la vida.

Los demás rugieron.

Edgar no podía creer lo que estaba oyendo.

—Que Dios bendiga a ese cabrón —gritó, y alzó su vaso.

Cuando hubieron bebido bastante, los hombres empezaron a hablar.

¿Quiere que le hablemos de Carroll? Yo nunca lo he visto, Ni yo, Ni yo, Sólo hemos oído cosas, Bueno, ninguno de nosotros lo conoce personalmente, eh, brindemos por eso, ese tipo no es más que un cuento de hadas, Dicen que mide más de dos metros y que echa fuego por la boca, En serio, Eso yo no lo sabía, Bueno, yo he oído decir lo mismo de tu madre, Venga, Jackson, no te pases, capullo, este caballero quiere datos reales sobre Carroll, En ese caso brindemos por la verdad, pues mira, yo respetaría menos a ese hombre si fuera un gigante y vomitara fuego, ¿Conocéis la historia de la construcción del fuerte? Es divertidísima, Cuéntala tú, Jackson, cuéntala tú, Bueno, vale, Silencio, bastardos. Señor Drake, perdone mi lenguaje, es que estoy un poco bebido, Venga, empieza ya, Jackson, De acuerdo, a eso voy, ¿cómo era? No, ¿sabéis qué? ¿Qué? Os contaré la expedición, me gusta más, Bueno, pues eso, Muy bien, La historia, Carroll llega a Birmania, pasan años, asuntos médicos, un par de viajes a la selva, pero el tipo sigue bastante fresco, es decir, no creo que haya disparado nunca un fusil ni nada parecido, y, sin embargo, se ofrece voluntario para montar un campamento en Mae Lwin, que entonces era materia secreta, sólo Dios sabe para qué quiere ir, pero el caso es que va, La región está plagada de bandas armadas, y, además, eso fue mucho antes de la anexión de la Alta Birmania, así que si necesita refuerzos, puede que ni siquiera reciba ayuda, pero de todos modos él va, nadie sabe por qué, cada uno tiene su teoría, yo creo que huía de algo, que quería irse lejos, muy lejos, pero no es más que mi opinión, no lo sé. ¿Qué pensáis vosotros? Quizá buscaba la fama. ¡O chicas! ¡A ese cabrón le gustan las muchachas shan! Gracias, Stephens, debí imaginar que dirías alguna barbaridad, éste es de los que se saltan la misa para ir al bazar de Mandalay a perseguir a las *mingales* pintadas, ¿Y tú, Murphy? ¿Yo? A lo mejor ese tipo sencillamente cree en la causa, ya me entiendes: civilizar a los salvajes, conseguir la paz, llevar la ley y el orden a tierras vírgenes..., no como nosotros, que somos unos borrachos desgraciados, Muy poético, Murphy, muy poético, Mira, tú querías mi parecer, Está bien, está bien, ¿cuánto va a durar esta historia? ¿Por dónde iba? Carroll se mete en la maldita selva, Sí, exacto, va con una escolta, quizá diez hombres, sí, él no acepta más, dice que no es una operación militar, Bueno, lo sea o no, antes de llegar a su destino los atacan, están atravesando un claro y de pronto una flecha pasa zumbando y se clava en un tronco, Los soldados se refugian detrás de los árboles y preparan sus rifles, pero Carroll se queda plantado en medio del llano, sin moverse, está completamente chiflado, eso os lo aseguro, solo pero tranquilo, mucho, tanto que un jugador de cartas tendría envidia, y pasa otra flecha, más deprisa todavía, y le hace una muesca en el casco, ¡Menudo chalado! ¿Y sabéis qué se le ocurre? Cuéntanoslo, Jackson, Sí, continúa, cabrón, Está bien, está bien, Pues el muy pirado se quita el casco, donde lleva atada una pequeña flauta que le gusta tocar durante las marchas, se pone el instrumento en la boca y empieza a soplar, ¿Está loco o no? ¡Loco de remate, diría yo! ¿Me vais a dejar terminar? Sí, venga, acaba ya, Pues ¿qué creéis que interpreta? ¿*God Bless the Queen?* No, Murphy, ¿*The Woodcutter's Daughter?* Maldita sea, Stephens, nada de obscenidades, Le ruego que disculpe a mi amigo, señor Drake, lo siento, chicos, pero Carroll toca una extraña pieza que ningún soldado conocía, una cancioncilla absurda, una vez estuve con un colega que formaba parte de esa escolta y me contó que no había oído aquella música en su vida,

138

que no tenía nada de especial, eran sólo unas veinte notas, y entonces Carroll se detiene y mira a su alrededor, sus hombres están arrodillados, con el rifle pegado a la mejilla, preparados para disparar a la que píe un pájaro, pero no sucede nada, todo está en silencio, y el doctor retoma la melodía, para y luego sigue, mientras observa la vegetación que rodea el claro, Nada, ni un murmullo, ni una flecha más, y él continúa, y de los matorrales sale un pitido que repite la tonada, y cuando termina la canción, Carroll vuelve a empezar, y esa vez se oyen más silbidos, y la toca tres veces más, hasta que todos se ponen a cantar juntos, él y los atacantes, y la tropa oye risas desde la selva, pero la maleza es muy densa y oscura y no se ve a nadie. Y al final Carroll deja de tocar y hace señas a sus hombres para que se levanten, y ellos obedecen, despacio, tienen miedo, como es lógico, montan, siguen su camino, y no vuelven a ver a los asaltantes, aunque el que me contó esto dijo que los oyó durante todo el trayecto, que estaban allí, vigilando al pelotón y a Carroll, y así fue como el doctor atravesó uno de los territorios más peligrosos del Imperio sin pegar ni un solo tiro, y llegaron a Mae Lwin, donde los esperaba el jefe local, que se ocupó de los caballos de los soldados y a ellos les ofreció cobijo, y después de tres días de deliberaciones, Carroll anunció que el caudillo les concedía permiso para construir un fuerte en Mae Lwin a cambio de protección contra los *dacoits* y atención médica. Y de más música.

Por fin se quedaron callados. Hasta el más alborotador de los reclutas se había calmado por el impresionante relato.

—¿Qué melodía era ésa? —preguntó Edgar, interrumpiendo el silencio.

—¿Cómo dice?

—¿Qué era lo que tocaba con la flauta?

—Ah, eso... Era una cancioncilla de amor de los shan. Cuando un muchacho corteja a su amada siempre interpreta la misma música. Es muy sencilla, pero hizo un milagro. Más tarde

Carroll le explicó al que me contó la historia que ningún hombre podía matar a otro que tocase una canción que le recordara la primera vez que se había enamorado.

—Es increíble.

Los jóvenes se habían quedado ensimismados, y algunos chascaron la lengua.

—¿Conocen alguna otra historia? —inquirió Edgar.

—¿Sobre Carroll? Ay, señor Drake, sabemos muchas, ¡muchísimas! —El soldado miró su vaso, que estaba casi vacío—. Pero mañana será otro día. Ahora estoy cansado. El viaje es largo, y tardaremos en llegar a nuestro destino. Lo único que tenemos para distraernos por el camino son relatos.

Navegaban río arriba y dejaban atrás pueblos cuyos nombres, recitados, parecían un conjuro. Sitsayan. Kama. Pato. Thayet. Allanmyo. Yahaing. Nyaungywagyi. A medida que avanzaban hacia el norte el terreno se fue volviendo más seco, y la vegetación, más escasa. Las verdes montañas Pegu pronto dejaron paso a una llanura donde la exuberancia se transformó en matas de espino y palmeras. Se detuvieron en muchos de aquellos puertos polvorientos, que tenían poco más que unas cuantas cabañas y un deslustrado monasterio. Allí recogían o descargaban paquetes, y de vez en cuando subían pasajeros, soldados generalmente: muchachos de rostro bronceado que participaban en las conversaciones nocturnas y aportaban sus propios datos.

Y todos conocían a Carroll. Las historias que contaban sobre él cada vez eran más fantásticas, bien porque el público iba aumentando, bien porque se acercaban a Mandalay; hasta que Edgar Drake empezó a preguntarse cuál era el punto en que la verdad se convertía en leyendas soñadas por unos jóvenes ansiosos por encontrar un héroe. Un muchacho de Kyaukchet conocía a un recluta que había estado en Mae Lwin en una ocasión, y que decía que el fuerte le recordaba las descripciones de los Jardines Colgantes de Babilonia. Aquel lugar no podía compararse a ningún otro. Estaba adornado con orquídeas rarísimas, sonaba música todo el día y no había necesidad de ir armado, porque no había *dacoits* en varios kilómetros a la redonda; los hombres se sentaban a la sombra junto al río Saluén y comían fruta; las muchachas reían, se peinaban el cabello y tenían unos ojos como los que se ven en los sueños. Un fusilero de Pegu contó que los narradores shan cantaban baladas sobre Anthony Carroll. Un soldado de infantería de Danubyu les aseguró que en Mae Lwin no había enfermedades, porque por el Saluén bajaba un viento refrescante, y se podía dormir al aire libre bajo el cielo iluminado por la luna y despertarse sin una sola picadura de mosquito; allí no existían ni las fiebres ni la disentería que habían matado a tantos amigos suyos mientras caminaban por selvas tórridas y se arrancaban sanguijuelas de los tobillos. Un joven que viajaba con su batallón a Hlaingdet había oído que Carroll había desmontado sus cañones y los había utilizado como tiestos para plantar flores; y que los rifles de los que tenían la suerte de llegar a Mae Lwin se oxidaban, pues los hombres se pasaban el día escribiendo cartas, engordando y escuchando las risas de los niños.

Cada vez había más personas que se sentaban a escuchar y a hablar, y a medida que el vapor avanzaba hacia el norte, Edgar Drake empezó a comprender que aquellos relatos, más que la historia que conocía cada uno, eran lo que los soldados necesitaban creer; que, aunque el gobernador declarara que había paz, para ellos sólo existía una paz que había que mantener, lo cual era muy diferente, y eso les producía temor, por lo que precisaban algo para ahuyentarlo. Y cuando se dio cuenta de eso descubrió otra cosa: que le sorprendía lo importante que la verdad había comenzado a ser para él mismo. A Edgar le hacía falta, quizá más que a cualquiera de aquellos pobres chicos, creer en el comandante médico que todavía no conocía.

Sinbaungwe. Migyaungye. Minhla. Una noche se despertó y oyó una misteriosa canción que la brisa arrastraba desde la ribera. Se incorporó en la cama. El sonido era distante, un simple murmullo que desaparecía bajo su propia respiración. Se quedó quieto y aguzó el oído. El barco siguió navegando.

Magwe. Yenangyaung. Y entonces, en Kyaukye, el largo y lento remontar del río quedó interrumpido por la llegada de tres nuevos pasajeros, encadenados.

Dacoits. Edgar Drake había oído muchas veces aquella palabra desde que había leído el primer informe en Londres: ladrones, caudillos, salteadores de caminos... Cuando Thibaw, el último rey de la Alta Birmania, subió al trono casi diez años antes, el país se sumió en el caos. El monarca era débil, y los birmanos empezaron a perder el dominio de su territorio, no ante un enemigo armado, sino ante una epidemia de anarquía. Por toda la nación bandas de maleantes atacaban a los viajeros solitarios y las caravanas, saqueaban poblados, exigían dinero a los campesinos a cambio de protección... Y eran famosos por su crueldad, de la que daban testimonio los cientos de pueblos arrasados y los cadáveres de los que habían opuesto resistencia, clavados en postes por los caminos. Con la anexión, los británicos heredaron los campos de arroz de la zona, pero también los *dacoits*.

Subieron a los cautivos a la cubierta, donde se sentaron: eran tres hombres llenos de polvo con cadenas que los unían por el cuello, las muñecas y los tobillos. Antes de que el barco se separara del desvencijado embarcadero ya se había formado un semicírculo alrededor de los prisioneros, que, con las manos colgando entre las rodillas, miraban fijamente y con desafío, como si no sintieran emoción alguna, a los soldados y los viajeros. Los vigilaban tres milicianos indios, y Edgar Drake sintió terror al imaginar qué habrían hecho para merecer semejante guardia. La respuesta no tardó mucho en llegar, pues, mientras los pasajeros contemplaban a los presos sin disimular su curiosidad, la mujer italiana se lo preguntó a un recluta, y éste interrogó a uno de los guardianes.

Les explicó que eran los líderes de una de las bandas más sanguinarias de *dacoits* que había aterrorizado a la población de

142

las estribaciones del este de Hlaingdet, cerca del fuerte que los británicos habían establecido durante las primeras expediciones al estado de Shan. Edgar conocía ese nombre: allí tenía que recibir una escolta que lo acompañaría hasta Mae Lwin. Los bandoleros habían tenido la osadía de arremeter contra aldeas próximas al fuerte, cuyos habitantes creían que por estar cerca del ejército británico se encontrarían a salvo. Habían quemado arrozales y habían asaltado caravanas; finalmente habían atacado e incendiado un poblado, y habían violado a las mujeres y las niñas mientras amenazaban a sus hijos poniéndoles un cuchillo en el cuello. Era un grupo numeroso, compuesto por al menos veinte hombres. Cuando los torturaron, los bandidos señalaron a aquellos tres como sus líderes. En esos momentos los llevaban a Mandalay para que los interrogaran las autoridades militares.

—¿Y los otros? —quiso saber la italiana.

—Murieron durante el arresto —respondió el soldado, impasible.

—¿Los diecisiete? —preguntó la mujer—. Pero ¿no acaba de decir que los capturaron y confesaron...? —Dejó la frase sin terminar y se ruborizó intensamente—. Ah, ya —dijo con un hilo de voz.

Edgar se levantó y fue a observar a los prisioneros; intentó descubrir en sus semblantes algún indicio de sus terribles actos, pero no le revelaron nada. Estaban en cuclillas, atados con gruesas cadenas, y tenían el rostro cubierto por una gruesa capa de polvo más blanca que su piel. Uno de ellos parecía muy joven; llevaba un delgado bigote y el largo cabello recogido en un moño en la coronilla. La suciedad impedía ver los tatuajes, pero a Edgar le pareció distinguir el dibujo de un tigre en el pecho del muchacho. Su expresión, como la de los otros dos, era resuelta y provocadora; contemplaba sin pestañear a los que lo rodeaban y condenaban. Sus ojos se encontraron con los de Edgar, y el joven le sostuvo brevemente la mirada, hasta que el afinador apartó la vista.

Poco a poco los pasajeros perdieron interés por los cautivos y se marcharon a sus habitaciones. Edgar los imitó, pero todavía estaba impresionado por aquella historia. Decidió que no se la contaría a Katherine en la siguiente carta porque no quería asustarla. Mientras intentaba conciliar el sueño, imaginó el ataque y pensó en las aldeanas, en cómo debían de llevar a sus niños en brazos, preguntándose si serían vendedoras o si trabajarían en los campos, y si usarían *thanaka*. Procuró relajarse. No paraban de asaltarlo visiones de muchachas pintadas y de remolinos blancos sobre piel bronceada por el sol.

En cubierta, los *dacoits* seguían acuclillados con sus grilletes.

El vapor continuaba avanzando. Pasó la noche, y el día; y pasaron los pueblos.

Sinbyugyun. Sale. Seikpyu. Singu. Como un ensalmo. Milaungbya.

Pagan.

Por la tarde apareció el primer templo en la vasta llanura: un edificio aislado, ruinoso y cubierto de vegetación. Bajo sus deteriorados muros había un anciano sentado en la parte trasera de un carro, tirado por un par de jorobadas vacas de raza brahmán. El vapor se acercó a la orilla para evitar los bancos de arena del centro del río, y el viejo se volvió para verlo pasar. El polvo que la carreta había levantado reflejaba los rayos del sol y envolvía el santuario en una neblina dorada.

Una mujer pasó caminando bajo una sombrilla, sola, hacia algún misterioso destino.

Los muchachos le habían comentado a Edgar que el barco haría una parada «turística» en las ruinas de Pagan, la antigua capital de un reino que había gobernado Birmania durante varios siglos. Al final, tras casi una hora navegando junto a hileras de monumentos derrumbados, el río inició un lento giro hacia el oeste; atracaron en un sencillo muelle y varios pasajeros desembarcaron. Edgar siguió a la pareja italiana por la estrecha pasarela.

Los acompañó un oficial, que los guió por un camino polvoriento. Pronto aparecieron más pagodas, estructuras que la vegetación o la elevación de la ribera no les habían permitido ver desde el buque. El sol se ponía deprisa, y Edgar se agachó cuando un par de murciélagos pasó aleteando por encima de su cabeza. No tardaron en llegar a la base de una gran pirámide.

—Subiremos a ésta —dijo el soldado—. Desde arriba se consigue la mejor vista de todo Pagan.

La escalera era empinada. En lo alto había una amplia plataforma que rodeaba la aguja central. Si hubieran llegado diez minutos más tarde no habrían visto cómo el sol proyectaba sus rayos sobre la inmensa extensión salpicada de santuarios, que iba desde el río hasta las lejanas cimas que flotaban entre el polvo y el humo de las hogueras de los arrozales.

—¿Qué cordillera es ésa? —le preguntó Edgar al joven.

—Son las montañas Shan, señor Drake. Por fin las vemos.

—Las montañas Shan —repitió Edgar, y las miró.

Se elevaban abruptamente en la llanura, más allá de los templos que se alzaban como soldados en formación, y parecían suspendidas en el cielo. Pensó en un río que discurría a través de ellas, y también que en algún lugar, escondido en la oscuridad, esperaba un hombre que quizá estuviera contemplando en ese momento el mismo cielo; y que aún no sabía cómo se llamaba él.

El sol se puso. El manto de la noche se extendió por la planicie envolviendo las pagodas una a una; el soldado se dio la vuelta y los viajeros lo siguieron de nuevo hasta el barco.

Nyaung-U, Pakokku, y volvía a ser de día. Kanma, y la confluencia de los ríos Chindwin, Myingyan y Yandabo, y regresaba la noche. Y cuando las montañas Sagaing se elevaron al oeste, los pasajeros se acostaron sabiendo que durante la noche el vapor, en su viaje río arriba, pasaría por una antigua capital llamada Amarapura, que significa «ciudad de los inmortales». Antes de que amaneciera habrían llegado a Mandalay.

9

Un repentino silencio despertó a Edgar Drake. El vapor, tras rugir incesantemente durante siete días, paró los motores y dejó que lo empujara la corriente. En su camarote se filtraban nuevos sonidos: un débil chapoteo, un chirrido apagado de metal contra metal, como una lámpara de queroseno que oscilase en su cadena, gritos de hombres, y el lejano pero inconfundible clamor de un bazar. Entonces se levantó y, sin lavarse, se vistió, salió y recorrió el pasillo hacia la escalera de caracol que conducía a la cubierta, consciente del crujido de la madera bajo sus pies descalzos. En lo alto de la escalerilla estuvo a punto de chocar contra uno de los marineros más jóvenes, que se columpiaba en el pasamanos como un langur.

—Mandalay —dijo el muchacho, sonriente; extendió un brazo y señaló la costa.

Iban flotando junto a un mercado; o dentro de él. Era como si el buque hubiera descendido, y la orilla y sus habitantes se arremolinaban hasta desbordarse desde el muelle a la cubierta. El bazar se les echaba encima por ambos lados: gritos y empujones, rostros con líneas de *thanaka* semiocultas bajo amplios sombreros de bambú, siluetas de vendedores a lomos de elefantes... Un grupo de risueños niños saltó al barco, donde se persiguieron esquivando los cabos enrollados, las cadenas amontonadas y los sacos de especias que los comerciantes habían subido. Edgar oyó

146

cantar a alguien a sus espaldas y se giró. Había un vendedor de pan ácimo que sonreía con su boca desdentada y daba vueltas a la masa sobre un puño. «El sol», cantaba, y fruncía los labios para señalar con ellos el cielo. «El sol.» La masa giraba cada vez más deprisa, hasta que el hombre la lanzó hacia arriba.

Edgar Drake echó un vistazo al vapor, pero ya no se veía: el mercado lo había invadido. Las especias derramadas llenaban la cubierta. Pasó una fila de monjes salmodiando y pidiendo limosna; lo rodearon y observó cómo sus pies desnudos dejaban un rastro en el polvo del suelo, que era del mismo tono que sus túnicas. Una mujer le gritó algo en birmano; mascaba betel, tenía la lengua del color de las ciruelas y su risa se confundía con el ruido de las pisadas. Los niños pasaron otra vez. Luego Edgar oyó de nuevo la risa. Volvió a mirar al vendedor de pan y la masa que giraba. El hombre cantó, estiró el brazo y cogió el sol del cielo. Estaba oscuro y Edgar escrutó la oscuridad de su camarote.

Los motores se habían parado, efectivamente. Al principio se preguntó si seguía soñando, pero la ventana estaba abierta y por ella no entraba luz. Oyó voces fuera, y por un momento creyó que eran de la tripulación. Pero entonces le pareció que aquellos sonidos procedían de más lejos. Subió a la cubierta. La luna estaba casi llena y proyectaba una luz azulada sobre los hombres que empujaban barriles hacia la pasarela. La orilla estaba bordeada de cabañas. Por segunda vez aquella noche, Edgar Drake llegó a Mandalay.

En tierra lo recibió el capitán Trevor Nash-Burnham, cuya idea original había sido la de reunirse con Edgar en Rangún, y al que éste ya conocía como el autor de varios expedientes sobre el comandante médico Carroll. Los informes contenían abundantes descripciones de Mandalay, del río, de las tortuosas sendas que conducían al campamento del doctor... Edgar estaba deseando conocer a Nash-Burnham, pues la mayoría de los burócratas con los que había tropezado después de la cacería lo habían decepcionado: su insipidez en medio de tanto color lo sorprendía. Recordó que en Rangún, en el frenesí administrativo posterior al accidente, al regresar a sus habitaciones con un funcionario tras una reunión, habían visto a un montón de gente que trataba de mover el cuerpo de un adicto al opio: se había quedado dormido debajo de un carro, y éste lo había aplastado al ponerse en marcha. El hombre gritaba, con un lamento comedido y aletargado, mientras un grupo de comerciantes, por turnos, intentaban que los caballos avanzaran o que la carreta retrocediera. A Edgar le entraron náuseas, pero, en cambio, su acompañante ni siquiera dejó de hablar de los troncos de teca que habían cogido en los diferentes distritos de la colonia. Cuando Edgar quiso saber dónde podían buscar ayuda, le asombró que el funcionario no preguntara por qué (lo cual le habría parecido insensible mas al menos predecible), sino «¿Para quién?». Y eso que el afinador apenas pudo oírlo por culpa de los gritos del herido.

De pie en la orilla, Edgar se sentía incómodo. Mientras el capitán leía una carta del Ministerio de Defensa, una detallada lista de provisiones y horarios, él escudriñó el rostro del hombre que había descrito el Irawadi como «la centelleante serpiente que se lleva nuestros sueños y nos trae otros nuevos de las montañas». Era un individuo achaparrado, con la frente ancha, que resollaba cuando hablaba demasiado deprisa, completamente distinto del joven y atlético capitán Dalton. Era una situación extraña para una reunión oficial. Edgar consultó el reloj de bolsillo que Katherine le había regalado antes de su partida. Eran las cuatro, y entonces se acordó de que el reloj se había parado tres días después de su llegada a Rangún, y a partir de ese momento, como le había escrito a su esposa en broma, sólo daba la hora correcta dos veces al día, aunque lo conservaba «para guardar las apariencias». Recordó aquel anuncio que había visto en Londres: «ESTA NAVIDAD, CUANDO SUENEN LAS CAMPANAS DE LA IGLESIA, REGÁLESE UN RELOJ ROBINSON.»

El río empezaba a cobrar vida y se veía un torrente de vendedores que bajaban hacia él. Ellos siguieron ese mismo camino hasta un coche y se dirigieron a la ciudad; el centro de Mandalay, como Edgar explicaría en su siguiente carta a casa, se hallaba a poco más de tres kilómetros del Irawadi. Cuando la capital se trasladó de Amarapura, que estaba junto al río, los reyes buscaron un emplazamiento alejado del ruido de los barcos de vapor extranjeros.

La carretera era oscura y tenía profundos surcos. Edgar se quedó contemplando las formas que pasaban hasta que el cristal se volvió opaco por la condensación. Nash-Burnham estiró un brazo y lo limpió con un pañuelo.

Cuando el coche entró en la ciudad empezaba a amanecer y las calles se estaban llenando de gente. Atravesaron un bazar. Los curiosos miraban por la ventanilla, a la que pegaban las manos. Un mozo que llevaba dos bolsas de especias colgando de una pinga se apartó para dejarlos pasar y los sacos oscilaron; uno de ellos rozó la ventanilla y desprendió un poco de curry que brilló al atrapar la luz del sol: el cristal se tiñó de oro.

Mientras avanzaban, Edgar intentó imaginarse en uno de los planos de Mandalay que había estudiado en el barco. Pero estaba perdido, y se dejó llevar por las emociones de la llegada, la curiosidad y el nerviosismo de ver por primera vez su nuevo hogar.

Pasaron junto a unas costureras que habían montado sus mesas en medio de la calle. También había mercaderes con bandejas de frutos de betel pelados y tazas de tila; afiladores de cuchillos; vendedores de dientes postizos e iconos religiosos, de sandalias, de espejos, de pescado seco y cangrejos, de arroz, de *pasos*, de sombrillas... De vez en cuando el capitán señalaba algo que se veía a lo lejos: una capilla famosa, un edificio del gobierno... Y Edgar Drake contestaba: «sí, he leído sobre eso», o «al natural es más bonito que en las ilustraciones», o «quizá tenga ocasión de visitarlo».

Por fin el coche se detuvo delante de una modesta casita.

—Éste será su hogar de momento, señor Drake —anunció el capitán—. Normalmente alojamos a los invitados en el cuartel que hay dentro del palacio de Mandalay, pero es mejor que se quede aquí. Póngase cómodo y considérese en su casa, por favor. Hoy comeremos en la residencia del comisario de guerra de la División Norte; hay una recepción especial para celebrar la anexión de Mandalay. Vendré a buscarlo a mediodía.

Él le dio las gracias y bajó. El cochero le llevó los baúles hasta la puerta, llamó y salió una mujer. El afinador la siguió desde el vestíbulo hasta una estancia de elevado suelo de madera en la que sólo había una mesa y un par de sillas. La joven le señaló los pies a Edgar, quien, al ver que ella había dejado las sandalias en la entrada, se sentó en el escalón y se quitó los zapatos con torpeza. A continuación, la mujer lo guió por una puerta que había a la derecha y que conducía a una habitación dominada por una gran cama cubierta con una mosquitera, y dejó el equipaje en el suelo.

Junto al dormitorio había un cuarto de baño con una jofaina y toallas planchadas. Otra puerta llevaba a un pequeño patio, donde había una mesita bajo un par de papayos. Todo muy agradable y muy inglés, pensó Edgar, excepto los árboles y la mujer que estaba de pie junto a ellos.

—*Edgar naa meh. Naa meh be lo... lo... kaw dha le?* —articuló, volviéndose hacia ella, y la interrogación se refería tanto a la corrección de su birmano como a la pregunta en sí: «¿Cómo se llama usted?»

La mujer sonrió y respondió:

—*Kyamma naa meh Khin Myo.*

Lo pronunció suavemente, y la «m» y la «y» se fundieron en una sola letra.

Edgar Drake le tendió la mano; ella volvió a sonreír y la cogió entre las suyas.

• • •

150

Según su reloj seguían siendo las cuatro. A juzgar por la posición del sol, llevaba tres horas de retraso, y estaba libre hasta que llevara ocho: entonces tendría que reunirse con el capitán para ir a comer. Khin Myo había empezado a calentarle agua para el baño, pero Edgar la interrumpió.

—Me voy... Paseo... Me voy a dar un paseo.

Le hizo señas con los dedos, y ella asintió. «Creo que me entiende», pensó el afinador. Sacó el sombrero de la bolsa y fue hacia la antesala, donde tuvo que volver a sentarse para atarse los cordones de los zapatos.

Khin Myo lo esperaba en la puerta con una sombrilla. Edgar se paró a su lado, sin saber qué debía decir. Ella le había gustado al instante. Tenía un bonito porte, sonreía y lo miraba a los ojos, a diferencia de la mayoría de los criados, que se escabullían en cuanto habían terminado sus tareas. Tenía los ojos castaño oscuro y unas gruesas pestañas, y lucía unas líneas de *thanaka* en las mejillas. Se había puesto una flor de hibisco en el pelo, y al acercarse a ella, Edgar olió un dulce perfume, una mezcla de canela y coco. Llevaba una blusa blanca de encaje y un *hta main* de seda morada atado con esmero.

Para su sorpresa, la mujer salió con él. Ya en la calle, Edgar intentó de nuevo componer algunas frases en birmano:

—No se preocupe por mí, *ma... thwa... um*. No hace falta que... *ma* paseo...

«Lo hace sólo por cortesía —se dijo—, y no quiero ser una carga para ella.»

Khin Myo rió.

—Habla muy bien el birmano. Y eso que sólo lleva dos semanas aquí.

—¿Cómo? ¿Habla usted inglés?

—No demasiado bien, mi acento es muy malo.

—Nada de eso, es excelente.

La dulce voz de la mujer lo cautivó de inmediato; era como un susurro, pero más profundo, como el sonido del viento en la boca de una botella.

Ella sonrió, y entonces sí bajó la vista.

—Gracias. Continúe, por favor; no pretendo interrumpir su paseo. Puedo acompañarlo, si lo desea.

—Es que no querría molestarla...

—Para mí no supone ninguna molestia. Me encanta andar por mi ciudad a esta hora de la mañana. Y, de todos modos, no puedo permitir que se vaya solo; el capitán Nash-Burnham comentó que podría perderse.

—Bueno, gracias, muchas gracias. La verdad es que estoy asombrado.

—¿De mi inglés, o de que a una birmana no le dé vergüenza hablar con usted? No se preocupe; me ven a menudo con visitantes.

Caminaron por la calle y pasaron por delante de otras viviendas con caminos de tierra cuidadosamente barridos. Frente a una de las casas había una mujer tendiendo ropa en una cuerda. Khin Myo se paró para hablar con ella.

—Buenos días, señor Drake —dijo la mujer.

—Buenos días —respondió él.

—Todas las... —Edgar se interrumpió, sin saber qué palabra debía emplear.

—¿Si todas las sirvientas hablan inglés?

—Sí...

—No, no todas. Yo enseño a la señora Zin Nwe cuando su amo no está. —Khin Myo se contuvo, y agregó—: Bueno, eso no se lo diga a nadie, por favor. Me temo que he sido demasiado franca con usted.

—No se inquiete; no diré nada. ¿Enseña usted inglés?

—Lo enseñaba antes. Es una larga historia y no deseo aburrirlo, francamente.

—Dudo que lo hiciera. ¿Cómo lo aprendió?

—Quiere saber muchas cosas, señor Drake. ¿Tanto le extraña?

—Perdone, no pretendía ofenderla; pero es que no he conocido a muchas...

Khin Myo, que mientras andaban iba ligeramente rezagada, guardó silencio, aunque luego añadió en voz baja:

152

—Lo siento. Ahora he sido yo la maleducada.

—No —replicó Edgar—. Es cierto que hago muchas preguntas. Lo que ocurre es que aún no he podido conocer a muchos nativos; ya sabe usted cómo son los oficiales.

—Sí, lo sé —contestó Khin Myo con una sonrisa.

Al llegar al final de la calle se detuvieron. Edgar tenía la impresión de que estaban recorriendo el mismo camino por el que él había llegado.

—¿Adónde le gustaría ir, señor Drake?

—Lléveme a su lugar favorito —respondió él, admirado por la inusitada intimidad de aquella respuesta.

Si a ella también le chocó, supo disimularlo.

Tomaron una ancha carretera en dirección oeste; el sol se elevaba a sus espaldas, y Edgar veía cómo sus sombras los precedían por la calzada, como serpientes. Hablaron poco y anduvieron sin parar durante casi una hora. Al llegar a un pequeño canal se detuvieron para contemplar un mercado flotante.

—Creo que éste es el rincón más bonito de Mandalay —afirmó Khin Myo.

Y Edgar, que llevaba menos de cuatro horas en aquella ciudad, dijo que opinaba lo mismo. Debajo de ellos las barcas se desplazaban cerca de la orilla.

—Parecen flores de loto flotando en el agua —señaló él.

—Y los vendedores son como las ranas que croan encima.

Estaban de pie en un pequeño puente, observando las embarcaciones que pasaban.

—¿Es verdad que ha venido aquí para reparar un piano? —dijo entonces Khin Myo.

Edgar vaciló, sorprendido por aquella pregunta.

—Sí, así es. ¿Cómo lo sabe?

—Te enteras de muchas cosas si los demás creen que no entiendes su lengua.

Edgar la contempló con atención.

—Ya... Sí, me lo imagino... ¿Le parece extraño? Ya sé que es mucha distancia para afinar un piano.

En ese momento él miró hacia el canal. Dos canoas se habían parado para que una mujer pesara una especia amarilla en una bolsita; se derramó un poco, y cayó en las negras aguas como si fuera polen.

—No, no es tan raro. Estoy convencida de que Anthony Carroll sabe lo que hace.

—¿Lo conoce usted?

Ella se quedó callada; Edgar se giró y vio que tenía la mirada perdida. Abajo, los comerciantes impulsaban sus botes por un agua que se asemejaba a la tinta, entre islas de jacintos, mientras anunciaban a gritos el precio de las especias.

Regresaron a la casa. El sol estaba más alto, y Edgar se preocupó al pensar que quizá no tuviera suficiente tiempo para bañarse antes de que Nash-Burnham llegara para acompañarlo a la recepción. Khin Myo llenó de agua la tina del cuarto de baño y le llevó jabón y una toalla. Edgar se lavó, se afeitó y se puso una camisa y unos pantalones limpios que ella le había planchado mientras tanto.

Cuando salió, el afinador la encontró arrodillada junto a una palangana, ocupándose ya de su ropa sucia.

—Señorita Khin Myo, no es necesario que haga eso.

—¿El qué?

—Lavarme la ropa.

—¿Quién va a hacerlo si no?

—No lo sé; es que...

Ella lo interrumpió:

—¡Mire! Ha llegado el capitán Nash-Burnham.

Edgar lo vio; acababa de doblar la esquina.

—¡Hola! —gritó el afinador.

Nash-Burnham iba con su traje de oficial —casaca roja, chaleco y pantalones azules— y llevaba una espada colgada del cinto.

—¡Hola, Edgar! Espero que no le importe caminar un poco. Necesitaban el coche para unos invitados que están en peor forma física. —Entró en el patio y miró a la joven—. *Ma* Khin Myo —dijo, e hizo una reverencia—. Oh, huele usted de maravilla.

—Huelo a jabón de lavar.

—Ojalá las rosas se bañaran en él.

«Por fin —pensó Edgar— el hombre que describió el Irawadi como una serpiente centelleante.»

La residencia del comisario de guerra estaba a veinte minutos a pie. Mientras iban hacia allí, el capitán tamborileaba con los dedos en la vaina de su espada.

—¿Cómo ha pasado la mañana, señor Drake?

—Bien, muy bien. He dado un paseo encantador con la señorita Khin Myo. No es como el resto de las mujeres birmanas, ¿verdad? Son todas muy tímidas. Y ella habla un inglés excelente.

—Sí, es fabulosa. ¿Le ha contado cómo aprendió nuestro idioma?

—No, se lo he preguntado, pero ella no me ha revelado nada y yo no he querido insistir.

—Es usted muy prudente, señor Drake, aunque no creo que a ella le hubiera importado decírselo. De todos modos, valoro su discreción; no se puede imaginar los problemas que he tenido con otros invitados. Es una mujer muy hermosa.

—Sí, lo es; como la mayoría de las que he visto aquí. Pero yo ya no soy joven.

—Bueno, tenga cuidado. No sería usted el primer británico que se enamora y no regresa a Inglaterra. A veces creo que la única razón por la que buscamos nuevas colonias es por las mujeres. Permítame recomendarle que no se meta en líos de faldas.

—Oh, no tiene por qué preocuparse —repuso Edgar—. En Londres tengo una esposa a la que adoro.

El capitán lo miró con recelo. Edgar rió y pensó: «Pues es la verdad; añoro a Katherine.»

Siguieron el trazado de una valla que bordeaba una amplia extensión de césped en cuyo centro se alzaba una majestuosa mansión. En la entrada había un indio con uniforme de policía montando guardia. El capitán lo saludó con la cabeza y él abrió la verja. Recorrieron un largo sendero donde había varios coches con los caballos enganchados.

—Bienvenido, señor Drake —dijo Nash-Burnham—. Confío en que la tarde será soportable si sobrevivimos al almuerzo y al recital poético de rigor. Cuando las damas se hayan retirado podremos jugar alguna partidita de cartas; somos un poco quisquillosos, pero en general nos llevamos bastante bien. Usted limítese a actuar como si estuviera en Inglaterra. Aunque debo darle un consejo: no se le ocurra hablarle a la señora Hemmington de nada relacionado con Birmania. Tiene opiniones muy desagradables sobre lo que ella llama «el carácter de las razas oscuras» que a muchos de nosotros nos resultan violentas. En cuanto alguien menciona un templo o la comida nativa, ella se pone a hablar y no hay forma de pararla. Cuéntele chismes de Londres, háblele de ganchillo o de lo que sea, pero de nada relacionado con este país.

—Pero si yo no sé hacer ganchillo...

—No se preocupe; ella sí. —Casi habían llegado al pie de la escalinata—. Tenga cuidado con el coronel Simmons si bebe demasiado. Y no haga preguntas militares: recuerde que usted es un civil. Y una última cosa... Debería habérselo dicho antes: la mayoría de los invitados sabe a qué ha venido usted aquí; lo acogerán con la hospitalidad debida a un compatriota, pero no está entre amigos. Por favor, procure no hablar de Anthony Carroll.

En la puerta los recibió un mayordomo sij. Nash-Burnham lo saludó exclamando:

—¡Pavninder Singh, buen hombre! ¿Cómo está usted?

—Muy bien, *sahib*, muy bien —respondió él, sonriente.

El capitán le entregó su espada.

156

—Pavninder, le presento al señor Drake. —Señaló a Edgar.

—¿El afinador de pianos? —susurró el mayordomo.

Nash-Burnham rió y se llevó una mano al vientre.

—Pavninder es un músico de gran talento —reveló—; un excelente intérprete de tabla.

—¡Oh, *sahib*, qué generoso es usted!

—Cállese, y deje de llamarme *sahib*; ya sabe que no lo soporto. Entiendo de música. En la Alta Birmania hay miles de indios al servicio de Su Majestad, y usted es el mejor de todos con la tabla. Tendría que ver cómo se derriten por él las muchachas, señor Drake. Quizá puedan tocar ustedes un dueto si el señor Drake se queda en la ciudad el tiempo suficiente.

Entonces le tocó a Edgar protestar.

—La verdad, capitán, es que soy un verdadero inepto al piano. Sólo sé afinarlos y repararlos.

—Eso son bobadas. Ambos pecan de excesiva modestia. De todos modos, actualmente los pianos parecen un tema muy delicado, así que se ha librado usted. Pavninder, ¿han empezado ya a comer?

—No, señor, pero están a punto. Llegan ustedes a tiempo.

Los condujo a una sala llena de oficiales y damas por la que corrían la ginebra y los chismorreos. «Tiene razón: es como estar otra vez en Londres —pensó Edgar—. Da la impresión de que han importado el ambiente.»

Nash-Burnham se abrió paso con gran dificultad entre dos mujeres corpulentas y bastante achispadas, cubiertas de vaporosa muselina y una cascada de bandas prendidas como mariposas en la tela del vestido. Luego colocó una mano en un grueso codo con hoyuelos.

—¿Cómo está usted, señora Winterbottom? Permítame que le presente al señor Drake...

Se movían despacio entre la gente y el capitán guiaba a Edgar por los torbellinos de conversación con la destreza de un barquero; su expresión pasaba rápidamente de reflejar precaución mientras escudriñaba la sala, a componer una amplia sonrisa cada vez que apartaba a una empolvada dama de su círculo para presentarle al afinador con un soliloquio:

—Lady Aston, querida, no la veía desde la fiesta que celebró el comisario de guerra en marzo. Qué hermosa está usted hoy; es por el mes que ha pasado en Maymyo, ¿verdad? ¡Lo sabía! Tengo que ir allí un día de éstos, aunque para un soltero no es muy divertido, ¡hay demasiada tranquilidad! Pero iré de todos modos... Un momento, permítame que le presente a un invitado, el señor Drake, de Londres.

—Encantado de conocerla, lady Aston.

—Igualmente, no sabe usted cómo echo de menos la ciudad.

—Yo también, señora, y sólo llevo un mes fuera.

—¿En serio? Pues bienvenido; tiene que conocer a mi esposo. ¡Alistair! Alistair, éste es el señor Drick, que acaba de llegar de Londres.

Un individuo alto con patillas largas y rectas le tendió la mano.

—Encantado, señor Drick...

—Drake, lord Aston. Es un honor —replicó Edgar pensando que hasta él sabía que aquella exagerada moda ya estaba desfasada en Inglaterra.

Siguieron paseándose entre los asistentes.

—Quiero presentarle al señor Edgar Drake, recién llegado de Londres. Señor Drake, la señorita Hoffnung, quizá las manos más hábiles de toda la Alta Birmania.

—Oh, capitán, me halaga usted. No se crea ni una sola palabra de lo que le diga, señor Drake.

—Señora Sandilands, el señor Drake. Señora Partridge, Edgar Drake, de Londres. Edgar, la señora Partridge, y la señora Pepper.

—¿De qué zona de Londres es usted, señor Drake?

—¿Juega al tenis sobre hierba?

—¿A qué se dedica usted?

—Vivo en Franklin Mews, cerca de Fitzroy Square. Y no, no domino ese deporte, señora Partridge.

—Pepper.

—Le ruego que me disculpe. De todos modos, sigo sin saber jugar al tenis sobre hierba, señora Pepper.

Risas.

—Fitzroy Square, eso está cerca del Oxford Music Hall, ¿no es así, señor Drake?

—Exacto.

—Lo dice como si lo conociera. No será usted músico, ¿verdad, señor Drake?

—No, no lo soy, aunque podríamos decir que estoy relacionado de alguna forma con la música...

—Señoras, les ruego que no le hagan más preguntas a mi amigo. Creo que está muy cansado.

Se quedaron en un rincón de la sala, protegidos de la gente por las anchas espaldas de un alto oficial vestido con falda escocesa. El capitán bebió un rápido sorbo de ginebra.

—Espero que no le agote tanta conversación.

—No, no se preocupe. Pero reconozco que estoy impresionado; todo es tan... calcado.

—Confío en que se divierta. Seguro que será una tarde agradable. El cocinero es de Calcuta, uno de los mejores de la India, según dicen. Yo no vengo siempre a estas celebraciones, pero hoy es un día especial. Espero que se sienta como en su casa.

—Como en mi casa... —dijo Edgar, y estuvo a punto de añadir: «Tan en casa como me siento en la mía.»

Pero en ese momento sonó un gong en el vestíbulo, y pasaron al comedor.

Una vez bendecida la mesa se sirvió la comida. Edgar estaba sentado enfrente del comandante Dougherty, un individuo obeso que no paraba de reír y resollar; le preguntó por su viaje, y bromeó sobre el estado de los barcos de vapor que hacían las rutas fluviales. La señora Dougherty, una mujer larguirucha y empolvada que estaba a la izquierda de su marido, quiso saber si

159

Edgar seguía la política británica, y él contestó indirectamente contando algunas noticias sobre los preparativos del jubileo de la reina. Como ella insistía, el capitán la interrumpió al cabo de unos minutos; chascó la lengua y dijo:

—Querida, estoy seguro de que uno de los motivos del señor Drake para venir a Birmania era huir de la política nacional. ¿Me equivoco?

Todos rieron, incluida la señora Dougherty, que siguió tomándose la sopa, satisfecha con la poca información que le había sonsacado al recién llegado. Edgar se puso algo tenso porque aquel tema se había inclinado un poco, como un equilibrista, hacia el verdadero motivo de su viaje. Afortunadamente, la señora Remington, que estaba a su izquierda, intervino enseguida para regañar al capitán por burlarse de aquellas cosas.

—Eso no es insustancial. Nosotros, como súbditos británicos, debemos estar al corriente de esos asuntos porque aquí el correo llega con mucho retraso. ¿Cómo está la reina, por cierto? Y me han comentado que lady Hutchings ha contraído la tuberculosis: ¿cuándo fue eso, antes o después del baile de disfraces de Londres?

—Después.

—Bueno, mejor así, no por ella, sino por la fiesta, porque al fin y al cabo es preciosa. ¡Cómo me habría gustado asistir!

Algunas de las otras mujeres gorjearon y luego iniciaron una charla sobre el último baile de sociedad al que habían acudido; Edgar se arrellanó en el asiento y se puso a comer.

«Son muy educados —se dijo—. Y pensar que en Inglaterra jamás me habrían invitado a una comida como ésta...» Estaba muy tranquilo con el cariz que había tomado la conversación, pues ¿qué podía estar más lejos de temas tan delicados como pianos y médicos estrafalarios que un baile?, cuando la señora Remington le preguntó, con un tono completamente inofensivo:

—¿Asistió usted, señor Drake?

Y él contestó:

—No.

160

—Sabe tantos detalles que pensaba que había ido —añadió ella.

—No —replicó él, y agregó—: Sólo afiné el Erard de cola que tocaron en la fiesta. —Y de inmediato se dio cuenta de que no debía haber pronunciado esa palabras.

—¿Cómo dice? ¿El qué de cola?

Y él no pudo evitar explicar:

—El Erard, es un tipo de piano, uno de los mejores de Londres. Tenían uno de mil ochocientos cincuenta y cuatro, un instrumento precioso; yo mismo lo había armonizado un año antes, pero había que afinarlo para la ocasión —aclaró.

Ella se quedó contenta con la explicación y no dijo nada más. Se produjo uno de esos silencios que presagian un cambio de tema, pero entonces la mujer comentó con inocencia:

—¿Erard? Ah, sí, es el que toca el doctor Carroll.

Incluso entonces la conversación habría podido salvarse si, por ejemplo, la señora Dougherty hubiera intervenido deprisa para preguntarle al recién llegado qué opinaba del clima birmano y oír cómo éste decía que lo encontraba espantoso; o si el comandante Dougherty se hubiera puesto a hablar de un ataque protagonizado por *dacoits* cerca de Taunggyi; o si la señora Remington hubiera insistido con el baile, que no estaba ni mucho menos agotado, pues ella quería saber si su amiga la señora Bissy había estado allí. Pero el coronel West, que estaba a la derecha del comandante Dougherty y que no había abierto la boca en toda la comida, murmuró algo que todos pudieron oír:

—Debimos haber arrojado ese trasto al agua.

—Disculpe, coronel, ¿cómo dice? —repuso Edgar volviendo la cabeza hacia él.

—Que ojalá hubiéramos lanzado ese instrumento infernal al Irawadi, o lo hubiésemos convertido en leña, por el bien de Su Majestad.

El silencio se apoderó de la mesa, hasta que Nash-Burnham, que estaba hablando con otra persona, intervino finalmente.

—Por favor, coronel, ya hemos comentado eso otras veces.

—No me diga de qué tengo que hablar y de qué no, capitán. Los *dacoits* mataron a cinco de mis hombres por culpa de ese piano.

—Con todos mis respetos, coronel, todos lamentamos muchísimo aquel ataque. Yo, sin ir más lejos, conocía a uno de aquellos soldados. Pero creo que el Erard no tiene relación con ese asunto, y el señor Drake es nuestro invitado.

—¿Pretende explicarme lo que sucedió, capitán?

—Por supuesto que no, señor. Lo único que sugiero es que lo discutamos en otra ocasión.

El coronel miró a Edgar y le explicó:

—Los refuerzos destinados a mi puesto se retrasaron dos días porque tuvieron que escoltar ese cacharro. ¿No le ha contado el Ministerio de Defensa esa historia, señor Drake?

—No.

A Edgar se le había acelerado el pulso y se sintió un poco mareado. Por su mente pasaron imágenes de la cacería de Rangún. «De eso tampoco me hablaron», pensó.

—Por favor, coronel, el señor Drake está suficientemente informado.

—Ni siquiera debería haber venido a Birmania. Todo esto es un disparate.

El silencio se extendió de nuevo por el comedor, y todas las miradas se dirigieron hacia los dos oficiales. Nash-Burnham apretó las mandíbulas, rojo de ira, pero no perdió el control: se quitó la servilleta del regazo y la depositó sobre el mantel con suavidad.

—Gracias por el almuerzo, coronel —dijo al tiempo que se levantaba—. Si no le importa, señor Drake, creo que será mejor que nos marchemos. Tenemos... unos asuntos que atender.

En ese instante todos miraron fijamente al afinador.

—Sí, capitán, por supuesto...

Edgar se apartó de la mesa y oyó algunos murmullos de decepción.

—Yo deseaba que me contara cosas de la fiesta —masculló una dama.

—Con lo agradable que es...

—Los hombres siempre acaban estropeando estas reuniones hablando de la guerra y de política.

Nash-Burnham se acercó a Edgar y le puso una mano en un hombro.

—Señor Drake...

—Gracias por el almuerzo, gracias a todos. —Se levantó y agitó una mano con torpeza.

En la puerta, el mejor intérprete de tabla de la Alta Birmania le entregó la espada al capitán, que la recibió con el entrecejo fruncido.

En la calle se cruzaron con una mujer que llevaba un cesto en la cabeza. Nash-Burnham, enojado, pegó una patada y clavó la puntera de la bota en el suelo.

—Siento mucho lo ocurrido, señor Drake. Sabía que el coronel estaría en la comida. No he debido llevarlo; ha sido un error.

—Por favor, capitán, no diga eso. —Continuaron andando—. Yo no sabía lo de sus hombres.

—Lo sé. Lo que les pasó no tiene nada que ver con el piano.

—Pero el coronel ha dicho...

—Sé lo que ha dicho, pero los refuerzos no tenían previsto viajar a las minas de rubíes para reunirse con su patrulla hasta una semana más tarde. El ataque no está relacionado con el Erard. El doctor Carroll lo llevó a Mae Lwin personalmente. Pero yo no podía discutir con él: es mi superior. Marcharme antes de tiempo ya ha sido un gesto de insubordinación. —Edgar se quedó callado—. Perdone que me haya puesto así, señor Drake —agregó el capitán—. A veces me tomo demasiado a pecho lo que dicen los demás sobre el doctor Carroll. A estas alturas ya debería haberme acostumbrado a los comentarios de algunos oficiales. Tienen celos, o quieren guerra: cuando hay paz es difícil ascender. El doctor... —Se dio la vuelta y miró a Edgar—.

Me atrevería a decir que él y su música les impiden invadir... En fin, no debería haberlo implicado en esto.

«Creo que ya estoy involucrado», pensó el afinador, mas no dijo nada. Se pusieron de nuevo en marcha y no hablaron hasta que llegaron a su casa.

10

El capitán Nash-Burnham regresó aquella noche; iba silbando mientras Khin Myo lo guiaba por la casa. Encontró a Edgar en el patio, comiéndose una ensalada amarga de hojas de té machacadas y legumbres secas que le había preparado la mujer.

—¡Ajá, señor Drake! Veo que empieza a descubrir la gastronomía del país.

—Pues sí, capitán. Me alegra volver a verlo. Tengo que pedirle disculpas; llevo toda la tarde atormentándome por lo que ha pasado en la recepción. Creo que debería...

—Nada de eso, señor Drake —lo interrumpió el capitán. Se había quitado la espada y en ese momento llevaba un bastón, con cuya contera golpeó el suelo. A continuación desplegó rápidamente una sonrisa—. Ya se lo he dicho antes: ha sido culpa mía. Los otros no tardarán en olvidar lo ocurrido. Le ruego que haga lo mismo. —Sonrió de forma tranquilizadora.

—¿Está usted seguro? Quizá debería enviar una nota para disculparme...

—¿Por qué? Si alguien tiene un problema, ése soy yo; y no estoy en absoluto preocupado. Aquí discutimos a menudo. Pero no debemos dejar que ese incidente nos estropee la noche. *Ma* Khin Myo, he pensado que podríamos llevar al señor Drake a ver un *pwè*.

—Me parece una idea muy acertada —dijo ella. Miró a Edgar y añadió—: Tiene usted mucha suerte, señor Drake, porque ésta es una época del año estupenda para el *pwè*. Creo que hoy debe de haber al menos veinte en Mandalay.

—¡Excelente! —exclamó el capitán; se dio una palmada en una pierna y se levantó—. ¡Ya podemos irnos! ¿Está usted listo, señor Drake?

—Desde luego —contestó Edgar, aliviado al comprobar que estaba de tan buen humor—. ¿Puedo preguntar qué es un *pwè*?

—¡Ah! —dijo Nash-Burnham riendo—. ¿Qué es? Se va a llevar una grata sorpresa. Es el teatro callejero birmano, pero no se puede explicar con palabras; hay que verlo. ¿Nos vamos ya?

—Sí, sí, desde luego. Aunque ya es de noche. ¿No habrán terminado esas representaciones?

—Al contrario. La mayoría aún tienen que empezar.

—El *pwè* —empezó a explicar el capitán antes de que hubieran salido por la puerta— es exclusivo de Birmania, y me atrevería a decir que de Mandalay; aquí es donde alcanza un mayor virtuosismo. Hay muchas razones para celebrarlo: un nacimiento, una defunción, un bautizo, cuando las muchachas se perforan las orejas por primera vez, cuando los jóvenes se hacen monjes, cuando dejan de serlo, cuando se consagra una pagoda... También hay motivos que no son religiosos: cuando alguien gana una apuesta, construye una casa o excava un pozo; cuando se recoge una buena cosecha, hay un combate de boxeo, se lanza un globo... Cualquier excusa sirve. En cuanto sucede algo especial, se monta un *pwè*.

Bajaban por la calle en dirección al canal que Edgar había visitado esa mañana con Khin Myo.

—En realidad —prosiguió el capitán—, me sorprende que no hayamos visto ninguno al venir esta mañana. Seguramente el cochero sabía dónde estaban y los ha evitado. A veces los colocan en medio de la calzada e interrumpen por completo el tráfico. Ése es uno de los problemas administrativos que hemos heredado. Durante la estación seca suele haber gran cantidad de *pwès* por la ciudad. Y en noches como ésta, cuando el cielo está despejado, es cuando más les gusta hacerlos.

Doblaron una esquina y al final de la calle vieron luces y movimiento.

—¡Allí hay uno! —exclamó Khin Myo.

—Sí, hemos tenido suerte —agregó Nash-Burnham—. Dicen que sólo hay dos tipos de ingleses en Birmania: los que adoran el *pwè* y los que no lo soportan. Yo me enamoré de ese arte la misma noche de mi llegada a Mandalay, cuando al no poder dormir de la emoción salí para explorar la ciudad y tropecé con un *yôkthe pwè*, un espectáculo de marionetas.

Se estaban acercando a las luces, y Edgar Drake divisó a un nutrido grupo de personas sentadas en esterillas en medio de la calle. Las habían colocado alrededor de un espacio vacío, ante una cabaña con tejado de paja. En el centro del círculo había una estaca, rodeada de vasijas de arcilla dispuestas concéntricamente, en las que ardían velas cuya luz iluminaba las caras de la primera fila de espectadores.

Ellos se quedaron de pie detrás del público, que se giró para mirar a los recién llegados. La gente no paraba de hablar, y un hombre gritó algo cerca de la gran casa que había detrás de la choza. Khin Myo le contestó.

—Quieren que nos quedemos —dijo.

—Pregunte qué van a representar —repuso Nash-Burnham.

Ella volvió a hablar, y el hombre respondió extensamente.

—Es la historia del *Nemi Zat* —explicó Khin Myo.

—¡Genial! —El capitán golpeó con el bastón en el suelo, entusiasmado—. Dígale que nos quedaremos un rato, pero que nos gustaría llevar a nuestro invitado a un *yôkthe pwè*, así que no podremos estar hasta el final.

Khin Myo habló de nuevo.

—Dice que lo entiende —tradujo.

Salió una sirvienta con dos sillas y las colocó detrás del auditorio. Nash-Burnham le dijo algo, y la muchacha llevó otra silla, que el capitán ofreció a Khin Myo. Se sentaron los tres.

167

—Creo que aún no han empezado —observó el capitán—. De hecho, las bailarinas todavía se están maquillando.

Señaló a un grupo de mujeres que estaban de pie junto a un mango aplicándose *thanaka* en la cara.

Un chiquillo corrió hasta el centro del círculo y encendió un cigarro en una de las llamas.

—Ese espacio es el escenario —comentó Nash-Burnham—. Lo llaman *pwè-wang*...

—*Pwè-waing* —lo corrigió Khin Myo.

—Perdón, y la rama que hay en el centro es el *pan-bin*, ¿correcto, *Ma* Khin Myo? —La joven sonrió; el capitán también, y continuó—: A veces los birmanos dicen que representa un bosque, pero yo tengo la sensación de que en ocasiones sólo sirve para alejar al público. En cualquier caso, la mayor parte del baile tendrá lugar dentro del *pwé-waing*.

—¿Y las vasijas de arcilla? —preguntó Edgar—. ¿Tienen algún significado?

—Que yo sepa, no. Iluminan la escena cuando no hay suficiente luna, y proporcionan un fuego constante para encender los cigarros —contestó el capitán, risueño.

—¿De qué trata la obra?

—Ah, el tema varía mucho. Hay muchos tipos de función. Está el *ahlu pwè*, que patrocina un personaje adinerado para conmemorar una fiesta religiosa o la entrada de su hijo en un monasterio. Por lo general ésos son excelentes, porque quien los organiza puede contratar a los mejores actores. Luego está el de abonados, cuando alguien recauda dinero entre sus vecinos y lo utiliza para contratar a una compañía; el *a-yein pwè*, un espectáculo de baile; el *kyigyin pwè*, una sesión gratuita que ofrecen uno o varios actores cuando quieren darse a conocer; y también, por supuesto, el *yôkthe pwè*, las marionetas. Estoy seguro de que esta noche encontraremos alguno. Por si eso no basta para confundirlo, y corríjame si me equivoco, por favor, *Ma* Khin Myo...

—Lo está haciendo muy bien, capitán.

—... también está el *zat pwè*, o historia real, una obra religiosa que cuenta una de las vidas de Buda. Hay tantas como reencarnaciones, es decir, quinientas diez, aunque normalmente sólo se interpretan diez, las llamadas *Zatgyi Sèbwè*, que tratan de cómo Buda superó los pecados mortales. Eso es lo que veremos aquí: el *Nemi Zat*, el quinto pecado.

—El cuarto —lo corrigió la joven.

—Gracias, Khin Myo. ¿Quiere explicarnos el argumento, por favor?

—No, capitán, me encanta oírlo hablar.

—Ya veo que tendré que andarme con cuidado con lo que digo... Espero no estar aburriéndolo, señor Drake.

—No, en absoluto.

—Bueno, no estaremos más de una hora, pero la actuación se prolongará hasta el amanecer. A veces duran hasta cuatro días... De todos modos, tiene que conocer usted la trama; aquí todos saben cuál es, esto no son más que repeticiones de la misma historia. —Hizo una pausa para pensar—. Ésta narra la vida del príncipe Nemi, una de las encarnaciones de Buda, descendiente de una larga estirpe de reyes birmanos. De joven, el príncipe es tan devoto que los espíritus deciden invitarlo a ver el cielo. Una noche de luna, quizá muy parecida a la de hoy, envían un carro de guerra a la tierra. Sobrecogidos, Nemi y su gente contemplan cómo el carruaje desciende ante ellos, y se arrodillan, temblando de miedo. El príncipe se monta y desaparece; sólo queda la luna. Primero va al cielo, donde viven los *nats*, los espíritus birmanos; hasta los buenos budistas creen en ellos; y luego va a *nga-yè*, el infierno, donde viven las serpientes que ellos llaman *nagas*. Después el príncipe regresa a su mundo para explicar las maravillas que ha visto. El final es muy triste: según la tradición, cuando los reyes envejecían e intuían que su muerte estaba próxima, se iban al desierto para morir como ermitaños. Cuando Nemi alcanza la vejez se marcha a las montañas, como habían hecho sus antepasados.

Hubo un largo silencio. Edgar vio que las bailarinas guardaban el *thanaka* y se alisaban los *hta mains*.

—Creo que es mi historia favorita —comentó Nash-Burnham—. A veces me pregunto si me gusta tanto porque me siento identificado con el príncipe, por lo que he visto... Aunque hay una diferencia.

—¿Cuál? —le preguntó Edgar.

—Cuando yo regrese de las llanuras del cielo y de *nga-yè* nadie creerá mis palabras.

Era una noche calurosa, pero Edgar notó que un escalofrío le recorría todo el cuerpo. El público que había a su alrededor también se quedó callado, como si hubiera estado escuchando al capitán. Pero una de las bailarinas había llegado ya al escenario.

Edgar Drake quedó inmediatamente cautivado por la belleza de la muchacha, cuyos ojos oscuros quedaban resaltados por la gruesa capa de *thanaka* que llevaba en la cara. Parecía muy joven, no debía de tener más de catorce años, y permaneció de pie en el centro del *pwè-waing*, esperando. Aunque Edgar no los había visto al llegar, había un grupo de músicos: una pequeña orquesta formada por tambores, címbalos, un cuerno, un instrumento de bambú que no pudo identificar y el que ya había visto en Rangún. Khin Myo le dijo que se llamaba *saung*, y que consistía en doce cuerdas tensadas sobre un armazón con forma de barca. Los músicos empezaron a tocar, flojo al principio, como si se adentraran vacilantes en el agua; hasta que el hombre del instrumento de bambú se puso a tocar, y la canción se apoderó del *pwè-waing*.

—Dios mío —susurró Edgar—. ¿Qué es ese sonido?

—¡Ah! —dijo el capitán Nash-Burnham—. Debí imaginar que le encantaría.

—No, no es eso... Bueno, sí, sí que me gusta, pero jamás había oído esa especie de gemido.

Y, aunque todos tocaban a la vez, el capitán supo exactamente a qué se refería el afinador de pianos.

—Se llama *hneh*, y es una especie de oboe birmano.

—Suena como un canto fúnebre.

En el escenario, la muchacha empezó a bailar, despacio primero, doblando las rodillas, inclinando el torso hacia uno y otro lado, levantando los brazos cada vez más hasta que empezó a agitarlos, o mejor dicho, hasta que ellos comenzaron a sacudirse, pues en el resplandor de las velas parecían flotar por su cuenta, desafiando a los expertos en anatomía, que afirman que los brazos están unidos al cuerpo mediante un intrincado sistema de huesos, tendones, músculos y venas. Esos hombres nunca han visto un *a-yein pwè*.

La música todavía era lenta; surgía de la oscuridad, llegaba al *pwè-waing* y la danzarina la absorbía.

La muchacha bailó durante cerca de media hora, y Edgar no despertó de su trance hasta que ella paró. Miró al capitán, pero no tenía palabras para expresar lo que sentía.

—¿Le ha gustado, señor Drake?

—No sé..., no sé qué decir, francamente. Es hipnotizador.

—Lo es. Las muchachas no siempre son tan buenas. Pero si se fija en los movimientos de su codo verá que ésta ha sido entrenada desde muy joven.

—¿Qué quiere decir con eso?

—La articulación está muy suelta. Cuando los padres de una niña deciden que sea una *meimma yein*, una bailarina, le ponen unos aparatos para estirar y extender el codo.

—Qué horror.

—No lo crea —intervino Khin Myo, que estaba a su izquierda, y alargó el brazo, que se dobló sin dificultad y formó una curva parecida a la del *saung*.

—¿Baila usted? —le preguntó Edgar Drake.

—No, ya no, pero sí de pequeña —contestó la joven, y añadió, riendo—: Ahora conservo la flexibilidad lavándole la ropa a un inglés.

La muchacha había abandonado el escenario y en su lugar había aparecido un personaje parecido a un arlequín.

—Es el *lubyet*, el bufón —le informó Nash-Burnham en voz baja.

El público observaba al hombre, que iba pintado y llevaba la ropa adornada con cascabeles y flores. Hablaba con entusiasmo, gesticulaba, imitaba los sonidos de la orquesta, bailaba, daba volteretas...

Khin Myo rió tapándose la boca.

—¿Qué dice? —le preguntó Edgar Drake.

—Está burlándose del organizador del *pwè*. No sé si lo entendería. ¿Puede explicárselo usted, capitán?

—Lo siento, pero apenas comprendo lo que dice; utiliza mucho argot, ¿no? Además, el humor de los birmanos... Llevo doce años aquí y todavía no lo capto. Khin Myo no quiere contárselo porque seguramente es un chiste verde.

Ella miró hacia otro lado y Edgar no pudo ver si aún reía.

Se quedaron un rato observando al bufón, pero el afinador empezó a ponerse nervioso. Gran parte del público también había dejado de prestarle atención. Algunos espectadores sacaron comida de los cestos que llevaban y empezaron a tomársela. Otros se acurrucaron en las esteras y se pusieron a dormir. El hombre se metía de vez en cuando entre ellos, les quitaba los cigarros de la boca o les robaba comida. En una ocasión se acercó a Edgar, le tocó un poco el pelo y gritó dirigiéndose a los asistentes. Khin Myo rió.

—¿Qué dice? —inquirió otra vez.

—Uy, no puedo decírselo, señor Drake, me da mucha vergüenza —contestó ella con una risita. Las llamas de las vasijas brillaban en sus ojos.

El *lubyet* volvió al centro del escenario y siguió hablando. Por fin Nash-Burnham miró a Khin Myo y dijo:

—¿Qué le parece si vamos a buscar el *yôkthe pwè*?

Ella asintió y le comentó algo al encargado, que estaba borracho; el hombre se puso en pie con cierta dificultad para estrecharles la mano a los dos ingleses.

—Dice que volvamos mañana por la noche —tradujo Khin Myo.

Dejaron el *pwè* y se pusieron en marcha. Las calles no estaban iluminadas. Si no hubiese sido por la luna, habría estado completamente oscuro.

—¿Le ha dicho dónde podríamos encontrar un *yôkthe pwè*? —le preguntó Nash-Burnham a la joven.

—Sí, hay uno cerca del mercado. Es la tercera noche; interpretan el *Wethandaya Zat*.

—Ajá —murmuró el capitán, satisfecho.

Continuaron andando en silencio. Comparadas con el alboroto del teatro, las calles estaban vacías y silenciosas; sólo de vez en cuando pasaba algún chucho que el capitán ahuyentaba con su bastón. En las puertas de algunas casas la gente fumaba cigarros que parecían luciérnagas. En determinado momento a Edgar Drake le pareció oír que Khin Myo cantaba. La miró. El viento agitaba ligeramente su blusa blanca; al notar que el inglés la observaba ella levantó la cabeza.

—¿Qué era eso que cantaba? —le preguntó Edgar.

—¿Cómo dice? —Esbozó una leve sonrisa.

—Nada, nada. Debe de haber sido el viento.

La luna estaba en lo alto del cielo cuando llegaron al *yôkthe pwè*, y sus sombras los seguían. La obra ya había empezado. Detrás de una plataforma de bambú de casi diez metros de largo había un par de marionetas bailando, y tras ellas, un cantante al que no podían ver. El público mostraba diversos grados de atención: había muchos niños que dormían acurrucados, y algunos adultos hablaban entre sí. Los recibió un hombre grueso que les buscó un par de sillas, como había ocurrido antes. Y como entonces, el capitán pidió otra para Khin Myo.

Ella y el responsable hablaron un buen rato, y Edgar se puso a mirar la representación. En un lado del escenario había una maqueta de una ciudad, un elegante palacio y una pagoda: allí danzaban los muñecos, que llevaban bonitos vestidos. En el otro extremo, que no estaba iluminado, distinguió una pequeña colección de palos y ramitas, una especie de bosque en miniatura. El capitán asentía con la cabeza, satisfecho. Finalmente Khin Myo dejó de hablar con el organizador y los tres se sentaron.

—Ha tenido usted mucha suerte esta noche, señor Drake —comentó la joven—. Maung Tha Zan hace de princesa. Quizá sea el titiritero más famoso de todo Mandalay, y ha actuado junto al gran Maung Tha Byaw, el mejor de todos los tiempos. Es tan célebre que no es extraño oír decir «*Tha Byaw Hé*» a alguien de Mergui cuando ocurre algo maravilloso. Maung Tha Zan no es tan bueno, desde luego, pero es un intérprete estupendo. Escuche, pronto empezará el *ngo-gyin*.

Edgar no tuvo tiempo de preguntar qué era eso, porque, en ese preciso instante, tras el escenario se elevó un lastimero gemido que le cortó la respiración. Era la misma melodía que había oído aquella noche en que el vapor se detuvo en el río, y que ya había olvidado.

—El *ngo-gyin*, la canción del duelo —explicó Nash-Burnham—. El príncipe pronto la abandonará, y ella cuenta sus desgracias. Siempre me ha parecido increíble que un hombre pueda cantar así.

Tampoco era una voz de mujer. Sí, era de soprano, pero no femenina. «Ni siquiera parece humana —se dijo Edgar. No entendía la letra, pero sabía de qué hablaba—. Los cantos fúnebres son universales.» Y algo ascendió hacia el cielo nocturno junto con la música, danzó con el humo de la hoguera y se fue con la brisa. Las lentejuelas del vestido de la princesa relucían como estrellas, y a Edgar le dio la impresión de que el lamento salía de la marioneta y no del titiritero. En la base del escenario un chiquillo que aguantaba las velas se dirigió lentamente hacia el otro extremo, hasta que el bosque quedó iluminado.

Nadie dijo nada hasta mucho después de que hubiera terminado la canción. Empezó otra escena, mas Edgar ya no contemplaba el espectáculo sino el cielo.

—En la última encarnación de Gautama antes de Siddhartha —explicó Nash-Burnham—, el príncipe deja todas sus posesiones, incluso a su esposa y sus hijos, y se marcha al bosque.

—¿También en esta historia se identifica usted con el personaje? —le preguntó Edgar volviéndose hacia él.

El capitán sacudió la cabeza.

—No, yo no he abandonado nada —dijo, e hizo una pausa—. Pero algunos sí.

—Anthony Carroll —dijo el afinador en voz baja.

—Y otros, quizá —terció Khin Myo.

11

En la estación seca, la forma más rápida de llegar a Mae Lwin era en elefante, por una senda que habían trazado los soldados shan durante la segunda guerra anglo-birmana, y que entonces utilizaban esporádicamente los traficantes de opio. Pero hacía poco se habían producido varios asaltos en ese camino, y por ello el capitán Nash-Burnham propuso que fueran en elefante hasta un pequeño afluente del Saluén situado al este de Loilem, y que desde allí siguieran en canoa hasta el campamento de Carroll. Él no podía acompañarlos, pues tenía trabajo en Mandalay.

—Pero salude al doctor de mi parte, por favor —le pidió—. Dígale que aquí lo echamos mucho de menos.

A Edgar no le pareció que aquél fuera momento para simples cumplidos y supuso que el capitán diría algo más; sin embargo, éste se limitó a tocarse el casco a modo de despedida.

El día señalado, Khin Myo despertó a Edgar y le comunicó, a través de la puerta de su dormitorio, que un hombre quería hablar con él. Drake fue a la entrada y se decepcionó al no encontrar ningún elefante, como esperaba, sino a un joven birmano que recordaba haber visto en la recepción. El muchacho estaba sin aliento.

—Vengo de parte del gobernador a anunciarle que su partida sufrirá cierto retraso, y a pedirle disculpas.

Edgar intentó disimular la sonrisa que le provocó el acento del chico, pues no deseaba que la interpretara como conformidad con la noticia.

—¿Cuándo cree tu amo que podré marcharme? —le preguntó.

—¡Oh, señor! ¡Eso no lo sé! Si quiere puede consultárselo usted mismo.

—¿No puedes decirme al menos si saldremos hoy?

—¡Oh, no! ¡Hoy no, señor!

El énfasis de la respuesta dejó a Edgar sin habla; a él le habría gustado añadir algo, pero se limitó a asentir y cerró la puerta. Se encogió de hombros, miró a Khin Myo, que dijo: «¿Eficacia británica?», y volvió a acostarse. Aquella tarde terminó una larga carta que llevaba varios días redactando para Katherine, en la que describía su visita al teatro de marionetas. Edgar empezaba a acostumbrarse a los retrasos burocráticos. Al día siguiente escribió más cartas, una sobre el controvertido saqueo que los soldados británicos habían hecho en el palacio de la ciudad, y otra sobre la gran sensación causada por la Dama Peluda de Mandalay, una pariente lejana de la familia real, que tenía todo el cuerpo cubierto de largo y suave vello. Y el día después fue a dar un largo paseo por el bazar. Y esperó.

Sin embargo, cuatro días más tarde de la fecha prevista para irse, el nerviosismo acabó por superar el respeto y la paciencia de un hombre que llevaba toda una vida reparando cuerdas y macillos, y se presentó en la residencia del gobernador para averiguar cuándo se marcharía. En la puerta lo recibió el mismo birmano que había ido a su casa.

—¡Oh, señor Drake! —exclamó—. ¡Pero si mi amo está en Rangún!

Entonces Edgar se dirigió al cuartel general y preguntó por Nash-Burnham. El joven cabo que lo atendió en la entrada lo miró con extrañeza.

—Creía que estaba usted informado de que el capitán también se encuentra en Rangún.

—¿Puedo preguntarle a qué ha ido? Yo tenía que partir hacia Mae Lwin hace cuatro días. He venido desde muy lejos, y mi viaje ha supuesto un gran sacrificio, no sólo para mí. Sería una lástima que tuviera que perder más tiempo.

El soldado se ruborizó.

—Creía que se lo habían dicho. Yo... Discúlpeme, aguarde un momento. —Se levantó deprisa y entró en un despacho. Edgar lo oyó hablar con alguien en voz baja. Al poco rato regresó y añadió—: Sígame, por favor, señor Drake.

Lo guió hasta una habitación pequeña, vacía salvo por unas sillas y un escritorio que rebosaba documentos sobre los que descansaban unas toscas figurillas de madera usadas para pesar opio. Los pisapapeles eran innecesarios, pues no había ninguna corriente. El cabo cerró la puerta tras Edgar y le dijo:

—Siéntese, por favor. —Y tras una pausa añadió—: Han asaltado Mae Lwin.

Los detalles de la historia todavía no estaban claros, y tampoco la identidad de los atacantes. La noche anterior a la partida de Edgar un mensajero a caballo llegó a la residencia del gobernador. Informó de que dos días antes un grupo de jinetes enmascarados habían asaltado Mae Lwin, habían prendido fuego a uno de los almacenes y habían matado a un vigilante. Durante la confusión que se creó, hubo una breve batalla, y murió otro centinela shan. Carroll estaba a salvo pero muy preocupado. Sospechaban que Twet Nga Lu, el bandido que estaba haciendo su guerra particular para conquistar el estado de Mongnai, era el responsable. Habían conseguido recuperar la mayoría de las provisiones, aunque varios tarros con medicamentos se habían estropeado.

—Por lo visto una bala perdida también alcanzó... —el cabo se interrumpió para elegir con cuidado sus palabras— otros artículos importantes para los trabajos que realiza el doctor.

—Espero que no se refiera al Erard.

El joven se removió en la silla, incómodo.

—Señor Drake —dijo—, comprendo la importancia de su encargo, y también las duras condiciones que ha tenido que soportar para llegar hasta aquí, haciendo gala de su profundo respeto y entrega a la Corona. —Hizo una breve pausa y prosiguió—: Esta ofensiva se ha producido en un momento muy delicado. Como debe de saber, desde noviembre del año pasado participamos directamente en actividades militares en el estado de Shan. Una columna dirigida por el coronel Stedman salió de Mandalay a principios de este mes. Y hace sólo seis días recibimos la noticia de que la habían asaltado. Debido a la concentración de fuerzas de la Confederación Limbin en esa zona, la acción contra nuestras tropas no nos extrañó. Sin embargo, lo de Mae Lwin sí ha supuesto una sorpresa, y todavía no sabemos quiénes eran esos encapuchados, ni cómo consiguieron los rifles. Se especula, incluso, con que pueda habérselos proporcionado el ejército francés, cuya posición exacta desconocemos. Por desgracia, de momento no puedo decirle nada más por motivos de seguridad.

Edgar se quedó mirándolo.

—Lamento muchísimo contrariarlo, señor Drake. De hecho, estoy hablando sin autorización, pues estas decisiones se tomarán en Rangún, pero quiero que entienda cuál es la situación. Cuando regrese, el capitán Nash-Burnham podrá decirle si debe permanecer usted en Mandalay o regresar en vapor a Rangún. Hasta entonces sólo puedo recomendarle que disfrute de las distracciones de que dispone y que no se preocupe demasiado. —Se inclinó hacia delante y añadió—: ¿Señor Drake? —El afinador no dijo nada—. Mae Lwin es un lugar espantoso, señor Drake, pese a lo que hayan podido contarle para que viniera aquí. Es una zona pantanosa donde abunda la malaria, y con un clima que no favorece en absoluto a los ingleses. Y por si fuera poco, está el peligro de estos últimos ataques... Quizá lo mejor sería abandonar definitivamente el puesto. A mí no me importaría, desde luego. De hecho, creo que tiene usted suerte porque ha visto las ciudades más bonitas de Birmania.

Edgar esperó. En la habitación hacía un calor sofocante. Por fin se puso en pie.

—Bien, muchas gracias. Tengo que marcharme.

El cabo le tendió la mano.

—Señor Drake, le agradecería que no comentara esta conversación con mis superiores. Aunque la suya es una misión menor, suele ser el capitán Nash-Burnham quien se ocupa de los asuntos civiles.

—Es menor, ¿verdad? No, no se angustie. No se lo contaré a nadie. Muchas gracias.

El joven sonrió.

—De nada —replicó.

Querida Katherine:

No sé qué va a llegar antes, si esta carta o yo. Ha pasado una semana desde la fecha prevista para mi partida y todavía sigo en Mandalay. Te he descrito muchas veces esta ciudad, pero tendrás que perdonarme si ya no me queda entusiasmo para más. La verdad es que estoy bastante desconcertado, y por los últimos acontecimientos empiezo a dudar que vaya a conocer al doctor Carroll o su Erard.

Han atacado Mae Lwin. Me lo ha dicho un cabo en el cuartel general; pero no sé prácticamente nada más. Cada vez que le pregunto a alguien qué está pasando, sólo obtengo evasivas o expresiones de perplejidad. «Se está celebrando una importante reunión estratégica en Rangún», me responden. O: «Este incidente debe abordarse con la mayor seriedad.» Sin embargo, me sorprende que no se haya requerido la presencia del doctor Carroll; por lo visto, él sigue en Mae Lwin. Aseguran que eso se debe a la necesidad militar de conservar el fuerte, lo cual parece una explicación bastante lógica, aunque lo dicen de una manera que me produce cierta inquietud. Al principio me entusiasmó, en cierto modo, la perspectiva de que hubiera un poco de intriga o de escándalo; al fin y al cabo, encajaba muy bien con este país, donde todo es tan esquivo. Pero hasta eso ha empezado a cansarme. Lo peor que se me ocurre (que al doctor Carroll lo están manteniendo al margen de una decisión crítica) ya no me parece censurable. Dicen que un hombre obsesionado por un piano tiene que ser propenso a otro tipo de excentricidades, que no habría que confiar en él ni destinarlo a un puesto tan crucial. Lo más doloroso para mí es que, de alguna manera, estoy de acuerdo con los que opinan así. Un piano no significa nada si los franceses están planeando invadir la otra orilla del Mekong. De todas formas, me cuesta aceptar ese punto de vista, pues si cuestiono al doctor me cuestiono a mí mismo.

Querida Katherine, cuando salí de Inglaterra una parte de mí dudaba que algún día conociese Mae Lwin. Se me antojaba un lugar demasiado lejano y había demasiados obstáculos en el camino. Sin embargo, ahora que es probable que suspendan mi misión, no puedo creer que no vaya a llegar al fuerte. Desde hace seis semanas apenas pienso en otra cosa. Me lo he imaginado a partir de los mapas y los documentos que me han proporcionado. He redactado listas de las cosas que haré allí, de las montañas y los arroyos descritos en los informes de Carroll que quiero ver... Es muy raro, Katherine, pero ya había empezado a pensar en las historias que te contaría a mi vuelta: qué me pareció el famoso doctor cuando me lo presentaron; cómo arreglé y afiné el Erard, y rescaté ese valioso instrumento; cómo cumplí con mi deber con Inglaterra... De hecho, quizá sea esta idea lo que se ha convertido en el objetivo más escurridizo. Ya sé que hablamos mucho en casa, y sigo sin cuestionar el papel del piano. Pero he acabado pensando que «traer la música y la cultura aquí» no es tan sencillo como parece: aquí ya tienen su propio arte y su propia música. Con eso no quiero decir que no debamos trasladar esas cosas a Birmania, no, pero quizá deberíamos hacerlo con más humildad. Ciertamente, si hemos de convertir a este pueblo en súbdito nuestro, ¿no debemos mostrarle lo mejor de la civilización europea? Bach jamás hirió a nadie; las canciones no son como los ejércitos.

Me voy por las ramas, cariño mío. O tal vez no, porque hasta ahora te he escrito sobre mis esperanzas, y ahora éstas han empezado a desvanecerse poco a poco por culpa de la guerra, el pragmatismo y mi propia desconfianza. Todo este viaje se ha cubierto ya de una capa de irrealidad. Lo que he hecho hasta ahora sólo tiene sentido en relación con lo que todavía he de hacer; hasta tal punto que en ocasiones creo que lo que ya he experimentado va a esfumarse con lo que me queda por ver. ¿Cómo podría explicártelo? Hasta ahora mi misión ha estado llena de potencialidad, de imaginación, pero que se cancele pone en duda todo lo que ya he vivido. He dejado que las fantasías se mezclaran con la realidad, y ahora ésta amenaza con quedar reducida a sueños, con desaparecer. No sé si lo que estoy escribiendo tiene algún sentido, pero, en medio de toda la belleza que me rodea, sólo consigo verme plantado frente a nuestra puerta en Franklin Mews, con la maleta en la mano, igual que el día que me marché.

¿Qué más puedo añadir? Me paso horas contemplando las montañas Shan intentando dar con la forma de describírtelas, pues tengo la sensación de que sólo así podré llevarme algo de lo que he visto. Paseo por los mercados, siguiendo el flujo de los carros y las sombrillas por las calles surcadas de roderas, o me siento en la orilla del río y observo a los pescadores mientras aguardo la llegada del vapor de Rangún, que me traerá la orden de partir o de regresar a casa. La espera empieza a resultar insoportable, igual que el polvo y el calor asfixiante que invaden la ciudad. Aceptaría cualquier decisión con tal de salir de aquí.

Cariño mío, ahora me doy cuenta de que antes de partir nos planteamos diversas posibilidades, algunas espeluznantes, pero nunca se nos ocurrió pensar lo que ahora parece más probable: que volviera sin haber hecho nada. Quizá mis palabras sean simplemente fruto del aburrimiento o de la soledad, pero cuando digo «nada» no sólo me refiero a que el Erard siga desafinado, sino a que haya visto un mundo muy diferente del mío y, sin embargo, ni siquiera haya empezado a comprenderlo. Venir aquí me ha producido una extraña sensación de vacío que no sabía que pudiera albergar, y no sé si adentrarme en la selva me ayudaría a llenarlo, o si por el contrario lo agrandaría. Me pregunto por qué he venido; recuerdo que tú me decías que lo necesitaba. Ahora creo que estoy a punto de regresar, y no sé cómo afrontaré este fracaso.

Katherine, las palabras nunca han sido mi fuerte y ahora no puedo pensar en ninguna música que exprese lo que siento. Pero está oscureciendo y me hallo junto al río, así que debo irme. Mi único consuelo es recordar que pronto te veré y que volveremos a estar juntos.

Tu marido, que te quiere,

Edgar

Dobló la hoja y se levantó del banco en que estaba sentado, en la orilla del Irawadi. Regresó caminando despacio por las calles de Mandalay. Al llegar a la casita abrió la puerta y encontró a Khin Myo esperándolo.

La joven tenía un sobre en la mano, que le entregó sin hacer ningún comentario. No había dirección, sólo su nombre. Él la miró y ella le devolvió la mirada con gesto inexpresivo. Durante un breve instante Edgar juntó las dos cartas: la que acababa de recibir y la que le había escrito a Katherine. En cuanto abrió el sobre, reconoció la elegante caligrafía.

Querido señor Drake:

Lamento profundamente que nuestra primera correspondencia personal tenga que teñirse de urgencia, pero creo que está usted al corriente de las circunstancias que han puesto en peligro su visita a Mae Lwin. Estoy seguro de que mi impaciencia sólo puede compararse con la suya. Durante el ataque a nuestro campamento una bala de mosquete dañó las cuerdas correspondientes a la tecla *la* de la cuarta octava. Como usted ya sabe, es imposible tocar cualquier pieza relevante sin esa nota; una tragedia que en el Ministerio de Defensa no alcanzan a comprender. Por favor, venga de inmediato. He enviado a un mensajero a Mandalay para que lo traslade a usted y a *Ma Khin Myo* hasta nuestro fuerte. Le ruego que se reúna con él mañana en la calle de la pagoda Mahamuni. Me hago responsable de su decisión y de su seguridad. Si se queda en Mandalay, lo embarcarán en un vapor con destino a Inglaterra antes del fin de semana.

A. J. C.

«Ahora sabe mi nombre», pensó. Miró a Khin Myo y dijo:
—¿Usted también va?
—Ya le contaré.

A la mañana siguiente se levantaron antes del amanecer y se montaron en un carro lleno de peregrinos que iban a la pagoda Mahamuni, situada en las afueras de la ciudad. Los fieles miraban al afinador y hablaban entre sí con regocijo. Khin Myo se acercó a Edgar y le comentó:
—Dicen que se alegran de que haya británicos budistas.

184

Unos oscuros nubarrones se desplazaban despacio por el cielo sobre las montañas Shan. La carreta traqueteaba por el camino. Edgar iba abrazado a su bolsa; Khin Myo le había aconsejado que dejase la mayoría de sus objetos personales en Mandalay y que sólo se llevara una muda y unos cuantos papeles importantes, además de las herramientas que necesitase para arreglar el piano. En ese momento él oía el débil tintineo de los utensilios de metal mientras avanzaban por la carretera, llena de surcos. Bajaron al llegar al templo y Khin Myo lo guió por un pequeño sendero hasta donde los esperaba un muchacho. Éste llevaba una camisa y unos pantalones azules, con un retal de cuadros atado a la cintura. Edgar había leído que muchos shan, como los birmanos, se dejaban el pelo largo, y se fijó en que el chico se lo había envuelto en un pañuelo de colores llamativos, que parecía un cruce entre el *gaung-baung* birmano y el turbante de los soldados sijs. El joven sujetaba las riendas de dos ponis.

—*Mingala ba* —dijo al verlos, y se inclinó un poco—. Hola, señor Drake.

Khin Myo le sonrió.

—Señor Drake, éste es Nok Lek, y nos llevará a Mae Lwin. Su nombre significa «pequeño pájaro». —Hizo una pausa y añadió—: No se deje engañar: es uno de los mejores guerreros de Anthony Carroll.

Edgar miró al muchacho, que les cogió las bolsas. Daba la impresión de que no tenía más de quince años.

—¿Sabe hablar inglés?

—Sí...

—... pero no tan bien como Ma Khin Myo —terció Nok Lek girando la cabeza mientras ataba los bultos a las sillas—. Me enseñó el doctor. —Se frotó las manos y agregó—: Espero que sepa montar, señor Drake. Éstos son ponis shan; menores que los caballos ingleses, pero excelentes para la montaña.

—Haré todo lo posible por no caerme —dijo Edgar.

—*Ma* Khin Myo irá conmigo —anunció Nok Lek.

Apoyó las manos en la grupa del animal y subió de un salto, como si estuviera jugando. Iba descalzo, y metió los pies en un par de estribos de cuerda y sujetó el cáñamo con los dedos. Edgar se fijó en las pantorrillas del chico, muy nervudas, y luego miró su cabalgadura, que llevaba estribos de metal, como los ingleses. Khin Myo se sentó detrás de Nok Lek, de lado y con los pies juntos. A Edgar le sorprendió que aquella bestia tan pequeña pudiera transportar semejante carga; montó, y por fin se pusieron en camino hacia el este, sin hablar.

Una mancha de luz empezaba a extenderse por el cielo, detrás de las montañas Shan. A Edgar le habría gustado ver salir el sol para que esa imagen señalara aquel día como el principio de la etapa final de un viaje que había creído que nunca completaría. Pero el sol ascendió oculto por las nubes y el paisaje se fue iluminando lentamente. Khin Myo, que iba delante, abrió una pequeña sombrilla.

Cabalgaron hacia el este durante varias horas, a ritmo lento, por una carretera que pasaba junto a campos de arroz secos y graneros vacíos. Se cruzaron con varios grupos de personas que iban hacia la ciudad: los hombres llevaban bueyes al mercado; las mujeres, pesadas cargas sobre la cabeza. Al poco rato dejaron de ver gente y se quedaron solos. Atravesaron un arroyo y torcieron al sur por una senda más estrecha y polvorienta que discurría entre dos amplios arrozales en barbecho.

Nok Lek se giró y dijo:

—Señor Drake, ahora iremos más deprisa. Hay varios días de camino hasta Mae Lwin, y aquí las vías son buenas, no como en el estado de Shan.

Él asintió y agarró mejor las riendas. El joven silbó a su poni, que se puso a trotar. El afinador golpeó las ijadas del suyo, pero no pasó nada; pegó más fuerte, pero el animal no se movió. Nok Lek y Khin Myo cada vez se alejaban más. Edgar cerró los ojos, respiró hondo y silbó.

Galoparon hacia el sur por una estrecha carretera que avanzaba entre las montañas Shan, al este, y el río Irawadi, al oeste.

Edgar cabalgaba con las riendas en una mano y sujetándose el sombrero con la otra. Se dio cuenta, maravillado, de que iba riendo, disfrutando de la sensación de velocidad. El día de la cacería los caballos sólo habían ido al paso, e intentó recordar cuánto tiempo hacía que no montaba tan rápido. Debió de ser casi veinte años antes, cuando Katherine y él fueron a pasar unas vacaciones con una prima de ella que tenía una pequeña granja. Casi había olvidado la emoción de correr.

A última hora de la mañana se detuvieron en una zona de descanso para peregrinos y viajeros, y el muchacho compró comida en una casa cercana: curry, arroz aromatizado y ensalada de té machacado envuelta en hojas de banano. Mientras comían, Nok Lek y Khin Myo charlaban en birmano. Ella se interrumpió un momento para pedirle disculpas a Edgar por no hablar en inglés.

—Es que tenemos mucho que contarnos. Y nuestra conversación lo aburriría.

—No se preocupe por mí —repuso Edgar.

Él estaba satisfecho con su trocito de sombra, desde donde veía los campos de arroz ennegrecidos. Sabía que los agricultores los quemaban para preparar la tierra antes de la temporada de lluvias, aunque resultaba difícil convencerse de que no era obra del sol. Se extendían hasta varios kilómetros de distancia, desde el río hasta la abrupta elevación de las montañas Shan. «Son como la empalizada de un fuerte —pensó mientras contemplaba las cimas—. O como el extremo de las faldas de una mesa, donde la tela forma pequeños valles y colinas.» Escudriñó las laderas buscando en vano una carretera que rompiera aquella fachada, pero no vio ninguna.

Después de comer descansaron un rato, y luego volvieron a montarse en los ponis. Siguieron cabalgando toda la tarde, hasta el anochecer; entonces se pararon en un pueblo y Nok Lek llamó a la puerta de una casita. Un hombre que iba sin camisa salió a abrir y estuvo unos minutos hablando con él; luego los condujo a la parte trasera, donde había una construcción aún menor. Allí ataron los animales, extendieron unas esteras en el suelo de bambú y colgaron mosquiteras del techo. La entrada de la cabaña estaba orientada hacia el sur, y Edgar colocó su alfombrilla de modo que los pies quedaran junto a la puerta, una precaución por si entraban bichos. Nok Lek la agarró inmediatamente y le dio la vuelta.

—No se ponga con la cabeza hacia el norte —dijo con severidad—. Es muy malo: así enterramos a los muertos.

Edgar se tumbó junto al muchacho. Khin Myo fue a bañarse y luego entró sin hacer ruido, levantó su mosquitera y se metió debajo. Su esterilla estaba a pocos centímetros de la del afinador; él fingió que dormía y observó cómo ella se preparaba la cama. La joven se acostó, y Edgar enseguida la oyó respirar más despacio; ya dormida cambió de postura y su rostro quedó muy cerca del de él. A través de la delgada tela de algodón, el afinador notaba la respiración suave y cálida de Khin Myo, imperceptible si no hubiese sido por el calor y el silencio que reinaban en la cabaña.

Nok Lek los despertó temprano. Recogieron los delgados colchones y las mosquiteras sin hablar. Khin Myo salió un momento y regresó con la cara recién pintada con *thanaka*. Cargaron los animales y volvieron a la carretera. Todavía estaba oscuro. Mientras cabalgaba, Edgar notó una tremenda rigidez en las piernas, los brazos y el abdomen. Se retorcía de dolor, pero no dijo nada; Khin Myo y el muchacho se movían con agilidad y frescura. «Ya no soy joven», pensó, riéndose de sí mismo.

En lugar de continuar hacia el norte tomaron una pequeña senda que iba en dirección este, hacia el lugar donde el cielo empezaba a iluminarse. El camino era estrecho, y de vez en cuando los ponis se veían obligados a reducir la marcha y ponerse al trote. A Edgar le admiró la facilidad con que Khin Myo mantenía el equilibrio, y por si fuera poco, sin soltar la sombrilla. También le asombró que cuando se detuvieron y él se derrumbó, exhausto y cubierto de polvo y sudor, ella todavía llevara en el pelo la misma flor que había arrancado de una planta por la mañana. Se lo comentó y ella rió.

—¿Usted también quiere cabalgar con una flor en el cabello, señor Drake?

El segundo día por la tarde llegaron a un grupo de áridas colinas cubiertas de rocas y secos matorrales. Aminoraron el paso y siguieron un angosto sendero. Pasaron junto a una pagoda semiderruida y se detuvieron; Khin Myo y Nok Lek desmontaron sin decir nada, y Edgar los imitó. Dejaron los zapatos junto al portal y entraron en una sala tenebrosa y húmeda. Había una estatua dorada de Buda sobre una plataforma, rodeada de velas y flores. Tenía los ojos oscuros y tristes, y estaba sentado con las piernas cruzadas y las manos juntas y ahuecadas sobre el regazo. Parecía que allí no había nadie. Nok Lek había sacado una pequeña corona de flores de su bolsa y la dejó en el altar. Se arrodilló, Khin Myo también, y ambos se inclinaron hacia delante hasta tocar con la frente las frías baldosas del suelo. Edgar observó a la joven, y se fijó en cómo el moño con que se había recogido el cabello se desplazaba y mostraba su nuca. Entonces se dio cuenta de que se había quedado embobado, y se agachó rápidamente.

Cuando salieron, el afinador preguntó:

—¿Quién cuida este templo?

—Forma parte de otro mayor —explicó Khin Myo—. Los monjes se ocupan del Buda.

—Pues yo no he visto a nadie.

—No se preocupe, señor Drake —replicó ella—. Están aquí.

Aquel lugar tan solitario lo había intrigado, y a Edgar le habría gustado hacer más preguntas: quiénes eran aquellos misteriosos monjes, por qué rezaban, por qué se habían detenido allí y no en alguna de las pagodas por las que habían pasado... Pero los jóvenes se pusieron a hablar otra vez y no quiso interrumpirlos.

Montaron y reemprendieron la marcha. Al llegar a la cima de la colina se pararon a contemplar la llanura. Pese a que había poca altitud, el valle era tan plano que les permitía tener una vista completa de su viaje a través de un solitario país de campos vacíos y riachuelos serpenteantes. Había pequeños poblados junto a ríos y caminos, y todos eran del mismo color marrón de la tierra. A lo lejos aún se distinguía el trazado de Mandalay, y más allá, el ondulante curso del Irawadi.

La carretera descendía por la otra ladera, pero los tres jinetes subieron por una cuesta hasta un grupo de casas situadas al pie de una montaña más alta. Allí se detuvieron y Nok Lek bajó del poni.

—Voy a comprar comida. Es posible que no veamos a nadie durante varios días.

Edgar permaneció montado, esperando. El muchacho entró en una de las viviendas.

Había unas cuantas gallinas paseándose por el camino y picoteando el suelo. Un hombre, que estaba tumbado sobre unas tablas a la sombra de un árbol, le dijo algo a Khin Myo y ella respondió.

—¿Qué le ha dicho? —inquirió Edgar Drake.

—Me ha preguntado adónde vamos.

—¿Y usted qué le ha contestado?

—Que nos dirigimos hacia el sur, a Meiktila, pero que hemos venido por aquí para inspeccionar la zona.

—¿Por qué le ha mentido?

—Cuanta menos gente sepa que vamos hacia las montañas, mejor. Esta región es muy solitaria. En general viajamos con escolta; pero debido a... las circunstancias... este viaje es extraoficial. Si alguien quisiera atacarnos, nadie nos ayudaría.

—¿Está preocupada?

—¿Preocupada? No. ¿Y usted?

—¿Yo? Un poco. En el barco de Prome embarcaron unos prisioneros, *dacoits*; unos tipos de aspecto verdaderamente feroz.

Khin Myo se quedó mirándolo un momento, como si calibrara su respuesta.

—No ocurrirá nada. Nok Lek es un excelente luchador.

—No sé si eso me tranquiliza mucho; sólo es un chiquillo. Y tengo entendido que los bandidos se desplazan en grupos de veinte.

—No debería pensar en esas cosas. Yo he hecho este trayecto muchas veces.

Nok Lek regresó con un cesto que ató a la parte trasera de la silla de Edgar. Le dijo adiós al hombre que descansaba a la sombra y silbó a su poni para que se pusiera en movimiento. Edgar lo siguió y le dedicó un gesto de despedida al birmano, que no se movió.

De la cesta salía un intenso aroma a té fermentado y especias.

El sendero era muy empinado, y a medida que ascendía, la vegetación iba cambiando: los matorrales bajos dieron paso a un bosque más espeso, de altos árboles, que producía una niebla cada vez más densa. Subieron por un ramal recubierto de plantas, húmedo como las llanuras que había cerca de Rangún. Los pájaros revoloteaban por las copas de los árboles, gorjeando alegremente, y a su alrededor se oían animales de mayor tamaño que se desplazaban sobre las hojas caídas.

De pronto se distinguió un crujido y Edgar se dio la vuelta con rapidez; después se oyó otro, esa vez más fuerte, y luego el ruido de ramas rotas y de algo que se movía deprisa entre la maleza.

—¡Nok Lek, Khin Myo! ¡Cuidado, se acerca algo!

El afinador se detuvo. El muchacho también lo había oído y aminoró el paso. El sonido se repitió. Edgar miró a su alrededor buscando algo: un cuchillo, una pistola, pero sabía que no tenía nada.

El estrépito cada vez era mayor.

—¿Qué es? —susurró Edgar, y de pronto, delante de ellos, un jabalí cruzó corriendo el camino y se escondió en las matas del otro lado—. ¡Maldita sea! ¡Un cerdo! —exclamó.

Los jóvenes rieron y reanudaron la marcha. Edgar intentó chascar la lengua, mas el corazón le latía con violencia. Silbó para que el poni arrancara.

Cuando la cuesta se hizo más pronunciada, la senda se desvió, salió de entre los árboles y ofreció a los viajeros la primera vista panorámica desde hacía varias horas. A Edgar le sorprendió comprobar cuánto había cambiado el paisaje. La ladera opuesta se elevaba con tanta pendiente que tuvo la impresión de que, si tomaba carrerilla y saltaba, alcanzaría las ramas recubiertas de musgo que estaban enfrente; y, sin embargo, caminar hasta allí habría significado bajar y subir a través de una zona de selva impenetrable y escarpada. En el valle, la espesa vegetación ocultaba todo rastro del río o de cualquier asentamiento, aunque a medida que el camino ascendía, las montañas se abrieron para dar paso a otro valle, donde el suelo se allanaba en una serie de estrechas terrazas cultivadas. Abajo, en las escaleras de los arrozales, había un par de figuras trabajando con el agua por las rodillas; el cielo se reflejaba en la superficie del campo inundado y convertía las nubes en irisados semilleros.

Khin Myo vio que Edgar contemplaba a los campesinos.

—La primera vez que viajé a las montañas Shan —le contó— me asombró descubrir que cultivaban arroz, mientras que alrededor de Mandalay el suelo permanecía estéril. La sierra retiene las nubes de lluvia que pasan por la cuenca del río Irawadi; incluso en la estación seca aquí llueve lo suficiente para una segunda siembra.

—Pensaba que había sequía.

—Sí, la hay en la meseta desde hace varios años, y es terrible; están muriendo poblados enteros, y la gente no tiene más remedio que trasladarse a las tierras bajas. Es cierto que los montes atrapan las nubes, pero también las conservan. Si el monzón no se desplaza hacia la planicie, ésta permanece seca.

—Y esos hombres de ahí abajo, ¿son shan?

—No, son de otra etnia. —Le dijo algo a Nok Lek en birmano—. Dice que son palaung. Viven en estos valles y tienen su propio idioma, sus trajes, su música... La verdad es que es un lío, incluso para mí. Las montañas son como islas; cada una tiene su propia tribu. Cuanto más tiempo han pasado separadas, más diferentes son: palaung, paduang, danu, shan, pa-o, wa, kachin, karen, karenni... Y ésas sólo son algunas de las más numerosas.

—Nunca había oído... —dijo Edgar—. Qué curioso, montañas islas.

—Así es como las llama Anthony Carroll. Dice que son como las islas de Darwin, sólo que aquí es la cultura lo que cambia, en lugar del pico de los pájaros. Escribió una carta sobre ese tema a la Royal Society.

—No lo sabía...

—No se lo han explicado todo —añadió Khin Myo—. Y no es lo único. —Entonces le habló de los estudios del doctor, de sus colecciones y de las cartas que recogía todos los meses en Mandalay: de biólogos, médicos e incluso químicos de lejanos países. La química era una de sus grandes pasiones—. La mitad del correo que llega a la Alta Birmania es correspondencia científica para Anthony Carroll; y la otra mitad es música, también para él.

—¿Y usted lo ayuda en esos proyectos?

—Quizá sí, un poco; pero él sabe mucho más. Yo sólo escucho.

Edgar esperó para que Khin Myo se explicara mejor, pero la joven volvió al camino.

Siguieron cabalgando. Oscureció y la noche se llenó de nuevos sonidos: carroñeros que excavaban en las madrigueras, aullidos de perros salvajes, ásperas voces de ciervos...

Llegaron a un pequeño claro, se detuvieron y descargaron una tienda militar que había llevado Nok Lek. La montaron en el centro del llano, y el muchacho entró para arreglar las bolsas. Edgar se quedó fuera, cerca de Khin Myo. Ambos permanecieron callados; estaban cansados y la canción del bosque era ensordecedora. Finalmente el chico les dijo que ya podían pasar. Edgar se metió debajo de una mosquitera y arregló su colchón. Entonces reparó en un par de escopetas de dos cañones, apoyadas en la pared interna de la tienda. Estaban cargadas y amartilladas; el metal reflejaba la escasa luz de luna que entraba por un agujero de la lona.

Tardaron dos días en ascender por la selva y pasar por un desfiladero. A continuación había un descenso breve pero brusco, que se suavizaba al llegar a una vasta extensión de campos y bosques. A lo lejos, al borde de la llanura, se elevaba otra cordillera, gris e indefinida.

Bajaron por un camino estrecho y pedregoso que los animales tenían que ir tanteando. Edgar dejó que su cuerpo se meciera sobre la silla y se deleitó con el relajamiento de sus músculos, agarrotados después de varios días de cabalgar y dormir en el suelo. Era tarde, y el sol alargaba sus sombras en el valle. Miró hacia atrás para ver las montañas y la cresta de niebla que coronaba las cimas y se derramaba por las laderas. Los campesinos shan trabajaban en los campos a la débil luz del atardecer, con amplios sombreros y pantalones que ondeaban alrededor de sus pies. El balanceo del poni era lento y rítmico; Edgar sintió que se le cerraban los ojos y que el fantástico mundo de templos y riscos desaparecía, y pensó: «A lo mejor estoy soñando; esto parece un cuento de hadas.» Pronto oscureció del todo, pero ellos siguieron cabalgando a través de la noche, y Edgar notó que se desplomaba sobre la montura.

Soñó. Soñó que cabalgaba en un poni shan, que galopaba, que entre las crines había flores que saltaban por los aires, como girándulas, mientras avanzaban por arrozales, como fantasmas disfrazados, destellos de color que danzaban sobre un verde infinito. Y se despertó. Vio que la tierra era árida, que los tallos quemados del arroz ondeaban sacudidos por una ligera brisa, y que del suelo brotaban formaciones de piedra caliza, peñascos que escondían estatuas de Buda, que surgían en las cuevas como estalagmitas, tan viejas que hasta la tierra había empezado a ensuciarlas con carbonato. Y volvió a soñar, y al pasar junto a ellas vio el interior de las grutas, porque las iluminaban las velas de los peregrinos, que se volvían para mirar a aquel extranjero; detrás de ellos los budas temblaban, se sacudían la capa mineral y también se quedaban mirando, pues aquéllos eran caminos solitarios, y por allí pasaban muy pocos ingleses. Y se despertó: delante de él había otro poni con un muchacho y una mujer, dos extraños, que también dormían, y a ella se le soltó el pelo y salieron flores volando, y soñó que cogía una y despertó, cruzaban un puente y amanecía, y abajo un hombre y un niño remaban en una embarcación por las marrones y revueltas aguas del río, y su piel era del mismo color que la canoa y que la corriente, y si los vio fue gracias a las sombras que se movían sobre la superficie del agua, y no estaban solos, porque en cuanto pasaron de largo llegó otro bote, que se dejaba llevar, donde iban un hombre y un niño, y soñó, y estaban solos y se despertó, levantó la cabeza y vio un millar de cuerpos que remaban porque eran el río, y soñó, todavía era de noche, de las peñas y de los valles no llegaban hombres ni flores, sino otra cosa, algo parecido a la luz, una especie de salmodia, y los que cantaban le dijeron que la luz estaba hecha de fábulas, y que vivía en las cavernas con los ermitaños vestidos de blanco, y se despertó y le contaron los mitos, que el universo fue creado como un río gigantesco, que en él flotaban cuatro islas, y que los humanos vivían en una de ellas, pero las otras estaban habitadas por criaturas que sólo conocíamos a través de las leyendas, y soñó que se detenían junto a un río para descansar y la mujer se despertó y se soltó el cabello, que el viento había enroscado en su cuerpo, y el chico y ella y él se arrodillaron y bebieron agua del río, y había siluros, y se despertó y cabalgaban y cabalgaban y era de día.

Subieron las colinas del otro lado del valle. El terreno se hizo montañoso y pronto volvió a anochecer. Entonces Nok Lek se dio la vuelta y anunció:

195

—Esta noche descansaremos. En la oscuridad estaremos a salvo.

Sonó un fuerte crujido. «Otro cerdo», pensó Edgar Drake, y al girarse recibió un culatazo en la cara.

Una trayectoria, una caída. El choque de la madera contra el hueso y un salivazo, y entonces se dobla, resbala, las botas aguantan un momento en los estribos metálicos, todavía tiene las riendas entre los dedos, las suelta, cae; oye cómo crujen los matorrales, el golpe del cuerpo contra el suelo. Más tarde se preguntará cuánto tiempo estuvo inconsciente, intentará ordenar los recuerdos, pero no podrá porque parece que sólo importa el movimiento, no únicamente el suyo, sino también el de los otros: el descenso de los hombres de los árboles, el arco reluciente que describen los alfanjes, el balanceo de los cañones de los fusiles, los brincos de los animales... Y cuando se pone en pie sobre las ramas aplastadas ve una escena que podría haberse compuesto en cuestión de segundos o, si se midiera en latidos del corazón o en inspiraciones, en mucho más tiempo.

Los jóvenes todavía están montados en el poni. Ella sostiene la escopeta y el chico enarbola una espada por encima de la cabeza. Se enfrentan a una banda de cuatro: tres, con cuchillos en la mano, flanquean a un hombre más alto que tiene el brazo extendido y empuña una pistola. Los hombres se agachan y danzan, y las armas brillan; está tan oscuro que esos destellos son el único indicio de que se mueven. Y hay un momento en que están todos quietos, sólo se balancean un poco, quizá debido a las hondas inspiraciones provocadas por el esfuerzo.

Las hojas de los sables flotan imperceptiblemente, parpadean como estrellas, y entonces se oye un chasquido, hay un resplandor y vuelven a moverse. Casi no hay luz, pero él ve cómo el más alto tensa el dedo, y ella también debe de verlo, porque la escopeta dispara primero, y el individuo grita y se sujeta la mano, la pistola cae, los otros saltan sobre el poni, agarran el cañón del arma antes de que pueda descargar la otra recámara, tiran de ella, y ella no chilla, lo único que él oye es una pequeña exclamación de sorpresa cuando toca el suelo; uno le arrebata el rifle de las manos y apunta al chico, y ahora los otros dos están encima de la mujer; uno le sujeta las muñecas, el otro le arranca el *hta main*, ella grita, él vislumbra un trozo de muslo, pálido en la penumbra, ve que se le ha caído la flor del pelo, ve sus pétalos, sus sépalos y sus estambres todavía cubiertos de polen. Más tarde se preguntará si eso fue sólo producto de su imaginación, pues está demasiado oscuro. Pero ahora no piensa, se mueve, sale de un salto de entre las zarzas, va hacia la flor, y hacia la pistola, que ha caído a su lado.

No piensa en que nunca ha disparado un arma hasta que levanta la mano, temblando, y dice: «Suéltala, suéltala, suéltala.»

Se queda inmóvil, y ahora es su dedo el que aprieta el gatillo.

Edgar se despertó al notar el frescor de un paño mojado en la cara. Abrió los ojos. Seguía tumbado en el suelo, pero tenía la cabeza apoyada en el regazo de Khin Myo, que le limpiaba el rostro con delicadeza. Con el rabillo del ojo vio a Nok Lek de pie en medio del claro, con el rifle en la mano.

—¿Qué ha pasado? —preguntó.

—Nos ha salvado —contestó ella en voz baja.

—No me acuerdo de nada. Me he desmayado. No les... no los he... —balbuceó, incrédulo.

—No ha dado en el blanco.

—Yo...

—Casi le da al poni, y el animal ha salido corriendo. Pero eso ha bastado.

Edgar la miró. Curiosamente, pese a todo lo ocurrido, ella había vuelto a ponerse la flor en el pelo.

—¿Cómo?

Khin Myo miró a Nok Lek, que escudriñaba la selva, nervioso.

—Ya se lo dije. Es uno de los mejores hombres de Anthony Carroll.

—¿Dónde están?

—Han huido. Los *dacoits* son muy fieros, pero cuando se les planta cara pueden ser muy cobardes. De todos modos, debemos irnos; podrían regresar con refuerzos, sobre todo ahora que han visto una cara inglesa. Eso resulta mucho más lucrativo que robar a los pobres campesinos.

Dacoits. Edgar se acordó de los prisioneros del vapor de Rangún. Notó que Khin Myo le pasaba el trapo húmedo.

—¿Me han herido?

—No, creo que ha vuelto a desplomarse después de disparar porque todavía estaba dolorido de la primera caída. ¿Cómo ha dicho usted? Que se ha desmayado, ¿no?

La joven intentó aparentar preocupación, pero no pudo contener una sonrisa. Le apoyó los dedos en la frente.

Nok Lek dijo algo en birmano, y ella dobló el paño.

—Tenemos que marcharnos, señor Drake. Podrían aparecer de nuevo en cualquier momento. Su poni ha regresado. ¿Cree que podrá subir?

—Creo que sí.

Edgar se puso en pie con dificultad; todavía notaba el calor del muslo de ella en la nuca. Dio unos cuantos pasos. Estaba temblando, pero no sabía si era de miedo o a causa del golpe. Volvió a montar. Delante de él, Khin Myo iba sentada con la escopeta en el regazo; parecía cómoda con el cañón apoyado en la seda de su *hta main*. Nok Lek cogió otro fusil de su silla y se lo pasó a Edgar, y luego se metió la pistola en el cinto.

Un silbido. Los ponis reanudaron la marcha en la oscuridad.

La noche les resultó interminable. Descendieron despacio una escarpada pendiente y luego atravesaron unos campos de arroz

198

vacíos. Por fin, cuando Edgar ya estaba convencido de que nunca llegaría, la luz del sol se extendió sobre la colina. Pararon para dormir en la casa de un campesino, y cuando el afinador se despertó ya era más de mediodía. Khin Myo dormía apaciblemente a su lado; tenía un mechón de cabello sobre la mejilla, y él se quedó observando cómo se le movía cada vez que respiraba.

Se tocó la herida de la frente; con la luz del día, la emboscada había perdido parte de su dramatismo. Se levantó sin hacer ruido para no despertar a la joven, salió y se reunió con Nok Lek, que estaba sentado bebiendo té verde con el granjero. La infusión era amarga y estaba muy caliente, y Edgar notó que se le formaban gotas de sudor en la cara, que la brisa enfrió enseguida. Khin Myo no tardó en salir de la cabaña y fue a la parte trasera de la casa a lavarse. Volvió con el cabello mojado y peinado, y con la cara recién pintada.

Dieron las gracias al hombre y se montaron en los ponis.

Dejaron la solitaria granja y subieron por una pronunciada cuesta. Entonces Edgar empezaba a entender mejor la geografía del país. El curso de los ríos que descendían desde el Himalaya trazaba desfiladeros paralelos que iban de norte a sur por la meseta Shan, de modo que cualquier camino que tomaran estaba condenado a una larga sucesión de subidas y bajadas. Más allá de aquella colina se alzaba otra cadena montañosa, que escalaron, y pasaron por sus deshabitados valles; después de la siguiente sierra atravesaron un pequeño mercado donde los aldeanos se apiñaban alrededor de montones de fruta. Volvieron a subir y llegaron a la cumbre justo cuando el sol se ponía a sus espaldas.

Ante ellos el monte descendía de nuevo, pero después ya no había otra cordillera. Esa vez la ladera era larga y abrupta, y abajo había un río estruendoso, oculto en la oscuridad de las montañas.

—El Saluén —anunció Nok Lek, triunfante, y silbó con fuerza.

Bajaron por el escarpado camino; los ponis corcoveaban a cada paso, inseguros. Al llegar a la orilla vieron un bote y a un hombre que dormía dentro. Nok Lek silbó y el barquero se levantó de un brinco, sobresaltado. Sólo llevaba unos pantalones anchos. El brazo izquierdo le colgaba inerte, retorcido como si esperara recibir un soborno. Enseguida saltó a la ribera.

Los viajeros desmontaron y le pasaron las riendas. Nok Lek descargó el equipaje y lo subió a la canoa.

—Él llevará los ponis por tierra hasta Mae Lwin, pero nosotros iremos por el río. Es más rápido. Por favor, *Ma* Khin Myo. —Le tendió la mano; ella se la cogió y saltó a la barca—. Y ahora usted, señor Drake.

Edgar se acercó, pero resbaló y una bota se le hincó en el barro. Con un pie en la embarcación se dio impulso, mas sólo consiguió que el fango produjera un espantoso ruido de ventosa. Gruñó y maldijo en voz alta. El bote se separó de la orilla y Edgar cayó al suelo. Detrás de él, los dos hombres rieron; Drake alzó la cabeza y vio a Khin Myo tapándose la boca con una mano. Volvió a maldecir, primero a ellos y luego al lodo. Intentó levantarse, pero los brazos se le hundieron; probó otra vez y fracasó de nuevo. Los hombres cada vez reían más fuerte, y Khin Myo no pudo contener una risita. Y entonces Edgar también rompió a reír, a carcajadas, pese a la incómoda posición en que estaba, con una pierna metida hasta el muslo en el barro, la otra por encima del agua y los brazos empapados y goteando. «Hacía meses que no me reía así», pensó, y empezaron a saltarle las lágrimas. Dejó de pelearse con el limo, se tumbó boca arriba y contempló el cielo a través de las ramas iluminadas por su farol. Finalmente, haciendo un esfuerzo, se puso en pie y subió, chorreando. Ni siquiera se molestó en limpiarse el fango que lo cubría de arriba abajo; estaba demasiado oscuro para verlo, y Nok Lek ya había embarcado e intentaba impulsar la canoa con una pértiga.

200

La corriente los arrastró con suavidad. No llevaban farol, pero la luna lucía con intensidad a través de los árboles. Sin embargo, el muchacho se mantuvo cerca de la ribera.

—No hay suficiente luz para que nos vean los amigos, aunque los enemigos sí podrían divisarnos —murmuró.

El Saluén serpenteaba entre lianas y dejaba atrás troncos caídos. El joven dirigía la barca con habilidad. El estruendo de los insectos era menos ensordecedor que en la jungla, como si el susurro del río los hiciera callar al pasar sus dedos por las temblorosas ramas. Las márgenes estaban cubiertas de espesa vegetación, y de vez en cuando a Edgar le parecía vislumbrar algo, pero acababa convenciéndose de que sólo eran sombras cambiantes. Cuando llevaban una hora de camino atravesaron un claro y vieron un palafito.

—No se preocupe —dijo el chico—. Sólo es la cabaña de un pescador. Ahí ya no vive nadie.

La luna relucía sobre los árboles.

Siguieron navegando durante horas y el río empezó a descender por pronunciados desfiladeros, veloz. Por fin, después de una amplia curva, descubrieron un grupo de luces vacilantes. La corriente los arrastró hacia allí. Edgar distinguió unos edificios, y entonces vio que algo se movía en la orilla. Se pararon junto a un pequeño embarcadero donde había tres hombres de pie mirándolos; todos iban vestidos con *pasos* y no llevaban camisa. Uno era más alto que los demás y tenía la piel clara; un delgado cigarro le colgaba de la comisura de los labios. Cuando la barca se acercó al muelle, el hombre lanzó el puro al agua, se agachó y le tendió una mano a Khin Myo, que se recogió el *hta main* y saltó al amarradero. Una vez en tierra, la mujer inclinó un poco la cabeza, echó a andar y se metió entre los matorrales con la agilidad de quien conoce bien el terreno.

Edgar desembarcó también.

El hombre lo miró sin decir nada. El afinador todavía llevaba la ropa empapada de lodo y el cabello pegado a la frente. Al sonreír notó cómo se resquebrajaba el barro seco que le cubría la cara. Hubo un largo silencio y entonces, lentamente, levantó una mano.

Llevaba semanas imaginándose aquel momento, pensando en qué diría. La ocasión requería palabras dignas de ser recordadas cuando se conquistase por fin el estado de Shan y el Imperio quedara asegurado.

—Soy Edgar Drake —dijo—. Vengo a arreglar un piano.

Segunda Parte

Me he hecho famoso;
mientras viajaba por el mundo con corazón hambriento
vi y conocí muchas cosas: gentes,
costumbres, climas, gobiernos,
y también yo obtuve mis premios
combatiendo en las resonantes llanuras de Troya.
Formo parte de todo cuanto he ido encontrando;
sin embargo, cada experiencia es un arco a través del cual
reluce ese mundo por descubrir cuya frontera se difumina
sin cesar a medida que avanzo.

LORD ALFRED TENNYSON, *Ulises*

Siete según unos, y nueve según otros, fueron los soles
creados, y el mundo se convirtió en un torbellino; no hubo
nada sólido que resistiera.

El mito shan de la creación,
descrito por LESLIE MILNE en *Shans at Home* (1910)

12

Un porteador guió a Edgar Drake por un caminito que se adentraba en una zona de espesa vegetación. Más allá había luces que parpadeaban, enmarcadas por las ramas de los árboles. El sendero era estrecho, y los arbustos le arañaban los brazos. «Debe de ser difícil dirigir una columna de soldados por aquí», pensó. Como si le hubiera leído el pensamiento, el doctor Carroll, que iba detrás, dijo con voz fuerte y segura, y con un acento que Edgar no supo identificar:

—Tendrá que disculparnos por el estado del camino: es nuestra primera línea de defensa desde el río. Con esta maleza no hay necesidad de construir fortificaciones. Ya se puede imaginar lo difícil que fue traer un Erard hasta aquí.

—Ya es bastante complicado moverlos por las calles de Londres.

—Lo supongo. De todos modos, esta espesura es muy bonita; la semana pasada llovió un poco, lo cual es raro en esta época, y las plantas se cubrieron de flores. Mañana podrá apreciarlo mejor.

Edgar se detuvo para mirar con más atención, pero al ver que el mozo se alejaba, se puso otra vez en marcha acelerando el paso. No volvió a levantar la cabeza hasta que de pronto desaparecieron los matorrales y entraron en un claro.

Más tarde intentaría recordar cómo había soñado que sería Mae Lwin, pero la primera visión que tuvo superó con creces cualquier idea anterior. La luna iluminaba un grupo de estructuras de bambú que se aferraban a la ladera. El fuerte se hallaba al pie de un escarpado monte y colonizaba unos noventa metros de la pendiente. Muchos edificios estaban conectados mediante escaleras o puentes colgantes; había faroles en las vigas de los tejados, aunque con la luz de la luna parecían innecesarios. Quizá había veinte barracas en total. Era menor de lo que Edgar había imaginado, y lo rodeaba una espesa selva. Por los informes que había leído, sabía que había un poblado shan de varios centenares de habitantes detrás de la montaña.

El doctor Carroll estaba junto a él, con la luna detrás y el rostro en sombras.

—Impresionante, ¿verdad, señor Drake?

—Ya me lo habían dicho, pero no creí que fuera tan... El capitán Dalton intentó describírmelo en una ocasión, pero...

—Dalton es un militar. El ejército todavía no ha enviado ningún poeta a Mae Lwin.

«Sólo a un afinador de pianos», pensó Edgar, y se volvió para admirar el campamento. Un par de pájaros cruzó el claro, gorjeando; como si contestara a su canción, el hombre que había transportado las bolsas desde el río dijo algo desde el balcón de la segunda hilera de casas. El doctor contestó en un idioma extraño que no parecía birmano; era menos nasal, con un tono de diferente textura. El porteador desapareció.

—Le aconsejo que vaya a acostarse —dijo Carroll—. Tenemos mucho de que hablar, pero podemos esperar hasta mañana.

Edgar fue a decir algo, pero el doctor parecía dispuesto a marcharse, así que se despidió con una inclinación de cabeza y le deseó buenas noches. Atravesó el llano y subió por la misma escalera que el mozo. Una vez en la terraza se detuvo para tomar aliento. «Debe de ser la altitud», pensó. Miró alrededor y volvió a inspirar hondo.

Ante él la tierra descendía hacia el río con suavidad a través de un paisaje de bosques y matorrales. En la arenosa ribera había unas cuantas piraguas colocadas una al lado de otra. La luz de la luna era casi cegadora, y Edgar buscó la liebre, como había hecho muchas noches desde que cruzó el Mediterráneo. Ahora la vio por primera vez, corriendo, como si bailara y, al mismo tiempo, intentara escabullirse. Debajo de ella se extendía la selva, densa y oscura; y el Saluén fluía silencioso, mientras el cielo nadaba casi imperceptiblemente en sus aguas. El campamento estaba en silencio. Edgar no había visto a Khin Myo desde su llegada. «Deben de haber ido todos a dormir», pensó. Corría un aire fresco, casí frío, y permaneció allí varios minutos; por fin respiró hondo, se dio la vuelta, entró en la cabaña y cerró. Había un pequeño colchón, cubierto con una mosquitera. El mozo se había marchado. Edgar se quitó las botas y se acostó.

Se había olvidado de cerrar la puerta con llave. Una ráfaga de viento la abrió. La luz de la luna danzaba en las alas de diminutas palomillas.

A la mañana siguiente Edgar se despertó con la sensación de que había alguien cerca; oyó el frufrú de la mosquitera, unas risitas infantiles y notó un aliento cálido cerca de la mejilla. Abrió los ojos y vio media docena de blancos, iris y pupilas; inmediatamente sus dueños chillaron y salieron a trompicones de la habitación.

Ya era de día, y el aire era mucho más fresco que en las tierras bajas. Edgar se había tapado con la delgada sábana; y todavía llevaba puesta la ropa del viaje, sucia y llena de barro. Con el cansancio se le había olvidado lavarse, y las sábanas estaban manchadas. Maldijo en voz alta; luego sonrió, sacudió la cabeza y pensó: «Es difícil enfadarse cuando a uno lo despiertan las risas de los niños.» En el entramado de bambú de la pared brillaban puntitos de luz que moteaban la estancia. «Han metido las estrellas.» Se levantó y fue hacia la puerta, que seguía abierta; el ruido de sus pasos sobre el suelo de madera produjo un extraño eco de correteos y chillidos en la galería. Se asomó y vio una cabecita al final del rellano, que se escondió detrás de la esquina; más risitas.

Edgar cerró, sonriente, y echó un grueso cerrojo. Se quitó la camisa: varios trozos de tierra seca y apelmazada se desprendieron y cayeron al suelo. Buscó una jofaina, pero no había ninguna. Como no sabía qué hacer con la ropa, la dobló como pudo y la dejó junto a la puerta. Se puso ropa limpia: unos pantalones de color caqui, una delgada camisa de algodón y un chaleco oscuro. Se peinó rápidamente y recogió el paquete que le habían entregado en el Ministerio de Defensa para el doctor.

Los niños esperaban en la entrada cuando Edgar abrió. Al verlo echaron a correr por la pasarela, pero con las prisas, uno de ellos tropezó, y los demás cayeron encima de él. Edgar se agachó, levantó a uno de los chicos y, haciéndole cosquillas, se lo colocó sobre el hombro. Lo sorprendió aquella repentina jovialidad. Los otros se quedaron a su lado, envalentonados al ver que el alto extranjero sólo tenía brazos para coger a uno.

En la escalera estuvo a punto de chocar con otro muchacho.

—Señor Drake, el doctor Carroll quiere ver usted.

Miró al chaval que colgaba boca abajo del hombro del inglés, y le reprendió en la lengua shan. Sus compañeros rieron.

—No te enfades —dijo Edgar—. Ha sido culpa mía. Estábamos haciendo lucha libre...

—¿Lucha libre?

—No importa —murmuró, un tanto abochornado.

Dejó al chiquillo en el suelo y todos se dispersaron como pájaros al salir de una jaula. Se alisó la camisa, se pasó los dedos por el pelo y siguió al joven.

Cuando llegaron al claro, Edgar se paró en seco. Las sombras azul oscuro que recordaba de la noche anterior se habían transformado en orquídeas, rosas, hibiscos... Había mariposas por todas partes, diminutas partículas de color que llenaban el aire como confeti. Unos niños jugaban con una pelota de mimbre entretejido, y gritaban mientras botaba caprichosamente por el terreno lleno de baches.

Atravesaron la zona de maleza y llegaron a la orilla del río, donde estaba Carroll sentado ante una mesita para dos. Llevaba una camisa recién planchada de lino blanco, con las mangas enrolladas; iba muy bien peinado, y sonrió cuando apareció el afinador. Al verlo bajo la luz del sol, Edgar recordó de inmediato la fotografía que le habían enseñado en Londres. Debían de habérsela tomado veinte años atrás, pero reconoció al instante los anchos hombros, la nariz y la mandíbula prominentes, el cabello bien arreglado y el oscuro bigote, ahora salpicado de gris. Había algo más que ya había percibido: la mirada inquieta y escurridiza de aquellos ojos azules. El doctor le tendió la mano.

—Buenos días, señor Drake. —Le apretó la mano con fuerza, y Edgar la notó áspera—. Espero que haya dormido bien.

—Como un lirón, doctor. Hasta que los críos han encontrado mi habitación.

—Ah, ya se acostumbrará —dijo, riendo.

—Eso espero. Hacía mucho tiempo que no me despertaban unas voces infantiles.

—¿Tiene usted hijos?

—No, por desgracia no. Pero tengo sobrinos.

Uno de los muchachos le llevó una silla. El río fluía con rapidez, marrón y salpicado de espuma. Edgar había imaginado que vería a Khin Myo, pero Carroll estaba solo. Al principio lo sorprendió la ausencia de la mujer, pues también le habían pedido que fuera hasta allí. Le habría gustado preguntar dónde estaba, pero le resultaba un poco violento; durante el trayecto ella no le había dicho nada sobre el motivo de su viaje a Mae Lwin, y había desaparecido rápidamente en cuanto llegaron.

El doctor señaló el paquete que Drake tenía en las manos.

—¿Me ha traído algo?

—Ah, claro, lo siento. Son partituras. Tiene usted un gusto admirable.

—¿Lo ha abierto? —preguntó arqueando una ceja.

Edgar se ruborizó.

—Sí, lo siento, ya sé que no debí hacerlo, pero... Bueno, admito que sentía curiosidad por saber qué tipo de música había pedido. —Carroll no dijo nada, así que añadió—: Es una selección excelente... Aunque hay algunas partituras sin título que no he reconocido, y cuyas notas no parecen tener mucho sentido musical...

El doctor rió y dijo:

—Es música shan. Estoy intentando hacer versiones para el piano. Las transcribo y las envío a Inglaterra, donde un amigo mío, que es compositor, las adapta y me las devuelve. Siempre me he preguntado qué pensaría alguien que las leyera... ¿Un cigarro?

Sacó una lata de sardinas que tenía envuelta en un pañuelo y exhibió una hilera de puros como el que Edgar le había visto la noche anterior.

—No, gracias. No fumo.

—Lástima. No hay nada mejor. Me los lía una mujer del pueblo. Hierve el tabaco con azúcar de palma y lo cubre con vainilla, canela y Dios sabe qué otros potingues. Se secan al sol. Hay una leyenda birmana de una joven que secaba los cigarros que le preparaba a su amado con el calor de su cuerpo... Ay, pero yo no soy tan afortunado. —Sonrió—. ¿Le apetece un té?

Edgar le dio las gracias y Carroll hizo una seña a uno de los chicos, que acercó una tetera de plata y llenó la taza del afinador. Otro muchacho presentó unas bandejas con comida: pequeños pasteles de arroz, un bol que contenía pimientos aplastados y un tarro de mermelada que Edgar sospechó habían llevado sólo para él.

El doctor encendió un cigarro y dio unas cuantas caladas. Incluso al aire libre, el olor del humo era acre e intenso.

Edgar estuvo tentado de preguntar más cosas sobre aquellas partituras, pero el decoro le aconsejó no hablar de ello hasta que se conocieran mejor.

—Su fuerte es asombroso —comentó.

—Gracias. Intentamos construirlo al estilo shan; es más bonito, y así pudimos utilizar a los artesanos del lugar. Hay cosas, como los edificios de dos plantas y los puentes, que son innova-

210

ciones mías, imperativos del campamento: necesitaba estar cerca del río y escondido debajo de la cresta.

Edgar miró hacia la otra orilla.

—El río es mucho mayor de lo que yo pensaba.

—A mí también me sorprendió cuando lo vi por primera vez. Es uno de los más importantes de Asia, recibe las aguas del Himalaya... Pero estoy seguro de que todo eso ya lo sabe usted.

—Leí su carta. Me intrigó mucho su nombre.

—¿Saluén? En realidad los birmanos lo pronuncian *than-lwin*, una palabra cuyo significado todavía no he conseguido determinar. *Than-lwin* son unos pequeños címbalos autóctonos. Aunque mis amigos de aquí insisten en que no tienen nada que ver, quizá el tono de la palabra sea diferente, yo lo encuentro muy poético. Los címbalos producen un sonido ligero, como el agua sobre los guijarros. «Río de sonido ligero.» No me parece mal apelativo, aunque sea incorrecto.

—¿Y el nombre del pueblo, Mae Lwin?

—Mae significa «río» en shan; igual que en siamés.

—¿Era shan lo que hablaba usted ayer por la noche? —preguntó Edgar.

—¿Lo reconoció usted?

—No... No, claro que no. Pero me pareció que sonaba distinto del birmano.

—Me impresiona usted, señor Drake. Es evidente que no debía esperar menos de un hombre que ha dedicado su vida a estudiar el sonido... Espere... silencio... —Escudriñó la orilla opuesta.

—¿Qué pasa?

—¡Sh!

Levantó una mano. Frunció el entrecejo, concentrado.

Se oyó un débil crujido entre la maleza. Edgar se enderezó.

—¿Hay alguien? —preguntó en voz baja.

—¡Sh! No se mueva.

Carroll susurró algo al muchacho, que le llevó un pequeño telescopio.

—¿Ocurre algo?

El doctor se acercó el instrumento a los ojos y alzó una mano para imponer silencio.

—No... nada... no se preocupe, espere, allí... ¡Ajá! ¡Justo lo que creía!

Se volvió y miró al afinador, sin dejar de apuntar hacia la otra orilla.

—¿Qué pasa? —susurró Edgar—. ¿Nos atacan?

—¿Atacarnos? —Le entregó el catalejo—. No, nada de eso. Es algo mucho más divertido, señor Drake: sólo lleva usted un día aquí y ya va a ver una *Upupa epops*, una abubilla. Estamos de suerte. Tengo que registrarlo: es la primera vez que veo una en el río. Prefieren el campo abierto, más seco. Debe de haber venido hasta aquí a causa de la sequía. ¡Qué maravilla! Fíjese en el hermoso copete de plumas que tiene en la cabeza: vuela como una mariposa.

—Sí.

Edgar fingió compartir el entusiasmo del doctor. Miró con el telescopio el pájaro que estaba posado al otro lado. Era pequeño y gris, y desde aquella distancia no tenía nada más que llamara la atención; después emprendió el vuelo y desapareció.

—¡Lu! —gritó Carroll—. ¡Tráeme el diario!

El muchacho le llevó un libro marrón atado con una cuerda. El doctor lo abrió, se puso unos quevedos y garabateó unas cuantas palabras. Le devolvió el libro al chico y miró por encima de los anteojos a Edgar.

—Estamos de suerte —repitió—. Los shan dirían que su llegada ha sido propicia.

El sol se alzó por fin por detrás de los árboles que bordeaban la ribera. El doctor miró al cielo y comentó:

—Qué tarde se ha hecho. Tenemos que irnos pronto. Nos queda mucho camino por delante.

—No sabía que tuviéramos que ir a ningún sitio.

—¡Oh! Lo siento mucho, señor Drake. Debí decírselo anoche: hoy es miércoles, el día en que voy a cazar. Será un honor contar con su compañía, y creo que le gustará.

—A cazar... Pero... ¿y el Erard?

—Claro, claro. —Dio una palmada en la mesa—. ¡El Erard! No, no lo he olvidado. Lleva usted semanas viajando para repararlo, ya lo sé. No se inquiete, pronto se habrá cansado de ese piano.

—No, no se trata de eso. Es que me gustaría verlo, como mínimo. La verdad es que no tengo ninguna experiencia como cazador. Es más, no he empuñado jamás un arma salvo en una cacería a la que me llevaron en Rangún. Es una larga y triste historia... Y, cuando veníamos hacia aquí...

—... cayeron en una emboscada. Khin Myo me lo ha contado. Por lo visto se portó usted como un héroe.

—Qué va, nada de eso. Me desmayé, estuve a punto de matar un poni y...

—No se preocupe, señor Drake. Cuando voy de caza, es raro que llegue a disparar. Quizá mate un par de jabalíes, suponiendo que haya suficientes jinetes para traerlos luego; pero ése no es el motivo principal.

Edgar empezaba a sentirse cansado.

—En ese caso, supongo que debería preguntar cuál es el propósito.

—Coleccionismo; botánico, sobre todo, aunque eso también significa médico. Envío muestras a los Reales Jardines Botánicos de Kew. Es asombroso lo que nos queda por aprender. Llevo doce años aquí y ni siquiera he empezado a abarcar la farmacopea shan. De todos modos, me encantaría que viniera usted conmigo porque es una excursión preciosa, porque acaba de llegar, porque es mi invitado y porque sería una grosería por mi parte no mostrarle las maravillas de su nuevo hogar.

«Mi nuevo hogar», pensó Edgar Drake, y en ese momento hubo otro susurro de hojas al otro lado del río, y un pájaro emprendió el vuelo. Carroll cogió el telescopio y miró por él. Por fin lo bajó.

—Un martín pescador con cresta. No son raros por aquí, pero de todos modos es precioso. Partiremos dentro de una hora. El Erard sobrevivirá un día más sin afinar.

Edgar esbozó una leve sonrisa.

—¿Tengo tiempo para afeitarme, al menos? Hace días que no lo hago.

El doctor se puso en pie.

—Por supuesto. Pero no se preocupe demasiado por el aseo; dentro de poco estaremos sucísimos. —Dejó la servilleta encima de la mesa y volvió a dirigirse a uno de los chicos, que corrió por el claro. Miró a Edgar y dijo—: Después de usted.

Tiró el cigarro al suelo y lo apagó con la suela de la bota.

Cuando Edgar volvió a su habitación, encontró una pequeña jofaina llena de agua en la mesa, con una navaja, crema de afeitar, una brocha y una toalla al lado. Se mojó la cara y sintió un breve alivio. No sabía qué pensar de Carroll, ni del hecho de tener que aplazar su trabajo para ir a buscar flores, y se dio cuenta de que lo asaltaban dudas más ambiguas. Había algo desconcertante en la actitud del doctor; no sabía cómo conciliar las leyendas del soldado-médico con el hombre cordial, simpático e incluso paternal que le ofrecía té y tostadas con mermelada y se emocionaba al ver cierto pájaro. «A lo mejor lo que me llama la atención es que todo siga siendo tan inglés», pensó. Al fin y al cabo, un paseo, si es que se trataba de eso, era una forma adecuada de recibir a un invitado. Sin embargo, estaba inquieto, y se afeitó con mucho cuidado, deslizando lentamente la navaja por la piel. Luego se pasó las manos por las mejillas para comprobar su suavidad.

Se montaron en un par de ponis shan que les habían ensillado y habían dejado atados en el claro. Alguien les había puesto florecillas en la crin.

Enseguida los alcanzó Nok Lek. Edgar se alegró de verlo de nuevo, y se fijó en que no se comportaba igual que durante el viaje; su juvenil seguridad parecía más contenida en presencia del doctor, más respetuosa. Los saludó inclinando la cabeza, y Carroll le indicó con una seña que fuera delante. Él se volvió ágilmente y salió al galope.

214

Dejaron el fuerte y tomaron un sendero que discurría paralelo al río. Guiándose por la posición del sol, Edgar dedujo que se dirigían hacia el sudeste. Pasaron por un bosquecillo de sauces que se extendía desde la ribera. El follaje era denso y bajo, y Edgar tenía que ir agachando la cabeza para que las ramas no lo tiraran de la silla. El camino torcía para subir por una ladera; poco a poco los árboles quedaron atrás, y las matas se volvieron más secas. Se detuvieron en la cresta que protegía el campamento. Abajo, hacia el nordeste, se veía un ancho valle cubierto de diminutos poblados de bambú; al sur había una pequeña serie de colinas que seguían la línea ascendente del terreno, como las vértebras de un esqueleto desenterrado; a lo lejos había montañas más altas que apenas se distinguían a causa del resplandor del sol.

—Siam —dijo el doctor señalándolas.

—No sabía que estuviéramos tan cerca.

—A unos ciento veintinueve kilómetros. Por eso le interesa tanto al Ministerio de Defensa conservar el estado shan. Los siameses son nuestra única barrera contra los franceses, que ya tienen tropas cerca del Mekong.

—¿Y esos asentamientos?

—Son poblados shan y birmanos.

—¿Qué cultivan?

—Sobre todo opio..., aunque la producción de esta zona no puede compararse con la del norte, en Kokang, el país Wa. Dicen que allí hay tanto que las abejas se quedan dormidas y no se despiertan nunca. Pero lo que se recoge aquí también es importante... Ahora entenderá usted por qué no queremos perder Shan. —Metió la mano en el bolsillo y sacó la lata de sardinas. Se puso un cigarro en la boca y volvió a ofrecerle a Edgar—. ¿Todavía no ha cambiado de idea?

Él negó con la cabeza.

—He leído algo sobre la adormidera. Creía que Gran Bretaña la había prohibido en las colonias. Según los documentos...

—Ya sé qué dicen —lo atajó Carroll. Encendió el puro y prosiguió—: Si los lee con atención, comprobará que una ley de mil ochocientos setenta y ocho vetó las plantaciones de opio en Birmania; sin embargo, en esa época nosotros no controlábamos el estado de Shan. Eso no significa que no haya presiones para que se ponga fin a ese cultivo. Pero se habla mucho más de ello en Inglaterra que aquí, lo cual probablemente sea el motivo de que muchos de... nosotros, los que redactamos los informes, seamos selectivos con lo que decimos.

—Ahora no sé qué pensar de los otros expedientes.

—No se preocupe. La mayoría de lo que dicen es cierto, aunque tendrá que acostumbrarse a los matices, a las diferencias entre lo que leyó en Inglaterra y lo que verá aquí, sobre todo si se trata de asuntos relacionados con la política.

—Bueno, yo no entiendo mucho de ese tema; mi esposa lo sigue mucho más que yo. —Hizo una pausa—. Pero me interesará mucho oír todo lo que usted pueda explicarme.

—¿Sobre política, señor Drake?

—En Londres todo el mundo tiene su propia opinión sobre el futuro del Imperio. Estoy seguro de que usted sabe mucho más que ellos.

El doctor agitó el cigarro.

—En realidad no pienso mucho en política. Me parece muy poco práctica.

—¿Cómo?

—Sí. El opio, por ejemplo. Antes de la rebelión sepoy, cuando la Compañía de las Indias Orientales administraba nuestras propiedades en Birmania, su cultivo se incentivaba incluso, porque su venta resultaba muy lucrativa. Pero siempre ha habido una tendencia a vedarlo o gravarlo con impuestos, por parte de los que objetaban que tenía «efectos corruptores». El año pasado, la Sociedad para la Prohibición del Comercio del Opio exigió al virrey que lo ilegalizara. Su demanda fue rechazada sin mucho alboroto. Eso no debería sorprendernos; es uno de nuestros mejores productos comerciales en la India. Y la verdad es que con prohibirlo no se consigue nada: los mercaderes empiezan a pasarlo de contrabando por mar. Los traficantes son muy inteligentes, por cierto. Meten el opio en bolsas y las atan a unos bloques de sal; si les registran el barco, no tienen más que arrojar el cargamento al agua. Pasado cierto tiempo, la sal se disuelve, y el paquete sale a la superficie.

—Habla usted de ello como si lo aprobara.

—¿El qué? ¿El opio? Es uno de los mejores medicamentos que tengo, un antídoto contra el dolor, la diarrea, la tos..., que son los síntomas más comunes de las enfermedades que trato. Cualquiera que pretenda organizar programas sobre esas materias debería venir primero aquí.

—No lo sabía —dijo Edgar—. ¿Qué piensa entonces del autogobierno? Por lo visto es la cuestión más urgente...

—Por favor, señor Drake. Hace una mañana espléndida; no la estropeemos hablando de política. Ya sé que después de un viaje tan largo es lógico que se interese por esos temas, pero yo los encuentro muy aburridos. Verá..., cuanto más tiempo pasa uno aquí, menos importan las opiniones.

—Pero usted ha escrito tanto...

—Yo he redactado historias, señor Drake, no asuntos políticos. —Señaló a Edgar con el extremo encendido de su cigarro—. No es algo que me guste. Si ha oído lo que dicen algunos sobre el trabajo que desempeño aquí, creo que entenderá por qué.

Edgar Drake empezó a murmurar una disculpa, pero el doctor no respondió. Un poco más allá, donde el camino se estrechaba, esperaba Nok Lek. Se pusieron en fila y siguieron el sendero que se adentraba en la selva que cubría el otro lado de la cresta.

Cabalgaron durante casi tres horas. Al descender entraron en un valle que se abría al sur de las montañas. Pronto la senda volvió a ensancharse, y Nok Lek se colocó de nuevo en cabeza; el doctor y el afinador iban detrás, juntos. Edgar se dio cuenta enseguida de que a Carroll no le interesaba lo más mínimo la caza. Le habló de las cumbres bajo cuya sombra avanzaban, le explicó que había trazado los mapas de la zona cuando llegó allí, y que había medido la altitud mediante barómetros. Le habló también de la geología, la historia y los mitos locales de los afloramientos, las cañadas y los ríos por los que pasaban. «Aquí tienen sus siluros los monjes.» «Aquí vi por primera vez un tigre en la meseta, algo muy inusual.» «Aquí se reproducen los mosquitos; estoy haciendo experimentos sobre la expansión de la malaria.» «Aquí hay una entrada al mundo de los *nga-hlyin*, los gigantes birmanos.» «Aquí se cortejan los enamorados shan; a veces se oyen flautas.» Sus narraciones parecían inagotables, y en cuanto acababa el relato de una montaña empezaba el de otra. Edgar Drake estaba perplejo; por lo visto el doctor no sólo sabía distinguir las flores, sino que, además, conocía sus usos medicinales, su clasificación científica, sus nombres locales en birmano y en shan y sus leyendas. En varias ocasiones, señalando un matorral en flor, explicó que aquella planta era desconocida para la ciencia occidental.

—He enviado muestras a la Linnean Society y a los Reales Jardines Botánicos de Kew, y hasta hay una especie que lleva mi nombre, una orquídea, a la que han denominado *Dendrobium carrollii*, y una liliácea que se llama *Lilium carrollianum*, y otra, *Lilium scottium*. A ésa le puse el nombre de George Scott, el gobernador del estado de Shan, un amigo al que admiro profundamente. Pero hay más... —Al decir eso incluso detuvo su poni y miró a los ojos a Edgar, radiante—: Mi propio género, *Carrollium trigeminum*, que significa «de tres raíces», una referencia al mito shan de los tres príncipes, que prometo contarle pronto; o quizá debería dejar que se lo cuenten los nativos... No importa; esa flor, de perfil, parece la cara de un príncipe y es una monocotiledónea: tiene tres pares de pétalos y sépalos, como tres parejas de novios.

De vez en cuando se paraba a recoger flores y plantas y las colocaba entre las hojas de un gastado libro con tapas de cuero que llevaba en la alforja.

Se detuvieron junto a un matorral cubierto de pequeños capullos amarillos.

218

—Ésa —explicó, señalándola— todavía no tiene nombre oficial, porque he de mandar ejemplares a la Linnean Society. —Llevaba la camisa arremangada y Edgar pudo apreciar el bronceado de su brazo—. No ha sido nada fácil conseguir que publicaran mi obra botánica; por lo visto, al ejército le preocupa que mis explicaciones revelen secretos de estado... ¡Como si los franceses no conocieran Mae Lwin! —Suspiró—. En fin, supongo que tendré que retirarme si quiero editar una farmacopea. A veces me gustaría ser un civil para no estar sujeto a reglas ni a disciplina; pero supongo que entonces no estaría aquí.

Siguieron adelante, y el nerviosismo y la desorientación de Edgar empezaron a disiparse ante el entusiasmo del doctor. Ya no se acordaba de todas las preguntas que se hacía sobre música, el piano, la opinión de los shan y los birmanos sobre Bach y Händel, la causa de que Carroll permaneciera allí y, por último, la razón por la que lo había mandado llamar. Era extraño, pero parecía de lo más natural estar paseando a caballo por la selva en busca de plantas sin nombre, mientras intentaba seguir el discurso del doctor, repleto de historias sobre los shan, nomenclatura latina y referencias literarias. Un ave de rapiña volaba sobre sus cabezas y cogió una corriente que ascendía. Edgar se imaginó lo que debía de estar viendo: tres diminutas figuras que desfilaban por un camino seco entre pedregosas colinas; poblados minúsculos; el lánguido curso del Saluén; las montañas, hacia el este; la meseta Shan que descendía hacia Mandalay; y, por último, toda Birmania, Siam, la India, los ejércitos reunidos allí, formaciones de soldados franceses y británicos que esperaban, que no podían verse, pero que el pájaro sí veía; y en medio, tres hombres que cabalgaban en fila y recogían flores.

Pasaron junto a casas construidas sobre pilares y polvorientos caminos que conectaban las aldeas, cuya entrada señalaban portales de madera. En uno de ellos vieron unas ramas entretejidas que impedían el paso, y un trozo de papel con algo escrito. El doctor Carroll explicó que aquel poblado estaba afectado por la viruela, y que aquel texto era una fórmula mágica para combatir la enfermedad.

—Es terrible —agregó—. Ahora en Inglaterra vacunamos a la gente; hace varios años que es obligatorio y, sin embargo, se niegan a suministrarme suficientes dosis para hacer lo mismo aquí. La viruela es tremenda, sumamente contagiosa, y desfigura a los enfermos; si sobreviven..

Edgar se revolvió, incómodo, en la silla de montar. Cuando era pequeño, había habido un pequeño brote de ese mal en los barrios bajos del este de Londres. A diario aparecían en los periódicos dibujos de las víctimas: niños cubiertos de pústulas, pálidos y demacrados como cadáveres.

Pronto empezaron a aparecer afloramientos rocosos; surgían de la tierra como molares gastados. A Edgar no se le escapó aquella comparación, pues el paisaje, abierto, se estrechó de repente, y se metieron en un barranco que discurría entre dos altas cumbres, como si descendiera hacia los intestinos de la tierra.

—Cuando llega la temporada de lluvias, este camino se inunda por completo —explicó Carroll—. Pero ahora estamos sufriendo una de las peores sequías de la historia.

—Recuerdo haberlo leído en una de sus cartas; y mucha gente con la que he hablado lo ha mencionado.

—Pueblos enteros están muriendo de hambre por culpa de las malas cosechas. Si el ejército entendiera cuánto podríamos conseguir con comida... Sólo con eso no tendríamos que preocuparnos por la guerra.

—Decían que era imposibe traer alimentos hasta aquí por culpa de los *dacoits*, en concreto debido a un bandido shan llamado Twet Nga Lu...

—Veo que también sabe eso —repuso el doctor, y su voz resonó en las paredes del desfiladero—. Algo de cierto hay, aunque a los oficiales les encanta exagerar la leyenda del bandolero para hacerse los valientes; necesitan ponerle una cara al riesgo al que se enfrentan. Eso no quiere decir que Twet Nga Lu no suponga ningún peligro. Pero la situación es más complicada, y si nuestro objetivo es la paz hará falta algo más que la derrota de un solo individuo... En fin, ya estoy filosofando otra vez, y le he prometido no hacerlo. ¿Conoce usted la historia del país?

—No, sólo un poco. La verdad es que todavía estoy muy confuso con los nombres.

—Eso nos pasa a todos. No sé qué informes habrá leído, ni cuándo se escribirían; espero que le dieran alguno de los míos. Aunque oficialmente anexionamos la Alta Birmania el año pasado, no hemos podido controlar el estado de Shan y, por lo tanto, es casi imposible destacar tropas aquí. En nuestro esfuerzo por pacificar la región, la «penetración pacífica», en la jerga del Ministerio de Defensa; una expresión que yo encuentro deplorable, hemos tenido que enfrentarnos con la Confederación Limbin, una alianza de *sawbwas*, así es como los shan llaman a sus príncipes, que pretende acabar con el dominio británico. Twet Nga Lu no forma parte de esa federación, sino que es un caudillo ilegítimo que opera al otro lado del Saluén. Podríamos llamarlo un *dacoit*, de no ser porque tiene muchos defensores; la leyenda que lo rodea se debe en parte a que trabaja solo. A la Confederación no se la puede vilipendiar fácilmente porque está organizada, e incluso envía sus propias delegaciones. Dicho de otro modo, parece un gobierno con todas las de la ley. En cambio, Twet Nga Lu se niega a cooperar con unos y con otros.

Edgar empezó a hacerle preguntas al doctor sobre los rumores acerca del Príncipe Bandido que había oído a bordo del vapor, pero entonces se oyó un fuerte ruido sobre sus cabezas. Miraron hacia arriba y vieron un pájaro enorme que salía de entre los peñascos.

—¿Qué era eso? —preguntó el afinador.

—Un ave de presa, preciosa; de hecho también las hay en Europa. Ésa es un poco mayor que las otras, seguramente era una hembra. Aquí hay que tener mucho cuidado con las serpientes; suelen salir a esta hora del día para calentarse al sol. El año pasado una víbora mordió a un poni y le causó una herida terrible. Sus picaduras pueden dejar en coma a los humanos en cuestión de segundos.

—¿Entiende usted mucho de eso?

—He recogido varios venenos y he intentado analizarlos. Me ha ayudado un curandero, un ermitaño que vive en las montañas y que, según los aldeanos, vende sustancias tóxicas a los asesinos.

—Qué horror.

—No crea, la muerte por envenenamiento puede ser muy apacible, comparada con otros métodos que se ven por ahí —dijo, y añadió—: No se preocupe, señor Drake, no le interesan los afinadores de pianos ingleses.

Continuaron el descenso. Carroll señaló el fondo de la quebrada.

—Escuche —dijo—. Pronto oirá el río.

Además del ruido de los cascos, percibieron un rumor lejano, más profundo. El camino seguía bajando, y los animales intentaban mantenerse firmes entre las piedras. Al final Carroll se detuvo.

—Tenemos que desmontar —dijo—. Esto se está poniendo demasiado difícil para los ponis.

Bajó con agilidad de un solo movimiento. Nok Lek lo imitó, y luego Edgar Drake, que seguía pensando en serpientes. El sonido se intensificó. El barranco se estrechaba mucho, y apenas había espacio para que pasaran en fila. Edgar vio ramas y troncos amontonados en el pasaje, restos de inundaciones pasadas. Luego la garganta describía una marcada curva, y parecía que el suelo se hubiera esfumado bajo los pies de los viajeros. Carroll le dio las riendas de su montura a Nok Lek y se acercó con cuidado al borde del acantilado.

—Venga a ver esto, señor Drake —gritó.

Edgar se aproximó al doctor con cautela. El camino descendía bruscamente hasta un río que fluía a unos seis metros de donde se encontraban. Las piedras eran plateadas, abrillantadas por la erosión del agua. Edgar miró hacia arriba; el sol parpadeaba en lo alto a través de una delgada tajada de cielo. Notó que el agua le salpicaba la cara, y sintió que el estruendo de los rápidos sacudía el suelo.

—Durante la estación de las lluvias esto es una cascada; el río va el doble de lleno. Esta agua viene desde Yunnan, en China, y procede de la nieve derretida. Y ahora verá; acompáñeme.

—¿Qué?

—Venga y observe.

Edgar avanzó con dificultad entre las piedras, mojadas por la espuma que arrojaba el río. El doctor estaba de pie al borde del precipicio, mirando hacia las peñas de arriba.

—¿Qué pasa? —preguntó el afinador.

—Mire con atención; en la roca. ¿Las ve? Esas flores.

Toda la pared del cañón estaba cubierta por un blando musgo, pero de la alfombra verde surgían miles de diminutas florecillas, tan pequeñas que Edgar las había confundido con gotas de agua.

—Espere; hay más. —Carroll se dirigió a una parte lisa del muro—. Pegue la oreja aquí —dijo.

—¿Cómo?

—Vamos, ponga la oreja y escuche.

Edgar lo miró con escepticismo. Se agachó y acercó la cabeza a la piedra.

De las profundidades rocosas surgía una canción, extraña y cautivadora. Se apartó, e inmediatamente dejó de oírla; volvió a arrimarse y la oyó de nuevo. El sonido le resultaba familiar; parecía el de un millar de sopranos impostando sus voces antes de cantar.

—¿De dónde sale? —gritó.

—La roca está hueca —contestó Carroll—. Lo que oye son las vibraciones del río, una aguda resonancia. Bueno, ésa es una explicación. La otra es shan: según ellos se trata de un oráculo; los que necesitan consejo vienen aquí a escuchar. Mire allí arriba. —Señaló un montoncito de piedras sobre el que habían dejado una corona de flores—. Es el santuario de los espíritus que cantan. He pensado que le gustaría conocerlo. Me parece un lugar ideal para un amante de la música.

Edgar se levantó, sonrió y volvió a secarse las gafas. Mientras hablaban, Nok Lek bajó de los caballos varios cestos llenos de hojas de banano rellenas, que colocó a unos metros del precipicio, donde estaba seco. Se sentaron a almorzar mientras escuchaban el río. La comida no se parecía a los fuertes currys que Edgar había tomado en las tierras bajas. Cada envoltura contenía algo diferente: trozos de pollo salteados; calabaza frita; una pasta picante que olía a pescado pero que tenía un sabor dulce mezclada con el arroz, que también sabía distinto; pegajosas bolas de granos casi transparentes...

Al terminar se levantaron y llevaron los ponis por la pendiente, hasta que el terreno fue lo bastante llano para montar de nuevo. El sendero ascendía poco a poco; se alejaba del frescor del desfiladero y se adentraba en el calor de la meseta.

Carroll decidió regresar al campamento por una ruta que los llevaría a través de un bosque petrificado. En comparación con el viaje de ida, la tierra era cálida y llana, y la vegetación, seca; pero, aun así, el doctor se detuvo varias veces para mostrarle más plantas a Edgar: diminutas orquídeas que se escondían en la sombra; plantas carnívoras de aspecto inofensivo, cuyas técnicas Carroll explicó con macabro detallismo; árboles que proporcionaban agua, caucho, medicinas...

El solitario camino los llevó por un antiguo grupo de templos donde había docenas de pagodas doradas dispuestas en líneas geométricas. Los edificios eran de diferente tamaño, época y forma; algunos estaban recién pintados y ornamentados, otros estaban descoloridos y desconchados. Había uno con forma de serpiente enroscada. Reinaba un misterioso silencio. Los pájaros revoloteaban a poca altura del suelo. Sólo vieron a un monje que parecía tan viejo como los santuarios; tenía la piel oscura y arrugada, y el polvo, incrustado en la piel. Cuando los viajeros se acercaron, el anciano estaba barriendo el sendero, y Edgar vio que Carroll juntaba las palmas de las manos y se inclinaba ligeramente para saludarlo. El hombre no dijo nada; continuó barriendo, y el palo de su escoba de paja siguió oscilando al ritmo de su hipnótico canto.

El trayecto era largo, y Edgar empezó a sentirse cansado. Supuso que el doctor debía de haber viajado mucho por la meseta para conocer todos los arroyos y montes; y pensó que si se separaban, sería incapaz de encontrar el camino de regreso. Hubo un breve instante en que aquella idea lo asustó. «Pero si he confiado en él al decidir acompañarlo —se dijo—, no hay motivo para que deje de hacerlo.» La senda se estrechó y Carroll se puso en cabeza; detrás de él, Edgar lo miró mientras cabalgaba, con la espalda recta y una mano en la cintura, alerta, vigilante.

Pasaron de la selva a una ancha cresta y volvieron a bajar al valle del que habían salido. El sol se estaba poniendo, y desde una de las colinas Edgar vio el Saluén. Cuando llegaron a Mae Lwin ya era de noche.

A la mañana siguiente Edgar se despertó antes de que llegaran los niños y bajó paseando hasta el río. Esperaba encontrar al doctor desayunando, o incluso a Khin Myo, pero no había nadie. Las aguas del Saluén acariciaban la arena de la orilla. Miró un momento hacia la otra ribera, por si veía algún pájaro; algo revoloteaba. «Otro martín pescador —pensó, y se sonrió—. Estoy empezando a aprender.» Regresó al claro. Nok Lek bajaba en ese momento por la vereda que conducía a las casas.

—Buenos días, señor Drake —lo saludó el chico.

—Buenos días. Estaba buscando al doctor. ¿Podrías decirme dónde está?

—Una vez a la semana se queda en su... ¿Cómo lo llaman ustedes?

—¿La consulta?

—Sí, eso es. En la consulta. Me ha pedido que lo lleve hasta allí.

Guió a Edgar por el camino que iba al cuartel general. Cuando se disponían a entrar, una mujer mayor se les adelantó y pasó con un niño en brazos, que lloraba envuelto en una tela de cuadros. Ellos la siguieron.

La habitación estaba llena de gente; había docenas de hombres y mujeres con llamativos turbantes y chaquetas, agachados o de pie, con críos, mirando por encima de los hombros para ver al doctor. Edgar apenas alcanzó a distinguir la ventana que había al fondo, junto a la que estaba sentado Carroll. Nok Lek acompañó al afinador entre la multitud, hablando en voz baja para que los dejaran pasar.

Encontraron al doctor frente a un enorme escritorio, auscultándole el pecho a un recién nacido. Al verlos arqueó una ceja como saludo, pero siguió escuchando y no dijo nada. El niño yacía inerte en el regazo de una mujer; Edgar supuso que sería la madre. Era muy joven, una muchacha de no más de quince o dieciséis años, pero tenía los ojos hinchados y cansados. Como la mayoría de las mujeres, se recogía el cabello con un amplio turbante que parecía sostenerse precariamente sobre su cabeza. Llevaba un vestido atado por encima del pecho, de tela tejida a mano y con dibujos geométricos; aunque era elegante, cuando Edgar se acercó vio que tenía los bordes deshilachados. Pensó en lo que el doctor le había contado de la sequía.

Al final Carroll retiró el estetoscopio. Habló con la joven en shan y luego se puso a revolver en un armario que tenía detrás. Edgar estiró el cuello y vio varias hileras de frascos de boticario.

El doctor percibió su gesto de curiosidad.

—Tengo más o menos lo mismo que encontraría usted en cualquier farmacia inglesa —aclaró mientras le entregaba a la mujer una botellita con un elixir oscuro—: tintura de Warburg y arsénico para la fiebre, píldoras Cockle y clorodina, polvos de Goa para la tiña, vaselina, ungüento de Holloway, polvos de Dover y láudano para la disentería. Y luego esto. —Señaló una hilera de tarros sin etiquetar que contenían hojas y líquidos turbios, bichos aplastados y lagartos flotando en soluciones—. Medicamentos locales.

Volvió a meter la mano en la vitrina y extrajo una botella mayor llena de hierbas y un caldo humeante. Quitó el tapón y la habitación se llenó de un intenso y dulce perfume. Metió los dedos y sacó un montón de hojas, que colocó sobre el pecho del niño y que le resbalaron por los costados. Carroll extendió el fluido por el cuerpo de la criatura; tenía los ojos cerrados y empezó a susurrar algo, muy suavemente. Al cabo de un rato los abrió. Volvió a ponerle los pañales al bebé, pero sin retirar las hojas; luego le dijo algo a la muchacha, que se levantó, le dio las gracias y se marchó.

Edgar estaba perplejo.

—¿Qué ha pasado?

—Creo que el niño tiene tisis. Ese frasquito contiene Remedio Stevens —explicó—; me lo envían desde Inglaterra. No confío mucho en su eficacia, pero no tengo nada mejor. ¿Está usted al corriente de los descubrimientos de Koch?

—Sólo sé lo que he leído en los periódicos. Conozco el Remedio Stevens; se lo compramos a nuestra sirvienta porque su madre padece esa dolencia.

—Pues bien, ese alemán cree que ha encontrado el origen de la tisis en una bacteria, que él llama «bacilo del tubérculo». Pero de eso ya han pasado cinco años. Yo intento por todos los medios ponerme al día, pero aquí estoy tan aislado... Resulta difícil enterarse de los cambios que se van produciendo en la ciencia.

—¿Y la planta?

—Los curanderos la llaman *mahaw tsi*. Es un famoso preparado kachin, y ellos no lo comparten con los extranjeros. Tardé mucho en convencerlos de que me enseñaran esa planta. Estoy casi seguro de que se trata de una especie de *Euonymus*. La utilizan para combatir numerosas enfermedades; muchos creen que con sólo pronunciar las palabras *mahaw tsi* se pueden curar. Afirman que es especialmente eficaz en las afecciones relacionadas con el aire; y ese niño tenía tos. De todos modos, yo la mezclo con ungüento Holloway. Durante mucho tiempo desconfié de las hierbas, aunque he apreciado cierta mejoría en los que las utilizan; en los que utilizan eso y la oración.

Edgar se quedó mirándolo.

—¿A quién rezan? —le preguntó. Pero había llegado otro paciente, y el doctor no pudo contestar.

Era un pequeño que se sujetaba la mano izquierda contra el pecho. Carroll le pidió a Edgar que se sentara en una silla detrás de él. Fue a cogerle la mano al niño, mas éste se apartó; la madre le habló con severidad. Por fin el doctor le separó los brazos con delicadeza.

Tenía tres dedos casi completamente seccionados; sólo se mantenían unidos a la mano por los tendones desgarrados, y estaban cubiertos de sangre coagulada. Carroll examinó la herida con mucho cuidado, pero de todos modos el chico no paraba de hacer muecas de dolor.

—Esto no me gusta nada —murmuró, y se dirigió a la mujer en shan.

El crío rompió a llorar. Carroll se dio la vuelta y le dijo algo a Nok Lek, que sacó un paquete y lo abrió sobre el escritorio. Había un paño, vendajes y varias herramientas cortantes. El niño se puso a gritar.

Edgar, ansioso, echó un vistazo a la sala. Los otros enfermos estaban quietos y observaban con gesto inexpresivo.

El doctor tomó otra botella del armario, agarró la mano del chaval, la puso encima del paño que había extendido en la mesa y le vertió el contenido del frasco. El niño dio un brinco y chilló con todas sus fuerzas. Carroll le echó un poco más y frotó enérgicamente. Sacó un tarro menor, empapó una gasa con un líquido denso y luego la colocó sobre la herida. Casi de inmediato el crío empezó a calmarse.

El doctor miró a Edgar y dijo:

—Señor Drake, voy a necesitar su ayuda. El bálsamo que acabo de aplicarle le aliviará un poco el dolor, pero en cuanto vea la sierra el pequeño se pondrá a gritar. Suele haber una enfermera, pero ahora está ocupada con otros pacientes. Si no le importa colaborar, desde luego. Creo que sería interesante que viera cómo funciona nuestra consulta, dado lo importantes que son estos proyectos para las relaciones con los nativos.

—¿Relaciones con los nativos? —repitió Edgar con un hilo de voz—. ¿Va a realizar una amputación?

—No me queda otro remedio. He visto heridas como ésta que provocaban la gangrena de todo un brazo. Sólo voy a cortar

229

los dedos afectados; la lesión de la mano no parece grave. Todo iría mucho mejor si tuviera éter, pero se me acabó la semana pasada y todavía no me han enviado más. Podría fumar opio, aunque seguiría doliéndole. Hay que actuar lo más deprisa posible.

—¿Qué quiere que haga?

—Sólo tiene que sujetarle el brazo. Es pequeño, pero le sorprenderá la fuerza con la que intentará soltarse.

Carroll se levantó y Edgar lo imitó. El doctor le cogió la mano al niño con suavidad y la depositó encima de la mesa. Le hizo un torniquete por encima del codo y le indicó a Edgar que lo agarrara; él obedeció, pero se sentía torpe y cruel. Entonces Carroll miró a Nok Lek y le hizo una señal con la cabeza; éste le retorció una oreja al chiquillo, que aulló y se llevó la mano libre a la cara. Antes de que Edgar se diera cuenta, el doctor ya había cortado uno, dos y tres dedos. El niño se quedó mirándolos, atónito, y luego volvió a chillar, mas Carroll ya le había envuelto la ensangrentada mano con el paño.

Durante toda la mañana fueron desfilando pacientes por la consulta: un hombre de mediana edad con cojera, una mujer embarazada y otra que no conseguía quedarse en estado, un niño al que Carroll diagnosticó sordera... Acudieron tres personas con bocio, dos con diarrea y cinco con fiebres que el doctor atribuyó a la malaria. A estas últimas les extrajo una gota de sangre, que colocó en un portaobjetos y examinó con un pequeño microscopio que captaba la luz que entraba por la ventana.

—¿Qué busca? —le preguntó Edgar, todavía conmocionado por la amputación.

Carroll lo dejó mirar.

—¿Ve esos pequeños círculos?

—Sí, están por todas partes.

—Son glóbulos rojos. Los tiene todo el mundo; pero si se fija bien descubrirá que dentro de esas células hay unos objetos más oscuros, como manchas.

—No veo nada —confesó Edgar con frustración.

—No se preocupe; al principio cuesta. Hasta hace unos siete años nadie sabía que existían, hasta que un francés averiguó que son los parásitos que provocan la enfermedad. Me interesa porque muchos europeos creen que aparece cuando se respira miasma, aire contaminado de los pantanos; por eso los italianos la llamaron *mala aria*, que significa «aire malo». Pero cuando estuve en la India tenía un amigo, un médico, que me tradujo parte de los *Vedas* hindúes, donde denominan esta dolencia «la reina de las enfermedades» y la atribuyen a la ira del dios Shiva. En cuanto a la transmisión, según los *Vedas* se debe al humilde mosquito. Pero hasta ahora nadie ha encontrado el parásito en esos insectos, así que no podemos estar seguros; y como viven en los humedales, resulta difícil separar ambas cosas. En realidad, es complicado disociar cualquiera de sus posibles orígenes en la selva. Los birmanos, por ejemplo, la llaman *hnget pyhar*, que significa «fiebre del pájaro».

—¿Y usted qué cree?

—Llevo mucho tiempo recogiendo mosquitos, diseccionándolos, moliéndolos y examinándolos con el microscopio, pero todavía no he hallado nada.

A los enfermos de malaria les entregó unas tabletas de quinina y un extracto de una planta que, según dijo, procedía de China, así como una raíz local para reducir la intensidad de las fiebres. A los que tenían diarrea les dio láudano o semillas de papaya molidas; a los que tenían bocio, tabletas de sal. Le enseñó al cojo cómo hacerse unas muletas. A la mujer embarazada le frotó el hinchado vientre con un ungüento. Al niño sordo no podía darle ningún remedio, y le confesó a Edgar que ver a un crío así lo entristecía más que cualquier otro enfermo, porque los shan no tenían lenguaje de signos, y, aunque lo tuvieran, el pequeño nunca podría oír las canciones de las fiestas nocturnas. Edgar se acordó de otro chiquillo sordo, el hijo de unos clientes suyos, que pegaba la cara al piano cuando su madre lo tocaba, para notar las vibraciones. También pensó en el vapor en el que había viajado hasta Adén, y en el Hombre de Una Sola Historia. «A veces la sordera tiene causas que ni siquiera la medicina puede comprender.»

Respecto a la mujer que no podía concebir, Carroll se volvió hacia Nok Lek y habló con él largo rato. Cuando Edgar le preguntó qué le había recomendado, contestó:

—Es un caso difícil: la mujer es estéril y se pasea por su pueblo hablándole a un niño imaginario. No sé cómo curarla. Le he pedido a Nok Lek que la lleve a ver a un monje que vive en el norte y que es especialista en este tipo de problemas. A lo mejor él puede ayudarla.

Cuando era ya casi mediodía visitaron al último paciente, un hombre delgado al que acompañaba una mujer que debía de tener la mitad de años que él. Tras cruzar unas palabras con ella, Carroll se dirigió a los que esperaban y anunció algo en shan. Poco a poco, la gente se levantó y salió de la consulta.

—Esto podría llevarnos algo más de tiempo. Es una lástima que no pueda atenderlos a todos —dijo el doctor—; pero hay tantos enfermos...

Edgar examinó con atención al anciano. Llevaba una camisa apolillada y unos pantalones gastados; iba descalzo, y tenía los dedos de los pies nudosos y encallecidos; no usaba turbante; tenía la cabeza afeitada, y los ojos y los pómulos, hundidos. Se quedó mirando fijamente al afinador al tiempo que movía la mandíbula de forma lenta y rítmica, como si se mordiera la lengua o la parte interna de las mejillas. Le temblaban las manos.

Carroll habló largo rato con la mujer; luego miró a Edgar y explicó:

—Dice que está poseído. Viven en las montañas, en un pueblo que está a casi una semana de aquí, cerca de Kengtung.

—¿Por qué han venido hasta aquí? —preguntó Edgar.

—Los shan aseguran que hay noventa y seis enfermedades, y los síntomas que presenta su marido no corresponden a ninguna de ellas. Han visitado a todos los curanderos que hay cerca de

Kengtung, y ninguno ha podido hacer nada. Ahora se ha corrido la voz de su dolencia, y los médicos lo temen porque creen que el espíritu que lo ha dominado es demasiado poderoso. Por eso están aquí.

—Pero usted no cree que esté poseído...

—No lo sé, aquí he visto cosas que jamás habría podido creer. —Hizo una pausa—. En algunas regiones del estado de Shan veneran a los hombres como éste, pues los consideran médiums. He estado en fiestas donde cientos de aldeanos iban a verlos danzar. En Inglaterra habríamos descrito sus contorsiones como baile de san Vito, porque es el patrón de los enfermos nerviosos. Pero no sé cómo llamarlo aquí, porque a san Vito no le llegan las oraciones desde Mae Lwin. Y no sé qué espíritu puede causar este tipo de posesión.

Se volvió hacia su paciente y se dirigió a él. El hombre se quedó mirándolo, como ausente. Permanecieron así largo rato, hasta que Carroll se levantó, lo cogió por el brazo y lo llevó afuera. No le dio ningún medicamento.

«San Vito —pensó Edgar—. El abuelo de Bach se llamaba Vito. Es curioso cómo todo está conectado, aunque sólo sea por el nombre.»

Cuando el anciano se alejó despacio con su esposa, Carroll guió a Edgar hasta otra habitación, separada del cuartel general. Dentro había varias personas tumbadas en camastros.

—Esto es nuestro hospital —explicó—. No me gusta que mis pacientes se queden aquí, porque creo que se curan mejor en sus casas. Pero a veces tengo que vigilar algunos de los casos más graves, generalmente de diarrea o malaria. La señorita Ma es mi enfermera —añadió señalando a una muchacha que estaba frotando a un joven con un paño húmedo—. Se ocupa de ellos cuando yo no estoy.

Edgar la saludó inclinando la cabeza, y ella le devolvió el saludo.

Hicieron una ronda, y Carroll explicó lo que le pasaba a cada ingresado.

—Este hombre tiene una diarrea grave; me temo que podría ser cólera. Hace varios años hubo un brote terrible y murieron diez lugareños. Por suerte, es el único que lo ha contraído y lo retengo aquí para que no contagie a nadie... Este otro caso es tremendamente triste, y muy común, por desgracia: malaria cerebral. No puedo hacer casi nada por él. No vivirá mucho tiempo, pero quiero darle esperanzas a su familia, por eso permito que esté aquí... Esta niña tiene rabia. La mordió un perro enfermo; muchos médicos opinan que se transmite de esa forma, aunque, una vez más, estoy demasiado lejos de los centros del saber de Europa y no conozco los últimos estudios.

Se pararon junto a la cama de la pequeña, que se retorcía con los ojos abiertos como platos y una expresión aterrada. A Edgar le impresionó ver que le habían sujetado las manos por detrás de la espalda.

—¿Por qué está atada? —preguntó.

—La enfermedad provoca furia. De ahí viene su nombre: *rabiem* significa «ira» en latín. Hace un par de días intentó atacar a la señorita Ma, y tuvimos que inmovilizarla.

Al fondo había una anciana.

—¿Qué le pasa? —inquirió Edgar, que empezaba a sentirse abrumado por aquella letanía de males.

—¿A ésta? —replicó el doctor. Le dijo algo en shan a la mujer, que se incorporó—. No le ocurre nada. Es la abuela de otro paciente, el que está sentado en ese rincón. Cuando viene a visitarlo, su nieto la deja descansar en el camastro porque ella lo encuentra muy cómodo.

—¿Y él no lo necesita?

—Sí, aunque no está en grave peligro, como el resto.

—¿Qué tiene?

—Seguramente diabetes. Hay personas que vienen a verme porque se asustan al ver que los insectos beben su orina, por el azúcar que contiene. A los shan los pone muy nerviosos, pues di-

234

cen que es como si se alimentaran de su sangre. Es otro diagnóstico antiguo, también de los brahmanes. En realidad no necesita permanecer en mi pequeño hospital, pero aquí se siente mejor, y de este modo su abuela tiene un sitio donde descansar.

Carroll habló con el hombre, y luego con la señorita Ma. Por último le hizo señas a Edgar para que lo acompañara afuera. Se quedaron de pie bajo el sol de la tarde.

—Creo que por hoy ya hemos terminado. Espero que haya merecido la pena, señor Drake.

—Claro que sí. Aunque reconozco que al principio estaba un poco impresionado. Esto no se parece a una clínica británica; no hay mucha intimidad.

—La verdad es que no puedo elegir. Pero es bueno que todo el mundo vea que un inglés puede hacer algo más que empuñar un rifle. —Hizo una pausa y agregó—: Ayer quería saber usted mis opiniones políticas, ¿no? Pues mire, ahí tiene una.

—Desde luego. Pese a las historias que he oído, todavía estoy asombrado...

—¿De qué, si no le importa que se lo pregunte?

Edgar miró a su alrededor y contestó:

—De que haya conseguido todo esto; de que haya traído su música y su medicina hasta aquí. Resulta difícil creer que no haya participado usted en ninguna batalla.

Anthony Carroll lo miró sin pestañear.

—¿Eso piensa? Es usted muy inocente, amigo mío.

—Quizá sí, pero en el vapor varios pasajeros afirmaban que usted no había disparado jamás un arma.

—Pues mire, puede alegrarse de haberme visto en el consultorio, y no cuando tengo que interrogar a los prisioneros.

Edgar sintió un escalofrío.

—¿Prisioneros? —preguntó.

El doctor bajó la voz y dijo:

—Todo el mundo sabe que los *dacoits* les arrancan la lengua a sus rehenes. Yo no llego a tanto... Pero no debería inquietarse por eso. Como usted mismo dice, ha venido aquí por la música.

Edgar sentía un ligero mareo.

—Yo... no sabía que...

Se miraron.

De pronto Carroll sonrió abiertamente, y sus ojos centellearon.

—Sólo era una broma, señor Drake. Ya le previne del peligro de hablar de política. No se lo tome todo tan en serio. Y no se preocupe: de aquí todo el mundo sale con la lengua intacta. —Le dio una palmada en la espalda—. Esta mañana ha venido a buscarme —dijo—. Supongo que sería por el Erard, ¿no?

—Así es —contestó Edgar con un hilo de voz—. Pero comprendo que éste no es el momento más oportuno. Ha sido una mañana muy dura...

—Tonterías, es la hora ideal. ¿Acaso afinar no es otra forma de curación? No perdamos más el tiempo. Sé que ha tenido que esperar usted mucho.

14

El sol ya estaba alto y hacía calor, pese a la fresca brisa que ascendía del río. Edgar, todavía un tanto turbado, fue a su habitación para coger sus herramientas, y el doctor lo guió por un estrecho sendero hasta un pasillo que discurría entre los edificios y la ladera de la montaña. Le fastidiaba haberse tomado la broma de Carroll tan en serio, pero la perspectiva de ver el Erard lo animó enseguida. Desde su llegada a Mae Lwin se había preguntado dónde lo tendrían, y había atisbado en algunas estancias abiertas al caminar por el complejo. Se detuvieron frente a una puerta cerrada con un grueso candado metálico. Carroll se sacó una pequeña llave del bolsillo y la metió en la cerradura.

El cuarto estaba a oscuras. El doctor lo cruzó y fue hasta las ventanas para abrirlas; desde allí se veía todo el campamento y el río Saluén, marrón oscuro. El piano estaba cubierto con una manta del mismo material que Edgar había visto en la ropa de muchas mujeres, decorada con delgadas líneas multicolores. Carroll la retiró con un gesto triunfal.

—Aquí lo tiene, señor Drake.

El Erard apareció débilmente iluminado por la luz que entraba; la suave superficie de su cuerpo parecía casi líquida en contraste con las paredes de bambú.

Edgar se acercó y le puso una mano encima. Por un instante permaneció callado, mirándolo, y luego empezó a sacudir la cabeza.

—Es increíble —dijo—. De verdad..., estoy... aturdido...
—Respiró hondo—. Supongo que hay una parte de mí que todavía no puede creerlo. Hace ya casi dos meses que me informaron de esto, pero creo que estoy tan sorprendido como si acabara de entrar en esta habitación y me lo hubiera encontrado... Lo siento, no creí que fuera a afectarme tanto. Es... es... precioso...

Se quedó frente al teclado. A veces se concentraba tanto en el diseño técnico de los pianos que olvidaba lo bonitos que eran. La mayoría de los Erards construidos en aquel periodo estaban embellecidos con incrustaciones de madera, tenían las patas talladas y, a veces, incluso el panel frontal esculpido. Ése era más sencillo. La chapa era de caoba oscura, y las patas, curvadas y muy femeninas, estaban tan delicadamente trabajadas que casi resultaban lascivas; ahora entendía por qué en Inglaterra había quien insistía en que deberían cubrirlas. El frontis estaba ornamentado con una delgada y elegante línea de madreperla, que se enroscaba en los extremos y formaba dos ramilletes de flores. La caja era lisa, de un solo color, y su textura sólo se apreciaba donde se trababan las piezas del enchapado.

—Admiro su buen gusto, doctor —dijo al fin—. ¿Cómo se decidió por éste, en concreto? O por un Erard, de entrada.

—O por un piano.

Edgar chascó la lengua.

—Sí —admitió—, ya sé que sufro cierta deformación profesional, porque me parece lo más idóneo...

—Bueno, me conmueve su sentimiento. Veo que pensamos de forma parecida... Hay varias razones por las que elegí un piano: es bonito, imponente y despierta admiración. Se convierte en tema de largas discusiones entre los shan que conozco; dicen que es un honor escucharlo. Y es el más versátil de los instrumentos, algo que cualquiera sabe valorar. En cuanto al modelo, yo no pedí éste en especial; solicité un Erard, eso sí. Quizá mencioné la posibilidad de que fuera uno de mil ochocientos cuarenta, pues había oído decir que Liszt lo había tocado. Pero quien lo escogió fue el Ministerio de Defensa, o tal vez sólo tuve suerte y éste era el único que estaba a la venta. Estoy de acuerdo con usted en que es muy bonito. Me encantaría que me explicara algo acerca de sus aspectos técnicos.

—Sí, por supuesto... Pero ¿por dónde puedo empezar? No quiero aburrirlo.

—Le agradezco la humildad, señor Drake, pero estoy seguro de que no lo hará.

—De acuerdo, entonces... Pero si se cansa, haga el favor de interrumpirme. —Pasó la mano por la caja—. Éste es un piano de gran cola Erard de mil ochocientos cuarenta, construido en el taller de Sebastien Erard en París, lo cual lo convierte en un ejemplar raro, pues la mayoría de los que se encuentran en Inglaterra proceden del local de Londres. El chapado es de caoba. Tiene un mecanismo de doble escape, es el grupo de palancas que impulsan los macillos; está diseñado de modo que, después de golpear las cuerdas, el macillo pueda retroceder con facilidad, o «escapar». Es una innovación que introdujo Erard, pero ya la incorporan todos los pianos. El de los Erards es muy delgado, de ahí que los macillos se desajusten tanto. Las cabezas de éstos alternan el cuero y el fieltro, lo que dificulta mucho el trabajo respecto a los otros pianos, en los que sólo se usa fieltro. Sin haberlo examinado, ya me imagino que éste debe de estar terriblemente desafinado; no quiero ni pensar en lo que le habrá hecho la humedad.

»Hmmm... ¿Qué más quiere que le explique, doctor? Dos pedales, un *una corda*... Los apagadores llegan hasta la tecla del segundo *si* por encima de la octava media; eso es muy típico. En el Erard están situados debajo de las teclas y sujetos por un muelle, lo cual es poco habitual: en la mayoría de los pianos se apoyan sobre las cuerdas. Ya lo sabré cuando mire en el interior, pero supongo que habrá barras de refuerzo entre el clavijero y el bastidor. Eso era bastante corriente en mil ochocientos cuarenta; servía para soportar la tensión de las cuerdas de acero, más fuertes, que se empleaban porque con ellas se conseguía un sonido más intenso. —Tocó el dibujo que había sobre el teclado—. Mire el panel: es de madreperla. —Levantó la cabeza y al ver el rostro de desconcierto de Carroll se echó a reír—. Discúlpeme, me estoy emocionando...

—Me alegra verlo tan contento. Tengo que confesar que temía que se enfadara usted.

—¿Enfadarme? Dios mío, ¿por qué?

—No lo sé, supongo que en parte me siento culpable del estado del Erard, por haberlo puesto en peligro trayéndolo aquí. Creí que un amante de los pianos podría molestarse por eso. No sé si se acuerda, pero pedí al Ministerio de Defensa que le entregara un sobre con instrucciones de que no lo abriera. —Hizo una pausa—. Ahora ya puede verlo. No es nada importante, sólo una descripción de cómo transporté el instrumento hasta Mae Lwin, pero no quería que la leyera hasta que viese que estaba a salvo.

—¿De eso trataba la carta? Sentía una gran curiosidad, desde luego. Creí que sería algo sobre los peligros que encontraría aquí, y que usted no quería que mi esposa leyera... Pero ¿una crónica del viaje del Erard? Quizá tenga razón, y debería enojarme; pero yo soy afinador: sólo hay una cosa que me guste más que los pianos, y es repararlos. De todos modos, el piano ya está aquí, y ahora que he llegado... —Se interrumpió y miró por la ventana—. Bueno, no se me ocurre ningún otro lugar más emocionante ni que merezca más la música de este instrumento. Además, las cuerdas pueden soportar condiciones increíbles, aunque tal vez no tan malas como las que han sufrido éstas, y desde luego no puedo decir lo mismo de las incrustaciones de madreperla. Lo que más me preocupa son el sol y la humedad, que pueden desafinarlo en pocos días. —Hizo una pausa—. Tengo que preguntarle una cosa, doctor. No he hablado de esto con usted, y tampoco he encontrado ninguna mención de ello en sus cartas: no sé si ha llegado a tocar el Erard, ni lo que ha conseguido con él.

—Ah, señor Drake. No lo hemos comentado porque no hay mucho que decir. Poco después de que el piano llegara hubo una celebración, una ocasión memorable, triste y alegre a la vez (ya lo leerá); el pueblo insistió, y yo accedí. Me hicieron tocar durante horas. Entonces me di cuenta de lo desafinado que estaba, por supuesto. Si algún shan también lo advirtió, fue muy educado y no lo dijo, aunque creo que el instrumento era demasiado extraño para ellos; lo que menos les preocupaba era si sonaba bien o no. Con todo, tengo grandes esperanzas depositadas en él. Debería haber visto usted las caras de los niños que vinieron a mirar.

—No lo ha vuelto a tocar.

—Un par de veces, pero está tan mal...

—Seguramente demasiado alto, si era su primer viaje a un país húmedo. Ahora debe de estar demasiado bajo, porque estamos en la estación seca.

—Entonces estaba altísimo, así que dejé de tocarlo. No lo podía soportar.

—Y, sin embargo, creyó que podría arreglarlo... —dijo Edgar, como si hablara solo.

—¿Cómo dice, señor Drake?

—Verá, alguien que entiende lo suficiente de pianos para elegir un Erard de mil ochocientos cuarenta debería saber que se desafinaría, sobre todo en la selva, y que necesitaría un profesional. Con todo, creyó que podría hacerlo usted mismo.

El doctor se quedó un rato callado y luego dijo:

—Eso es lo que le conté al ejército, pero hay otras razones. Estaba encantado de que hubieran aceptado mi demanda, y no me atreví a pedirles nada más. A veces mi entusiasmo sobrepasa mis capacidades. Había visto reparar algún piano, y pensé que primero podía intentar hacerlo solo; creí que, siendo cirujano, me resultaría fácil.

—No le tendré en cuenta lo que acaba de decir —repuso Edgar con simpatía—. Pero si quiere puedo enseñarle algunos conceptos fundamentales.

Carroll asintió.

—Por supuesto, pero no podemos entretenernos demasiado. Tengo cosas que hacer. Además, a mí me ha costado mucho acostumbrarme a que me observen cuando estoy en el consultorio. Supongo que aún ha de ser más difícil cuando se trata de trabajar con sonidos.

—Éstos son mis instrumentos. —Edgar abrió su bolsa y esparció las herramientas por el banco—. He traído un equipo básico: una llave para afinar, y destornilladores normales y corrientes; éste más delgado y el regulador de escape son para el mecanismo de percusión. Veamos..., ¿qué más? Alicates para aflojar las teclas y un espaciador de teclas, tenazas para curvar, dos hierros para doblar los apagadores, un gancho para ajustar los muelles, pinzas, el regulador del cabrestante especialmente fino que sólo se usa con los Erards, para graduar la altura de los macillos... Hay cuñas para afinar forradas de cuero, y varios rollos de alambre de repuesto de diferente calibre. También hay otros utensilios; éstos son específicos para armonizar: un hierro, cola, y varios alfileres especiales, porque se doblan con facilidad.

—¿Armonizar? ¿Qué quiere decir? Es una palabra que ya le he oído utilizar.

—Lo siento, tiene usted razón. Significa tratar los macillos para que produzcan un tono correcto al golpear las cuerdas. Supongo que voy demasiado deprisa. Pero ¿no me ha dicho que había visto afinar un piano?

—¿Verlo? Sí, una o dos veces, pero no más. Aunque nunca me lo habían explicado con tanto detalle.

—Bueno, seguro que aprenderá deprisa. Esta labor tiene tres componentes básicos. Se suele empezar por la regulación, es decir, alinear el mecanismo de modo que todos los macillos estén a la misma altura, golpeen las cuerdas con brío y retrocedan con suavidad para que se pueda volver a tocar la misma nota. Por regla general ése es el primer paso. Sin embargo, a mí me gusta comenzar con una afinación provisional. Normalmente hay que repetir el proceso varias veces, pues al afinar una cuerda cambian las dimensiones de la tabla armónica y eso afecta a to-

242

das las demás. Hay maneras de evitar que eso ocurra: afinar las notas un poco más altas, por ejemplo, pero en mi opinión es imposible predecir los cambios. Además, las cuerdas tienden a recuperar la forma que tenían, así que es mejor dejar pasar una noche antes del segundo intento. De modo que yo hago una primera afinación, regulo y luego vuelvo a afinar; ésa es mi técnica, pero otros lo hacen de forma diferente. Después viene la armonización, es decir, la reparación del fieltro del macillo. Los expertos en Erards suelen ser buenos armonizadores, si me permite decirlo; la combinación del cuero y el fieltro dificulta el trabajo. También hay otras tareas de menor importancia. En este caso, por ejemplo, tendré que buscar algún modo de impermeabilizar la tabla armónica. Todo esto, por supuesto, dependerá de lo que no funcione bien.

—¿Y tiene usted idea de qué tendrá que reparar? ¿O no lo sabrá hasta que toque el piano?

—En realidad puedo imaginármelo. Supongo que es parecido a representarse la historia de un paciente antes de examinarlo. Si quiere se lo digo, y luego puede marcharse. —Se volvió hacia el piano y lo observó con atención—. Para empezar, tendremos dificultades con la tabla armónica, seguro. Lo que todavía no sé es si está agrietada. Es una gran suerte que este Erard sólo lleve un año en Birmania y que, por tanto, sólo haya tenido que soportar una estación húmeda. Si las fisuras son pequeñas podré repararlas fácilmente, o incluso dejarlas como estén; a veces no son más que una cuestión estética. Pero las mayores sí supondrían un problema.

Dio unos golpecitos en la caja.

—El piano estará desafinado, por supuesto; eso no hace falta decirlo. La estación seca habrá contraído la tabla armónica, las cuerdas estarán sueltas y el tono habrá bajado. Si ha descendido mucho, puede que deba subirlo un semitono y dejarlo reposar durante al menos veinticuatro horas antes de seguir. El inconveniente, por supuesto, es que cuando vuelva a llover, la tabla se dilatará, y el incremento de la tensión podría producir graves daños. Deberían haberlo tenido en cuenta, pero por lo visto a los militares no se les ocurrió. Tendré que pensar en eso; quizá necesite enseñar a alguien a afinarlo. —De pronto se interrumpió y dijo—: Dios mío, lo había olvidado. En la nota que me envió a Mandalay decía que habían disparado contra el piano. No puedo creer que no me haya acordado de ese detalle hasta ahora. Eso lo cambia todo. ¿Puedo ver dónde recibió el impacto, por favor?

El doctor se acercó al instrumento y alzó la tapa. Al instante salió un aroma acre que a Edgar no le resultaba familiar.

—Tendrá que disculparme por el olor, señor Drake —dijo Carroll—. Es cúrcuma. Uno de mis amigos shan me sugirió que la pusiera para protegerlo de las termitas. Seguro que eso no lo hacen en Londres. —Rió—. Pero por lo visto ha funcionado.

La cubierta se levantaba hacia la ventana, de modo que el interior del piano estaba oscuro, pero, aun así, Edgar vio inmediatamente el agujero de bala: un orificio ovalado a través del cual se veía el suelo. Carroll tenía razón en su carta: se habían roto las tres cuerdas de la tecla *la* de la cuarta octava, y se habían quedado sueltas, retorcidas hacia las clavijas de afinamiento como mechones de cabello despeinados. «Un balazo en el vientre», pensó Edgar, y quiso contarle al doctor las historias sobre el régimen del Terror, pero en lugar de eso siguió observando. Había una hendidura en la cara interna de la tapa, en la trayectoria del disparo, pero no había orificio de salida; no habría tenido suficiente impulso para atravesarla.

—¿Han sacado el proyectil? —preguntó, y para contestarse pulsó una tecla.

Hubo un tamborileo. En Londres, muchos clientes solicitaban sus servicios para solucionar «un ruido espantoso», que resultaba no ser más que una moneda o un tornillo que había caído accidentalmente dentro del cuerpo del piano, se había quedado sobre la tabla armónica y producía una vibración. Escudriñó la caja, encontró la bala y la sacó.

—Un recuerdo —dijo—. ¿Puedo quedármela?

244

—Por supuesto —contestó el doctor—. ¿Son graves los desperfectos?

Edgar se guardó la bala en el bolsillo y volvió a mirar.

—La verdad es que no mucho. Tendré que reponer las cuerdas rotas, y también necesito examinar la tabla armónica, pero creo que podré solucionarlo.

—No quiero entretenerlo más. Quizá debería empezar a trabajar.

—Sí, eso creo yo también. Espero no haberlo aburrido.

—Qué va, nada de eso, señor Drake. Ha sido un placer, y muy instructivo. Veo que he elegido bien a mi ayudante. —Le tendió la mano—. Suerte con su paciente. Si necesita algo, grite.

Se dio la vuelta, salió de la habitación y cerró. El suelo tembló un poco por el portazo y se oyó un débil estremecimiento de las cuerdas.

Edgar Drake volvió junto al banco. No se sentó; siempre les decía a sus aprendices que los pianos se afinaban mejor si permanecían de pie.

«Vamos allá», se dijo. Pulsó la tecla *do* de la octava media. Demasiado grave. Probó en una octava inferior, y luego tocó el *do* de las otras octavas. El mismo problema: ambos se encontraban casi un semitono por debajo. Las agudas todavía estaban peor. Tocó el primer movimiento de las *Suites inglesas*, pero sin pulsar la tecla que tenía las cuerdas rotas. Nunca se había considerado un pianista experto, aunque le encantaban el frescor del marfil y el vaivén de las melodías. Se dio cuenta de que hacía varios meses que no tocaba, y al cabo de unos compases se detuvo; el piano estaba tan desafinado que le dolían los oídos. Entonces entendió por qué el doctor no había querido tocarlo.

Su primera tarea consistiría en lo que a él le gustaba llamar «reparaciones estructurales». En el Erard significaba arreglar las cuerdas rotas y la tabla armónica. Lo rodeó y fue hasta las bisagras de la tapa; retiró las clavijas y se las guardó en el bolsillo.

Tiró de la cubierta y la deslizó hasta el borde de la caja; dobló las rodillas, la levantó y la apoyó en una de las paredes, con cuidado. Una vez retirada, había suficiente luz para trabajar.

Por arriba era difícil ver los daños que había sufrido, así que se colocó debajo del piano e inspeccionó la parte inferior. Desde allí se veía mejor el balazo. Había una grieta que seguía el veteado de la madera, pero sólo tenía unos centímetros. «No está tan mal», pensó. Podía arreglar el orificio mediante un relleno, es decir, insertando una pieza de madera; con un poco de suerte, la rendija no afectaría al sonido. Aunque algunos afinadores aseguraban que esa reparación era necesaria para restablecer la tensión de la tabla, Edgar creía que era básicamente cosmética, pues a los clientes no les gustaba ver largas fisuras en el interior de sus pianos. Por eso él no había llevado relleno (parecía superfluo estando donde estaba), y tampoco un cepillo para desbastar. Pero ante la belleza del Erard se lo replanteó.

Había otro problema. El relleno solía hacerse con pícea, una madera de la que no disponía. Echó un vistazo a la habitación y se fijó en las paredes. «Seré el primer afinador que utiliza bambú —pensó con cierto orgullo—. Y es tan resonante que a lo mejor el sonido es más bonito que el que se consigue con la pícea.» Además, había visto que los birmanos arrancaban tiras de bambú, lo cual significaba que se le podría dar forma con una navaja y que no necesitaría un cepillo. De todos modos aquella posibilidad entrañaba sus riesgos: si utilizaba dos tipos de madera podía ser que reaccionaran de forma diferente a la humedad, y que la grieta volviera a abrirse. Pero le atraía la idea de innovar, así que decidió intentarlo.

Primero tenía que limar el agujero, lo que le llevó casi una hora. Trabajaba despacio; las rendijas podían extenderse y dañar toda la tabla armónica. Después se levantó y serró un trozo de bambú. Lo talló, lo cubrió con cola y lo encajó en el hueco; las cuerdas rotas le permitieron llegar hasta él desde arriba y pulirlo. Tardó mucho, pues la cuchilla era pequeña; mientras trabajaba se dio cuenta de que podía haberle pedido ayuda a Carroll, para que le proporcionara un cepillo de desbastar o un cuchillo mayor, o incluso otro tipo de madera. Pero, sin saber bien por qué, prefirió no hacerlo. Le gustaba la idea de arrancar un pedazo de pared del fuerte, un material relacionado con la guerra, y transformarlo en un mecanismo para producir sonidos.

Cuando terminó el relleno, se ocupó de las cuerdas rotas. Las retiró, las enroscó y se las guardó en el bolsillo. Otro recuerdo. En su bolsa encontró cuerda del calibre adecuado; la desenrolló, la pasó desde la clavija de afinamiento hasta la de sujeción y la llevó de nuevo a la anterior. Enganchó la tercera en su lugar correspondiente y luego la tensó entre sus dos compañeras. Al cortarla dejó cuatro dedos, suficiente para dar tres vueltas alrededor de la clavija de afinación. Las cuerdas nuevas brillaban junto a las viejas, y Edgar las afinó más altas de lo normal, teniendo en cuenta que luego se aflojarían.

Al finalizar volvió a la parte delantera. Para subir el tono en general empezó por el centro del teclado y fue avanzando hacia fuera, pulsando teclas y tensando cuerdas; ahora trabajaba muy deprisa. De todos modos, tardó casi una hora en afinarlo.

Cuando empezó a regular el piano ya era más de mediodía. El mecanismo de percusión, como había explicado muchas veces a sus clientes, era muy complejo; conectaba las teclas con los macillos y, por lo tanto, al pianista con el sonido. Retiró el panel frontal para llegar a él. Igualó la altura de los macillos, aflojó las palancas de escape y graduó la fuerza de toque. Hacía pequeños descansos para aflojar teclas y ajustar el movimiento del pedal *una corda*... Cuando por fin se levantó, cansado y cubierto de polvo, el piano había mejorado mucho. Era una suerte que no hubiera tenido que hacer reparaciones importantes, como reconstruir un clavijero roto, por ejemplo; sabía que no tenía las herramientas necesarias para un arreglo así. No se había enterado del tiempo que llevaba trabajando, y sólo se dio cuenta al ver que el sol descendía con rapidez tras el bosque.

• • •

Cuando fue al despacho del doctor ya era de noche. En el escritorio había un plato de arroz con verdura a medio comer. Carroll estaba sentado ante un montón de papeles, leyendo.

—Buenas noches.

El doctor levantó la cabeza.

—Bueno, señor Drake, por fin ha terminado. El cocinero quería enviar a alguien a buscarlo, pero le he dicho que usted prefería que no lo molestaran. Ha protestado un poco cuando le he pedido que esperara, pero afortunadamente también es un gran amante de la música, y he conseguido convencerlo de que cuanto antes acabara usted su trabajo, antes podría él oír el piano. —Sonrió—. Siéntese, por favor.

—Perdone que no me haya lavado —dijo Edgar, y se sentó en un pequeño taburete de teca—. Estoy muerto de hambre. Pensaba darme un baño después de cenar y meterme en la cama; mañana quiero levantarme temprano. Pero quería preguntarle una cosa. —Se inclinó un poco hacia delante, como si quisiera hacerle alguna confidencia—. Ya se lo he comentado antes: no estoy seguro de si la tabla armónica podrá sobrevivir otra estación de lluvias. Es posible que no todo el mundo estuviera de acuerdo conmigo, pero creo que deberíamos impermeabilizarla. En Rangún y en Mandalay vi varios instrumentos de madera que deben de sufrir los mismos problemas. ¿Sabe usted quién podría orientarnos al respecto?

—Desde luego. Hay un birmano que tocaba el laúd para el rey Thibaw y que tiene una esposa shan en Mae Lwin. Cuando se deshizo la corte, regresó aquí para cultivar la tierra. A veces toca cuando tengo visitas. Enviaré a buscarlo mañana mismo.

—Gracias. Pintar la parte inferior de la tabla armónica no será difícil; la superior es más complicada, porque están las cuerdas, pero hay espacio por el lado, y podría deslizar un trapo empapado de pintura. Espero que eso sirva para protegerla un poco de la humedad, aunque no sea lo ideal... Ah, otra cosa: mañana necesitaré algo para calentar el hierro de armonizar, una estufa pequeña, o algo así. ¿Podrá buscármelo?

248

—Desde luego, eso será mucho más fácil. Le pediré a Nok Lek que le lleve un brasero shan a la habitación. Calientan mucho, pero no son grandes. ¿Cómo es esa herramienta?

—Pequeña. No he podido traer muchas cosas.

—Estupendo —dijo el doctor—. De momento estoy muy satisfecho, señor Drake. Dígame, ¿cuándo calcula que habrá terminado?

—Oh, mañana por la noche ya se podrá tocar. Pero supongo que tendría que quedarme un poco más. Generalmente hago una visita de seguimiento dos semanas después de la primera afinación.

—Tómese todo el tiempo que necesite. ¿No tiene prisa por regresar a Mandalay?

—No, ninguna. —Edgar vaciló un instante y añadió—: ¿Quiere decir que debo volver a la ciudad en cuanto el Erard esté arreglado?

El doctor sonrió y dijo:

—La verdad es que corremos un enorme riesgo permitiendo que un civil venga aquí, señor Drake. —Vio que el afinador bajaba la cabeza y se miraba las manos—. Creo que está empezando a descubrir algunas de las razones por las que llevo tanto tiempo en Mac Lwin.

—¡Oh, no! Yo sería incapaz de vivir en un sitio como éste —intervino Edgar—. Lo que sucede es que, dado el estado del piano, temo que cuando empiecen las lluvias la tabla armónica se dilate y surjan todo tipo de problemas. No me gustaría recibir otra carta, pasadas dos semanas, en la que me pidieran que volviese para repararlo otra vez.

—Claro, claro. Tómese su tiempo.

Carroll asintió con la cabeza educadamente y volvió a concentrarse en la lectura.

Aquella noche Edgar no podía conciliar el sueño. Estaba tumbado bajo la mosquitera y pasaba los dedos por la dureza que acababa de formársele en la cara interna del índice; el callo del afinador, como lo llamaba Katherine: el resultado del constante punteado de las cuerdas.

Pensaba en el Erard. No era el instrumento más bonito que había visto en su vida, desde luego. Sin embargo, nunca había contemplado nada como aquella imagen del Saluén, enmarcada por la ventana y reflejada en la tapa. Se preguntó si el doctor lo habría planeado así, o si incluso habría diseñado aquella habitación a propósito. De pronto recordó el sobre sellado que le había mencionado por la tarde. Se levantó y revolvió en sus bolsas hasta que lo encontró. Encendió una vela.

«Para el afinador de pianos. No abrir antes de llegar a Mae Lwin. A. C.»

Empezó a leer.

23 de marzo de 1886

Informe del traslado de un piano Erard
desde Mandalay hasta Mae Lwin, en el estado de Shan
Comandante médico Anthony J. Carroll

Caballeros:

A continuación informaré del transporte y la entrega, llevados a cabo con éxito, del piano de cola Erard de 1840 que su oficina remitió el 21 de enero de 1886 a Mandalay, y que posteriormente fue trasladado hasta mi campamento. Les ruego que me disculpen por la informalidad de parte de esta carta, pero considero necesario transmitir el dramatismo que envolvió esta difícil tarea.

El envío del piano desde Londres hasta Mandalay ya fue descrito por el coronel Fitzgerald. Me limitaré a reseñar que fue embarcado en un vapor correo con destino a Madrás y Rangún. La travesía fue bastante tranquila: se dice que desembalaron el Erard y que un sargento de una banda de regimiento lo tocó, para deleite de la tripulación y el pasaje. En Rangún lo subieron a otro buque, que iba hacia el norte por el río Irawadi. Ésa es la ruta habitual, y una vez más el viaje transcurrió sin incidentes. El piano llegó a Mandalay la mañana del 22 de febrero, donde yo pude recibirlo personalmente. Me consta que ha habido ciertas quejas por el hecho de que abandonara mi puesto por esa razón, así como críticas al esfuerzo, el coste y la necesidad de semejante encargo. Respecto a lo primero, el despacho del gobernador Scott puede atestiguar que me habían llamado a una reunión relacionada con recientes sublevaciones del monje U Ottama en el estado de Chin, y que por ese motivo me encontraba en Mandalay. Respecto a lo segundo, sólo puedo alegar que semejantes acusaciones no son más que ataques personales encubiertos, y sospecho que mis detractores sienten cierta envidia. Sigo controlando el único puesto de avanzada en el estado de Shan que no ha sido atacado por fuerzas rebeldes, y he conseguido los avances más importantes en nuestro principal objetivo: la pacificación y la firma de tratados.

Pero me estoy desviando del tema, caballeros, por lo cual les pido disculpas. Recogimos el piano en los muelles y lo llevamos en carro de caballos hasta el centro de la ciudad, donde empezamos a preparar su traslado de inmediato. La ruta que conduce a nuestro campamento atraviesa dos tipos de terreno. El primero, de Mandalay hasta el pie de las montañas Shan, es una llanura seca. Para esa zona encargué un elefante maderero birmano, pese a mi renuencia inicial a confiarle un instrumento tan delicado a un animal que se pasa el día levantando troncos. Me habían propuesto que empleara vacas de raza brahmán, pero en ocasiones el camino se estrecha demasiado para que pasen dos, y optamos por el elefante. El segundo tramo presentaba retos más desalentadores, pues los senderos son demasiado empinados y angostos para un animal tan grande. Decidimos que tendríamos que continuar a pie. Afortunadamente, el Erard era más ligero de lo que yo esperaba, y bastaban seis hombres para levantarlo y moverlo. Aunque al principio había pensado viajar con un grupo más numeroso, y quizá con escolta militar, no quería que los lugareños relacionaran el piano con un objetivo del ejército. Tenía suficiente con mis hombres; conocía muy bien la ruta y en aquellos meses se habían producido muy pocos ataques de *dacoits*. Enseguida hicimos una litera en la que realizar el transporte.

El 24 de febrero nos pusimos en marcha, en cuanto hube terminado mis asuntos oficiales en el cuartel general. Instalamos el instrumento en un carro de municiones que atamos al elefante, un animal gigantesco de ojos tristes que no parecía inmutarse lo más mínimo por aquella carga tan poco habitual. Caminaba deprisa; por suerte estábamos en la estación seca, y durante todo el viaje nos acompañó un tiempo excelente. Creo que si hubiera llovido, la operación habría resultado imposible, y el piano habría sufrido daños irreparables, por no hablar del desgaste físico que habrían tenido que soportar mis hombres. El trayecto ya es bastante difícil con buen tiempo.

Salimos de Mandalay seguidos de una fila de niños curiosos. Yo iba a caballo. Las rodadas del camino hacían que los macillos golpearan las cuerdas, lo que producía un agradable acompañamiento para tan ardua marcha. Al anochecer montamos el primer campamento. Aunque el elefante iba a buen ritmo, me di cuenta de que cuando tuviéramos que ir a pie avanzaríamos mucho más despacio. Eso me preocupaba: ya había pasado una semana entera en Mandalay. Me planteé la posibilidad de adelantarme y regresar antes a Mae Lwin; pero los hombres eran un poco bruscos con el piano y, pese a que les expliqué repetidamente que su mecanismo interno

252

era muy frágil, de vez en cuando tenía que ordenarles que lo trataran con cuidado. Dado el gran esfuerzo que había hecho el ejército, y dada la importancia de la misión que tenía que cumplir, parecía una estupidez perder el instrumento sólo por culpa de la impaciencia cuando ya estábamos tan cerca de nuestra meta.

Cada vez que nos deteníamos atraíamos a un grupo de aldeanos que formaban un corro alrededor del piano y especulaban sobre su utilidad. Al comienzo de la expedición yo mismo o alguno de mis hombres les explicaba su función, y entonces nos rogaban que lo tocáramos para poder oírlo. Hasta tal punto insistían que me vi obligado a tocarlo nada menos que catorce veces los tres primeros días. Les encantaba esa música, pero yo me cansé, pues sólo se dispersaban cuando les decía que el instrumento «se había quedado sin aliento», aunque el agotado era yo, claro. Al final ordené a mis hombres que no le contaran a nadie para qué servía. Si alguien preguntaba, le contestaban que era un arma mortífera, y de ese modo nos dejaban en paz.

La forma más rápida para llegar a Mae Lwin consiste en viajar hacia el nordeste hasta el río Saluén, y seguir por él hasta el fuerte. Pero, debido a la sequía, el nivel del agua había descendido mucho y, temiendo por el piano, elegí bajar por la ribera, llegar a la altura del campamento y cruzar por allí. Pasados tres días, al abandonar la cuenca del Irawadi y ascender a la meseta Shan, el camino se volvió más abrupto. Descargamos el Erard y lo trasladamos a la litera, a la que habíamos dado la forma de los palanquines que utilizan los shan en sus fiestas: dos vigas paralelas que los hombres llevan sobre los hombros, con otras transversales debajo, de refuerzo. Pusimos el teclado hacia delante, para equilibrar mejor el peso. El guía del elefante volvió con su animal a Mandalay.

A medida que el sendero ascendía, me di cuenta de que la decisión de usar una litera había sido acertada: la ruta era demasiado difícil para la carreta que habíamos llevado por las tierras bajas. Pero mi satisfacción disminuía ante la visión de mis hombres, que resbalaban y tropezaban para impedir que la carga cayera al suelo. Sentía mucha lástima por ellos; hice cuanto pude para animarlos, y les prometí organizar una gran fiesta cuando llegáramos a Mae Lwin.

Pasaron los días, y la rutina se repetía. Nos levantábamos al amanecer, desayunábamos rápidamente, cogíamos la litera y nos poníamos en marcha. Hacía un calor asfixiante, y el sol era abrasador. He de admitir que, pese a lo poco que me gustaba hacer trabajar a mis hombres en esas condiciones, la imagen era asombrosa. Los seis chorreaban sudor y el piano relucía, como esas fotografías de tres colores que tan de moda están en Inglaterra ahora, y que a veces llegan hasta los mercados de aquí: los pantalones y los turbantes, blancos; los cuerpos, marrón oscuro; el Erard, negro.

Y entonces, cuando faltaban cuatro días para llegar, y cuando todavía teníamos que recorrer el tramo más empinado, se produjo el desastre.

Yo cabalgaba delante por un sendero de la selva particularmente erosionado, cortando la vegetación con la espada, cuando oí un grito y un fuerte estrépito. Retrocedí a toda prisa. Lo primero que vi fue el piano, y sentí un alivio momentáneo; por el estruendo creía que estaba destrozado. Pero entonces miré hacia la izquierda y vi cinco cuerpos tatuados agachados alrededor de un sexto. Al verme, uno de los hombres gritó: «*Ngu!*», es decir, «¡Serpiente!», y señaló al herido. Lo entendí de inmediato. El joven, preocupado sólo por seguir adelante, no había visto el reptil, al que yo debía de haber asustado al pasar, y el animal le había mordido en la pierna. El muchacho había soltado el piano y se había desplomado. Los otros habían hecho todo lo posible por mantener el Erard en equilibrio e impedir que cayera.

Cuando llegué junto al joven, ya empezaban a cerrársele los párpados, y la parálisis se estaba apoderando de él. Al parecer alguno de sus compañeros, o él mismo, había conseguido atrapar la serpiente y matarla; cuando llegué a donde se encontraban, la vi muerta junto al camino. Los hombres me hablaban de ella con una palabra shan que yo desconocía, pero también usaron el término birmano, *mahauk*, que nosotros conocemos como el género Naja, o cobra asiática. De todos modos, yo no estaba de humor para investigaciones científicas en aquel momento. La picadura todavía sangraba por dos profundos cortes paralelos. Todos creían que yo podría darles algún consejo médico, pero en realidad podía hacer poca cosa. Me agaché junto al moribundo y le sujeté una mano; las únicas palabras que logré articular fueron «lo siento», ya que iba a perder la vida por hacerme un favor. La muerte producida por la mordedura de una cobra es espantosa: el veneno paraliza el diafragma, y la víctima se asfixia. Aquel muchacho tardó una media hora en morir. En Birmania hay pocas serpientes, aparte de la cobra asiática, que maten tan deprisa. El remedio shan consiste en atar la herida, cosa que hicimos (aunque sabíamos que no conseguiríamos nada), succionar el veneno (lo hice yo) y aplicar una pasta de arañas trituradas (pero no teníamos, y la verdad es que siempre he dudado de la eficacia de esa cura). Uno de los shan rezó una oración. Junto al camino, las moscas ya habían empezado a posarse sobre el reptil. Algunas se acercaban al joven, y nosotros las ahuyentábamos.

Yo sabía que según la tradición shan no podíamos dejar el cuerpo en la selva; además, habríamos atentado contra el sentido de la camaradería que, en mi opinión, es uno de los principios más nobles de nuestras fuerzas armadas. Con todo, bastaba un sencillísimo ejercicio aritmético para comprender la dificultad de sacarlo de la jungla. Si seis hombres habían tenido que esforzarse tanto para transportar un piano, ¿cómo iban a cargar cinco con él y con su amigo? Comprendí que yo también tenía que colaborar. Al principio protestaron, y me propusieron que uno de ellos regresara al poblado más cercano y contratara a otros dos mozos. Pero yo me negué, pues ya llevábamos varios días de retraso.

Levantamos al joven y lo colocamos encima del piano. Busqué una cuerda, pero no teníamos bastante para atarlo debidamente. Uno de los porteadores se dio cuenta, le quitó el turbante a su amigo muerto y lo desenrolló. Le enroscó un extremo en una de las muñecas, lo pasó por debajo del piano y se lo amarró a la otra. Hizo lo mismo para sujetarle una pierna. Para la otra usamos el trozo de soga que yo había encontrado. La cabeza se le cayó sobre el teclado; todavía tenía el cabello recogido en un pequeño moño. Tuvimos suerte de encontrar la manera de atar el cadáver; ninguno de nosotros quería imaginárselo resbalando mientras avanzábamos. Si uno de ellos no hubiera sugerido que utilizáramos el turbante, no sé qué habríamos hecho. Esa idea también habría podido ocurrírseme a mí, pero quitarle el turbante a un shan vivo es un insulto mortal; y yo no conocía cuál era la tradición respecto a los muertos.

Nos pusimos de nuevo en marcha. Yo ocupé el lugar del fallecido, en el lado izquierdo, y sentí cierto alivio entre mis amigos; me imaginé que la superstición consideraba que aquélla era una posición maldita. Según mis cálculos, si continuábamos al ritmo de antes, tardaríamos cuatro días en llegar al fuerte, y para entonces el hedor del cadáver resultaría insoportable. Decidí avanzar también durante la noche, aunque no se lo dije a mis compañeros, pues notaba que tras la muerte de su amigo se estaban desanimando. Así que me uní a la fotografía tricromada, y echamos a andar, con el joven sobre el piano con los brazos extendidos, y el caballo atado detrás, donde podía ir a su ritmo y mordisquear los árboles a su antojo.

¿Qué puedo decir de las horas posteriores, sino que fueron de las más espantosas de mi vida? Avanzábamos a trompicones y la litera se nos clavaba en los hombros. Intenté protegérmelos con la camisa; me la quité y me la coloqué encima después de enrollarla, pero no conseguí evitar el roce de la madera, y la piel no tardó en abrirse y empezar a sangrar. Sentí lástima por los porteadores, pues ellos no habían pedido ni una sola vez algo para amortiguar la carga, y vi que tenían la piel en carne viva. El camino fue empeorando; uno de los que iban delante llevaba una espada en la mano que tenía libre para limpiarlo. Las lianas y las ramas se enredaban en el piano. Estuvimos a punto de caernos en varias ocasiones. En el joven empezaba a notarse el *rigor mortis*, y cuando se deslizaba sobre la cubierta parecía que tirara de las cuerdas; daba la impresión de que quería escapar, hasta que se le veían los ojos, abiertos y vacíos.

Cuando empezó a oscurecer les dije a mis hombres que continuaríamos durante la noche. Fue una decisión difícil, pues apenas podía mover las piernas. Pero ellos no protestaron; quizá estaban tan preocupados como yo por el cadáver. Así que, tras un breve descanso para cenar, proseguimos. Tuvimos suerte de estar en la estación seca, pues el cielo estaba despejado y una media luna nos iluminaba el camino. Pero en las zonas más profundas de la selva andábamos en medio de una oscuridad casi total, y tropezábamos continuamente. Yo tenía un farolillo; lo encendí y lo colgué de la tela con que le habíamos atado una de las piernas al muerto. La luz alumbraba la parte inferior del piano, y debía de parecer que flotaba.

Caminamos sin parar durante dos días. Por fin, una noche el que iba delante gritó, con alegría y cansancio, que había visto el Saluén entre los árboles. La noticia hizo que nuestra carga no resultara tan pesada, y aceleramos el paso. Al llegar al río, le gritamos al vigilante que había al otro lado, que se sorprendió tanto al vernos que echó a correr por el sendero que conducía al campamento. Dejamos la litera en la fangosa orilla y nos derrumbamos.

Poco después llegó un grupo de hombres a la otra ribera; se amontonaron en una piragua y cruzaron. La impresión que les produjo el cadáver quedó un tanto atenuada por el alivio que sintieron al ver que no nos había ocurrido lo mismo a todos. Por lo visto, hacía tiempo que nos daban por muertos. Tras una larga discusión, dos hombres regresaron a remo a la otra orilla y volvieron con una canoa más. Atamos las dos y colocamos el piano encima, con el joven. De este modo el Erard atravesó el Saluén. En la balsa sólo quedaba espacio para dos hombres, así que yo me quedé mirando junto al río. Era una imagen verdaderamente extraña: el piano flotando en medio de la corriente, con dos hombres debajo y el cadáver de un tercero encima. Cuando lo descargaron, la silueta del muerto me recordó el cuadro de Van der Weyden, *Descendimiento de la Cruz*; es algo que no se borrará jamás de mi memoria.

Y así fue como terminó nuestro periplo. Celebramos un funeral por el difunto y, dos días más tarde, una fiesta por la llegada del piano. Entonces tuve mi primera oportunidad de tocarlo para los aldeanos, pero sólo un poco porque ya estaba muy desafinado, un problema que intentaré corregir yo mismo. De momento lo hemos guardado en el granero, y hemos hecho planes para empezar cuanto antes la construcción de una sala de música

independiente. Pero eso tendré que contárselo en otra
carta.

Comandante médico Anthony J. Carroll

Mae Lwin, estado de Shan

Edgar Drake apagó la vela y se tumbó en la cama. No hacía
calor. Fuera, las ramas de los árboles arañaban el tejado de paja.
Intentó dormir, pero no podía dejar de darle vueltas a aquella
historia, ni a su viaje hasta el campamento; pensaba en los campos quemados, en la escabrosa selva, en el ataque de los *dacoits*,
en el tiempo que hacía que había salido de su país... Al final
abrió los ojos y se incorporó. La habitación estaba a oscuras, y la
mosquitera le impedía distinguir las formas.

Encendió la vela y volvió a mirar el documento. La luz de
la llama proyectaba su sombra contra la parte interna de la tela, y
Edgar empezó a leer de nuevo, pensando que quizá se lo enviaría
a Katherine la próxima vez que le escribiera. Se prometió hacerlo
pronto.

Cuando el Erard todavía estaba atravesando la meseta, la
vela se consumió.

Edgar se despertó con la carta sobre el pecho.

No se molestó en lavarse ni afeitarse; se vistió a toda prisa y se dirigió directamente al cuarto del piano. Al llegar a la puerta se lo
pensó mejor y decidió que lo correcto era darle los buenos días a
Carroll, así que bajó hacia la ribera. A mitad de camino se cruzó
con Nok Lek.

—¿Dónde está el doctor? ¿Desayunando en el río?

—No, señor, esta mañana no. El doctor se ha ido.

—¿Que se ha ido? ¿Adónde?

—No lo sé.

Edgar se rascó la cabeza.

—Qué extraño. ¿No te lo ha comentado?

—No, señor Drake.

259

—¿Se marcha a menudo?

—Sí, mucho. El doctor es importante, como un príncipe.

—Como un... —Se interrumpió—. ¿Y cuándo vuelve?

—No lo sé. No me lo ha dicho.

—Entiendo... ¿Te ha dado algún recado para mí?

—No, señor.

—Qué raro... Creía que...

—Ha dicho que usted afinaría el piano todo el día.

—Ya, claro. —Hizo una nueva pausa—. Bueno, me voy a trabajar.

—¿Le llevo el desayuno, señor Drake?

—Gracias, me harás un favor.

Empezó la jornada armonizando los macillos, para que produjeran un tono limpio. En Inglaterra solía terminar la afinación antes de armonizar, pero estaba preocupado por el tono: o era demasiado fuerte y brillante, o demasiado débil y apagado. Perforó el fieltro de los macillos más rígidos con la aguja, para suavizarlo, y trabajó el de los más blandos con el hierro de armonizar, para endurecerlo; dio forma a las cabezas de modo que presentaran una superficie uniforme a las cuerdas. Comprobó la armonización recorriendo todas las octavas cromáticamente, tocando arpegios entrecortados y, por último, pulsando las teclas una a una, para que se notara la parte más dura del fieltro.

Por fin estaba preparado para afinar en serio el piano. Empezó una octava por debajo de la cuerda que la bala había roto. Colocó cuñas para silenciar las cuerdas laterales de cada nota de la octava, de modo que cuando tocaba una tecla sólo vibraba la intermedia. Pulsaba la tecla, metía la mano dentro de la caja y movía la clavija de afinamiento. Primero afinaba la cuerda del medio y después las de los lados, y cuando esa nota estaba afinada, pasaba a una octava inferior (primero había que construir los cimientos de la casa, les decía siempre a sus ayudantes), y volvía a empezar: ajustaba las clavijas, comprobaba el sonido, tecla-clavija-tecla...; un ritmo sólo interrumpido por alguna que otra palmada para aplastar un mosquito.

Una vez recorrida la octava, se dedicó a las notas centrales para que todas estuvieran espaciadas por igual a lo largo de la octava. Ése era un concepto que a muchos aprendices les costaba entender. Cada nota produce un sonido con una frecuencia determinada, les explicaba; si las cuerdas están afinadas respecto a las otras, pueden armonizar, pero, si no lo están, producen frecuencias que se superponen, una pulsación rítmica, o batido, una sincronía de sonidos algo discordantes. Si un piano está bien afinado en un determinado tono, no hay batidos al pulsar dos notas a la vez; pero entonces es imposible tocar en otra tonalidad. La afinación temperada permitió salvar ese escollo; con el sacrificio de que ningún tono estuviera afinado por completo. Consistía en crear batidos de forma deliberada, ajustando las cuerdas al máximo, de modo que sólo un oído muy experto pudiera discernir que estaban ligera aunque inevitablemente desafinadas.

Edgar tenía la costumbre de concentrarse por completo en su labor, lo cual a veces molestaba a Katherine. «¿Ves algo mientras trabajas?», le preguntó poco después de casarse. «¿Ver qué?», replicó él. «Pues no sé, algo; el piano, las cuerdas, a mí.» «Claro que te veo»; estiró un brazo y la atrajo. «¡Edgar, por favor! Quiero saber cómo trabajas; hablo en serio. ¿Ves algo cuando estás afinando?» «¿Cómo no voy a ver? ¿Por qué lo dices?» «Parece que desaparecieras, que te marcharas muy lejos, al mundo de las notas.» Edgar rió. «Qué mundo más extraño sería ése, querida.» Se inclinó hacia ella y la besó. Pero en el fondo entendía lo que su mujer intentaba preguntarle. Edgar realizaba sus encargos con los ojos abiertos, pero al terminar, cuando pensaba cómo había pasado el día, nunca lograba recordar ni una sola imagen, sólo lo que había oído: un paisaje marcado por tonos y timbres, intervalos, vibraciones... Ésos eran sus colores.

Y en ese momento, mientras estaba manos a la obra, no se acordaba de su hogar, ni de Katherine, ni de la repentina desaparición del doctor, ni de Khin Myo. Tampoco advirtió que lo estaban observando: tres niños lo miraban por las rendijas que había en la pared de bambú. Hablaban en voz baja y reían, y si Edgar no hubiera estado perdido en un laberinto pitagórico de tonos y mecanismos, y si hubiera sabido la lengua de los shan, los habría oído preguntarse cómo podía ser aquél el gran músico, el hombre que iba a reparar su elefante musical. Qué raros son estos ingleses, dirían luego a sus amigos. Sus músicos tocan solos, y no puedes bailar ni cantar con esas extrañas y lentas melodías. Pero después de una hora, hasta la novedad del espionaje los aburrió; los chiquillos se marcharon apenados y bajaron al río a bañarse.

Pasaban las horas y se acercaba el mediodía. Nok Lek le llevó un gran cuenco con fideos de arroz bañados en una densa salsa que, según explicó, estaba hecha de un tipo de judías, carne picada y pimientos. También le entregó un tarro con una pasta de cáscaras de arroz quemadas, con la que Edgar pintó la parte inferior de la tabla armónica antes de hacer una pausa para almorzar. Comió un poco y siguió trabajando.

Por la tarde el cielo se nubló, pero no llegó a llover. La humedad impregnaba la habitación. Edgar siempre trabajaba despacio, pero ahora estaba sorprendido de su parsimonia. Volvió a acosarlo un pensamiento que ya había tenido cuando empezó la reparación: dentro de unas horas habría terminado y ya no lo necesitarían en Mae Lwin. No tendría más remedio que regresar a Mandalay, y de ahí a Gran Bretaña. «Pero eso es lo que quiero —se dijo—, porque significa que volveré a casa.» Con todo, la inminencia de su partida se tornaba más real mientras trabajaba: los dedos, pelados de tanto tocar las cuerdas, aquella monotonía hipnotizadora, clavija, tecla, escuchar, clavija, tecla, escuchar... La afinación se iba extendiendo por el piano como la tinta derramada sobre un papel.

Cuando le quedaban tres teclas por afinar, las nubes se dispersaron; el sol entró por la ventana e iluminó la estancia. La noche anterior Edgar había colocado la tapa en su sitio, y la mantenía

abierta; pudo ver otra vez el reflejo del paisaje en la brillante superficie de caoba. Se incorporó y se quedó mirando cómo el Saluén fluía por su cuadrado de luz sobre la cubierta. Fue hasta la
ventana y se asomó para contemplar el río.

Le había dicho al doctor que tenía que esperar dos semanas y
volver a afinar el piano. Lo que no le había comentado era que
ahora que el Erard estaba afinado, regulado y armonizado, resultaría relativamente fácil mantenerlo así; podía enseñar al doctor,
o incluso a alguno de sus ayudantes shan. Sí, eso estaría bien;
podía dejarles la llave de afinar. Y luego pensó: «Llevo mucho
tiempo fuera de casa, quizá demasiado.»

Sí, podía decirle eso, pensaba hacerlo en su momento, pero
se dijo que tampoco había ninguna necesidad de precipitarse.

«Además, acabo de llegar.»

15

El doctor Carroll no regresó al día siguiente, como estaba planeado, ni al otro. El campamento parecía vacío y Edgar no vio a Nok Lek ni a Khin Myo. Le sorprendió no haberse acordado de ella hasta entonces, y también lo ensimismado que había estado con la emoción del piano. Sólo la había visto una vez en los pocos días que llevaba en Mae Lwin. Ella había pasado junto a él mientras estaba con el doctor; lo había saludado con cortesía y se había detenido un momento para susurrarle algo en birmano a Carroll. Khin Myo estaba cerca del doctor mientras hablaba, pero miró al afinador, que desvió enseguida la vista hacia el río. Intentaba descubrir algo especial entre ellos, una caricia o una sonrisa que los delatara; pero la joven se limitó a despedirse con la cabeza y siguió su camino.

Edgar pasó la mañana realizando pequeños ajustes en el Erard, reafinando algunas cuerdas, retocando zonas de la tabla armónica que no habían quedado cubiertas con suficiente resina... Pero se cansó pronto. El piano estaba bien afinado, aunque debía admitir que seguramente aquél no había sido su mejor trabajo, pues no tenía todas las herramientas necesarias; pero, dadas las circunstancias, no podía hacer mucho más.

A mediodía dejó el Erard y bajó al Saluén. Una suave brisa soplaba siguiendo el curso del río y refrescaba la ribera. El cielo estaba despejado y hacía calor. En la orilla había varios pescadores sobre unas rocas que se adentraban en el agua; lanzaban sus redes, se agachaban y esperaban. Edgar extendió una manta, se sentó a la sombra de un sauce y se quedó mirando a dos mujeres que lavaban ropa golpeándola contra una piedra. Sólo llevaban puesto el *hta main*, y se lo habían subido y atado alrededor del pecho, para cubrírselo. Edgar se preguntó si aquello sería una costumbre shan o una importación británica.

Se puso a divagar; sus pensamientos cruzaron el río, las montañas, y llegaron a Mandalay, y más allá. Pensó qué opinaría el ejército de su ausencia. «Quizá ni siquiera se hayan percatado, pues Khin Myo también se ha marchado, y el capitán Nash-Burnham está en Rangún. ¿Cuántos días hace que salí de Mandalay?» Confiaba en que no se hubieran puesto en contacto con Katherine, pues ella sí se preocuparía, y sólo pudo consolarse pensando que su esposa estaba muy lejos, y que las noticias viajaban muy despacio. Intentó calcular el tiempo que llevaba fuera de casa, pero se sorprendió al ver que ni siquiera estaba seguro de cuántos días había pasado en Mae Lwin. El trayecto a través de la meseta Shan parecía intemporal, un momento, un caleidoscopio de templos dorados, frondosa selva, ríos fangosos y ágiles ponis.

«Sin tiempo —pensó, y se imaginó el mundo exterior suspendido—. Es como si me hubiera marchado de Londres esta mañana. —Le gustó esa idea—. Tal vez sea así. De hecho se me paró el reloj en Rangún. En Inglaterra, Katherine aún no ha vuelto a casa después de despedirse de mí en el puerto. La cama todavía conserva el calor de nuestros cuerpos; quizá aún esté tibia cuando llegue. —Y siguió pensando—: Un día saldré del valle del Saluén, regresaré a Mandalay atravesando las montañas y veré otro espectáculo de *yôkthe pwè*; esta vez la historia será diferente, de regreso, y volveré a embarcar en el vapor, descenderé por el río, beberé ginebra con los soldados y yo también contaré mis relatos. La travesía será más rápida porque viajaremos con la corriente, y cuando llegue a Rangún visitaré de nuevo la pagoda Shwedagon y veré cómo ha crecido el niño de la mujer pintada con cúrcuma. Subiré a otro buque, y mis bolsas pesarán más porque irán llenas de regalos, collares de plata, telas bordadas e instrumentos musicales para una nueva colección, y en el barco me pasaré el día contemplando las mismas montañas que vi al venir, sólo que esta vez me apoyaré en la barandilla de estribor. Cruzaré otra vez la India en tren, el sol se elevará a nuestras espaldas y se pondrá delante de nosotros, y lo perseguiremos. Quizá en alguna estación oiga el final de la narración del poeta-wallah. En el Mar Rojo encontraré a un hombre y le diré que he oído canciones, pero no la suya. El mar estará seco y la humedad desaparecerá de mi reloj en vapores invisibles; volverá a funcionar, y las agujas empezarán a girar. No será mucho más tarde de lo que era el día de mi partida.»

Oyó pasos que entraban en su fantasía y se dio la vuelta. Khin Myo estaba plantada bajo el sauce.

—¿Puedo hacerle compañía? —le preguntó.

—*Ma* Khin Myo. Qué agradable sorpresa —dijo Edgar saliendo de su ensimismamiento—. Siéntese, por favor. —Le dejó un sitio en la manta. Cuando Khin Myo se sentó y se cubrió las piernas con el *hta main*, él agregó—: Esta mañana he pensado en usted; se había esfumado. Apenas la he visto desde que llegamos.

—He preferido dejarlo solo con el doctor. Sé que tiene usted trabajo.

—Sí, es cierto; he estado ocupado. Pero la echaba de menos. —Sus palabras sonaron un poco afectadas, así que añadió—: Disfruté mucho conversando con usted en Mandalay.

Quería decir algo más, pero de pronto se sintió abrumado por su presencia. Casi había olvidado lo atractiva que era. Llevaba el cabello peinado hacia atrás y recogido con una aguja de marfil. La brisa que se colaba entre las ramas del árbol agitaba suavemente su blusa. Más allá de la cenefa de los puños asomaban sus brazos, y las manos las tenía entrelazadas sobre el *hta main*.

—Nok Lek me ha dicho que ha terminado usted —dijo Khin Myo.

—Sí, esta mañana. Aunque todavía queda algo de trabajo. El piano estaba en pésimas condiciones.

—Ya lo sé; el doctor Carroll me lo dijo. Creo que se siente culpable.

Edgar se fijó en que la joven ladeaba un poco la cabeza cuando bromeaba, una costumbre que también había visto en muchos indios, pero ahora le llamó la atención. Era un gesto muy sutil, como si se estuviera riendo de un chiste que no compartía, mucho más gracioso y profundo de lo que sugerían sus palabras.

—Sí, lo sé. Pero no debería. De hecho estoy muy contento: el piano sonará estupendamente.

—El doctor me comentó que parecía usted contento. —Khin Myo sonrió y lo miró—. ¿Sabe qué va a hacer ahora?

—¿Ahora?

—Ahora que ha acabado. ¿Volverá a Mandalay? —preguntó.

Edgar rompió a reír.

—¿Si regresaré? Pues sí, claro. Tengo que volver, tarde o temprano, aunque quizá espere un poco. Quiero asegurarme de que el piano no tiene más problemas. Y una vez comprobado todo, y tras un viaje tan largo, creo que me merezco oír cómo lo tocan. Pero después... no lo sé.

Se quedaron callados contemplando el río. Con el rabillo del ojo Edgar vio que de pronto Khin Myo bajaba la cabeza, como si se hubiera avergonzado de algún pensamiento, y pasaba un dedo por la irisada seda de su falda. La miró y dijo:

—¿Le pasa algo?

Ella levantó la vista y se sonrojó.

—Sí, pensaba en otra cosa. —Silencio otra vez, y de pronto añadió—: Usted es diferente.

Edgar tragó saliva. Ella había hablado en voz tan baja que no estaba seguro de si había oído su voz o el susurro de las ramas del sauce.

—¿Cómo dice?

—He pasado muchas horas con usted en Mandalay —explicó Khin Myo—, y también viniendo aquí. Los otros visitantes siempre me hablaban de sí mismos pasados unos minutos. Y, en cambio, de usted sólo sé que es inglés y que ha venido a afinar un piano. —Se puso a acariciar el dobladillo de su *hta main*. Edgar se preguntó si aquello sería una señal de nerviosismo, como cuando un británico manosea el ala de su sombrero—. Perdóneme si soy demasiado franca con usted, señor Drake —añadió al ver que él no contestaba—. No se ofenda, por favor.

—No, no me importa —repuso al fin. Pero no estaba seguro de cómo tenía que reaccionar. Aquello lo había sorprendido, pero aún más el que ella, que hasta entonces siempre se había mostrado muy reservada, se lo hubiera planteado—. No estoy acostumbrado a que me pregunten sobre mí. Y menos aún a que lo haga... —se interrumpió.

—¿Una mujer?

Edgar no dijo nada.

—No me molesta que haya pensado eso; usted no tiene la culpa. Sé la fama que tienen las orientales. He leído las revistas inglesas y los entiendo cuando hablan, no lo olvide. Sé lo que dice la gente; he visto cómo nos dibujan en sus periódicos.

Edgar notó que se ruborizaba.

—Tienen muy mal gusto.

—No todos. Muchos hacen bien su trabajo. Además..., prefiero que me retraten como una hermosa y joven bailarina a como una salvaje, que es como representan a nuestros hombres.

—Eso son estupideces —insistió él—. Yo no les haría mucho caso...

—No, a mí no me preocupa; pero sí que la gente venga aquí con una idea equivocada.

—Estoy seguro de que en cuanto llegan descubren que estaban en un error —repuso Edgar.

—Y si no, nos cambian para que encajemos con la imagen que tenían.

—Yo...

Se interrumpió, impresionado por las palabras de Khin Myo. Se quedó mirándola, meditabundo.

—Lo siento, señor Drake. No era mi intención ser tan dura.

—No, no pasa nada... —Asintió con la cabeza, pensativo—. No, si yo quiero hablar con usted, pero me cuesta un poco; es mi carácter. En Londres también soy así.

—No me importa. Lo que pasa es que a veces me siento sola aquí. Hablo un poco de shan, y muchos aldeanos saben algo de birmano, pero somos muy diferentes. La mayoría no ha salido nunca de su pueblo.

—Pero usted tiene al doctor... —Inmediatamente lamentó haber dicho aquello.

—Eso es algo que me habría gustado contarle en Mandalay; aunque sólo hubiera sido para que no tuviese que preguntármelo.

De pronto Edgar sintió el repentino e incomparable alivio que sobreviene cuando se confirma una sospecha.

—Se ausenta a menudo —comentó.

Khin Myo levantó la cabeza y lo miró, como si sus palabras la hubieran sorprendido.

—Es un hombre importante —dijo.

—¿Sabe usted adónde va?

—No. —Ladeó la cabeza—. Sólo sé que se marcha. No es asunto mío.

—Yo creo que sí. Acaba de confesarme que se siente sola.

Khin Myo lo miró fijamente.

—Eso no tiene nada que ver —se limitó a decir.

Su voz tenía un dejo de tristeza, y él esperó a que añadiera algo más. Pero permaneció callada.

—Lo siento —se disculpó Edgar—. No quería ser impertinente.

—No. —Khin Myo agachó la cabeza—. Me pregunta usted muchas cosas. En eso también es distinto. —Una ráfaga de viento sacudió los árboles—. Usted tiene mujer, señor Drake...

—Sí, así es —confirmó, y se alegró de no tener que seguir hablando del doctor—. Se llama Katherine.

—Es un nombre muy bonito —replicó ella con naturalidad.

—Sí... Sí, supongo que sí. Estoy tan acostumbrado a él que ya no pienso que lo sea. Cuando se conoce tan bien a otra persona, parece que dejara de tener nombre.

Khin Myo le sonrió.

—¿Le importa que le pregunte cuánto tiempo llevan casados?

—Dieciocho años. Nos conocimos cuando yo era aprendiz de afinador. Fui a reparar el piano de sus padres.

—Debe de ser muy guapa, ¿no? —comentó.

—¿Guapa? —A Edgar le sorprendió la inocencia con que Khin Myo lo había formulado—. Sí, ya lo creo, aunque ya no somos muy jóvenes. —Siguió hablando, con cierta torpeza, aunque sólo fuera para llenar el silencio—. Cuando la conocí, Katherine era guapísima, desde luego, o al menos eso me parecía a mí... Cuando hablo de ella la echo muchísimo de menos.

—Lo siento...

—No, no pasa nada. En cierto modo me encanta. Muchos hombres que llevan dieciocho años casados ya no están enamorados de sus esposas... —Se interrumpió y se quedó mirando el río—. Supongo que es verdad que soy diferente. Quizá tenga razón, aunque no sé si me refiero a lo mismo que usted... Adoro la música, los pianos, la mecánica del sonido, y mi trabajo. Reconozco que en eso soy poco común. Y soy callado, tengo la mala costumbre de soñar despierto... Pero no quiero aburrirla hablando de mí.

—Pues hablemos de otra cosa.

—En realidad no me importa. Lo que pasa es que me asombra que usted se interese por mí. A la mayoría de las mujeres no les gusta oír lo que acabo de contarle. A las inglesas les encantan los hombres que se alistan en el ejército o que escriben poesía, los que se hacen médicos, los que saben manejar armas... —Sonrió—. No sé si me explico. Yo nunca he hecho nada de todo eso. Ahora, en Inglaterra vivimos una época en la que lo que se valora son las hazañas, la cultura, las conquistas... Y yo afino pianos para que otros puedan componer o tocar. Creo que muchas mujeres me considerarían insulso. Pero Katherine no es así. Una vez le pregunté por qué me había elegido a mí, siendo como soy, y me contestó que cuando escuchaba música oía mi trabajo en ella... Un comentario tonto y romántico, quizá, y éramos tan jóvenes...

—No, no es tonto.

Se quedaron callados un momento. Luego Edgar dijo:

—Es extraño; acabo de conocerla y ya le estoy contando cosas que nunca he confiado ni a mis amigos más íntimos.

—Quizá sea precisamente porque acaba de conocerme.

—Sí, tal vez.

Silencio de nuevo.

—Sé muy poco de usted —dijo entonces Edgar, y las ramas del sauce susurraron.

—Mi historia es breve —dijo Khin Myo.

Tenía treinta y un años, había nacido en 1855 y era hija de un primo segundo del rey Mindon. Edgar se admiró al oírlo, pero ella se apresuró a añadir:

—No significa gran cosa. La familia real es tan extensa que, en realidad, lo único que implicaba mi parte de sangre real era que, cuando Thibaw subió al trono, corríamos peligro.

—No me estará diciendo que aprueba el dominio británico, ¿verdad?

—Soy muy afortunada —se limitó a decir.

Edgar insistió:

—En Inglaterra mucha gente cree que las colonias deberían tener su propio gobierno. Yo, en cierto modo, estoy de acuerdo con esa opinión. Los británicos hemos hecho cosas espantosas.

—Y también otras buenas.

—No me imaginaba que una mujer birmana pudiera decir eso —replicó Edgar.

—Creo que uno de los errores de los dominadores consiste en creer que pueden cambiar a los dominados.

Expresó esa idea despacio, como agua que se derramara y se extendiera alrededor de ellos. Edgar esperó a que Khin Myo dijera algo más al respecto; pero ella le explicó que su padre la había enviado a un pequeño colegio privado de Mandalay para la elite birmana, y que en su clase sólo había dos chicas. Tuvo muy buenas notas en Matemáticas y en Inglés, y cuando terminó los estudios, la contrataron para enseñar Lengua a alumnos que sólo tenían tres años menos que ella. Le encantaba el trabajo, y se hizo muy amiga de las otras maestras, entre las que había varias británicas. El director, un sargento del ejército que había perdido una pierna en una batalla, se fijó en el talento de la muchacha, y le propuso darle clases particulares después de la jornada laboral. Khin Myo hablaba de él como si narrara una historia con un final misterioso, pero Edgar no quiso indagar más de la cuenta. El hombre enfermó; de pronto se le había gangrenado la herida de la amputación. Ella dejó el trabajo para ocuparse de él, pero el sargento murió tras pasar varias semanas con fiebres muy altas. La joven quedó destrozada, pero, aun así, regresó a la escuela. El nuevo director también la invitó a ir a su despacho después de las clases, pero con otras intenciones, añadió Khin Myo bajando la mirada.

La despidieron dos semanas más tarde. El director desdeñado la acusó de robar libros y venderlos en el mercado. Ella no podía hacer gran cosa para rebatir aquella falsedad, y de hecho ni siquiera lo intentó. Dos de sus amigas habían regresado a Gran Bretaña con sus maridos, y a ella le horrorizaba pensar que aquel hombre pretendiera manosearla. El capitán Nash-Burnham, que había sido íntimo amigo del padre de Khin Myo, apareció en su casa dos días después de que la echaran. Nash-Burnham no hizo ningún comentario sobre lo sucedido, y ella entendió que no pudiera hablar en su defensa. Pero le ofreció trabajo de ama de llaves en las dependencias de los invitados del cuartel general. «Casi siempre están vacías —le explicó—, de modo que si quiere puede invitar a sus amigas, o incluso dar clases.» La joven se mudó aquella misma semana, y unos días más tarde empezó a enseñar inglés en la mesita que había debajo de los papayos. Allí había pasado cuatro años.

—¿Y cómo conoció al doctor Carroll? —le preguntó Edgar.

—Un día llegó como huésped a Mandalay, igual que usted.

Pasaron el resto de la tarde en la ribera, bajo los sauces; Khin Myo habló sobre todo de Birmania, de las fiestas populares o de historias de su infancia. Edgar le hizo muchas preguntas. No volvieron a nombrar ni a Katherine ni al doctor.

Mientras estaban allí, varias familias shan pasaron de camino al río, donde iban a lavar, a pescar o a jugar en la orilla, y si se fijaron en la pareja no dijeron nada. «Es natural que tratemos con hospitalidad al invitado; el hombre silencioso que ha venido a arreglar el elefante que canta es tímido y camina con el porte de las personas inseguras. Nosotros también lo acompañaríamos para que se sienta cómodo, pero no sabemos inglés. Él no habla shan, pero lo intenta; dice *som tae-tae kha* cuando se cruza con nosotros, y *kin waan* cuando encuentra la comida sabrosa. *Som tae-tae kha* significa "gracias". Alguien debería decírselo; todos sabemos que él piensa que significa "hola". Juega con los niños, y eso no lo ha hecho ninguno de los blancos que ha venido; quizá sea porque no tiene hijos. Habla poco, y los astrólogos dicen que está buscando algo; lo saben por la posición de las estrellas el día de su llegada, y porque había tres enormes lagartos *taukte* en su cama, que señalaban hacia el este y gritaron dos veces; la mujer que le limpia la habitación lo recordaba y fue a preguntarles qué significaba aquello. Dicen que es de esos hombres que tienen sueños; pero que no se los cuenta a nadie.»

Empezaba a anochecer, y Khin Myo anunció:

—Tengo que marcharme.

Sin embargo, no explicó por qué. Edgar le dio las gracias por la compañía.

—Ha sido una tarde maravillosa. Espero volver a verla.

—Yo también —repuso.

Él pensó: «No hay nada malo en esto.» Se quedó en el río hasta que el aroma a canela y coco se hubo disipado.

Edgar se despertó en plena noche, tiritando. «Hace frío —se dijo—, debemos de estar en invierno»; y se tapó con otra manta. Luego se quedó dormido.

Volvió a despertarse, esta vez sudando. La cabeza le ardía. Cambió de posición y se incorporó. Se pasó la mano por la cara y vio que la tenía empapada de sudor. Le costaba respirar; se quitó las mantas, apartó la mosquitera y se levantó. Todo le daba vueltas. Fue al balcón y respiró hondo; sintió náuseas y vomitó. «Estoy enfermo, sin duda», pensó; pegó las rodillas al pecho y notó que con la brisa que llegaba del río, el sudor se secaba y la piel se le enfriaba. Se durmió de nuevo.

Se despertó al notar una mano en el hombro. El doctor se agachó a su lado, con el estetoscopio colgado del cuello.

—¿Está usted bien, señor Drake? ¿Qué hace aquí fuera?

Había poca luz; estaba amaneciendo. Edgar rodó sobre sí mismo y se tumbó boca arriba, gimiendo.

—La cabeza... —murmuró.

—¿Qué ha sucedido?

—No lo sé, he pasado una noche terrible. Tenía mucho frío y tiritaba. Me he tapado y al poco rato me he despertado sudando. —Carroll le tocó la frente—. ¿Qué puedo tener? —le preguntó.

—Malaria. No estoy seguro, pero lo parece. Tendré que tomarle una muestra de sangre. —Se volvió y le dijo algo en shan a un muchacho que estaba detrás de él—. Voy a darle sulfato de quinina; eso lo aliviará. —Parecía preocupado—. Venga. —Lo ayudó a levantarse y lo llevó hasta su cama—. Mire, las sábanas todavía están empapadas. Le ha dado fuerte. Vamos, túmbese.

El doctor se marchó. Edgar se quedó dormido. Un joven entró en la habitación y lo despertó. Le llevaba agua y unas pequeñas pastillas que él se tragó. Volvió a dormirse. Cuando abrió los ojos ya era entrada la tarde, y Carroll estaba a su lado.

—¿Cómo está?

—Mejor, creo. Tengo mucha sed.

El doctor asintió y le dio un poco de agua.

—Ése es el curso normal de la enfermedad: primero, los escalofríos, y después, la fiebre; entonces se empieza a sudar. Y en general, como en su caso, de repente se encuentra uno mucho mejor.

—¿Se repetirá?

—Eso depende. A veces sólo aparece cada dos días, y otras, cada tres. Pero en ocasiones se presenta más a menudo, o es mucho más irregular. La fiebre es terrible, ya lo sé: yo he tenido malaria muchísimas veces; a mí me hace delirar.

Edgar intentó incorporarse, pero se sentía muy débil.

—Siga durmiendo —le aconsejó el doctor.

Se durmió.

Despertó y volvía a ser de noche. La señorita Ma, la enfermera, descansaba en un catre cerca de la entrada. Edgar notó de nuevo una presión en el pecho. Hacía calor, no corría ni una gota de aire, y de pronto sintió la necesidad de salir. Apartó la mosquitera e intentó levantarse. Estaba debilitado, pero podía caminar; fue de puntillas hacia la puerta. Las nubes tapaban la luna y todo estaba muy oscuro. Respiró hondo varias veces, alzó los brazos y se estiró. «Me hace falta caminar», pensó, y descendió a tientas la escalera. El campamento parecía vacío. Iba descalzo, y el contacto del frío suelo le resultó agradable; bajó por el camino que conducía al río.

En la orilla corría la brisa; Edgar se sentó y respiró profundamente. El aire fresco le sentaba bien. El Saluén fluía en silencio. De pronto oyó un crujido y un débil grito. «Parece un niño», pensó; se levantó y fue tambaleándose por la playa hasta llegar a un caminito que discurría junto al río y se perdía entre las matas.

Se acercó a los arbustos, y el ruido se intensificó. Hacia el final del sendero vislumbró algo que se movía en la ribera, dio un par de pasos más y entonces los vio; se quedó un momento allí plantado, conmocionado. Había una pareja de jóvenes shan tumbados en la orilla. Él tenía el cabello recogido en lo alto de la cabeza, y la mujer lo llevaba suelto, y se extendía sobre la arena. Su *hta main* estaba mojado; se lo había levantado para cubrirse los pechos, y había dejado al descubierto unas tersas caderas salpicadas de agua y tierra. Estaba abrazada al joven, y le arañaba la espalda tatuada. Ambos se movían en silencio; lo único que se oía era el agua que les acariciaba los pies. La muchacha volvió a gemir, ahora más fuerte, y empezó a arquear la espalda; se quitó el *hta main*; la arena húmeda se desprendía de sus caderas. Edgar retrocedió con paso inseguro hacia los arbustos.

Volvió la fiebre, esta vez más intensa. Edgar tiritaba de pies a cabeza, apretaba las mandíbulas, se oprimía el pecho con los brazos, intentaba sujetarse los hombros, pero le temblaban demasiado las manos; sacudía la cama y la mosquitera. Al moverse se tambaleaba la jofaina que había sobre la mesa. La señorita Ma se despertó, fue junto a su lecho y lo tapó, pero él seguía teniendo frío. Intentó darle las gracias, pero no podía hablar. La palangana fue traqueteando hasta el borde de la mesita.

De pronto volvió a sentir calor, igual que la noche anterior. Apartó las mantas. Ya no se estremecía. El sudor le cubría la frente y le resbalaba hasta los ojos. Se arrancó la camisa, que estaba empapada; los delgados calzones de algodón se le pegaban a las piernas, y sintió la necesidad de quitárselos también, pero se contuvo: «Tengo que conservar la decencia», se dijo; le dolía todo el cuerpo, y se enjugó con las manos el sudor de la cara, del pecho, de los brazos... Se dio la vuelta; las sábanas estaban húmedas y calientes; intentó respirar y arrancó la mosquitera. Oyó pasos y vio cómo la señorita Ma mojaba un paño, levantaba la red y se lo aplicaba en la cabeza. Estaba frío; se lo frotó por el resto del cuerpo, y el calor se redujo un poco, pero volvió en cuanto ella retiró el paño. La joven intentaba aliviar la fiebre, pero ésta era cada vez más alta. Edgar perdió el conocimiento.

Ahora flota y se ve a sí mismo en la cama. El agua resbala por su piel, forma charcos, empieza a moverse; ya no es sudor, sino hormigas que salen de sus poros y pululan. Está cubierto de ellas. Vuelve a caer en su cuerpo y grita, intenta ahuyentarlas, pero caen sobre las sábanas y se convierten en diminutas llamas, y cuando las aparta a manotazos llegan más, surgen de su piel como de un hormiguero, ni despacio ni deprisa, pero sin parar, hasta cubrirlo por completo. Edgar grita y oye un frufrú junto a su lecho, donde ahora hay varias figuras; cree reconocerlas: el doctor y la señorita Ma, y alguien más que permanece de pie detrás de las otras dos. La habitación está oscura y roja, como un fuego. Edgar ve las caras, pero se difuminan y se disuelven, y las bocas se transforman en hocicos de perro, bocas que ríen, y quieren alcanzarlo con las patas, y cada vez que lo tocan él siente un intenso frío, y grita e intenta alejarlos. Uno de los perros se inclina sobre él y apoya el morro contra su mejilla; su aliento apesta a calor y a ratones, y sus ojos queman, claros como el cristal, y en ellos ve a una mujer, está sentada en la orilla de un río contemplando a un par de cuerpos, y él también los ve: los brazos marrones abrazados a la ancha espalda blanca, pálida y llena de arena, los rostros pegados y jadeando. Hay una barca; ella se monta y se aleja remando, y él trata de ponerse en pie, pero ahora lo sujetan aquellos brazos marrones y percibe algo escurridizo, siente calor y algo que lo refresca, y nota que el hocico le separa los labios, y que una áspera lengua se introduce en su boca. Intenta levantarse, pero los otros lo rodean, quiere forcejear, pero se derrumba, agotado. Se queda dormido.

Se despierta varias horas más tarde y nota una toalla húmeda y fresca en la cabeza. Khin Myo está sentada junto a su cama. Con una mano le sujeta el paño sobre la frente. Edgar le coge la otra mano. Ella no la aparta.

—Khin Myo... —dice él.

—Duerma, señor Drake.

16

La fiebre desapareció con el amanecer. Era la mañana del tercer día de la enfermedad; se despertó y se encontró solo. En el suelo, junto a la cama, había una jofaina vacía de la que colgaban dos toallas.

Le dolía la cabeza. Sólo conservaba una vaga impresión de la noche anterior; se tumbó e intentó recordar lo que había pasado. En su mente aparecieron varias imágenes, pero eran extrañas e inquietantes. Se colocó sobre el costado; las sábanas estaban húmedas y frescas. Se quedó dormido.

Despertó al oír su nombre pronunciado por una voz masculina. Se giró. El doctor Carroll estaba junto a él.

—Tiene usted mejor aspecto esta mañana, señor Drake.

—Sí, me encuentro mucho mejor.

—Me alegro. Anoche lo pasó usted muy mal. Hasta yo estaba preocupado... y eso que he visto cientos de casos.

—No me acuerdo. Sólo recuerdo haberlos visto a usted, a Khin Myo y a la señorita Ma.

—Khin Myo no estuvo aquí. Debió de ser una alucinación.

Edgar miró al doctor, que lo observó a su vez con gesto serio e inexpresivo.

—Sí, sería eso —dijo; se dio de nuevo la vuelta y se durmió.

• • •

La fiebre volvió en los días posteriores, pero ya no era muy alta, y aquellos espantosos sueños no se repitieron. La señorita Ma lo dejaba solo e iba a ocuparse de otros pacientes del hospital, pero regresaba varias veces al día para ver cómo se encontraba. Le llevaba fruta, arroz, y una sopa que sabía a jengibre y que lo hacía sudar y luego estremecerse, cuando ella lo abanicaba. Un día la enfermera entró con unas tijeras para cortarle el cabello. El doctor le explicó a Edgar que los shan creían que esa medida ayudaba a combatir la enfermedad.

Edgar se levantó y empezó a caminar un poco; había adelgazado, y ahora la ropa todavía le iba más holgada. Pero la mayor parte del tiempo descansaba en el balcón, desde donde contemplaba el río. El doctor le dijo a un flautista shan que tocara para él, y el afinador se sentaba en la cama, bajo la mosquitera, y escuchaba aquella música. Una noche, estando solo, le pareció oír que alguien tocaba el piano. La brisa nocturna arrastraba las notas por el campamento. Al principio creyó que era una pieza de Chopin, pero entonces la canción cambió y se volvió más esquiva, quejumbrosa; era una melodía que nunca había oído.

Su cara recobró el color, y volvió a comer con el médico. Éste le pidió que le hablara de Katherine, y él le contó cómo se habían conocido; pero básicamente lo que hacía era escuchar: historias de la guerra, tradiciones shan, cuentos de hombres que remaban con las piernas, de monjes con poderes místicos... El doctor le dijo que había enviado la descripción de una nueva flor a la Linnean Society, y que había empezado a traducir *La Odisea* de Homero a la lengua shan.

—Es mi relato favorito, señor Drake; en él encuentro un profundo mensaje. —Lo estaba haciendo porque un narrador shan le había pedido una leyenda «de las que se cuentan por la noche alrededor de una hoguera»—. Ahora estoy en la canción de Demódoco, no sé si la recuerda: él canta sobre el saqueo de Troya; y Odiseo, el gran guerrero, «llora como una mujer».

280

Por la noche iban a oír a los músicos: tambores, címbalos, arpas y flautas se mezclaban en una jungla de sonidos. Se quedaban hasta tarde. Cuando volvían a sus aposentos, Edgar salía al balcón y seguía escuchando.

Pasados unos días, el doctor le preguntó:

—¿Cómo se encuentra?

—Bien. ¿Por qué quiere saberlo?

—Tengo que volver a marcharme y pasaré un par de días fuera. Khin Myo estará aquí, así que no se quedará usted solo.

Carroll no le dijo adónde iba y Edgar no lo vio partir.

A la mañana siguiente el afinador se levantó y bajó al río para observar cómo trabajaban los pescadores. Permaneció de pie rodeado de arbustos en flor, estudiando el ir y venir de las abejas. Jugó a la pelota con unos niños, pero se cansó enseguida y volvió a su habitación. Se sentó en el balcón y desde allí observó el Saluén y cómo el sol se desplazaba por el cielo. El cocinero le llevó la comida: un caldo con fideos dulces y trozos de ajo frito.

—*Kin waan* —dijo después de probarlo, y el hombre sonrió.

Llegó la noche; Edgar durmió profundamente y tuvo un agradable sueño en el que bailaba en una fiesta. Los aldeanos tocaban extraños instrumentos, y él se movía al ritmo de un vals, pero solo.

Al día siguiente decidió escribir a Katherine. Había una idea que lo inquietaba: que el ejército hubiera notificado a su mujer que se había marchado de Mandalay. Tuvo que convencerse de que la evidente falta de interés que los militares le habían manifestado antes de su partida (y que tanto lo había enfurecido) significaba que aún era menos probable que se hubieran puesto en contacto con ella ahora.

Sacó papel y pluma y escribió el nombre de su esposa. Empezó a explicar cómo era Mae Lwin, pero se interrumpió cuando sólo había escrito unas cuantas líneas. Quería describirle a Katherine la aldea que había en lo alto de la montaña, pero se dio cuenta de que sólo la había visto desde lejos. Todavía no hacía excesivo calor, y pensó que era un buen momento para dar un paseo, que le sentaría bien un poco de ejercicio. Se puso el sombrero y, pese al calor, un chaleco que solía usar en Inglaterra en verano cuando salía a caminar. Bajó al centro del campamento.

En el claro había dos mujeres que subían del río cargadas con cestos de ropa; una lo llevaba apoyado en la cadera, y la otra, en la cabeza, sobre el turbante enrollado. Las siguió por el caminito que se adentraba en la espesura y ascendía por la cresta. En el silencio del bosque, ellas oyeron los pasos de Edgar a sus espaldas; se dieron la vuelta, rieron y se dijeron algo en voz baja, en lengua shan. Él se tocó el ala del sombrero. Los árboles se espaciaron, y las mujeres subieron por una empinada pendiente hacia el poblado, que se extendía al otro lado de la montaña. Edgar continuaba detrás, y cuando entraron en la aldea, ellas se giraron de nuevo y rieron, y una vez más él se llevó la mano al sombrero.

Al llegar junto al primer grupo de casas, construidas sobre pilares, Edgar vio junto a la entrada a una anciana en cuclillas, con la tela estampada del vestido tensa sobre las rodillas. Había un par de cerdos escuálidos que dormían a la sombra, roncando y retorciendo la cola en medio de misteriosos sueños.

La mujer fumaba un cigarro del grosor de su muñeca. Edgar la saludó.

—Buenos días —dijo.

Lentamente, ella se quitó el puro de la boca asiéndolo entre los dedos medio y anular, nudosos y llenos de sortijas. Él pensó que iba a gruñirle, pero su rostro mostró una amplia y desdentada sonrisa, y exhibió las encías manchadas de betel y tabaco. Llevaba la cara tatuada, no con sólidas líneas como los hombres, sino con cientos de diminutos puntos que componían un dibujo. Después se enteró de que aquella mujer no era shan, sino chin, una tribu del oeste, y que los detalles de sus tatuajes así lo indicaban.

—Adiós, señora —dijo.

Ella volvió a colocarse el cigarro entre los labios e inhaló con fuerza, hundiendo las arrugadas mejillas. Edgar volvió a pensar en aquellos anuncios que se veían por todo Londres: «CIGARROS DE LA ALEGRÍA: UNO SOLO PROPORCIONA ALIVIO INMEDIATO HASTA EN LOS PEORES CASOS DE ASMA, TOS, BRONQUITIS Y FALTA DE ALIENTO.»

Siguió andando. Pasó junto a unos campos pequeños y resecos, en terraplenes. Debido a la sequía, la temporada de siembra no había empezado, y la tierra estaba levantada y formaba duros terrones. Las casas estaban elevadas a diferente altura, y tenían las paredes como las del campamento, hechas de tiras de bambú entrelazadas que formaban dibujos geométricos. La carretera estaba vacía, salvo por algunos grupos de niños cubiertos de polvo, y Edgar vio a mucha gente reunida dentro de las viviendas. Hacía calor, tanto que ni los mejores adivinos habrían podido predecir que aquel día, por fin, llegarían las lluvias a la meseta Shan. Los hombres y las mujeres hablaban sentados a la sombra, sin entender que el inglés saliera a pasear con semejante bochorno.

Al pasar junto a una de las casas, Edgar oyó un repique y se paró a mirar. Había dos hombres acuclillados, sin camisa, con sus típicos pantalones holgados de color azul, martillando metal. Había oído decir que los shan tenían fama de buenos herreros; en el mercado de Mandalay, Nash-Burnham le había enseñado unos cuchillos de la zona. «¿De dónde sacarán el metal?», se preguntó, y se acercó para ver mejor. Uno de los hombres tenía un trozo de vía entre los pies, y lo golpeaba contra un yunque. «No se te ocurra construir un ferrocarril en un país de herreros hambrientos», se dijo, y aquel pensamiento adquirió un inquietante tono de aforismo, aunque no supo encontrarle ningún significado más profundo.

Se cruzó con un par de individuos. Uno llevaba un sombrero enorme, con el ala muy ancha, como los que usaban los campesinos de los arrozales que aparecían en las postales, sólo que el ala descendía sobre las orejas, de modo que la parte delantera le enmarcaba el rostro y parecía un ornitorrinco gigantesco. «Es verdad, recuerdan a los soldados de las Highlands», pensó Edgar, que había leído aquella comparación, pero no la había entendido hasta entonces, al ver el amplio sombrero y los anchos pantalones que se asemejaban a faldas escocesas. Más allá, las mujeres a las que había seguido se detuvieron junto a otra casa, donde había una muchacha con un bebé en brazos. Él se paró para observar el vuelo de una miná, y vio que ellas lo miraban.

Poco después llegó a un claro donde unos muchachos jugaban al *chinlon*. Era lo que practicaban los niños del campamento, aunque cuando Edgar se unía a ellos siempre acababa convirtiéndose en fútbol. Se quedó a mirar. Uno de los chicos levantó la pelota y se la ofreció, invitándolo a participar; pero él sacudió la cabeza y les indicó por señas que continuaran. Los jóvenes, que se alegraban de tener público, reanudaron el juego utilizando los pies para mantener la esfera de ratán entretejido en el aire. La golpeaban, se tiraban a tierra, daban volteretas: cualquier cosa para impedir que la pelota tocara el suelo. Edgar los observaba. Al cabo de un rato el balón fue a parar a donde estaba él, que puso la pierna para pararlo; rebotó hacia el círculo y uno de los chicos siguió jugando. Los otros lo vitorearon, y Edgar, un tanto cansado por el esfuerzo, no pudo evitar sonreír al sacudirse el polvo de las botas. Permaneció allí un rato más, pero luego, temiendo no tener tanta suerte la próxima vez que la pelota saliera disparada, continuó caminando.

Pasó junto a otro grupo de casas, donde había varias mujeres sentadas a la sombra alrededor de un telar. Un crío desnudo perseguía unas gallinas por el camino, y se detuvo para ver pasar a Edgar; al parecer, aquel animal desconocido era mucho más interesante que las chillonas gallinas. Él se paró junto al niño, que llevaba la cara cubierta de *thanaka* y parecía un duendecillo.

—¿Cómo estás, amiguito? —le preguntó.

Se agachó y le tendió la mano.

284

El pequeño, impertérrito, con el vientre hinchado y sucio de polvo, se quedó plantado mirando fijamente al afinador. De pronto se puso a orinar.

—¡Ayyyy!

Una joven bajó corriendo los escalones de una de las cabañas, y cogió en brazos al chiquillo para desviar el chorro hacia otro lado, intentando contener la risa. Cuando el crío terminó, la muchacha se lo apoyó en la delgada cadera, imitando a las mujeres mayores, y lo amenazó con el dedo. Edgar se dio la vuelta y vio que detrás de él se había congregado un grupo de niños.

Una mujer subía por el camino con un búfalo asiático, y los chavales se apartaron para dejar pasar al animal. Estaba recubierto de barro y sacudía perezosamente la gruesa cola para ahuyentar las moscas que se posaban en su grupa.

Edgar echó a andar de nuevo, y los chicos lo siguieron a cierta distancia. El sendero ascendió un poco, y atisbó un pequeño valle cubierto de campos de arroz en barbecho y dispuestos en bancales. A un lado de la carretera había dos hombres sentados que al ver al afinador dibujaron la sonrisa shan a la que ya se había acostumbrado. Uno de ellos señaló a la pandilla que iba tras él y dijo algo.

—Sí, muchos niños —repuso Edgar.

Ambos rieron, aunque ninguno había entendido ni una palabra de lo que había dicho el otro.

Era casi mediodía, y Edgar se dio cuenta de que estaba empapado de sudor. Se paró un momento a la sombra de un pequeño granero y observó cómo un lagarto hacía flexiones sobre una piedra. Sacó un pañuelo y se enjugó la frente. Había pasado tantas horas afinando el piano o sentado en la terraza, que no había tenido ocasión de comprobar cómo quemaba el sol, ni los estragos de la sequía. Los campos, resecos, se ondulaban bajo aquel calor asfixiante. Esperó un poco, creyendo que los chiquillos se aburrirían y se marcharían, pero cada vez eran más.

Escogió un camino creyendo que conducía al fuerte. Pasó junto a una pequeña capilla donde habían dejado un amplio surtido de ofrendas: flores, piedras, amuletos, tacitas cuyo contenido ya se había evaporado, arroz, figuritas de arcilla... Era como un templo en miniatura. Se parecía a las que había visto en las tierras bajas, construidas, como le había explicado el doctor, para complacer a un espíritu al que los shan llamaban el Señor del Lugar. Edgar, que nunca se había considerado supersticioso, buscó en sus bolsillos algo, pero sólo encontró la bala. Miró a su alrededor, nervioso; sólo estaban los niños, y dio media vuelta.

Continuó. Un poco más allá vio a una mujer que caminaba sosteniendo una sombrilla. Era una imagen que había visto muchas veces en las tierras bajas, pero nunca en la meseta: el sol en lo alto, una dama solitaria oculta bajo un parasol, el vestido reluciente en medio del espejismo del sendero... No corría el aire, y Edgar se detuvo para observar la delgada línea de polvo que la mujer levantaba con los pies al andar. Y de pronto se dio cuenta de qué era lo incongruente en aquella escena: las shan, que llevaban sombreros de ala ancha o turbantes, casi nunca utilizaban sombrillas.

Entonces reconoció a Khin Myo, que estaba a unos cien pasos de él.

Ella se le acercó sin decir nada. Lucía un bonito *hta main* de seda roja y una blusa blanca de algodón, holgada, que se movía con suavidad. Llevaba la cara pintada con unas gruesas líneas de *thanaka*, y el cabello, sujeto con un alfiler de madera de teca pulida y tallada. Se le habían soltado unos mechones del moño y le tapaban la cara. Se los recogió y dijo:

—Lo estaba buscando. El cocinero me ha dicho que lo había visto salir en dirección al poblado. Quería acompañarlo. Una muchacha me ha contado que las *nwè ni*, las campanillas, ya han empezado a florecer, y he pensado que podíamos ir a verlas juntos. ¿No será demasiado para usted?

—No, creo que no. Ya estoy recuperado del todo.

—Me alegro mucho. Estaba preocupada —replicó ella.

—Yo también... He soñado mucho estos días y he tenido unas pesadillas extrañas y terribles. Me pareció verla a usted.

286

Ella permaneció callada un momento.

—No quería dejarlo solo. —Le tocó el brazo—. Vamos.

Se pusieron en marcha, y el grupo de críos los siguió en silencio. Al poco rato Khin Myo se paró y giró la cabeza.

—¿Piensa llevarse usted a su...? ¿Cómo se llama?

—¿*Troupe*?

—Es una palabra francesa, ¿no?

—Creo que sí. No sabía que también hablara francés.

—No lo hablo. Sólo sé un par de cosas. Al doctor Carroll le gusta enseñarme el significado de las palabras.

—Pues a mí me gustaría aprender a decirle «largo de aquí» a mi *troupe*. Son encantadores, pero no estoy habituado a ser el centro de atención.

Khin Myo se dio la vuelta y les dijo algo a los chicos, que se pusieron a chillar y retrocedieron un buen trecho antes de detenerse. Ella y Edgar prosiguieron su camino. Esa vez los muchachos no fueron tras ellos.

—¿Qué les ha dicho? —preguntó Edgar.

—Que el inglés se come a los niños *shan* —contestó.

Él sonrió.

—Creo que eso no es exactamente el tipo de propaganda que necesitamos los británicos —comentó.

—Qué va, al contrario. Muchos espíritus *shan* devoran criaturas. Y los *shan* los veneran desde mucho antes que llegaran ustedes a estas tierras.

Tomaron una senda que remontaba una pequeña colina. Khin Myo le señaló una casa donde, al parecer, vivía una anciana con mal de ojo, y le recomendó que tuviera cuidado. Hasta eso lo dijo con jovialidad y desenfado, y la tristeza que Edgar había sentido después de la charla junto al río parecía muy lejana. Entraron en un bosquecillo y empezaron a subir el cerro. Cada vez había menos árboles, y el suelo comenzó a cubrirse de flores.

—¿Son éstas las que buscaba? —preguntó Edgar.

—No, están en un prado que hay al otro lado de la cresta. Venga por aquí.

Llegaron a la cima; a sus pies se extendía un campo de arbustos cubiertos de flores de color rojo oscuro y salmón.

—¡Qué bonito! —exclamó Khin Myo, y bajó corriendo como una niña.

Edgar sonrió y la siguió caminando, pero de pronto y sin proponérselo también echó a correr. Un poco. La joven se paró, se dio la vuelta y fue a decirle algo; él intentó frenar, pero el impulso que llevaba se lo impidió, y tropezó una vez, dos, hasta que consiguió detenerse justo delante de ella. Edgar se había quedado sin aliento y tenía las mejillas sonrosadas.

Khin Myo lo miró y arqueó una ceja.

—¿Qué hacía usted, señor Drake? ¿Daba saltitos? —preguntó.

—¿Qué?

—Me ha parecido ver que bajaba brincando.

—No, qué va. Es que iba demasiado rápido y no podía parar.

Khin Myo rió y dijo:

—¡Yo diría que estaba saltando, señor Drake! —Sonrió y añadió—: Y mire, ahora se ha ruborizado.

—¡No es cierto!

—Ya lo creo. ¡Mire, se está poniendo cada vez más colorado!

—Es el sol. Esto nos pasa a todos los ingleses cuando lo tomamos demasiado.

—Señor Drake, creo que ni siquiera la piel inglesa se quema tan deprisa debajo de un sombrero.

—Entonces debe de ser el ejercicio. Ya no soy joven.

—Ya, el ejercicio. —Y volvió a tocarle el brazo—. Vamos a ver las flores.

No era la clase de prado al que Edgar estaba acostumbrado, ni uno de aquellos campos cubiertos de rocío que había visto en la campiña inglesa. Aquél era seco, y los matorrales explotaban en la dura superficie del suelo con cientos de flores de colores que jamás habría podido imaginar, pues él era especialista en diferenciar notas, pero, en cambio, no tenía la vista muy fina.

—Si lloviera —observó Khin Myo— aún habría más flores.

—¿Sabe usted sus nombres? —preguntó Edgar.

—Sólo unos pocos. Conozco mejor las de las tierras bajas. Pero el doctor Carroll me ha enseñado algunos. Aquello de allí es madreselva; y aquello, una especie de primavera que también se encuentra en China; eso de ahí es hipérico, y aquéllas son rosas silvestres. —Cogió unas cuantas mientras andaba.

Oyeron cantar a alguien desde lo alto y poco después surgió una muchacha shan; primero la cabeza, como desprovista de cuerpo, luego el tronco y, por último, las piernas y los pies, con los que tamborileaba por el camino. Avanzaba a buen ritmo, y al pasar junto a ellos agachó respetuosamente la cabeza. Cuando ya se había alejado unos diez pasos, se giró para volver a mirar a los extraños, aceleró la marcha y desapareció tras un desnivel.

Ni Edgar ni Khin Myo dijeron nada, y él se preguntó si la joven se habría dado cuenta de lo que había insinuado aquella muchacha con la mirada que les había lanzado, de lo que significaba que los dos estuvieran solos en medio de aquel prado de flores. Por fin carraspeó y dijo:

—Quizá la gente se forme una idea equivocada si nos ve aquí. —Enseguida se arrepintió de haber hablado.

—¿Qué quiere decir?

—Lo siento, no importa.

La miró. Estaba de pie muy cerca de él, y el viento que soplaba sobre el prado mezclaba el aroma de las flores con su perfume.

Quizá Khin Myo percibió el desasosiego de Edgar, porque no volvió a preguntárselo; se acercó las flores a la nariz y le dijo:

—Huélalas. No hay nada parecido.

Edgar agachó despacio la cabeza y la aproximó a la suya, hasta que sólo el olor de las flores separaba sus labios de los de ella. Nunca la había visto desde tan cerca: ahora podía apreciar los detalles de sus iris, la hendidura de sus labios, el fino polvo de *thanaka* que decoraba sus mejillas...

Finalmente ella lo miró y dijo:

—Se hace tarde, señor Drake, y ha estado usted muy enfermo. Deberíamos regresar. Es posible que el doctor Carroll ya haya llegado.

Y, sin esperar a que él respondiera, separó una campanilla del ramillete y se la colocó en el pelo. Luego echó a andar hacia el campamento.

Edgar se quedó un momento allí plantado, viéndola alejarse, y luego la siguió.

El doctor Carroll no regresó aquella tarde, pero sí la lluvia, tras seis meses de sequía en la meseta Shan. La tormenta atrapó a Edgar y a Khin Myo por el camino, y echaron a correr juntos, riendo, mientras unas enormes y calientes gotas caían del cielo con la misma fuerza que el granizo. Pasados unos minutos estaban empapados; ella corría delante, con la sombrilla a un lado y el cabello completamente mojado. La campanilla aguantó un rato, pero luego resbaló empujada por el ímpetu del agua y cayó al suelo. Con una agilidad que lo sorprendió, y sin interrumpir la carrera, Edgar se agachó y la recogió.

Cuando llegaron al fuerte, se encontraron con montones de personas que subían del río huyendo del inesperado aguacero; todas reían, se tapaban la cabeza, gritaban. Por cada mujer que corría en busca de cobijo para protegerse el turbante, había dos niños que se ponían a bailar bajo la lluvia, en medio del gran charco que se estaba formando en el claro. Edgar y Khin Myo también se resguardaron, delante de la habitación de la joven. El agua resbalaba por el borde del tejado y caía formando una cortina que los separaba de los gritos que se oían por todo el campamento.

—Está empapado —comentó Khin Myo riendo—. Mire.

—Usted también —replicó Edgar.

La observó; tenía el largo y negro cabello pegado al cuello, y la delgada blusa, adherida al tronco. Se le veía la piel a través de la tela, bajo la que se le apreciaba la silueta de los pechos. Ella lo miró y se apartó el pelo mojado de la cara.

Edgar la contempló y ella le sostuvo un momento la mirada; él notó, en lo más profundo de su pecho, que algo se estremecía, un anhelo de que lo invitara a entrar en su cuarto, sólo para secarse, por supuesto, a él jamás se le habría ocurrido pedir nada más. Sólo para secarse, y luego, en la estancia a oscuras, con aquel aroma a coco y canela, un deseo de que quizá sus manos se rozaran, primero por casualidad, y luego otra vez, acaso voluntariamente; que sus dedos se encontraran, se entrelazaran y se quedaran así un momento antes de que ella mirara hacia arriba y él, hacia abajo. Se preguntó si ella estaría pensando lo mismo mientras los dos, allí fuera, notaban el frescor del agua sobre la piel.

Y tal vez habría sucedido, si Edgar hubiera actuado con espontaneidad, si se hubiera acercado a Khin Myo con la misma naturalidad con que llueve. Pero no, no fue así. Era pedirle demasiado a un afinador de pianos; un hombre cuya vida consistía en imponer orden para que otros crearan belleza; un hombre que establecía normas para que los demás las rompieran. De modo que, tras un largo silencio, durante el cual permanecen callados escuchando la lluvia, él dice:

—Entonces será mejor que nos cambiemos. Tengo que ir a buscar ropa seca.

Unas breves palabras que significan poco y mucho.

Diluvió toda la tarde y toda la noche. Por la mañana, cuando el cielo se despejó, el doctor Anthony Carroll regresó a Mae Lwin con el emisario del príncipe shan de Mongnai, tras cabalgar toda la noche en medio de la tormenta.

17

Edgar estaba sentado en el balcón viendo pasar las espumosas aguas del Saluén cuando oyó ruido de cascos. Eran tres jinetes: el doctor Carroll, seguido de Nok Lek y un hombre al que no reconoció.

Un grupo de niños ayudó a desmontar a los recién llegados. Pese a estar lejos, Edgar vio que los tres estaban empapados. El doctor se quitó el casco y se lo puso debajo del brazo. Miró hacia arriba y vio al afinador frente a su habitación.

—Buenos días, señor Drake —gritó—. Venga, por favor. Quiero presentarle a una persona.

Edgar se levantó y bajó al claro. Cuando llegó, los niños ya se habían ido con los ponis y Carroll se estaba quitando los guantes. Llevaba una chaqueta de montar y unas polainas salpicadas de barro. Entre los labios tenía un cigarro, mojado pero encendido. Parecía muy cansado.

—Veo que ha sobrevivido sin mí.

—Sí, doctor, gracias. Ha llegado la lluvia. He trabajado un poco más en el piano; creo que ya puedo decir que está afinado.

—Excelente, señor Drake, excelente. Eso es justo lo que esperaba oír, y enseguida le explicaré por qué. Pero antes permítame presentarle a Yawng Shwe. —Miró a su acompañante, que se inclinó un poco antes de tenderle la mano a Edgar. Éste se la estrechó—. Como verá, conoce bien nuestras costumbres —comentó refiriéndose al visitante.

—Encantado de conocerlo, señor —dijo Edgar.

—No habla inglés; sólo da la mano —repuso Carroll con ironía—. Es un emisario del *sawbwa* de Mongnai. Seguro que ha oído hablar de ese territorio; está en el norte. Su gobernante siempre ha sido uno de los más poderosos de los estados que hay más allá del Saluén. Hemos venido a toda prisa porque mañana el príncipe visitará Mae Lwin, y yo lo he invitado a alojarse en el campamento. Es la primera vez que viene. —Se interrumpió un momento, se apartó el cabello mojado de la cara y añadió—: Vamos a buscar algo para beber antes de seguir hablando. Estamos muertos de sed después de toda una noche cabalgando; a pesar de la lluvia.

Se dirigieron los cuatro hacia el cuartel general. Carroll, que iba al lado de Edgar, dijo:

—Me alegro mucho de que el piano esté listo. Parece que lo vamos a necesitar antes de lo que creía.

—¿Cómo dice?

—Me gustaría que tocara usted para el *sawbwa*, señor Drake. —Vio que Edgar quería decir algo, pero se adelantó—: Ya se lo explicaré mejor más tarde. Él es un excelente músico, y le he hablado mucho del Erard.

Edgar se paró y dijo:

—Yo no soy pianista, doctor. Ya se lo he dicho muchas veces.

—Tonterías, señor Drake. Lo he oído tocar mientras afinaba. Quizá no esté preparado para una sala de conciertos de Londres, pero le sobra talento para la selva de Birmania. Además, no nos queda otro remedio. Le he contado al príncipe que había venido usted especialmente para él; y yo tengo que sentarme con mi huésped para explicarle la música. —Le puso una mano en el hombro y lo miró a los ojos—. Hay mucho en juego, señor Drake.

Edgar volvió a negar con la cabeza, pero Carroll no lo dejó hablar.

—Ahora, si no le importa, voy a ocuparme de que nuestro invitado se ponga cómodo. Iré a verlo más tarde a su habitación.

Le gritó algo en shan a un muchacho que estaba junto a la puerta del cuartel general. El emisario rió y ambos entraron juntos.

Edgar regresó a su cuarto y se quedó esperando al doctor. Iba de un lado a otro, nervioso, pensando: «Esto es ridículo; yo no tengo por qué participar en sus juegos, no he venido para esto. Ya se lo he explicado muchas veces: yo no toco el piano. Es igual que Katherine, no lo entiende.»

Pasó una hora, quizá dos, aunque no estaba seguro, y ni siquiera podía satisfacer su costumbre de consultar el reloj estropeado, porque se lo había quitado y lo había dejado en una de sus bolsas, pues ya no había ninguna necesidad de conservar las apariencias.

Otra hora. Poco a poco su nerviosismo se fue reduciendo. «Quizá haya cambiado de opinión. Seguro que se lo ha pensado bien y se ha dado cuenta de que es una idea absurda, de que no estoy preparado para una actuación así.» Siguió aguardando, cada vez más convencido de que era eso lo que había pasado. Salió al balcón, pero sólo vio a las mujeres que había en el río.

Al final oyó pasos en la escalera. Era uno de los sirvientes.

—El doctor Carroll le envía esto —dijo el chico; le entregó una nota e inclinó la cabeza.

Edgar abrió la carta, escrita en papel shan, como todas las que había visto, pero la letra no estaba tan pulida.

Señor Drake:

Le pido disculpas por no haber ido a verlo como le había prometido. El emisario exige más atenciones de las que yo esperaba, y por desgracia no voy a poder hablar con usted del concierto. Lo único que pretendo es esto: como usted sabe, el *sawbwa* de Mongnai es uno de los líderes de la Confederación Limbin, con la que el ejército británico, dirigido por el coronel Stedman, lleva dos meses en guerra. Quiero proponerle un tratado preliminar aprovechando su visita a Mae Lwin, y, lo que es más importante, sugerirle que organice un encuentro con la Confederación. A usted sólo le pido que elija y toque algo que inspire al príncipe sentimientos de amistad, para que se convenza de las buenas intenciones de nuestras propuestas. Confío plenamente en su capacidad para escoger e interpretar una pieza apropiada para semejante ocasión.

A. C.

Edgar levantó la cabeza, dispuesto a protestar, pero el chico ya se había marchado. Miró hacia el campamento, pero estaba vacío. Maldijo en voz alta.

Pasó la noche junto al piano, sentado en el banco, meditando, iniciando piezas y deteniéndose. «No, esto no lo puedo tocar», se decía; cavilaba, volvía a empezar. Pensaba en lo que podía interpretar, pero también se preguntaba qué significaba aquella visita, quién era el *sawbwa* y qué pretendía conseguir el doctor con la música y la reunión. Paró al amanecer; apoyó la cabeza en el teclado y se durmió.

Edgar se despertó por la tarde con la impresión de que se había quedado dormido en su taller de Inglaterra. Mientras volvía a su habitación lo sorprendió ver lo mucho que se había transformado el campamento durante la noche. Habían barrido del sendero los residuos que habían depositado en él las lluvias, y lo habían cubierto con maderas nuevas. Había banderines colgados entre las casas, que la brisa agitaba bajo la luz del atardecer. El único indicio de la presencia británica era la bandera que ondeaba frente al cuartel general, convertido ahora en comedor. Curiosamente, parecía fuera de lugar; Edgar nunca la había visto hasta entonces, lo cual, pensándolo bien, era bastante extraño pues, al fin y al cabo, aquello era un fuerte británico.

Entró en su dormitorio y esperó a que se hiciera de noche; entonces un muchacho llamó a su puerta. Edgar se lavó y se vistió, y el chico lo guió por la escalera hasta el cuartel general, donde un vigilante le ordenó que se quitara los zapatos antes de pasar. Una vez dentro, vio que habían retirado las mesas y las sillas, y que habían puesto cojines en el suelo, ante unas mesitas de mimbre. La sala estaba en silencio; el *sawbwa* y su comitiva todavía no habían llegado. Condujeron a Edgar hasta el fondo, donde estaban sentados Carroll y Khin Myo. El doctor vestía el atuendo shan: una chaqueta de algodón blanco de corte elegante y un *paso* de tela morada iridiscente. Aquella ropa le favorecía, y Edgar se acordó del día de su llegada, cuando lo vio de pie junto al río, vestido como sus hombres. Desde entonces, sólo lo había visto con indumentaria europea o con uniforme militar.

Entre Carroll y Khin Myo había un cojín vacío. El doctor mantenía una conversación con un anciano shan que estaba a su izquierda, y le hizo señas a Edgar para que se sentara. La joven hablaba con un muchacho que estaba en cuclillas a su lado, y el afinador la observó en silencio. Llevaba una blusa de seda, y su cabello parecía aún más oscuro, como si acabara de bañarse; se lo sujetaba el mismo alfiler de teca que le había visto el día del paseo. Por fin, cuando el chico se hubo marchado, Khin Myo se inclinó hacia él y le susurró:

—¿Ya sabe qué va a tocar?

Edgar esbozó una sonrisa y contestó:

—Ya veremos.

Echó un vistazo a la estancia; parecía increíble que fuera la misma que utilizaban como consultorio y oficina. En todos los rincones había antorchas encendidas que llenaban el espacio de luz y del aroma del incienso. Habían cubierto las paredes con alfombras y pieles de animales. Alrededor de la habitación había varios sirvientes de pie; reconoció a algunos. Todos llevaban pantalones holgados de tela fina y camisa azul, y el turbante limpio e impecablemente enrollado.

Hubo un ruido en el exterior, y el silencio se adueñó de la sala. Entró un individuo corpulento con fastuosas vestiduras.

—¿Es él? —preguntó Edgar.

—No, espere. El *sawbwa* no es tan alto.

Cuando Khin Myo acababa de decir eso, apareció en el comedor un hombre bajito y regordete que lucía una extravagante túnica cubierta de lentejuelas. Los criados shan que estaban junto a la puerta se arrodillaron y tocaron el suelo con la frente en señal de respeto. Hasta Carroll hizo una pequeña reverencia, igual que Khin Myo; Edgar miró de reojo al doctor para imitarlo y se inclinó también hacia delante. El príncipe y su séquito cruzaron el salón hasta el cojín vacío que había al lado de Carroll. Todos iban vestidos con el mismo uniforme: camisas plisadas con fajín, y turbantes blancos en la cabeza; todos excepto uno, un monje que se quedó un poco apartado de la mesa. Edgar comprendió que rechazaba los alimentos porque no le estaba permitido comer después del mediodía. Algo en él le llamó la atención; se quedó mirándolo y se dio cuenta de que llevaba un tatuaje azul que le cubría por completo la cara y las manos. Un sirviente encendió una antorcha y la colocó en el centro de la estancia; entonces la piel azul del monje se destacó contra la túnica de color azafrán.

Carroll se dirigió a su huésped en shan, y, aunque no entendía sus palabras, Edgar percibió los murmullos de aprobación que recorrieron la sala. Lo sorprendió la jerarquía en la distribución de los asientos, pues él estaba muy cerca del *sawbwa*, más que los representantes del poblado, y más próximo a Carroll que Khin Myo. Los criados les llevaron vino de arroz fermentado en vasos de metal labrado, y cuando todos estuvieron servidos, el doctor levantó su copa y volvió a hablar en shan. Los comensales aplaudieron con entusiasmo, y el príncipe pareció especialmente complacido.

—A su salud —dijo Carroll en voz baja.

—¿Quién es el monje? —preguntó Edgar.

—Los shan lo llaman el Monje Azul; supongo que ya ha visto por qué. Es el consejero privado del *sawbwa*, que no da ni un paso sin él; así que cuando toque usted esta noche, hágalo también con la intención de ganarse su corazón.

Les sirvieron la comida, un banquete que no podía compararse con nada de lo que Edgar hubiera visto desde su llegada: platos y más platos de salsas, currys, fideos con caldo, caracoles de mar cocinados con brotes de bambú, calabaza frita con cebolla y pimientos, cerdo salteado con mango, carne de búfalo picada con berenjenas dulces, ensalada de pollo con menta... Comían mucho y hablaban poco. De vez en cuando el doctor le hacía algún comentario a su invitado, pero la mayor parte del tiempo estaban callados, y el príncipe gruñía de satisfacción. Por último, tras una infinidad de platos, de los que cualquiera habría podido rematar la cena, les sirvieron una bandeja de frutos de betel; los shan empezaron a masticarlos enérgicamente y a lanzarlos a las escupideras que ellos mismos habían llevado. Al final el *sawbwa* se recostó, se puso una mano en el estómago y le dijo algo al doctor. Carroll se volvió hacia el afinador.

—El príncipe está listo para escuchar nuestra música. Si quiere puede ir usted primero, para prepararse. Por favor, cuando se levante, haga una pequeña inclinación, y al salir mantenga la cabeza agachada.

Fuera el cielo se había despejado, y la luna y las antorchas iluminaban el camino. Edgar subió con un nudo en la garganta y los músculos agarrotados por los nervios. Frente al aposento del piano había un guardián, un muchacho shan al que reconoció porque lo había visto muchas mañanas en el Saluén. Lo saludó con la cabeza, y el joven hizo una profunda reverencia, un gesto innecesario, pues el afinador iba solo.

Con la luz de las teas, la habitación parecía mucho más espaciosa que antes. El piano estaba a un lado, y habían repartido cojines por el suelo. «Parece un salón de verdad», pensó Edgar. Al fondo, las ventanas con vistas al río estaban abiertas, y se veía el curso del Saluén. Se acercó al Erard. Ya habían retirado la manta con que lo tapaban, y se sentó en el banco. Sabía que no podía pulsar las teclas: no quería revelar qué canción iba a tocar, ni que los demás pensaran que había empezado sin ellos. Así que permaneció sentado, con los ojos cerrados, y pensó en cómo se moverían sus dedos y en cómo sonaría la música.

Al poco rato oyó voces y pasos en el camino. Entraron Carroll, el príncipe y el Monje Azul, y a continuación, Khin Myo y otros. Edgar Drake se levantó e hizo una reverencia amplia, como los birmanos, como un concertista; pues en ese aspecto los pianistas tenían más cosas en común con las culturas del este que con las del oeste, que preferían saludar tomando la mano del visitante. Permaneció de pie hasta que los invitados se acomodaron en los cojines y luego se sentó en el taburete. Pensaba empezar sin realizar ninguna introducción, sin palabras. El nombre del compositor no le diría nada al *sawbwa* de Mongnai. Y Carroll ya conocía la pieza; él podía explicarle a su invitado qué significaba, o lo que le interesara que significase.

Empezó tocando el preludio y fuga en do sostenido menor, la cuarta pieza de *El clave bien temperado* de Bach. Era la obra por excelencia para un afinador, una exploración completa de las posibilidades del sonido del piano, y una serie que conocía muy bien debido a su profesión. Él siempre la había llamado «el legado para el arte de la afinación». Antes de la afinación temperada, el igualado del intervalo entre las notas, era imposible tocar todas las escalas con el mismo instrumento. Pero con las notas espaciadas por igual, las perspectivas eran infinitas.

Tocó el preludio; el sonido ascendía y descendía, y Edgar se mecía con la música. «Podría contarle tantas cosas al doctor sobre esta composición y sobre los motivos que me han llevado a elegirla... Podría explicarle que se ciñe a las estrictas normas del contrapunto, como todas las fugas; el tema no es sino una elaboración de una sencilla melodía, y se limita a seguir las pautas establecidas en las primeras líneas. Para mí eso significa que la belleza reside en el orden, en las reglas: él puede aplicar eso como quiera al terreno de las leyes y de la firma de tratados. Podría decirle que posee una melodía imponente; que en Inglaterra mucha gente la desprecia por considerarla demasiado matemática, y porque no tiene una tonada que se pueda recordar con facilidad ni tararear. Tal vez ya lo sepa. Pero si los shan no conocen nuestra música, así como a mí me han confundido sus ritmos, quizá al príncipe le desconcierten los nuestros. Por eso he escogido algo matemático: porque es universal. Todo el mundo sabe valorar la complejidad y el trance oculto en los diseños del sonido.»

Había otras cosas que podría haber dicho; como por qué había empezado por el cuarto preludio y no por el primero: el cuarto es una canción de ambigüedad, y el primero, de logro, y es mejor emprender un cortejo con modestia. O que lo había seleccionado simplemente porque siempre se conmovía al oírlo. «Hay emoción en las notas; quizá sea menos accesible que otras piezas, pero tal vez por eso resulte mucho más intensa.»

Comenzaba en tono grave, y a medida que iba adquiriendo complejidad entraban las voces de soprano; Edgar notó que todo su cuerpo se trasladaba hacia la derecha y que permanecía allí: un viaje por el teclado. «Soy como una de esas marionetas que vi en Mandalay, que se desplazaban por el escenario.» Más seguro, siguió tocando y la canción se ralentizó; cuando acabó casi había olvidado que había gente observándolo. Levantó la cabeza y miró al *sawbwa*; éste le dijo algo al Monje Azul y luego le hizo una seña a Edgar para que continuara. Creyó ver que el doctor, sentado junto al príncipe, sonreía. Y volvió a empezar, primero en re mayor y luego en re menor, y así sucesivamente en todos los tonos, subiendo; cada melodía era una variación sobre su inicio, y la estructura cada vez ofrecía más posibilidades. Llegó hasta las tonalidades más remotas, como las llamaba su viejo maestro, y pensó en lo adecuada que era aquella palabra para interpretar aquel tema por la noche en medio de la selva. «Que nadie vuelva a decirme que Bach nunca salió de Alemania, porque no me lo creeré.»

Tocó durante casi dos horas, hasta un punto donde, hacia la mitad de la pieza, hay un descanso, como una posada en una carretera solitaria, al final del preludio y fuga en si menor. Cuando sonó la última nota, sus dedos se pararon y reposaron sobre el teclado; Edgar se giró y miró hacia el fondo de la habitación.

18

Querida Katherine:

Estamos en marzo, aunque no estoy muy seguro de la fecha exacta. Me encuentro en el fuerte y el poblado de Mae Lwin, a orillas del río Saluén, al sur del estado de Shan, en Birmania. Hace tiempo que llegué y, sin embargo, ésta es la primera carta que te envío desde aquí; te pido disculpas por haber tardado tanto. De hecho, temo que mi silencio te haya preocupado, pues hasta ahora debías de estar acostumbrada a recibir noticias mías con regularidad, porque te las mandaba muy a menudo antes de partir hacia las montañas Shan. Por desgracia, supongo que no leerás esto hasta dentro de mucho tiempo, ya que no hay forma de remitir correo a Mandalay. Quizá sea ésa la razón por la que no me he decidido a escribirte antes, pero creo que también hay otras; algunas las comprendo y otras todavía no. Antes siempre te contaba una idea o un suceso, así que me pregunto por qué no te he escrito desde que estoy en Mae Lwin, pues han ocurrido muchas cosas. Pero ahora me doy cuenta de lo que tenían en común mis cartas anteriores: describían algo que ya estaba terminado. Hace unas semanas te expliqué que lo que más me entristecía de este viaje era la sensación de que me iría sin haber cumplido mi cometido.

Curiosamente, desde que salí de Mandalay he visto más de lo creía, pero al mismo tiempo el vacío se ha ido agudizando. Cada día que paso aquí espero una respuesta, como un bálsamo, o el agua cuando tienes sed; aunque he encontrado muy pocas. Creo que por eso he ido aplazando el momento de escribirte. Así que ahora lo hago porque ha pasado demasiado tiempo desde mi última carta. Ya sé que cuando te vea los acontecimientos que describiré en ésta serán antiguos, y las impresiones ya habrán pasado. Quizá sólo siento una profunda necesidad de llenar una página de palabras, aunque puede que sea el único que vaya a leerlas.

Estoy sentado bajo un sauce en la arenosa orilla del Saluén. Éste es uno de mis rincones favoritos. Es tranquilo y está un poco escondido y, sin embargo, desde aquí veo el río y puedo escuchar los sonidos de la gente que hay a mi alrededor. Es tarde. El sol ha iniciado su descenso, y en el cielo, de color morado, hay algunas nubes; quizá vuelvan las tormentas. Han pasado cuatro días desde que empezaron. Recordaré ese momento mejor que el día que me marché de Mandalay, pues marcó el inicio de un profundo cambio en la meseta. De hecho, nunca había visto nada parecido. Esa llovizna de Inglaterra no puede compararse con la intensidad del monzón. De pronto el cielo se abre y lo empapa todo, y todo el mundo corre a cobijarse; los caminos se llenan de barro y se transforman en ríos, los árboles tiemblan, y el agua cae de sus hojas como de una jarra. No hay nada que quede seco. Oh, Katherine, es muy extraño: podría pasarme horas escribiendo sólo sobre la lluvia, cómo cae, los diferentes tamaños de las gotas y cómo las sientes en la cara, su sabor, su olor y su sonido. Sí, podría ocupar páginas y páginas sobre el golpeteo que producen al chocar contra los tejados de paja, las hojas, el metal, las ramas de un sauce...

Esto es precioso, querida. Este año las precipitaciones se han adelantado, y la selva ha sufrido un cambio inimaginable; en sólo unos días, las matas secas se han transformado en volcanes de colores. Cuando tomé el vapor que me llevó de Rangún a Mandalay, conocí a unos jóvenes soldados que me contaron historias de Mae Lwin, y entonces no creí que lo que decían fuese cierto; sin embargo, ahora sé que lo era. El sol brilla con intensidad; del río sube una fresca brisa; el aire se llena del perfume del néctar, del aroma de las especias cocinadas, y de sonidos... ¡increíbles! Ahora estoy sentado bajo el sauce, y las ramas cuelgan hasta el suelo, de modo que sólo alcanzo a entrever el río. Pero oigo risas. Ojalá pudiera capturar la risa de los niños en las vibraciones de una cuerda, o traspasarlas al papel. Aquí la música no basta, ni las palabras. Pienso en los términos que conocemos para describir la música, y sé que faltan muchos para la infinidad de tonos que hay. Y, sin embargo, tenemos formas de consignarlos: nuestras insuficiencias sólo se refieren al lenguaje, porque, cuando éste nos falla, siempre podemos recurrir a las alteraciones o las escalas. En cambio, todavía no hemos encontrado palabras para todos esos otros sonidos, ni podemos registrarlos por escrito. ¿Cómo podría explicártelo? A mi izquierda hay tres niños que juegan a la pelota en la orilla, pero se les escapa continuamente hacia aguas más profundas, y una joven shan que está lavando ropa (quizá sea su madre, o su hermana) los regaña cada vez que ellos se zambullen para recuperarla. Sin embargo, el balón se les va sin cesar y siempre que eso ocurre se meten en el agua para buscarlo; y entre el momento en que lo pierden y el chapuzón hay una risa particular como ninguna otra que yo haya oído jamás. Esos sonidos les están vedados a los pianos, a los compases y a las notas.

Ojalá pudieras oírlo tú también, Katherine. O no, mejor aún: ojalá pudiera llevármelo todo a casa, recordarlo todo. Mientras escribo, percibo una profunda tristeza y una profunda alegría, un anhelo, un éxtasis, algo que mana dentro de mí. Ten en cuenta que elijo con cuidado mis palabras; eso es sinceramente lo que siento, pues surge de mi pecho como el agua de un manantial. Trago saliva y en mis ojos brillan las lágrimas como si fuera a desbordarme. No sé qué significa esto, de dónde ha salido, ni cuándo ha empezado. Nunca pensé que pudiera emocionarme tanto oír la lluvia y los juegos infantiles.

Ya sé que esta carta te parecerá muy extraña, porque llevo mucho rato escribiendo y, en cambio, he descrito muy poco de lo que he hecho o visto. En lugar de eso me pongo a babear sobre el papel como un crío. Algo ha cambiado, desde luego; ya lo habrás advertido. Anoche toqué el piano en público, para un auditorio muy distinguido, por cierto, y una parte de mí quiere tomar ese momento como el inicio de la transformación; aunque sé que no lo es: se ha ido produciendo más despacio, y quizá empezó antes de mi partida. Lo que no sé es qué significa, y tampoco si estoy más contento o más triste que antes. A veces me pregunto si el motivo por el que he perdido la noción del tiempo será que tengo que regresar cuando sienta que el vacío se ha llenado, sin guiarme por el calendario. Volveré a casa, desde luego, porque tú sigues siendo mi gran amor. Pero ahora me estoy dando cuenta de la razón por la que deseabas que me marchara, de qué me querías decir antes de que partiera. Tenías razón: todo esto tiene un propósito, aunque todavía no sé cuál es, ni si lo he alcanzado ya. Pero ahora debo esperar, y quedarme aquí. Voy a volver, desde luego, y pronto, tal vez mañana mismo; pero creo que debes saber por qué todavía sigo aquí. Espero que lo entiendas, amor mío.

Katherine, está anocheciendo y hasta hace frío, pues aquí es invierno, por extraño que pueda parecer. Me pregunto qué pensarían otras personas si leyeran esta carta. Porque aparentemente soy el mismo de siempre; no sé si alguien más se habrá percatado del cambio que se ha producido dentro de mí. Quizá por eso te echo tanto de menos: tú siempre decías que me oías incluso cuando estaba callado.

Te escribiré de nuevo, porque hay otras cosas que todavía no te he contado, aunque sólo se debe a los límites que me imponen el espacio, la tinta y la luz del sol.

Tu marido, que te quiere,

Edgar

Todavía hay luz. Y aún hay cosas por decir; es consciente de ello, pero la pluma tiembla cuando está a punto de escribirlas.

Khin Myo estaba de pie junto al sauce. Parecía preocupada.

—Señor Drake —dijo. Edgar levantó la cabeza—. El doctor Carroll me ha enviado a buscarlo. Venga, por favor, y deprisa. Dice que es muy importante.

19

Edgar dobló la carta y siguió a Khin Myo. Ella no le dio más explicaciones; se limitó a dejarlo frente a la puerta del cuartel general, y luego bajó apresuradamente por el sendero.

El doctor estaba dentro, junto a la ventana, contemplando el campamento. Al oír a Edgar se dio la vuelta.

—Siéntese, señor Drake, por favor. —Señaló una silla, y él se sentó en el otro lado del amplio escritorio que habían utilizado para practicar la amputación—. Lamento molestarlo; parecía muy tranquilo allí abajo, junto al río. Usted se merece más que nadie un momento de reposo: anoche tocó de maravilla.

—Era una pieza técnica.

—Era mucho más que eso.

—¿Y el *sawbwa*? —preguntó Edgar—. Espero que él opinara igual que usted.

El mandatario se había marchado aquella mañana, majestuoso en un trono montado sobre un elefante, mientras los destellos de sus lentejuelas se perdían en la espesura de la selva. Lo escoltaban dos jinetes que iban a ambos lados del animal y cuyos ponis llevaban la cola teñida de rojo.

—Estaba encantado. Quería oírlo tocar otra vez, pero yo insistí en que ya encontraríamos otra ocasión.

—¿Consiguió el tratado que quería?

—No lo sé. Todavía no se lo he propuesto. Con los príncipes no conviene ser demasiado directo. Me limité a explicarle cuál era nuestra situación y a no pedirle nada; comimos juntos y usted tocó para nosotros. La... «consumación», por llamarla así, de nuestro cortejo está supeditada a la aprobación de otros gobernantes. Pero con el apoyo de éste mejoran nuestras posibilidades. —Se inclinó hacia delante y añadió—: Lo he hecho venir a mi oficina para solicitar su ayuda una vez más.

—No, doctor, no puedo volver a tocar.

—No, señor Drake, esta vez no tiene nada que ver con los pianos, sino con la guerra, pese a mi empeño en unir las dos cosas. Mañana por la noche se celebrará una reunión de príncipes shan en Mongpu, al norte de aquí. Quiero que usted venga conmigo.

—¿En calidad de qué?

—De acompañante, sin más. Es un viaje de un día, y el encuentro no durará más de un día o una noche, dependiendo de cuándo empiece. Iremos a caballo. Debería venir usted, aunque sólo fuera por el trayecto: tendrá ocasión de contemplar uno de los paisajes más bonitos del estado de Shan. —Edgar fue a decir algo, pero el doctor no le dio ocasión para rechazarlo—. Saldremos mañana —dijo.

Ya fuera, Edgar se dio cuenta de que Carroll no lo había invitado a salir del fuerte desde su excursión al barranco que cantaba.

Pasó el resto de la tarde junto al río, reflexionando, molesto por lo inesperado del viaje y preocupado por el apremio que había detectado en la voz del doctor. Pensó en Khin Myo y en el paseo que había dado con ella bajo la lluvia. «Quizá no quiera dejarnos solos —pensó, pero descartó rápidamente esa idea—. No, tiene que ser otra cosa; yo no he hecho nada malo, nada indebido.»

El cielo se nubló. En el Saluén las mujeres golpeaban las piedras con la ropa.

* * *

Salieron al día siguiente por la tarde. Por primera vez desde la llegada de Edgar, el doctor se había puesto una chaqueta de patrulla azul, con galones negros y una insignia de oro. El atuendo le daba un aspecto regio e imponente; llevaba el cabello peinado y engominado. Khin Myo salió a despedirse, y Edgar la observó con atención mientras hablaba con el doctor, en una mezcla de birmano e inglés. Carroll la escuchó; luego sacó la lata de sardinas del bolsillo y eligió un cigarro. Cuando la joven se volvió hacia Edgar no le sonrió, sino que se limitó a mirarlo como si no lo viera. Los ponis estaban lavados y peinados, pero les habían quitado las flores de la crin.

Salieron del campamento seguidos de Nok Lek y cuatro jinetes shan más. Todos iban armados con rifles. Edgar se preguntó para qué necesitaban tantos hombres, pero no hizo ningún comentario. Subieron por el camino principal hacia la cresta, y luego torcieron en dirección norte. Hacía un bonito día, fresco, con reminiscencias de lluvia. El doctor llevaba el casco en la silla de montar y fumaba con aire meditabundo.

Edgar iba pensando en la carta que le había escrito a Katherine y que se había quedado doblada en el fondo de su baúl.

—Está usted más callado que de costumbre, señor Drake —observó Carroll.

—Un poco ensimismado, es cierto. Esta mañana le he escrito a mi mujer por primera vez desde que llegué: sobre el concierto, el piano...

Siguieron cabalgando.

—Es curioso —dijo el doctor tras una pausa.

—¿El qué?

—El amor que siente usted por el Erard. Es el primer inglés que no me ha preguntado para qué quiero un piano en Mae Lwin.

Edgar se volvió.

—Para mí eso nunca ha sido un misterio. No se me ocurre ningún otro sitio mejor para él. No —agregó—, lo que no entiendo es qué hago yo aquí.

El doctor lo miró de reojo.

—Y yo que creía que el piano y usted eran inseparables...
—Rió abiertamente.

Edgar rió también.

—No, no... Es posible que a veces lo parezca, pero ahora hablo en serio. Hace semanas que terminé mi trabajo. ¿No debería haberme marchado ya?

—Creo que sólo usted puede responder a eso. —Sacudió la ceniza de la punta de su cigarro—. Yo nunca lo he retenido.

—No —insistió Edgar—. Pero tampoco me ha animado a irme. Yo esperaba que me pedirían que me fuese en cuanto hubiera afinado el piano. Recuerde que aquí soy «un riesgo» para ustedes; usted mismo lo dijo.

—Me gusta su compañía, señor Drake. Vale la pena el peligro.

—¿Mi compañía? ¡Vamos! Me halaga usted, doctor Carroll, pero, con franqueza, tiene que haber algo más. ¿Y para qué me quiere? ¿Para hablar de música? Creo que sólo sirvo para eso. Además, hay otras personas que saben más del tema que yo; en la India, en Calcuta, incluso en Birmania. Y si sólo busca conversación, hay muchos naturalistas, antropólogos... ¿Por qué iba a interesarle que yo permaneciera aquí? Podrían venir otros...

—Y han venido.

Edgar se volvió para mirarlo.

—¿Se refiere a invitados?

—Verá, señor Drake, llevo doce años aquí. Me han visitado otros: naturalistas y antropólogos, como usted dice. Venían y se quedaban un tiempo, pero nunca demasiado, sólo el suficiente para recoger muestras o hacer dibujos, y contradecir cualquier teoría que no encajara con sus opiniones sobre la biología, la cultura y la historia del estado de Shan. Y luego regresaban a su país.

—Me cuesta creerlo. Esto es tan maravilloso...

—Creo que se está respondiendo usted solo, señor Drake.

Se pararon en lo alto de una cuesta para ver cómo una bandada de pájaros emprendía el vuelo.

—En Rangún hay un afinador —dijo Carroll cuando se pusieron de nuevo en marcha—. Yo ya lo sabía mucho antes de reclamar que lo trajeran a usted aquí. Es un misionero; el ejército no sabe que arregla pianos, pero yo lo conocí hace mucho tiempo. Habría acudido a Mae Lwin si yo se lo hubiera pedido.

—Supongo que así le habría ahorrado esfuerzos a mucha gente.

—Sí, tiene usted razón. Y él habría venido y no habría estado más tiempo del estrictamente necesario. Luego se habría vuelto a ir. Yo buscaba a alguien para quien esto fuera nuevo. No quiero engañarlo, desde luego: ésa no era mi principal intención cuando exigí que lo enviaran aquí. —Agitó el cigarro—. No, yo quería que mi piano lo afinara el mejor especialista en Erards de Londres, y sabía que esa solicitud obligaría al ejército a admitir hasta qué punto depende de mí, y que conoce mis métodos de trabajo: que mediante la música, igual que con la fuerza, se puede conseguir la paz. Pero también sabía que si alguien venía desde Inglaterra para satisfacer mi petición, sería una persona que creería en la música tanto como yo.

—¿Y si no hubiera venido? —preguntó Edgar—. Usted no me conocía, no podía estar seguro.

—Lo habría hecho otro, quizá el misionero de Rangún, o algún visitante. Y se habría marchado al cabo de unos días.

Siguieron cabalgando en silencio.

—¿Ha pensado alguna vez en regresar a Inglaterra? —preguntó Edgar.

—¿Quién, yo? Sí, desde luego. La recuerdo con agrado.

—¿En serio?

—Por supuesto. Es mi patria.

—Sin embargo, continúa aquí.

—Hay demasiadas cosas que me retienen en Birmania: proyectos, experimentos...; demasiados planes. Yo no me propuse vivir aquí. Al principio vine a trabajar; la posibilidad de algo más era muy remota. O quizá sea más sencillo que eso: tal vez no me marcho porque me da miedo entregarle el mando a otra persona.

Mi sucesor no haría esto... de forma pacífica. —Hizo una pausa y se quitó el puro de la boca. Se quedó mirando el humo que salía por el extremo y agregó—: A veces tengo mis dudas.

—¿Sobre qué? ¿Sobre la guerra?

—No, creo que no me estoy expresando bien. No me cuestiono lo que he hecho aquí; sé que está bien. Hablo de lo que he dejado por esto. —Dio vueltas al cigarro entre los dedos—. Cuando lo oigo hablar de su esposa... Yo también estuve casado, y tuve una hija, una niña que sólo vivió un día. Los shan dicen que cuando uno muere es porque ya ha encontrado lo que buscaba, y porque merece un mundo mejor. Cuando oigo eso pienso en mi hija.

Edgar vio que el doctor se quedaba mirando a lo lejos.

—Lo siento —dijo—. El coronel me lo contó. Pero no me pareció oportuno preguntarle...

—No, es usted muy considerado... Pero le pido disculpas, señor Drake. Estos pensamientos son tristes y lejanos. —Se enderezó en la silla y prosiguió—: Además, usted desea saber por qué sigo aquí. Es muy difícil contestar. Quizá no sea verdad que no quiero abandonar el campamento; tal vez sólo continúo aquí porque no puedo marcharme.

—¿Qué quiere decir?

Carroll volvió a ponerse el cigarro en la boca.

—No lo sé exactamente. Una vez lo intenté. Poco después de empezar a trabajar en el hospital de Rangún, llegó otro comandante médico con su batallón; iba a quedarse allí un año y luego tenía previsto desplazarse hacia el interior. Hacía años que yo no iba a Inglaterra, y me plantearon la posibilidad de regresar a casa durante unos meses. Reservé un camarote en un vapor y fui desde Rangún hasta Calcuta, y allí tomé el tren hacia Bombay.

—Ésa es la misma ruta que hice yo.

—Entonces ya sabe lo asombrosa que es. Pues bien, ese viaje fue aún más sorprendente. Cuando estábamos a unos cuarenta y ocho kilómetros de Delhi, el tren se paró junto a una pequeña estación de suministros y vi una nube de polvo que se elevaba sobre el desierto. Era una caravana de jinetes, y cuando se aproximaron advertí que eran pastores rajastaníes. Las mujeres llevaban unos velos preciosos, de un rojo intenso que todavía brillaba pese al polvo que los cubría. Supongo que vieron el ferrocarril desde lejos y se acercaron a examinarlo por simple curiosidad. Iban de un lado a otro señalando las ruedas, la locomotora, a los pasajeros, y sin parar de hablar en una lengua que yo no entendía. Me quedé contemplándolos, admirado de tanto colorido; y sin dejar de pensar subí al vapor que debía llevarme hasta Inglaterra. Pero cuando el barco llegó a Adén, desembarqué y tomé el primer buque que encontré con destino a Bombay, y allí cogí el primer tren que salió hacia Calcuta. Una semana más tarde volvía a estar en mi puesto de Pegu. Todavía no sé bien por qué ver a aquellos pastores me hizo dar media vuelta. Pero la idea de regresar a las oscuras calles de Londres mientras aquellas imágenes seguían danzando en mi cabeza parecía imposible. Lo último que yo quería era convertirme en uno de esos penosos veteranos que aburren a todo el que se pone a tiro con inconexos relatos sobre lugares que nadie conoce. —Dio una honda calada—. Ya le he dicho que estoy traduciendo *La Odisea*, ¿verdad? Yo siempre la interpreto como un relato trágico sobre la lucha de su protagonista para buscar el camino de regreso a su casa. Cada vez entiendo mejor lo que escribieron sobre ella Dante y Tennyson: Odiseo no estaba perdido, sino que después de ver tantas maravillas no podía, o no quería, volver a su hogar.

—Eso me recuerda algo que oí una vez —comentó Edgar.

—Ah, ¿sí?

—Sí, no hace mucho. Tres meses, quizá, al salir de Inglaterra. Cuando atravesábamos el Mar Rojo coincidí con un anciano árabe.

—¿El Hombre de Una Sola Historia?

—¿Sabe quién es?

—Por supuesto. Lo conocí hace mucho tiempo, en Adén. He oído a mucha gente hablar de él. Ningún militar deja escapar un buen relato de guerra.

—¿De guerra?

—Llevo años oyendo a los soldados explicar la misma historia. Casi podría repetirla palabra por palabra; las imágenes de Grecia son tan vívidas... Y resulta que es real: su hermano y él eran sólo unos niños cuando los otomanos mataron a su familia; y trabajaron de espías durante la guerra de la Independencia. Una vez me encontré con un viejo veterano, que me aseguró que había oído hablar de ellos y de su valor. Todo el mundo quiere escuchar esa narración. Creen que es un buen augurio, que así tendrán suerte en la batalla.

Edgar se quedó mirando fijamente al doctor.

—¿Grecia...?

—¿Cómo dice?

—¿Está usted seguro de que era sobre la guerra de la Independencia de Grecia?

—Claro que sí. ¿Por qué? ¿Le sorprende que todavía la recuerde después de tantos años?

—No, en absoluto... Yo también me acuerdo como si la hubiera oído ayer mismo; también me la sé casi de memoria.

—Entonces, ¿qué pasa?

—No, nada; supongo —respondió despacio—. Sólo pensaba en el relato. —Y se dijo: «¿Me contó uno diferente sólo a mí? Es imposible que yo solo me imaginara todo aquello.»

Siguieron avanzando, y atravesaron un bosquecillo con largas y retorcidas vainas que tintineaban al sacudirse. El doctor dijo:

—Iba a decir usted algo. Que el Hombre de una Sola Historia le recordaba algo que yo había dicho.

—Ah... —Edgar estiró el brazo, cogió una hoja y la examinó—. No importa. Sólo es una historia, supongo.

—Sí, señor Drake. —Carroll miró al afinador de pianos con gesto burlón—. Como todo.

El sol ya estaba muy bajo cuando subieron a una pequeña colina y contemplaron un grupo de cabañas que se veía a lo lejos.

314

—Mongpu —anunció el doctor.

Se pararon junto a una capilla polvorienta. Edgar vio que Carroll desmontaba y dejaba una moneda en la base de una casita donde había un icono de un espíritu.

Iniciaron el descenso; los cascos de los ponis chapoteaban en el barro del camino. Oscurecía. Salieron los mosquitos, formando nubes que se fragmentaban y volvían a fusionarse como sombras danzarinas.

—Repugnantes criaturas —masculló el doctor pegando manotazos. El cigarro había quedado reducido a una colilla; sacó otra vez la lata de sardinas—. Le recomiendo que fume, señor Drake; es la única forma de ahuyentarlos.

Edgar recordó el ataque de malaria y aceptó la invitación. El doctor encendió un puro y se lo pasó. Tenía un sabor líquido, embriagador.

—Supongo que debería explicarle algo sobre la reunión —comentó Carroll mientras se ponían de nuevo en marcha—. Como ya sabe, desde la anexión de Mandalay ha habido una resistencia activa por parte de una coalición militar llamada Confederación Limbin.

—Hablamos de eso cuando nos visitó el *sawbwa* de Mongnai.

—Así es. Pero hay algo que no le he contado. En los dos últimos años he estado negociando en secreto con los *sawbwas* de la Confederación...

Edgar se quitó el cigarro de la boca con torpeza.

—Usted escribió que nadie se había reunido con...

—Ya sé lo que escribí, y lo que le conté a usted. Pero tenía mis motivos. Como ya debe de saber, mientras su barco surcaba el océano Índico, el ejército británico estableció tropas en Hlaingdet bajo el mando del coronel Stedman: varias compañías del Regimiento Hampshire, una de gurkas, soldados del Cuerpo de Ingenieros de Bombay... Y con George Scott como gobernador, lo cual me hizo albergar esperanzas de que no se convertiría en una guerra abierta; Scott es un buen amigo mío, y no conozco a nadie más cuidadoso en las relaciones con los nativos. Sin embargo, desde el mes de enero nuestros soldados han tenido que combatir cerca de Yawnghwe. Ahora el gobernador cree que la única forma de controlar el estado de Shan es con la fuerza. Yo, en cambio, a raíz de las tentativas de acercamiento del *sawbwa* de Mongnai, opino que todavía podemos negociar la paz.

—¿Está el ejército al corriente de esta reunión?

—No, señor Drake. Y por eso necesito que lo entienda usted muy bien. El ejército se opondría a su celebración; no confía en los príncipes. Se lo diré claramente: estoy desobedeciendo las órdenes militares, y usted también. —Dejó que el afinador asimilara sus palabras y agregó—: Antes de que diga usted nada, quiero añadir otra cosa. También hemos hablado un poco de un *dacoit* shan llamado Twet Nga Lu, conocido como el Príncipe Bandido, que en una ocasión conquistó el estado de Mongnai, pero que después se retiró, y ahora se dedica a aterrorizar a los poblados dominados por el verdadero *sawbwa* de esa región. Dicen que muy pocos han llegado a verlo. Lo que no le han contado nunca es lo que no saben: yo me he reunido muchas veces con él.

Agitó la mano para ahuyentar una nube de mosquitos y continuó:

—Hace varios años, antes de la rebelión, a Twet Nga Lu lo mordió una serpiente cerca del Saluén. Un hermano suyo que a veces viene a comerciar a Mae Lwin sabía que nosotros sólo estábamos a unas horas río abajo. Me trajo al enfermo, y yo le administré una cataplasma de hierbas autóctonas que un curandero local me había enseñado a preparar. Cuando llegó estaba casi inconsciente, y al recobrar el conocimiento y ver mi cara pensó que lo habían capturado. Se puso tan furioso que su hermano tuvo que sujetarlo y aclararle que yo le había salvado la vida. Al final se tranquilizó; entonces se fijó en el microscopio y me preguntó qué era. Cuando intenté explicárselo no me creyó, así que tomé una muestra del agua de pantano que había estado examinando, la coloqué en el portaobjetos y lo invité a mirar. Al principio tuvo problemas con el instrumento (abría el ojo que tenía que cerrar, y

316

esas cosas), y creo que estaba a punto de arrojarlo al suelo cuando la luz del sol, reflejada en el espejo inclinado, llegó a su retina y le mostró esas imágenes de diminutas criaturas que conocen todos los colegiales ingleses. La impresión que le causó no habría podido ser mayor. Retrocedió tambaleándose hasta su cama, murmurando que desde luego yo debía de tener poderes mágicos para encontrar aquellos monstruos en el agua estancada. Qué pasaría, exclamó, si se me ocurriera sacarlos de aquella máquina y liberarlos... ¡Ja! Por lo visto ahora está convencido de que tengo una especie de visión mágica, que, según los shan, sólo proporcionan los más poderosos amuletos. Yo no pienso llevarle la contraria, por descontado. El caso es que desde aquel día ha vuelto a visitarme varias veces para que lo deje mirar por el microscopio. Es muy inteligente, y está aprendiendo inglés muy deprisa, como si supiera bien quién es su enemigo. Aunque todavía no puedo confiar del todo en él, ahora parece haber aceptado que yo, personalmente, no tengo ningún plan respecto a Kengtawng. En agosto del año pasado parecía cada vez más distraído, y me preguntó si yo podía hacer algo para bloquear la firma de un tratado con la Confederación Limbin. Luego desapareció durante tres meses. No volví a saber nada de él hasta que recibí un informe de los servicios de inteligencia de Mandalay sobre una ofensiva contra un fuerte que tenemos cerca del lago Inle.

—Y entonces atacó Mae Lwin —dijo Edgar—. Me lo dijeron en Mandalay.

Hubo una larga pausa.

—No, no fue él —dijo entonces Carroll; hablaba despacio, como ensimismado—. Yo estaba con Twet Nga Lu el día del asalto. Eso no lo saben en Mandalay. La gente del poblado dice que los atacantes eran karenni, otra tribu. No he informado de eso porque el ejército enviaría tropas, y es lo último que necesitamos aquí. Pero no fue Twet Nga Lu. —Adoptó un tono más ligero y prosiguió—: Le he hablado con sinceridad, y ahora necesito su ayuda. Pronto llegaremos a Mongpu. Será la primera vez, desde hace mucho tiempo, que el Príncipe Bandido se reúna con el *sawbwa* de Mongnai. Si no pueden conciliar sus diferencias, no dejarán de combatir hasta que muera uno de los dos, y nos veremos obligados a intervenir. En el Ministerio de Defensa mucha gente está deseando que haya una guerra, porque le aburre la paz que ha seguido a la anexión. Si hay alguna posibilidad de paz, la destruirán. Hasta que se haya firmado el tratado, nadie puede saber que estoy aquí.

—Nunca lo había oído hablar con tanta franqueza de la guerra —comentó Edgar.

—Ya lo sé. Pero tengo mis motivos. La Confederación Limbin cree que obedezco órdenes de mis superiores británicos. Si se enteran de que estoy solo no me temerán. De modo que hoy, si alguien lo pregunta, diremos que usted es el teniente coronel Daly, oficial civil de la Northern Shan Column, con base en Maymyo, representante del señor Hildebrand, comisario del estado de Shan.

—Pero el *sawbwa* de Mongnai me ha visto tocar.

—Él ya lo sabe y está dispuesto a guardar el secreto. Es a los otros a quienes tengo que convencer.

—Eso no me lo explicó antes de partir —dijo Edgar, que estaba cada vez más enojado.

—Si se lo hubiera dicho, usted no habría venido.

—Lo siento, doctor. No puedo hacerlo.

—Señor Drake...

—No, doctor. El señor Hildebrand es...

—Él nunca lo sabrá. Usted no tendrá que hacer ni decir nada.

—No puedo. Esto es sedicioso... Es...

—Señor Drake, pensaba que después de casi tres meses en Mae Lwin lo comprendería, y que podría ayudarme. Creí que usted no era como los demás.

—Doctor, una cosa es creer que un piano pueda contribuir a conseguir la paz y a firmar tratados con otros pueblos, y otra muy diferente es suplantar a otra persona y desobedecer a la reina. Existen normas y leyes...

318

—Señor Drake, su desacato empezó en el momento en que vino a Mae Lwin. Ahora se le considera desaparecido; quizá ya esté bajo sospecha.

—¿De qué...?

—¿De qué va a ser? Lleva mucho tiempo ilocalizable.

—Yo no tengo por qué participar en esta farsa. He de regresar a Mandalay cuanto antes. —Sujetó con fuerza las riendas.

—¿Desde aquí, señor Drake? Ahora no puede dar media vuelta. Y yo sé tan bien como usted que no quiere volver a la ciudad.

Edgar sacudió la cabeza con rabia.

—¿Por eso me reclamó desde Mae Lwin? ¿Porque necesitaba un inocente?

Había oscurecido, y se quedó mirando al doctor, cuya cara iluminaba el débil resplandor del cigarro.

—No, señor Drake, quise que viniera para afinar un piano. Pero las situaciones cambian. Al fin y al cabo estamos en guerra.

—Y yo me dirijo a la batalla desarmado.

—¿Desarmado? Nada de eso, señor Drake. No subestime mi importancia.

El poni de Edgar sacudía las orejas para ahuyentar los mosquitos que zumbaban alrededor de su cabeza, y eso era lo único que se oía. Le tembló la crin.

Se oyó un grito en el camino. Un hombre se acercó a caballo.

—¡Bo Naw, amigo mío! —exclamó Carroll.

El hombre inclinó la cabeza sin desmontar.

—Doctor, los príncipes ya han llegado con sus ejércitos. Sólo falta usted.

Carroll miró al afinador, que le sostuvo la mirada, y sus labios compusieron una tímida sonrisa. Edgar se enroscó las riendas en los dedos y no mudó la expresión.

El doctor tomó su casco, se lo puso y se ató la cinta sobre la barbilla, como un soldado. Se quitó el puro de la boca y lo lanzó al aire, donde describió una trayectoria dorada; luego silbó.

Edgar se quedó un momento esperando, solo. Luego suspiró hondo, cogió su cigarro y lo tiró al suelo.

Era casi de noche y bajaban galopando por un sendero que discurría entre unos afloramientos rocosos. A lo lejos Edgar vio el resplandor de unas antorchas. Atravesaron una barricada y distinguieron las siluetas de unos guardias armados. Al poco rato la vereda empezó a ascender, y se acercaron a un fuerte oculto entre los árboles.

Era bajo y alargado, y estaba rodeado por una empalizada de bambú. Junto a ella había varios elefantes atados. Unos vigilantes saludaron a los jinetes; éstos se detuvieron junto a la entrada, y un centinela salió a recibirlos. Observó a los recién llegados con desconfianza. Edgar miró hacia el interior del recinto. El camino que conducía hasta el edificio estaba flanqueado por dos hileras de hombres; la vacilante luz de las teas le permitió atisbar el resplandor de lanzas, alfanjes, rifles...

—¿Quiénes son? —preguntó en voz baja.

—Los ejércitos. Cada *sawbwa* ha traído a sus soldados.

A su lado, Bo Naw hablaba en shan. El guarda dio unos pasos hacia delante y cogió las riendas de sus ponis. Los ingleses desmontaron y entraron.

Cuando trasponían la muralla, Edgar percibió un movimiento de cuerpos, y por un instante creyó que habían caído en una trampa. Pero los hombres no se habían movido de donde estaban: sólo se habían inclinado hasta tocar el suelo con la frente, en señal de respeto hacia el doctor; sus espaldas relucían, cubiertas de sudor, y las armas tintineaban.

Carroll avanzó deprisa, y Edgar lo alcanzó al llegar a la puerta; todavía estaba perplejo. Mientras subía la escalera del fuerte, miró hacia atrás y volvió a contemplar a los guerreros, la poderosa empalizada y, más allá, la selva. Se oía el cricrí de los grillos, pero en la mente del afinador sólo resonaba una palabra. El centinela no se había dirigido a Carroll llamándolo «doctor», ni «comandan-

320

te», sino «Bo», un término que, como él sabía, estaba reservado a los jefes guerreros. Anthony Carroll se quitó el casco y se lo puso bajo el brazo. Pasaron dentro.

Se quedaron allí plantados unos instantes, escudriñando la oscuridad, hasta que unas formas se movieron lentamente y salieron de la zona de penumbra. Había varios príncipes sentados en semicírculo, ataviados con los ropajes más lujosos que Edgar había visto en Birmania, trajes cubiertos de joyas que se parecían a los de las marionetas del *yôkthe pwè*: chaquetas revestidas de lentejuelas, con alas repletas de brocados en los hombros, y coronas con forma de pagoda. Cuando entraron los ingleses, los hombres enmudecieron. Carroll guió a Edgar alrededor del círculo hasta dos cojines vacíos, en el otro extremo de la sala. Detrás de cada dirigente había otros individuos de pie en las sombras, a los que las pequeñas llamas de las velas apenas alcanzaban a iluminar.

Se sentaron, y el silencio se prolongó; hasta que uno de los *sawbwas*, un anciano con un bigote muy bien peinado, habló largamente. Cuando terminó, contestó Carroll. Hubo un momento en que señaló al afinador de pianos, que distinguió las palabras «Daly, teniente coronel, Hildebrand», pero no entendió nada más.

Cuando Carroll finalizó su introducción, otro mandatario tomó la palabra. El doctor miró a Edgar:

—No se preocupe, teniente coronel. Es usted bien recibido.

Empezó la reunión, y la noche se convirtió en un vago recuerdo de túnicas cubiertas de joyas, luz de velas y un canto de extrañas lenguas. Al poco rato Edgar notó que se adormilaba, y la escena se impregnó de la calidad de las ensoñaciones. «Un sueño dentro de otro —se dijo. Se le caían los párpados—. Quizá haya estado soñando desde Adén.» Le pareció que los príncipes flotaban a su alrededor, pues los candelabros, unos recipientes cóncavos, impedían que la luz alumbrara el suelo. Carroll sólo se dirigía a él de vez en cuando, aprovechando las pausas de la conversación.

—Ése que habla ahora es Chao Weng, el *sawbwa* de Lawksawk; a su lado está Chao Khun Kyi, de Mongnai, al que ya debe de haber reconocido. Aquél es Chao Kawng Tai, de Kengtung, que ha recorrido una larga distancia para venir. Junto a él está Chao Khun Ti, de Mongpawn. Y el que está a su lado es Twet Nga Lu.

—¿Twet Nga Lu? —preguntó Edgar.

Pero Carroll había vuelto a la discusión, y tuvo que contentarse con observar, incrédulo, al hombre del que tanto había oído hablar desde el viaje en el vapor; un hombre que no existía, según muchos, que había logrado escapar de numerosas incursiones británicas, que era, quizá, una de las últimas figuras que se interponían entre Gran Bretaña y la consolidación del Imperio. Edgar se quedó mirando al caudillo shan. Tenía algo que le resultaba familiar, pero que no conseguía identificar. Era bajito, y tenía el rostro redondeado, incluso bajo aquella tenue luz que endurecía las facciones. No pudo ver ninguno de sus tatuajes ni de sus talismanes, y se fijó en que, aunque hablaba poco, cuando lo hacía los demás se apresuraban a callar, y en que su voz denotaba una inquietante seguridad; su media sonrisa se proyectaba en la atmósfera cargada de humo como una amenaza. Entonces comprendió por qué le había parecido reconocer aquel aplomo, aquel aire escurridizo: había visto la misma expresión en Anthony Carroll.

En su sueño de los príncipes shan entró un nuevo personaje: un hombre al que Edgar creía conocer, pero que parecía tan inescrutable como aquellos *sawbwas* enjoyados que estaban ante él; que hablaba un idioma desconocido, y que inspiraba el mismo respeto y temor que los gobernantes de aquellas tribus. Se volvió y miró al doctor, al hombre que tocaba el piano, recogía flores y leía a Homero, pero sólo oyó una lengua compuesta de tonos extraños, de palabras que ni siquiera alguien que controlaba a la perfección la complejidad de las notas musicales podía entender. Y hubo un breve y aterrador instante, cuando las velas vacilaron y cubrieron de sombras el rostro del doctor, en que Edgar creyó ver los altos pómulos, la larga frente y la intensidad de la mirada y del habla que, según los otros pueblos, eran propios de los shan.

Pero aquella impresión sólo duró un instante, y desapareció tan deprisa como había llegado. Anthony Carroll seguía siendo Anthony Carroll; giró la cabeza y sus ojos emitieron un destello.

—¿Todo bien, amigo? ¿Cree que aguantará?

Era tarde, y la sesión duraría varias horas.

—Sí, todo bien —contestó Edgar—. Resistiré.

El debate se prolongó hasta el amanecer, cuando la luz del sol empezó a filtrarse, por fin, a través de las vigas del techo. Edgar no estaba seguro de si se había quedado dormido cuando oyó moverse algo a su alrededor y uno de los príncipes shan, y luego otro, se levantaron y abandonaron la sala, después de despedirse de los ingleses con una inclinación. Cuando se alzaron los otros, hubo más formalidades, y Edgar se fijó en lo chillones que resultaban aquellos ropajes a la luz del día; su extravagancia superaba la pompa y la solemnidad de los que los vestían. Finalmente ellos también se pusieron en pie y siguieron a los mandatarios. En la puerta Edgar oyó una voz a sus espaldas, y al volverse se encontró cara a cara con Twet Nga Lu.

—Sé quién es usted, señor Drake —le dijo en un inglés pausado; y sus labios dibujaron una sonrisa.

Pronunció algo en shan y levantó las manos. Edgar dio un paso atrás, asustado, y el Príncipe Bandido, riendo, puso las palmas hacia abajo y empezó a mover los dedos como un pianista.

Edgar se volvió para comprobar si Carroll lo había visto, pero el doctor estaba hablando con otro *sawbwa*. Al pasar Twet Nga Lu, Carroll se giró, y ambos se miraron fijamente. Fue un breve contacto, después del cual el caudillo salió de la habitación; fuera lo esperaba un grupo de guerreros shan que formó detrás de él.

Por el camino de regreso a Mae Lwin no hablaron mucho. El doctor escrutaba la neblina que cubría el sendero. Edgar estaba agotado y aturdido. Quería preguntar muchas cosas sobre la reunión, pero Carroll parecía abstraído. Hubo un momento en que se paró y señaló un grupo de flores rojas que había al borde de la carretera, pero durante el resto del viaje permaneció callado. El cielo estaba nublado; el viento arreciaba y azotaba los solitarios peñascos y la desprotegida senda. Cuando por fin ascendían la colina detrás de la cual estaba Mae Lwin, Carroll le dijo al afinador de pianos:

—No me ha preguntado qué ha pasado en el encuentro.

—Lo siento —se disculpó Edgar—. Es que estoy un poco cansado.

Anthony Carroll volvió a mirar hacia delante.

—Anoche recibí una rendición condicional de la Confederación Limbin y de Twet Nga Lu. Prometen poner fin a su resistencia al dominio británico en el plazo de un mes, a cambio de la garantía de autonomía limitada por parte de Su Majestad. La sublevación ha terminado.

20

Llegaron al campamento poco después de mediodía. En el claro, un grupo de niños fue a recibirlos y se llevó los ponis. Reinaba un silencio inquietante. Edgar había creído que la noticia se anunciaría, que habría alguna muestra de satisfacción por lo que habían conseguido. Tenía la perturbadora sensación de que estaba presenciando un momento histórico, pero no hubo nada, sólo los saludos habituales. El doctor desapareció; Edgar fue a su habitación y se quedó dormido con la ropa puesta.

A medianoche se despertó sudando, desorientado; había soñado que todavía cabalgaba desde Mongpu. El corazón no volvió a latirle con normalidad hasta que reconoció su dormitorio, la mosquitera, su baúl, el montón de papeles y las herramientas de afinar.

Intentó volver a dormirse, pero no lo logró. A lo mejor era porque no podía dejar de pensar en el doctor, o por aquel sueño de un viaje interminable, o tal vez fuese sólo porque se había acostado a media tarde. Tenía calor, estaba sucio y muerto de sed, y respiraba entrecortadamente. «Quizá vuelva a estar enfermo», pensó. Se levantó y corrió hacia la puerta. Fuera se estaba fresco; inspiró hondo varias veces y procuró calmarse.

Todavía era de noche, y un gajo de luna corría por el cielo entre indecisas nubes de lluvia. Bajo el balcón fluía el oscuro Saluén. Edgar bajó la escalera y cruzó el claro. El fuerte estaba silencioso. Hasta el centinela que montaba guardia se había quedado dormido, sentado frente a su cabaña y con la cabeza apoyada en la pared.

Edgar iba descalzo, y la tierra se le metía entre los dedos de los pies. Atravesó los matorrales de flores y llegó a la playa. Caminaba deprisa, y mientras lo hacía se desprendió de la camisa y la arrojó a la arena. Se quitó los pantalones de montar. Sus pies tocaron el agua y se zambulló.

El agua estaba fría, y el limo la volvía suave y resbaladiza. Edgar subió a la superficie y se quedó flotando boca arriba. Un poco más lejos había un entrante rocoso; allí la corriente se interrumpía y formaba remolinos que se enroscaban a lo largo de la orilla. Nadó lentamente en aquella dirección.

Por fin salió del agua y se quedó de pie en la ribera. Volvió a ponerse la ropa sobre el cuerpo mojado; luego caminó descalzo hasta el borde de la playa, subió a las rocas y llegó a la enorme piedra lisa desde donde los pescadores lanzaban sus redes. Se tumbó sobre ella; todavía conservaba el calor del sol.

Debió de quedarse dormido, porque no oyó bajar a nadie, y de pronto oyó un chapoteo. Abrió los ojos despacio, preguntándose a quién se le habría ocurrido hacer también aquel peregrinaje nocturno hasta el Saluén. «Quizá sea otra vez aquella pareja de enamorados», pensó. Se giró poco a poco, con cuidado, para no revelar su presencia, y miró hacia la orilla.

Era una mujer; estaba arrodillada de espaldas a él, y tenía el largo cabello sujeto en lo alto de la cabeza. Se estaba lavando los brazos: cogía agua ahuecando las manos y luego la dejaba correr por su piel. Sólo llevaba el *hta main*; pese a estar sola se bañaba con recato, como si quisiera protegerse de los lascivos ojos de los búhos. La prenda se empapó y se adhirió a su torso y a la curva de sus caderas.

Tal vez Edgar ya sabía quién era antes de que ella se diese la vuelta y lo viera. Se quedaron paralizados, conscientes de su respectiva violación, de la compartida sensualidad del río, de la luna creciente... Entonces ella se levantó deprisa y recogió el resto de su ropa y su jabón. Echó a correr por el camino sin mirar atrás.

Las nubes se alejaron y reapareció la luna. Edgar volvió a la playa. En la arena había un peine de marfil, incandescente.

El doctor volvió a ausentarse en «misión diplomática» y Edgar siguió trabajando en el Erard. Con la llegada de las lluvias, la tabla armónica se había hinchado; era un cambio prácticamente imperceptible: quizá sólo podía apreciarlo alguien con ganas de afinar un piano.

Guardó el peine durante dos días.

Cuando estaba solo lo sacaba, lo examinaba y pasaba los dedos por los negros cabellos huérfanos entrelazados en los dientes de marfil. Sabía que debía devolvérselo a Khin Myo, pero lo retrasó; por indecisión, por esperanza o por una sensación de intimidad, que aumentaba con la demora y el silencio, y que se intensificaba con cada breve y torpe conversación que mantenían en las inevitables ocasiones en que se cruzaban.

Así que conservó aquel peine. Se convencía de que tenía que trabajar, y retrasaba el momento de entregárselo durante el día, mientras que por la noche decidía esperar a la mañana siguiente. «No puedo ir a verla a estas horas», se decía. La primera noche se quedó hasta tarde junto al piano, afinando y volviendo a afinar. La segunda, mientras tocaba a solas, oyó unos golpecitos en la entrada.

Supo quién era antes de que la puerta se abriese y Khin Myo entrara en la habitación, indecisa. Puede que fuera el delicado y paciente sonido de los nudillos, que en nada se parecía a los seguros golpes del doctor ni a los de los sirvientes, más vacilantes. Quizá se había levantado un viento que arrastraba el aroma a tierra mojada de las montañas, y por el camino se había impregnado del perfume de ella. O tal vez correspondían a una configuración ancestral y él reconoció su significado.

Del umbral llegó una voz de acento líquido:

—Hola.

—Hola, *Ma* Khin Myo —dijo él.

—¿Puedo pasar?

—Claro que sí.

La mujer cerró con suavidad.

—¿Lo interrumpo?

—No, qué va. ¿Por qué lo dice?

Ella ladeó un poco la cabeza.

—Parece usted preocupado. ¿Ocurre algo?

—No, no. —A Edgar le temblaba la voz, y forzó una sonrisa—. Sólo estaba matando el tiempo.

Khin Myo se quedó cerca de la puerta y juntó las manos. Llevaba la misma blusa ligera que el día que se habían reunido en el río; la luz dibujaba filigranas sobre las cenefas de las mangas. Edgar se fijó en que la joven acababa de pintarse la cara, y pensó que era una incongruencia, pues ya no hacía sol y, por lo tanto, no había motivo para usar el *thanaka*, aparte de por su belleza.

—¿Sabe una cosa? —dijo la mujer—. Desde que tengo amigos ingleses he oído tocar el piano a menudo. Me encanta su sonido. Yo... he pensado que quizá usted podría enseñarme cómo trabaja.

Edgar parpadeó, como si dudara de que aquella aparición fuera real.

—Por supuesto. Pero ¿no es un poco tarde? ¿No debería estar usted con...? —No terminó la frase.

—¿Con el doctor Carroll? No está en Mae Lwin.

Ella seguía de pie. A sus espaldas, su sombra se apoyaba en la pared describiendo curvas sobre las líneas de bambú.

—No lo sabía. ¿O sí? —Edgar cogió sus gafas y las limpió con la camisa. Luego respiró hondo—. Llevo todo el día encerrado aquí. Cuando pasas tantas horas con un piano acabas un poco... loco. Lo siento. Debería haberla buscado para hacerle compañía.

—Ya. Y, en cambio, todavía no me ha invitado a sentarme.

A Edgar lo sorprendió la franqueza de Khin Myo. Se apartó para dejarle sitio en el banco.

—Por favor...

La joven cruzó despacio la habitación hacia el piano; la sombra que su cuerpo proyectaba sobre la pared se alargó. Se recogió el *hta main* y se sentó al lado de Edgar, que se quedó mirándola un instante mientras ella contemplaba las teclas del instrumento. La flor que llevaba en el pelo despedía un intenso perfume, pues estaba recién cortada; se fijó en que tenía el cabello espolvoreado de diminutos granos de polen. Ella se giró y lo miró.

—Perdóneme si me ve un poco distraído —dijo él—. Suele costarme un tiempo salir del trance en el que entro cuando afino un piano. Es otro mundo. Y siempre me sobresalta un poco que me interrumpan. No es fácil explicarlo.

—¿Como cuando lo despiertan a uno en medio de un sueño?

—Sí, quizá sí... Sólo que yo estoy despierto en el mundo de los sonidos. Y cuando se detienen es como si empezara a soñar otra vez... —Como ella no decía nada, añadió—: Ya sé que parece una tontería.

—No. —Khin Myo sacudió la cabeza—. A veces confundimos la realidad con los sueños.

Se quedaron callados. Ella levantó las manos y las apoyó sobre el teclado.

—¿Ha tocado alguna vez? —preguntó Edgar.

—No, pero siempre he querido hacerlo, desde que era pequeña.

—Ahora puede. Es mucho más interesante que verme afinar.

—Ah, no. No sé.

—Eso no importa. Inténtelo. Pulse las teclas.

—¿Cualquiera?

—Empiece donde tiene ahora el dedo. Ésa es la primera nota del preludio y fuga en fa menor de *El clave bien temperado*.

La nota rebotó en las paredes y regresó hacia ellos.

—¿Lo ve? —dijo Edgar—. Ya puede decir que ha interpretado algo de Bach.

La joven no apartaba la mirada del teclado. Edgar vio que se le arrugaban las comisuras de los ojos y que sus labios insinuaban una sonrisa.

—Suena tan diferente desde aquí... —observó ella.

—Así es. No puede compararse con nada. Por favor, déjeme enseñarle algunas notas más.

—No, no quiero molestarlo. Además, tiene razón: es tarde. No quería interrumpir su trabajo.

—No diga tonterías. Ahora ya está usted aquí.

—Pero no sé tocar.

—Insisto. Es un tema muy breve pero con un profundo significado. Por favor, ahora que hemos empezado no puedo dejarla marchar. La siguiente nota es ésta; dele con el dedo índice.

Khin Myo lo miró.

—Hágalo —la animó él, y señaló la tecla. Ella la pulsó. En el interior del piano, el macillo saltó hacia la cuerda—. Ahora la de la izquierda, y ahora la de encima. Vuelva a la primera. Eso es. La segunda otra vez. Bien. Y la de arriba. Exacto. Ahora repítalo, pero más deprisa.

Khin Myo obedeció.

—No suena muy bien —dijo.

—Suena de maravilla. Pruebe de nuevo.

—No sé... ¿Por qué no lo hace usted?

—No, toca usted muy bien. Pero le resultará mucho más fácil si utiliza la mano izquierda para las notas más bajas.

—No sé si podré... ¿Me enseña cómo hacerlo?

Se volvió hacia él; sus caras estaban muy cerca.

De pronto a Edgar se le aceleró el corazón, y por un instante temió que ella pudiera oírlo. Pero el sonido de la música lo envalentonó. Se puso en pie, se colocó detrás de Khin Myo y acercó los brazos a los de ella.

—Coloque las manos encima de las mías —dijo.

330

Ella las levantó despacio; hubo un instante en que se quedaron flotando, hasta que por fin las posó con suavidad sobre las de él. Permanecieron callados, quietos, sintiendo el contacto; el resto de sus cuerpos no era más que un indefinido contorno. Edgar veía su reflejo sobre la superficie de caoba lacada del panel frontal. Los dedos de Khin Myo eran la mitad de los suyos.

La composición empezaba despacio, tímidamente. La fuga en fa menor de la segunda parte de *El clave bien temperado* siempre le recordaba a flores que se abrían y amantes que se abrazaban; para él era una canción de comienzos. No la había tocado la noche de la visita del *sawbwa*; era la pieza número treinta y ocho, y él sólo había llegado a la veinticuatro. Por eso, al principio sus manos se movían despacio, con vacilación; sin embargo, gracias al ligero peso de los dedos de Khin Myo, tocaba cada compás con firmeza, y en el interior del piano los mecanismos se accionaban cada vez que pulsaba una tecla. Los macillos se levantaban y se volvían a posar, dejando que las cuerdas temblaran; hileras e hileras de diminutas y complejas piezas de metal y madera. Las velas se estremecían sobre la caja.

Mientras tocaban, a Khin Myo se le soltaron unos cabellos de debajo de la flor, y le rozaron el labio a Edgar. Él no se apartó, sino que cerró los ojos y acercó su cara a la de ella, de modo que el mechón le acariciara la mejilla, los labios otra vez, las pestañas...

El ritmo de la pieza se aceleró, y luego volvió a moderarse; la música se tornó más suave, más dulce, hasta llegar a su fin.

Apoyaron las manos sobre el piano. Ninguno de los dos se movió.

Ella giró un poco la cabeza, con los ojos cerrados, y pronunció el nombre del afinador, con una voz que era sólo aliento.

—¿Es ésta la razón por la que ha venido esta noche? —preguntó él.

Hubo un breve silencio, y luego Khin Myo respondió con un susurro:

—No, señor Drake. El que ha venido es usted. Yo llevo una eternidad aquí.

Edgar apoyó los labios en la piel de la joven, fresca y húmeda de sudor. Se permitió el placer de aspirar el perfume de su cabello, de saborear la dulce sal de su cuello. Ella movió lentamente las manos y entrelazó sus dedos con los de él.

Hubo un momento en que todo se detuvo. El calor de los dedos de Khin Myo, la suavidad de su piel sobre las callosidades del afinador, la luz de la vela danzando sobre la tersa superficie de la mejilla de la mujer, en la que se proyectaba la sombra de la flor...

Fue ella la que rompió el abrazo soltando con cuidado las manos de Edgar, que todavía estaban posadas en el teclado. Lo acarició.

—Tengo que irme —dijo.

Y él volvió a cerrar los ojos, inhaló por última vez y la dejó marchar.

21

Edgar pasó toda la noche junto al piano, durmiendo y despertándose. Todavía estaba oscuro cuando oyó el crujido de la puerta, y luego pasos. Abrió los ojos esperando ver a los niños, pero se encontró con una anciana.

—El doctor lo necesita. Deprisa —dijo; tenía el aliento rancio.

—¿Cómo dice? —Se incorporó; todavía estaba medio dormido.

—El doctor Carroll lo necesita. Deprisa.

Edgar se puso en pie y se arregló la camisa. Entonces asoció la llamada del doctor con lo ocurrido la noche pasada con Khin Myo.

La mujer salió de la habitación delante de él. Empezaba a amanecer, y todavía hacía frío; el sol estaba a punto de asomar por detrás de la montaña. Al llegar junto a la puerta del cuartel general, la anciana sonrió mostrando sus dientes manchados de betel, y se alejó renqueando por el sendero. Edgar encontró a Carroll examinando unos mapas que había desplegado sobre su escritorio.

—¿Me ha llamado? —preguntó el afinador, nervioso.

—Sí. Buenos días, señor Drake. Siéntese, por favor. —Señaló una silla.

Edgar se sentó y se quedó mirando al doctor, que estudiaba atentamente los planos, trazando líneas imaginarias por el papel con una mano mientras con la otra se masajeaba la nuca. De pronto levantó la cabeza y se quitó los quevedos de la nariz.

—Señor Drake, discúlpeme por haberlo despertado tan temprano.

—No pasa nada, yo...

—Se trata de un asunto muy urgente —lo atajó—. He regresado hace escasas horas de Mongpan. Hemos venido a toda prisa.

Su voz parecía diferente: trastornada, formal, sin aquel deje de seguridad. Entonces Edgar se fijó en que el doctor todavía llevaba la ropa de montar, salpicada de barro, y en que tenía una pistola en el cinto. Sintió una repentina oleada de culpabilidad. «Esto no tiene nada que ver con Khin Myo.»

—Señor Drake, lo mejor será que vayamos al grano.

—Sí, desde luego, pero...

—Me temo que van a atacar Mae Lwin.

Edgar se inclinó hacia delante, como para oír mejor.

—Lo siento, no lo entiendo. ¿Ha dicho usted atacar?

—Tal vez esta misma noche.

Se quedaron callados. Edgar pensó que quizá era una broma, u otro de los proyectos de Carroll; que eso no era todo y que se lo iba a explicar. Volvió a mirar la pistola, la camisa cubierta de fango, los ojos del doctor, que denotaban agotamiento...

—Lo dice en serio —dijo, como si hablara para sí—. Pero ¿no habíamos firmado un tratado? Usted...

—El acuerdo sigue en pie. No se trata de la Confederación Limbin.

—Entonces, ¿de quién hablamos?

—De otros. Tengo enemigos, aliados que han cambiado de bando, quizá; hombres a los que antes tenía por amigos, pero cuya lealtad ahora pongo en duda. —Se quedó mirando el mapa—. Me gustaría poder explicárselo mejor, pero tenemos que prepararnos... —Hizo una pausa y volvió a levantar la cabeza—. Lo único que puedo decirle es esto: un mes antes de que usted llegara a Mae Lwin nos atacaron. Eso ya lo sabe, porque por ese motivo se demoró en Mandalay. Poco después, varios de los asaltantes fueron capturados, pero se negaron a revelar quién los había contratado, incluso cuando se los sometió a tortura. Hay quien cree que no eran más que ladrones, pero yo nunca he visto que vayan tan bien armados. Es más, algunos llevaban rifles británicos, lo cual significa que los habían robado. O eso, o eran antiguos aliados convertidos en traidores.

—¿Y ahora?

—Hace dos días viajé a Mongpan para hablar de la construcción de una carretera hasta Mae Lwin. Sólo unas horas después de mi llegada un muchacho shan entró en los aposentos del príncipe. Estaba pescando en uno de los pequeños afluentes del Saluén y vio a un grupo de hombres que había acampado en la selva; se acercó sin ser visto y escuchó sus conversaciones. No lo entendió todo, pero los oyó hablar de un plan para asaltar Mongpan y luego Mae Lwin. También tenían fusiles británicos, y esta vez la banda era mucho mayor. Si el chico no estaba equivocado, me pregunto por qué se aventurarían unos *dacoits* a venir tan lejos para invadirnos. Hay varias posibilidades, pero ahora no tengo tiempo para comentarlas con usted. Si ya han llegado a Mongpan, podrían estar aquí esta misma noche.

Edgar se quedó esperando a que el doctor dijera algo más, pero Carroll guardó silencio.

—¿Qué piensa hacer? —preguntó el afinador.

—Por lo que me han contado, el grupo es demasiado numeroso para que defendamos el campamento. He mandado mensajeros a caballo para pedir refuerzos. Varias tribus leales me enviarán hombres; si consiguen llegar a tiempo. Vendrán de Mongpan, de Monghang, de...

Volvió a consultar el mapa y a enumerar pueblos, pero Edgar ya no lo escuchaba. Sólo se imaginaba a unos jinetes que descendían sobre Mae Lwin desde las montañas. Veía a unos hombres cabalgando con destreza por los desfiladeros de piedra caliza, cruzando la meseta, con los estandartes ondeando, las colas de los ponis teñidas de rojo; veía los ejércitos agrupándose en el fuerte, mujeres buscando cobijo, a Khin Myo... Luego pensó en la reunión de la Confederación de príncipes. Ahora el doctor llevaba el mismo uniforme que aquel día, y tenía la misma mirada distante.

—Y yo...

—Necesito su ayuda, señor Drake.

—¿Cómo puedo colaborar? Haré lo que sea. No soy bueno disparando, pero...

—No; quiero que haga algo más importante. Aunque recibamos refuerzos, Mae Lwin podría caer y, aunque repeliéramos el ataque, lo más probable es que sufriésemos muchos daños. Esto no es más que un pequeño poblado.

—Pero con más hombres...

—Quizá sí, pero nuestro enemigo podría quemar el campamento; he de tener en cuenta esa posibilidad. No puedo arriesgar todo por lo que llevo doce años trabajando. El ejército reconstruirá Mae Lwin, pero no puedo pedirle más. Ya me he encargado de que recojan y escondan mi material médico, mis microscopios y mis colecciones de plantas. Pero...

—El Erard.

—No puedo confiárselo a mis hombres. Ellos no entienden lo frágil que es.

—Pero ¿adónde piensa llevarlo?

—Río abajo. Se embarcará usted esta misma mañana. Estamos a pocos días de los fuertes británicos que tenemos en territorio karen. Allí lo recibirán tropas que podrán escoltarlo hasta Rangún.

—¿Rangún?

—Hasta que sepamos qué está pasando. Pero Mae Lwin ya no es un lugar seguro para un civil. Eso ya ha pasado.

Edgar sacudió la cabeza.

—Todo esto está sucediendo demasiado deprisa, doctor. Quizá pueda quedarme aquí... o llevarme el piano a las montañas. No puedo... —Se interrumpió—. ¿Y Khin Myo? —dijo de pronto; «Ahora puedo preguntárselo; ella forma parte de todo esto, de manera inextricable. Ya no existe sólo en mi mente.»

El doctor levantó la cabeza y dijo con repentina severidad:

—Ella se queda conmigo.

—Sólo quiero saberlo porque...

—Aquí estará más segura, señor Drake.

—Pero doctor...

—Lo siento, señor Drake, pero no puedo seguir hablando con usted. Tengo que ocuparme de los preparativos.

—Ha de haber alguna forma de que yo pueda permanecer aquí. —Edgar intentaba evitar que el pánico se le reflejara en la voz.

—Señor Drake —dijo el doctor con paciencia—: no tengo tiempo. No puedo dejarlo elegir.

Edgar lo miró fijamente.

—Yo no soy uno de sus soldados.

Hubo un largo silencio. El doctor se masajeó la nuca otra vez y volvió a examinar los planos. Cuando miró de nuevo a Edgar, su rostro se había suavizado.

—Señor Drake —dijo—, lamento muchísimo lo que está pasando. Sé lo que esto significa para usted; sé más de lo que cree. Pero no tengo alternativa. Creo que algún día lo entenderá.

Edgar salió tambaleándose.

Se quedó inmóvil e intentó serenarse. En el campamento había una actividad frenética; los hombres montaban barricadas con sacos de arena o corrían al río con rifles y munición. Otros cortaban y ataban cañas de bambú para formar empalizadas puntiagudas. Un grupo de mujeres y niños organizó una brigada de bomberos; llenaban de agua cubos, vasijas de arcilla y cazuelas.

—Señor Drake. —Las palabras sonaron a sus espaldas. Era un chiquillo que tenía en las manos su bolsa de afinador—. Me la llevo al río, señor.

Edgar se dio la vuelta y se limitó a asentir con la cabeza.

Sus ojos siguieron una línea de actividad que ascendía por la ladera de la montaña, y llegaron al aposento del piano, cuya fachada habían desmontado por completo. Vio a unos hombres sin camisa que manejaban con dificultad una polea y unas cuerdas. Debajo se había formado un corrillo de curiosos que llevaban fusiles y cubos de agua en las manos. Edgar oyó gritos más allá de la cabaña, en el camino: era un grupo de hombres que tiraba de una soga. Vio cómo el piano daba bandazos en el aire, inseguro al principio, pero los que estaban en la habitación lo equilibraron y lo colocaron sobre una rampa hecha con pedazos de bambú. Los que sujetaban la amarra gruñeron, y el Erard osciló: bajó despacio, y Edgar oyó un repique cuando lo dejaron caer porque la cuerda les quemaba las manos. El instrumento estuvo largo rato suspendido y descendió poco a poco, hasta que al final llegó al suelo; entonces otros hombres corrieron a sujetarlo, y Edgar volvió a respirar.

El piano reposaba ahora sobre un trozo de tierra seca. Parecía muy pequeño bajo la luz, con el campamento al fondo.

Más gritos, más correteos, cuerpos que iban de un lado para otro en medio de una aparente confusión. Edgar recordó la tarde que partió de Londres en el vapor, cómo se arremolinaba la niebla, cómo todo se transformó en silencio, y entonces él se quedó solo. Notó que había alguien a su lado.

—Se marcha —dijo ella.

—Sí. —La miró—. ¿Ya lo sabe?

—Sí, él me lo ha dicho.

—Yo quiero quedarme, pero...

—Tiene que irse. Aquí no está seguro.

Miró al suelo. Estaba tan cerca que él le veía la coronilla y el tallo de una flor morada entretejido en su cabello oscuro.

—Venga conmigo —dijo de pronto.

—Sabe perfectamente que no puedo.

—Esta noche yo estaré a varios kilómetros de aquí, río abajo; por la mañana usted y el doctor Carroll podrían estar muertos, y yo nunca sabré...

—No diga esas cosas.

—Yo... no había planeado esto. Hay tanto por decir que... Quizá no volvamos a vernos nunca. Preferiría no decirlo, pero...

—Señor Drake... —Khin Myo intentó añadir algo, pero se contuvo. Su mirada se encontró con la de Edgar—. Lo siento.

—Venga conmigo, por favor.

—Debo quedarme con Anthony —repuso ella.

«Anthony —pensó Edgar—. Nunca lo había llamado por su nombre.»

—Yo vine aquí por usted —dijo él, pero sus palabras sonaron vacías.

—Usted vino aquí por otra cosa —replicó Khin Myo; y entonces alguien llamó al afinador desde el río.

22

Llevaron el Erard a través de la franja de maleza que separaba el campamento del río, y lo bajaron hasta la orilla. Allí los esperaba una balsa, un tosco artilugio hecho de troncos tres veces más largos que el piano. Los hombres se metieron en el agua y lo subieron. Luego le ataron las patas pasando cuerdas por los espacios que había entre los maderos. Trabajaban deprisa, como si estuvieran familiarizados con aquella tarea. Cuando acabaron, colocaron un baúl en el otro extremo de la plataforma y lo amarraron también.

—Sus objetos personales están ahí dentro —le dijo Carroll a Drake.

Edgar tardó en enterarse de cuáles de aquellos hombres iban a acompañarlo. Cuando el instrumento estuvo asegurado y el peso bien repartido, dos muchachos subieron a la orilla, cogieron sendos rifles y volvieron a la balsa.

—Éstos son los hermanos Seing To y Tint Naing —dijo entonces el doctor—. Son unos estupendos barqueros y hablan birmano. Irán con usted río abajo, y también Nok Lek, pero en una piragua, para explorar los rápidos que encuentren en el camino. Bajarán hasta la región karen, o quizá hasta Moulmein, lo cual les llevará entre cinco y seis días. Entonces ya estarán en territorio británico, y a salvo.

—¿Y qué he de hacer? ¿Cuándo desea que regrese?

—No lo sé, señor Drake... —Carroll se quedó callado, y luego sacó un trocito de papel, doblado y sellado con cera—. Una cosa más: quiero que acepte esto —añadió.

—¿Qué es? —preguntó Edgar, sorprendido por aquel ofrecimiento.

El doctor pensó un momento y dijo:

—Eso tendrá que decidirlo usted. Debe esperar para leerlo.

Uno de los muchachos que estaban a sus espaldas dijo:

—Ya estamos listos. Tenemos que irnos, señor Drake.

Edgar extendió el brazo y cogió el papel; lo dobló una vez más y se lo metió en el bolsillo de la camisa.

—Gracias —dijo con un hilo de voz, y subió a la balsa.

Se apartaron de la orilla. Al mirar hacia la ribera Edgar la vio, de pie entre las flores de los arbustos; tenía el cuerpo medio oculto por la vegetación. Detrás de ella Mae Lwin trepaba por la montaña, en varias capas de cabañas de bambú. Una de ellas, sin fachada, abierta y desnuda, contemplaba el río.

La corriente impulsó la embarcación y la arrastró río abajo.

Las lluvias habían incrementado considerablemente el caudal del Saluén. Edgar recordó la noche de su llegada, cuando descendieron por el río en silencio y a oscuras. Qué poco se parecía el mundo que había visto entonces al de ahora, con las boscosas márgenes bañadas por el sol. Al verlos acercarse, un par de pájaros echó a volar desde la orilla; aletearon bajo el peso de la luz hasta que atraparon una corriente de aire que los impulsó río abajo. Eran abubillas, *Upupa epops*. «A lo mejor son las mismas que vi el día que llegué», pensó Edgar, y le sorprendió haber recordado su nombre. Siguieron a las aves; los rayos del sol rebotaban en la caja del piano.

Nadie decía nada. Nok Lek iba delante en la canoa, remando y cantando en voz baja. Uno de los hermanos se sentó en el baúl, que habían colocado en la popa; sujetaba un remo, y la corriente mantenía en tensión los ágiles músculos de su brazo. El otro iba de pie en la proa, observando el río. Edgar, sentado en el centro, veía pasar la orilla. Tenía una sensación extraña mientras descendían suavemente y dejaban atrás montañas y arroyos que bajaban borboteando para unirse al Saluén. La balsa tenía la línea de flotación alta, y de vez en cuando el agua cubría los troncos y le acariciaba los pies al afinador. Cuando eso ocurría, el sol iluminaba el agua y ocultaba la plataforma bajo una delgada y vacilante capa de luz. Era como si él, el piano y los chicos estuvieran de pie en el río.

Mientras descendían, Edgar observaba los pájaros que subían y bajaban por las corrientes de aire, siguiendo la trayectoria del río. Le habría gustado estar con el doctor para decirle que los había visto, porque así habría podido añadirlos a su colección. Se preguntó qué estaría haciendo, cómo se estarían preparando, si también él se defendería del ataque mediante las armas... Se imaginó que el doctor se daba la vuelta y veía a Khin Myo de pie, rodeada de flores. Deseó saber cuánto habría intuido y cuánto le habría contado ella. Sólo doce horas atrás Edgar había posado los labios sobre la tibia nuca de la joven.

Entonces su memoria recuperó la imagen de un viejo afinador con el que había estudiado, que solía sacar una botella de vino de un armario de madera cuando habían terminado el trabajo. «Qué recuerdo tan lejano», pensó, y se preguntó de dónde habría salido y qué significaba que hubiera aparecido en ese momento. Rememoró la habitación donde había aprendido, y las frías tardes en que el anciano hablaba extasiado del papel del afinador, mientras Edgar lo escuchaba asombrado. Él era un joven aprendiz, y las poéticas palabras de su maestro sonaban excesivamente sensibleras. «¿Por qué quieres aprender este oficio?», le preguntó. «Porque tengo buenas manos y me gusta la música», contestó el muchacho; el anciano rió y dijo: «¿Nada más?» «¿Qué más puedo decir?», repuso el chico. El maestro levantó su vaso y sonrió. «¿Acaso no sabes que en cada piano se esconde una canción?» Él negó con la cabeza. Quizá no fueran más que desvaríos de un viejo. «Mira, el movimiento de los dedos de un pianista es mecánico; una serie de músculos y tendones que sólo conocen unas pocas normas de ritmo y velocidad. Nosotros tenemos que afinar los instrumentos para que algo tan ordinario como los músculos y los tendones, las teclas, el alambre y la madera se conviertan en canciones.» «¿Y cuál es la que se oculta en éste?», inquirió él señalando un polvoriento piano vertical. «Canción —contestó el anciano—. No tiene nombre, sólo canción.» El aprendiz rió porque no conocía ninguna pieza que no tuviera nombre, y el maestro rió porque estaba borracho y feliz.

Las teclas y los macillos temblaban cuando la balsa oscilaba, y en el débil tañido que emitían, Edgar volvió a oír una composición sin nombre, hecha únicamente de notas, pero sin melodía; que se repetía sin cesar, porque cada eco era producto del anterior; que surgía del interior del piano, pues no había ningún músico en el río. Volvió a pensar en aquella noche en Mae Lwin, en *El clave bien temperado*, una pieza que se ciñe a las estrictas reglas del contrapunto, como todas las fugas; la canción no es más que una elaboración de una sencilla melodía, y nos obliga a seguir las normas impuestas en los primeros compases.

«No debes olvidar —dijo el anciano alzando su vaso de vino— que un hombre que componía música para el culto y para la fe tituló su mejor fuga pensando en nuestro oficio.»

La corriente los empujaba. Por la tarde encontraron un tramo de rápidos y no tuvieron más remedio que sacar la balsa del agua y sortearlo por tierra, lo que les hizo perder tiempo.

El río se ensanchó. Nok Lek ató su canoa a los maderos.

Al anochecer se pararon en un pueblo abandonado que vieron en la ribera. Nok Lek llevó la piragua hasta la orilla y los otros dos muchachos saltaron al agua, chapoteando, y tiraron de la embarcación. Al principio se resistió, como un animal perezoso, pero poco a poco la apartaron de la corriente y la amarraron a un tronco que había en la playa. Edgar los ayudó a desatar el piano, a levantarlo y a trasladarlo a tierra. Había mucha humedad, así que montaron un tejado con hojas entrelazadas para taparlo.

Entre las cabañas, los chicos encontraron una pelota de *chinlon* y empezaron a darle patadas por la orilla. Para Edgar aquella jovialidad estaba fuera de lugar; él no paraba de pensar dónde estarían el doctor y Khin Myo, si habría empezado el enfrentamiento, si la batalla habría terminado ya... Sólo unas horas atrás él estaba allí y, en cambio, ahora no podía ver humo, ni oír disparos, ni gritos. El río estaba en calma y el cielo, despejado, excepto por la niebla.

Dejó solos a los muchachos y echó a andar. Había empezado a lloviznar débilmente, y sus pies dejaban huellas secas en la arena húmeda. Se preguntó por qué habrían abandonado aquella aldea, y tomó un caminito que subía hasta la primera hilera de casas. No tuvo que andar mucho; como Mae Lwin, aquel lugar estaba construido cerca del río. Al llegar al final del sendero se detuvo.

Era, o había sido, un típico poblado shan: un grupo de cabañas apiñadas sin orden sobre la ribera, como una bandada de pájaros. Detrás estaba la selva, que se colaba entre las chozas en forma de lianas enredadas y plantas trepadoras. Edgar se percató enseguida de que allí había habido un incendio: notó una neblina por encima de la lluvia y percibió el hedor a hollín que desprendían el bambú chamuscado y el barro. Se preguntó cuándo habrían dejado aquel pueblo, si aquel olor a quemado sería reciente o si la lluvia lo había recuperado. «La humedad destruye el sonido —se dijo—, pero realza los olores.»

Siguió caminando despacio. Fue encontrando manchas de hollín y ceniza.

La mayoría de las viviendas había ardido casi por completo; sólo conservaban la estructura principal, y no tenían tejado. Había otras cuyas paredes se habían derrumbado, y los techos, de hojas entrelazadas, estaban combados y se sostenían precariamente. El suelo estaba cubierto de fragmentos de bambú ennegrecido. Junto a la base de las casas más bajas vio una rata que

344

correteaba entre los residuos; el ruido de sus pisadas violó el silencio. No había ningún otro indicio de vida. «Igual que Mae Lwin, pero sin gallinas picoteando los granos que han caído por el camino. Y sin niños», pensó.

Se paseó por las ruinas, contemplando habitaciones quemadas y abandonadas, saqueadas, vacías. Al borde de la jungla, las enredaderas habían empezado a meterse por las rendijas de las paredes y las tablillas del suelo. «Quizá lleve mucho tiempo desierto —se dijo Edgar—; aquí las plantas crecen deprisa y todo se pudre con rapidez.»

Era casi de noche, y la bruma que ascendía del río empezaba a envolver los restos chamuscados. De pronto sintió miedo. Había demasiado silencio. No se había alejado mucho de la orilla, pero no estaba seguro de la dirección en que se encontraba el río. Aceleró el paso sorteando aquellas cabañas carbonizadas que parecían amenazarlo con sus puertas como bocas, esqueléticas, y que lo miraban con lascivia, mientras la neblina se acumulaba en los tejados y formaba gotas, riachuelos que resbalaban hasta el suelo. «Las casas lloran», pensó, y a través de una pared vio las llamas de una hoguera que iluminaba la niebla, y unas sombras oscuras que se inflaban y danzaban.

Los chicos estaban sentados alrededor del fuego cuando Edgar se acercó.

—Señor Drake —dijo Nok Lek—. Creíamos que se había perdido.

—Pues sí, en cierto modo —repuso él, apartándose el cabello de los ojos—. ¿Cuánto tiempo lleva este pueblo así?

—¿Éste? —preguntó Nok Lek, y miró a sus compañeros, que estaban en cuclillas junto a los cestos abiertos y se metían trocitos de comida en la boca. Habló con ellos en shan, y le contestaron—. No lo sé, y ellos tampoco. Meses, quizá. Mire, la selva ya lo está invadiendo.

—¿Sabes quién vivía aquí?

—Son casas shan.

—¿Por qué se fueron sus habitantes?

Nok Lek se encogió de hombros y se dirigió a los hermanos. Tampoco pudieron responder, y uno de ellos le dijo algo más.

—No lo sabemos —concluyó Nok Lek.

—¿Qué te ha dicho? —preguntó Edgar señalando al que había hablado.

—Me ha preguntado por qué le interesa tanto.

Edgar se sentó en la arena, junto a los chicos.

—Por nada —dijo—. Sólo por curiosidad. Está completamente vacío.

—Hay muchas aldeas abandonadas como ésta. Quizá hayan sido *dacoits*, o soldados británicos. No importa; la gente se va a otro sitio y construye un nuevo poblado. Hace mucho tiempo que funciona así. —Le acercó a Edgar un cestito de arroz y pescado con curry—. Espero que sepa comer con los dedos.

Comieron en silencio. Al cabo de un rato, uno de los hermanos volvió a decir algo. Nok Lek miró a Edgar y dijo:

—Seing To quiere saber adónde piensa ir cuando lleguemos a territorio británico.

—¿Adónde? —dijo Edgar, sorprendido por aquella pregunta—. Pues no lo sé, la verdad.

Nok Lek contestó al muchacho, que se puso a reír.

—Le parece muy raro. Dice que usted se va a su casa, y que eso es lo que debería responder, si no ha olvidado el camino. Lo encuentra muy gracioso.

Los hermanos reían tapándose la boca con la mano. Luego uno le susurró algo al otro, que asintió y engulló otra bola de arroz.

—A lo mejor es verdad que lo he olvidado —dijo Edgar, riendo también—. Y Seing To, ¿adónde irá?

—Volverá a Mae Lwin, por supuesto, como todos nosotros.

—Pero seguro que vosotros no os perdéis.

—No, claro que no. —Nok Lek dijo algo en shan, y los tres rieron de nuevo—. Seing To llegará a su casa siguiendo el perfume del cabello de su amada. Asegura que puede olerlo desde aquí. Ha preguntado si usted también tiene un amor. Y Tint

346

Naing le ha dicho que sí, que es Khin Myo, y que por eso regresará a Mae Lwin.

Edgar pensó: «Cuánta verdad hay en las pullas de los niños», pero dijo:

—Eso no es cierto... Bueno, sí, yo tengo una esposa, que está en Londres, en Inglaterra. Khin Myo no es mi amada; dile a Tint Naing que se quite esa idea absurda de la cabeza ahora mismo.

Los hermanos no paraban de reír. Uno le puso el brazo sobre los hombros al otro y le dijo algo al oído.

—Basta —dijo Edgar sin mucha convicción, y se le escapó otra vez la risa.

—Seing To dice que él también quiere una mujer inglesa. Si va con usted a su país, ¿le buscará una?

—Estoy seguro de que hay muchas jóvenes atractivas a las que les gustaría —dijo Edgar siguiéndoles la broma.

—Quiere saber si en Inglaterra hay que ser médico de pianos para tener una esposa bonita.

—¿Eso te ha preguntado?

Nok Lek asintió.

—No le haga mucho caso. Es muy joven.

—No, no pasa nada. En realidad me gusta. Puedes decirle que no es necesario arreglar pianos para conseguir una mujer guapa. Aunque tampoco es nada malo. —Sonrió, divertido—. Hay otros hombres, incluso soldados, que las encuentran.

Nok Lek lo tradujo.

—Dice que lamenta tener que regresar a Mae Lwin junto a su amada.

—Sí, es una pena. Mi esposa tiene muchas amigas.

—Como no puede verla, le gustaría que se la describiera. Quiere saber si tiene el pelo amarillo, y si sus amigas también.

«Esto es una tontería», se dijo Edgar, pero cuando pensó en ella casi se emocionó.

—Pues sí, mi mujer... Katherine, se llama Katherine. Sí, tiene el pelo amarillo, aunque ahora es un poco más oscuro, pero sigue siendo precioso. Tiene los ojos azules, y ella no lleva gafas, así que todo el mundo puede ver lo bonitos que son. También toca el piano, mucho mejor que yo; creo que os encantaría oírla. Ninguna de sus amigas es tan guapa como ella, pero de todos modos creo que encontraríamos alguna que le gustara a tu compañero.

Nok Lek tradujo las palabras del afinador, y los hermanos dejaron de reír y se quedaron mirándolo, cautivados por aquella descripción. Seing To asintió y dijo algo con un tono mucho más serio.

—¿Qué? ¿Ha preguntado algo más sobre mi esposa?

—No. Quiere saber si desea oír una historia, pero le he dicho que no lo moleste.

—No, seguro que me interesa —dijo Edgar, sorprendido—. ¿Cuál es?

—Una tontería. No sé por qué insiste tanto.

—Cuéntamela. Siento curiosidad.

—Quizá la haya oído antes porque es una historia birmana muy popular. Yo no la conozco tan bien como Seing To; su madre es birmana. Habla del *leip-bya*, un espíritu con alas de mariposa que vuela por la noche.

—Una palomilla, entonces. —Aquellas palabras tenían algo que lo inquietaban, como si ya las hubiera oído—. No, no la recuerdo —dijo.

—Bueno, puede que no sea un relato; quizá sólo sea una creencia. Algunos birmanos dicen que la vida de un hombre reside en un espíritu parecido a una... polilla. Está dentro del cuerpo, y no se puede vivir sin él; también es el responsable de los sueños. Cuando dormimos, el *leip-bya* sale volando por la boca, se pasea por ahí y ve cosas durante sus viajes, y eso son los sueños. Debe regresar siempre por la mañana. Por eso a los birmanos no les gusta despertar a la gente que duerme. Es posible que el *leip-bya* se encuentre muy lejos y no pueda volver a tiempo.

—Entonces, ¿qué pasaría?

—Si se pierde, o si lo atrapa un *bilu*, un... espíritu maligno, y se lo come, ése es el último sueño del hombre.

348

El muchacho estiró un brazo y movió los troncos de la hoguera, que despidieron chispas.

—¿Ya está?

—Ya se lo he dicho; sólo es una creencia, pero él quería que se la contara. No sé por qué. A veces es un poco raro.

Junto al fuego se estaba caliente, pero Edgar notó un escalofrío. Su memoria empezó a recuperar imágenes de la India, de un viaje en tren, de un chico que tropezaba, de un bastón agitado en la noche...

—Un poeta-wallah —musitó.

—¿Cómo dice, señor Drake?

—No, nada... Dile que su historia me da mucho que pensar. Quizá algún día llegue a ser un buen narrador.

Mientras Nok Lek traducía sus palabras, Edgar se quedó mirando al muchacho, que estaba sentado al otro lado de la hoguera con el brazo de su hermano sobre los hombros. Sólo sonreía, y el humo desdibujaba su silueta.

La leña se consumió y Nok Lek fue a buscar más. Los hermanos se habían quedado dormidos, abrazados. Empezó a lloviznar, y el joven y Edgar se levantaron, apagaron el fuego y, tras despertar a los chicos, fueron a cobijarse. Llovió varias veces durante la noche, y Edgar oía el golpeteo de las gotas sobre la estera con que habían tapado el piano.

Por la mañana levantaron el campamento. Estaba nublado, así que dejaron la cubierta de hojas entretejidas sobre el Erard. Las nubes de lluvia se dispersaron hacia mediodía, y el cielo se despejó. El Saluén, alimentado por sus afluentes, bajaba más rápido. A primera hora de la tarde Nok Lek le dijo a Edgar que se encontraban en territorio controlado por el príncipe de Mawkmai, y que pasados dos días entrarían en la región karen. Allí los británicos tenían puestos fronterizos en el río, que señalaba el límite con Siam; entonces podrían detenerse, ya que no tenían por qué hacer todo el viaje hasta Moulmein sin parar.

«Pronto todo habrá terminado —pensó Edgar— y quedará reducido a recuerdos.» Y sin que los chicos se lo pidieran, destapó el piano y se colocó una vez más ante él, mientras decidía qué pieza tocar. «Un final, pues, si mañana dejamos el río, terminará el sueño y el pianista volverá a ser afinador.» La balsa se deslizaba con suavidad, llevada por la corriente, y las cuerdas resonaban con las oscilaciones de los macillos. Uno de los muchachos, que iba en la proa, se dio la vuelta para mirar.

Edgar no sabía qué interpretar; lo único que sabía era que tenía que tocar, y que la melodía saldría sola. Podía recurrir de nuevo a Bach; buscó una pieza, pero no se le ocurrió ninguna apropiada para aquel momento. Así que cerró los ojos y escuchó. Y en la vibración de las cuerdas recordó la canción que había oído semanas atrás, una noche en el Irawadi, y que había vuelto a oír más tarde, aquella noche de luna en Mandalay, cuando se paró a ver el *yôkthe pwè*: la canción del luto, el *ngo-gyin*. «Quizá sea adecuada», pensó. Posó los dedos sobre las teclas, empezó a pulsarlas y la música bajó de donde en otra ocasión había subido: eran sonidos que ningún afinador habría podido crear, extraños, nuevos, ni altos ni bajos, porque los Erards no estaban hechos para sonar en un río, ni para el *ngo-gyin*.

Edgar Drake se puso a tocar, y se oyó un disparo, algo que caía al agua, un nuevo disparo, y luego otro. Entonces abrió los ojos y vio a dos de sus acompañantes flotando en el agua, y al tercero, tumbado boca arriba sobre el suelo de madera, en silencio.

Estaba de pie frente al piano; la balsa viró perezosamente, impulsada por el movimiento de los cuerpos al caer. El río estaba tranquilo; Edgar no sabía desde dónde los habían tiroteado. El viento agitaba un poco los árboles de la orilla; unas nubes de lluvia se desplazaban despacio por el cielo; un enorme lagarto reposaba sobre el tronco de un árbol que sobresalía del agua; un loro chilló y salió volando desde la otra margen. Edgar tenía las manos quietas, suspendidas sobre las teclas.

Y entonces se oyó un crujido en la ribera derecha, y aparecieron dos canoas que se dirigían hacia él. El afinador, que no sabía controlar la embarcación, no podía hacer otra cosa que esperar, atónito, como si también a él le hubieran disparado.

La corriente era lenta, y las piraguas no tardaron en alcanzarlo. En cada una iban dos hombres. Cuando estuvieron a unos cien metros, Edgar vio que eran birmanos, y que llevaban el uniforme del ejército indio.

Los soldados no dijeron nada mientras se acercaban. De cada canoa subió uno, y el arresto fue rápido; Edgar no opuso resistencia y se limitó a cerrar la tapa del teclado. Lanzaron una cuerda a la balsa y remaron hacia la orilla.

Allí los recibieron un birmano y dos hindúes, que escoltaron a Edgar por un largo sendero hasta un pequeño claro, donde había un campamento sobre el que ondeaba la bandera británica. Fueron hasta una cabaña de bambú y la abrieron. Dentro había una silla.

—Siéntese —le ordenó uno de los indios.

Edgar obedeció. Los hombres se marcharon y cerraron. La luz entraba por las rendijas de la pared. Fuera, dos soldados montaban guardia. Edgar oyó pasos; la puerta se abrió, y vio entrar a un teniente británico.

Edgar se puso en pie.

—¿Qué está pasando, teniente?

—Siéntese, señor Drake.

El oficial hablaba con severidad. Llevaba el uniforme recién planchado y almidonado.

—Han matado a esos chicos. ¿Qué...?

—He dicho que se siente, señor Drake.

—Usted no lo entiende. Ha habido un terrible error.

—Se lo diré por última vez.

—Es que...

—Señor Drake... —El militar dio un paso hacia delante.

Edgar lo miró.

—Exijo saber qué está pasando. —Notó que la ira reemplazaba al desconcierto.

—Le ordeno que se siente.

—No pienso hacerlo hasta que me diga por qué estoy aquí. Usted no tiene ningún derecho a darme órdenes.

—¡Señor Drake!

Fue un golpe rápido, y Edgar oyó el ruido de la mano del teniente al chocar contra su cara. Se sentó y se llevó las manos a la dolorida sien, húmeda de sangre.

El oficial no dijo nada: se limitó a mirarlo con recelo. El afinador le sostenía la mirada mientras se acariciaba el rostro. El militar acercó una silla, se sentó frente a él y esperó.

Finalmente habló:

—Edgar Drake, está usted arrestado por orden del cuartel general del ejército en Mandalay. En estos documentos están recogidos sus delitos. —Levantó un montón de carpetas que tenía en el regazo—. Será retenido aquí hasta que llegue una escolta de Yawnghwe. Desde allí lo trasladarán a Mandalay, y después a Rangún, donde será usted juzgado.

Edgar sacudió la cabeza con enojo.

—Es evidente que ha habido un error.

—Señor Drake, no le he dado permiso para hablar.

—No lo necesito. —Se puso en pie, y el teniente lo imitó. Se miraron a los ojos—. Yo...

Recibió otro golpe y se le cayeron las gafas. Se tambaleó hacia atrás y estuvo a punto de derribar la silla. Se sujetó a ella para recobrar el equilibrio.

—Señor Drake, si decide cooperar, todo resultará mucho más sencillo.

Edgar, tembloroso, se agachó, recogió sus gafas y se las puso. Luego miró al teniente con gesto de incredulidad.

—Acaba de matar usted a mis amigos. Me ha golpeado. ¿Pretende que colabore con usted? Yo estoy al servicio de Su Majestad.

—Ya no, señor Drake. A los traidores no se les concede ese honor.

—¿A los traidores? —Notó que le daba vueltas la cabeza. Se sentó, anonadado—. Esto es una locura.

—Por favor, señor Drake, no va a conseguir nada con esa farsa.

—Yo no sé nada. ¡Traidor! ¿Se puede saber de qué se me acusa?

—¿De qué? De ayudar y secundar al comandante médico Anthony Carroll, un espía y un traidor a la Corona.

—¿Anthony Carroll?

El teniente no respondió.

A Edgar le pareció detectar cierto desdén en la expresión del oficial.

—¿El doctor? Anthony Carroll es el mejor soldado de Gran Bretaña en Birmania. No sé de qué me está hablando.

Se miraron sin pestañear.

Llamaron.

—Pase —dijo el teniente.

La puerta se abrió y entró el capitán Nash-Burnham. Al principio Edgar no reconoció al hombre enérgico y jovial que lo había invitado a ver el *pwè* de Mandalay. Llevaba el uniforme sucio y arrugado, iba sin afeitar y tenía unas marcadas ojeras.

—¡Capitán! —dijo Edgar, y se levantó otra vez—. ¿Qué sucede?

El capitán lo miró, y luego al teniente.

—¿Ha informado al señor Drake de los cargos?

—Sólo por encima, señor.

—¿Puede explicarme qué está ocurriendo, capitán?

Nash-Burnham le dijo:

—Siéntese, señor Drake.

—¡Exijo saber qué está pasando, capitán!

—¡Maldita sea, señor Drake! ¡Siéntese!

Las ásperas palabras del capitán le dolieron más que la mano del teniente. Edgar se sentó.

El oficial se levantó y, tras cederle su asiento a Nash-Burnham, se quedó de pie detrás de él.

—Señor Drake, tenemos acusaciones muy graves contra usted y contra el comandante médico Carroll —dijo Nash-Burnham—. Le aconsejo por su propio bien que coopere. Esta situación es tan violenta para mí como para usted.

El afinador no dijo nada.

—Teniente —agregó el capitán, y giró la cabeza hacia el hombre que tenía a sus espaldas, que empezó a decir:

—Seré breve, señor Drake. Hace tres meses, durante una revisión rutinaria llevada a cabo en el Ministerio del Interior en Londres, apareció una nota escrita en ruso adjunta a un documento secreto. Éste condujo hasta el coronel Fitzgerald, el oficial encargado de la correspondencia de Carroll en Inglaterra, y el hombre que se puso en contacto con usted. Su escritorio fue registrado, y aparecieron otras cartas. Fue arrestado por espía.

—¿Una nota en ruso? No sé qué relación puede tener eso con...

—Por favor, señor Drake. Usted sabe perfectamente que desde hace varias décadas tenemos un grave conflicto con Rusia por nuestras propiedades en Asia central. Parecía poco probable que se interesaran por un territorio tan lejano de sus fronteras como Birmania; sin embargo, en mil ochocientos setenta y ocho hubo una reunión en París entre el cónsul honorario de Birmania y un insólito diplomático, el gran químico ruso Dmitri Mendeleiev. El encuentro fue registrado por los servicios británicos en París, pero no se descubrieron sus consecuencias. El caso se olvidó enseguida, y se consideró un cortejo diplomático más sin resultado alguno.

—No entiendo qué puede tener eso que ver con el doctor Carroll, conmigo o con...

—Señor Drake —gruñó el teniente.

—Esto no tiene ningún sentido. Acaban de matar a...

—Por favor, señor Drake —lo atajó Nash-Burnham—. Nosotros no tenemos por qué contarle nada de esto. Si no quiere colaborar, podemos enviarlo directamente a Rangún.

Edgar cerró los ojos y apretó las mandíbulas. Se recostó en la silla; notaba un doloroso latido en la cabeza.

El teniente prosiguió:

—Tras el arresto de Fitzgerald investigamos a otras personas relacionadas con él. Los resultados fueron escasos, pero encontramos una carta de Anthony Carroll fechada en mil ochocientos setenta y nueve y dirigida a Dmitri Mendeleiev, titulada «Sobre las propiedades astringentes del extracto de *Dendrobium* de la Alta Birmania». Aunque no contenía nada que implicara espionaje, despertó nuestras sospechas, y la presencia de numerosas fórmulas químicas nos indujo a pensar en un código secreto, al igual que las partituras que el comandante médico recibía de nuestras oficinas. Eran como las que usted, señor Drake, le llevó al doctor. Cuando volvimos a examinar las que había enviado Carroll, descubrimos que la mayoría de las notas eran ininteligibles, por lo que presumimos que no contenían música, sino algún tipo de comunicación cifrada.

—Eso es ridículo —protestó Edgar—. Yo he oído tocar esa música. Es shan, y su escala difiere por completo de la nuestra. Claro que suena extraña tocada por instrumentos europeos, pero no es ningún código...

—Naturalmente, nos resistíamos a acusar a uno de nuestros comandantes más eficaces en Birmania. Necesitábamos más pruebas. Entonces, a principios de este mes, recibimos unos informes de los servicios secretos, según los cuales usted y Carroll se habían reunido en Mongpu con los representantes de la Confederación Limbin y con el Príncipe Bandido, Twet Nga Lu.

—Eso es cierto. Yo también asistí, pero...

—En ese encuentro, señor Drake, Carroll formó una alianza con la Confederación para expulsar a las tropas británicas de Yawnghwe y restablecer la autonomía shan.

—¡Qué tontería! —Edgar se inclinó hacia delante—. Yo participé en esa reunión. Anthony Carroll actuó por cuenta propia, es verdad, pero porque no tenía otro remedio. Convenció a la Confederación para que firmara un tratado de paz.

—¿Fue eso lo que le dijo? —Nash-Burnham miró al teniente.

—Sí. Pero yo estuve allí. Lo vi.

—Dígame, señor Drake, ¿habla usted la lengua shan?

Edgar se quedó callado un momento. Luego negó con la cabeza y dijo:

—Esto es absurdo. He pasado casi tres meses en Mae Lwin, y el doctor jamás ha mostrado ni el más leve indicio de insubordinación a la Corona. Es un verdadero erudito, un hombre de principios, un gran amante del arte y la cultura...

—Hablemos de arte y de cultura, si lo desea —dijo el teniente con sorna.

—¿A qué se refiere?

—¿Para qué fue usted a Mae Lwin, señor Drake?

—Lo sabe perfectamente. El ejército me encargó la reparación de un piano de cola Erard.

—Ese que ahora flota en la orilla de nuestro campamento.

—Exacto.

—¿Y cómo llegó usted a Mae Lwin, señor Drake? ¿Viajó con una escolta, tal como había previsto el ejército?

Edgar no contestó.

—Se lo preguntaré otra vez, señor Drake. ¿Cómo fue hasta allí?

—El doctor Carroll envió a alguien a buscarme.

—Así que fue desobedeciendo órdenes.

—Yo había venido a Birmania para afinar un piano; ésa era mi misión. No podía regresar a Rangún. Cuando recibí la carta de Carroll, decidí ir. Yo soy un civil; lo que hice no puede considerarse una insubordinación.

—Y resolvió ir a Mae Lwin.

—Sí.

—¿Qué instrumento tenía que arreglar, señor Drake?

—Un Erard de gran cola; ya lo sabe. No sé qué tiene que ver con este asunto.

—Tiene un nombre un poco raro, ¿no? ¿De qué tipo es?

—Francés. Sebastien Erard era alemán, pero...

—¿Francés? ¿Como los soldados que están construyendo fuertes en Indochina?

—Esto es ridículo... No puedo creer que esté insinuando...

—¿Cómo lo llamaría usted, una simple coincidencia o quizá una cuestión de gustos? Hay muchos pianos británicos.

Edgar miró a Nash-Burnham.

—Capitán, no doy crédito a lo que estoy oyendo. Los pianos no consiguen aliados...

—Conteste a las preguntas —lo interrumpió Nash-Burnham con firmeza.

—¿Cuánto tiempo se tarda en afinar un piano, señor Drake? —preguntó el teniente.

—Eso depende.

—Deme una aproximación, entonces. En Inglaterra, ¿cuánto es lo máximo que ha tardado?

—¿En afinarlo sólo?

—Sólo.

—Dos días, pero...

—¿En serio? Sin embargo, usted mismo ha dicho que ha estado casi tres meses en Mae Lwin. Si puede hacer su trabajo en dos días, ¿por qué no ha regresado usted a Londres?

Edgar se quedó callado. Notó que todo le daba vueltas, que algo dentro de él se desmoronaba.

Pasaron varios minutos y seguía sin contestar.

Al final el capitán Nash-Burnham carraspeó y dijo:

—¿Está dispuesto a defenderse de las acusaciones y testificar contra el comandante médico Carroll?

Edgar se tomó su tiempo para responder.

—Capitán, lo que usted afirma no puede ser cierto. Yo fui a Mongpu, los vi reunirse, hasta hablé con Twet Nga Lu. El doctor Carroll organizó esa reunión para negociar la paz. Ya lo verá. Yo creo en él. Reconozco que es un excéntrico, pero es un genio, un hombre capaz de ganarse el corazón de los otros mediante la música y la ciencia. Ustedes sólo tienen que esperar, y cuando la Confederación Limbin presente su propuesta a la Corona me creerán.

—Señor Drake —replicó el teniente—, dos días después del encuentro de Mongpu, el ejército de la Confederación, dirigido por el *sawbwa* de Lawksawk y con el apoyo de tropas enviadas por Carroll, según nuestras sospechas, atacó nuestras posiciones en una de las peores ofensivas de su campaña. Gracias a Dios conseguimos que regresaran a Lawksawk, y luego quemamos la ciudad.

Edgar estaba perplejo.

—¿Destruyeron Lawksawk?

—No, señor Drake, destruimos Mae Lwin —contestó el capitán.

23

Estaba oscuro. Edgar no había vuelto a hablar después de oír las últimas palabras del capitán. Permaneció sentado en la silla, en medio de la habitación; los oficiales salieron y cerraron la puerta. Oyó la hueca resonancia de una cadena contra las cañas de bambú, el roce de una llave, y a los hombres que se alejaban en silencio. Vio cómo se apagaba el sol y sintió cómo se atenuaban los ruidos del campamento a medida que crecían los de los insectos. Se tocó la palma de la mano y pasó los dedos sobre las callosidades. «Son de la llave de afinar, Katherine. Eso ocurre cuando sujetas algo con demasiada fuerza.»

No había luz, el sonido de los insectos fue subiendo de volumen, y por las rendijas de la pared entraba un aire pesado, cargado de bruma y de murmullos de lluvia. Edgar se puso a divagar. Pensó en el movimiento del río, en sus sombreadas riberas, y fue siguiéndolas contra la corriente. «Los pensamientos no obedecen las leyes del agua que cae.» Llegó a la altura de Mae Lwin, y desde la orilla vio que las cabañas ardían: las llamas se agitaban sobre los tejados, lo consumían todo, lamían los árboles, y las ramas goteaban fuego. Oyó gritos. Miró hacia arriba y pensó: «Sólo es el sonido de la selva, los chirridos de los escarabajos.» Percibió la sacudida de la cadena sobre el bambú.

La puerta se abrió y entró una figura; flotaba, parecía una sombra, oscura como la noche. Hola, Edgar.

El afinador no contestó. ¿Puedo entrar?, preguntó la sombra. La puerta se cerró suavemente. No debería estar aquí, dijo, y el afinador replicó: Yo tampoco, capitán.

Hubo un largo silencio. Luego la voz volvió a surgir de la oscuridad y dijo: Necesito hablar con usted.

Creo que ya hemos hablado suficiente.

Por favor, yo también estoy bajo sospecha. Si se enteran de que he venido me arrestarán también. Me han interrogado. ¿Lo dice para consolarme? Esto no es fácil, Edgar. Nada de esto lo es. Sólo quiero hablar. Pues hable. Deseo conversar como lo hacíamos usted y yo. Como hablábamos antes de que usted asesinara a esos chicos. Edgar, yo no he matado a nadie. Ah, ¿no? Mis tres acompañantes han muerto. Yo no soy responsable; les pedí que no dispararan contra nadie, pero me han suspendido de mis funciones. Nok Lek tenía quince años. Los otros sólo eran unos niños.

Se quedaron callados; volvió a entrar el coro de insectos, y Edgar se quedó escuchándolo. «Qué sonido más intenso. Y pensar que lo producen al frotar unas alas diminutas...»

Edgar, arriesgo mucho viniendo aquí para hablar con usted.

Prestó atención al soniquete. «Eso son batidos; surgen de la interacción de dos tonos desiguales. Un sonido que procede de la discordancia. Me sorprende no haberme fijado antes en él.»

Necesito que me hable. Piense en su esposa.

«El sonido de la discordancia», se repitió Edgar, y respondió: No me ha formulado ninguna pregunta.

Precisamos que nos ayude a encontrarlo, dijo la sombra.

Los insectos enmudecieron de pronto, o eso le pareció al afinador, que levantó la cabeza. Creía que habían tomado Mae Lwin. Sí, así es, pero no atrapamos a Anthony Carroll. ¿Y Khin Myo? Ambos lograron escapar, y no sabemos dónde están.

Silencio.

Edgar, sólo queremos saber la verdad.

Por lo visto escasea.

En ese caso, quizá debería hablar conmigo; de ese modo impediríamos más derramamientos de sangre, y usted podría volver a su casa. Ya le he dicho lo que sé. Dígamelo de nuevo.

El doctor Carroll era un buen hombre.

Esas palabras no tienen sentido en momentos como éste. No lo tendrán para usted, capitán; quizá sea ésa la diferencia. Yo sólo quiero hechos; después ya decidiremos cómo definir al doctor. Lo hará usted; yo lo tengo claro. No creo que eso sea cierto. Hay muchas razones para desaparecer en las montañas, para llevar pianos a la selva, para negociar tratados....

Él adoraba la música.

Ésa es una, pero hay otras. ¿Tanto le cuesta admitirlo? Puedo aceptarlo, pero no puedo titubear. Nunca he dudado de él. No es verdad. Tenemos sus cartas. No le aconsejo que nos mienta; eso no lo ayudará.

¿Mis cartas?

Todo lo que escribió desde que abandonó Mandalay. Iban dirigidas a mi esposa. Recogen mis pensamientos, yo no...

¿No creyó que nos preguntaríamos qué había sido de un hombre desaparecido sin dejar rastro?

Así que ella no las recibió.

Hábleme de Carroll, Edgar.

Silencio.

Edgar...

Capitán, yo he puesto en duda las intenciones del doctor, pero nunca su lealtad. Eso lo admite. Sí, pero los propósitos y la lealtad no son lo mismo. No hay nada malo en cuestionarse las cosas. No debemos destruir todo aquello que no entendemos. Hábleme de esas preguntas, entonces. Mis preguntas. Sí, Edgar.

Por qué pidió un piano, por ejemplo.

No me extraña. He pensado en ello todos los días desde que salí de Londres. ¿Y ha dado ya con una respuesta? No. ¿Es necesario que la encuentre? ¿Qué más da por qué lo solicitó, por qué quiso que yo fuera? Quizá era fundamental para su estrategia.

Tal vez, sencillamente, echaba de menos la música y se sentía solo.

¿Qué opina usted?

No creo que sea importante. Yo tengo mis propias ideas.

Yo también.

Dígame lo que piensa, capitán.

La sombra se movió. Anthony Carroll es un agente que trabaja para Rusia. Es un nacionalista shan. Es un espía francés. Quiere construir su propio reino en las selvas de Birmania. Posibilidades, Edgar. Al menos admita que lo son.

Firmamos un tratado.

Usted no habla shan.

Yo lo vi, vi a decenas, centenares de guerreros shan inclinándose ante Carroll. ¿Y eso no lo intrigó? No. No puedo creerlo.

Quizá me sorprendió un poco.

Y ahora ¿qué piensa?

Él me dio su palabra.

Y después la Confederación Limbin atacó a nuestro ejército.

Tal vez eran traidores.

Se quedaron callados, y el vacío volvió a atraer el sonido de la selva.

Yo también creía en él, Edgar, quizá incluso más que usted. En esta maldita guerra de oscuras intenciones, pensaba que él representaba lo mejor de nuestro país. Él era el motivo por el que yo permanecía aquí.

No sé si creerlo.

No se lo pido. Sólo le ruego que separe lo que él era de lo que nosotros queríamos que fuese; lo que ella era de lo que usted deseaba que fuese.

Usted no sabe nada de ella.

Ni usted, Edgar. ¿Qué expresaba aquella sonrisa? ¿Únicamente la hospitalidad debida a un invitado?

No lo creo.

Entonces, ¿piensa que con su afecto obedecía a Carroll, que sólo era una seducción para retenerlo a usted, que él no sabía nada?

No había nada que saber. No hubo ninguna transgresión.

O él tenía fe en ella. ¿Fe en qué? Sólo son suposiciones. Piense, Edgar, usted ni siquiera sabía lo que ella significaba para él.

No sabe de qué habla.

Ya se lo advertí: no se enamore.

No me he enamorado.

No, quizá no. Y, sin embargo, ella sigue enredada en todo esto.

No lo entiendo.

Nosotros vamos y venimos: los ejércitos, los pianos, las Grandes Intenciones... Y ella permanece en el mismo sitio, y usted cree que si logra entenderla, alcanzará todo lo demás. Piense, ¿era ella también producto de su imaginación? ¿Acaso no podía comprenderla porque no entendía sus propias fantasías, lo que usted quería ser? ¿No es demasiado suponer que incluso nuestros propios sueños se nos escapan?

Silencio otra vez.

Usted ni siquiera sabe qué ha sido esto para ella, lo que significa ser la creación de otra persona.

¿Por qué me dice eso? Porque ahora usted es diferente de cuando nos conocimos. ¿Qué más da? No estamos hablando de mí, capitán. Usted dijo que no sabía tocar el piano. Sigo sin saber. Pero tocó para el *sawbwa* shan.

¿Cómo se ha enterado?

Tocó para el príncipe de Mongnai; *El clave bien temperado*, pero sólo la fuga veinticuatro.

No puede saberlo. Yo nunca se lo he dicho.

Empezó con el preludio y fuga número cuatro, una pieza muy triste; el número dos es precioso. Usted creía que con su música traería la paz a este país, y no puede aceptar que Anthony Carroll sea un traidor porque eso negaría todo lo que usted ha hecho aquí.

Usted no sabe nada de esa pieza.

Sé mucho más sobre usted de lo que cree.

Usted no está aquí.

Edgar, no destruya lo que no es capaz de comprender. Son sus palabras.

Usted no está aquí. Yo no oigo nada, excepto el canto de los grillos; usted es un producto de mi imaginación.

Quizá, o puede que no sea más que un sueño, un truco de la noche, una broma. Tal vez usted mismo ha abierto el candado de la puerta. Posibilidades, ¿no? Quién sabe si disparamos cuatro veces desde la orilla, y no tres. A lo mejor he venido aquí no para hacerle preguntas a usted, sino a mí mismo.

La puerta está abierta. Váyase; no se lo impediré. Puede escapar.

¿Para eso ha venido?

No lo he sabido hasta ahora.

Me gustaría abrazarlo, pero de ese modo contestaría a una pregunta que todavía no quiero responder.

Usted quiere saber si soy real o sólo un fantasma.

¿Y?

Somos fantasmas desde que empezó todo esto, respondió la sombra.

Adiós, dijo Edgar.

El campamento estaba vacío; todos los centinelas dormían. Edgar salió sin hacer ruido y dejó la puerta de la cabaña abierta. Fue hacia el norte con una sola idea en la cabeza: alejarse de allí. Unas densas nubes de tormenta tapaban la luna, y el cielo estaba negro. Caminó un rato.

Luego echó a correr.

24

Cuando sólo habían pasado unos minutos empezó a llover. Edgar corría, estaba casi sin aliento cuando le cayeron encima las primeras gotas: uno, dos, tres puntos de humedad en la piel caliente. Y entonces, sin vacilar, el cielo se abrió como una presa, y las nubes se deshicieron, como si se hubieran roto. Las gotas de lluvia caían como carretes de hilo que se desenredara.

Mientras iba corriendo, Edgar intentaba imaginarse un mapa del río, pero le fallaba la memoria. Aunque habían viajado durante casi dos días, el piano los había obligado a ir más despacio de lo normal, y no podían haber recorrido más de treinta y dos kilómetros. Además, el cauce describía amplias curvas, lo cual significaba que seguramente Mae Lwin estaba aún más cerca por tierra. Tal vez. Trató de recordar el terreno, pero de pronto la distancia le pareció menos importante que la dirección. Aceleró el paso bajo el aguacero mientras movía los brazos como si separara cortinas de cuentas.

Y de pronto se paró.

El piano. Estaba de pie en un claro. La lluvia, cada vez más copiosa, le golpeaba el cuerpo, le empapaba el cabello, corría por sus mejillas formando riachuelos... Cerró los ojos. Vio el Erard flotando junto a la orilla, tal como lo habían dejado los soldados, temblando sobre el agua. Los vio bajar a recogerlo, subirlo a tierra, sujetarlo y manosearlo con sus manazas manchadas de grasa de rifle. Lo vio en un salón, recién barnizado y afinado; le habían quitado un trozo de bambú de las entrañas y lo habían sustituido por un pedazo de pícea. Se quedó inmóvil. Cada vez que respiraba, de su boca salía un pequeño y tibio surtidor de lluvia. Abrió los ojos y se dio la vuelta. Fue hacia el río.

En las márgenes había una selva muy frondosa, tanto que resultaba prácticamente imposible caminar. Edgar se metió en el agua, cuya superficie se agitaba a causa de la tormenta. Dejó que la corriente lo arrastrara río abajo. No estaba lejos, y se acercó a la orilla sujetándose a las ramas de los sauces. La lluvia le azotaba la cara. Trepó al borde.

A su alrededor el agua caía en forma de láminas inmensas que el viento sacudía. La balsa estaba atada a un árbol de la ribera, y tiraba de él con fuerza; el río espumeaba a su alrededor y amenazaba con arrastrarla. El piano seguía allí. Se habían olvidado de taparlo y las gotas golpeaban la caja de caoba.

Edgar se quedó un momento parado; notaba la corriente que le empujaba las piernas y el aguijoneo de la lluvia a través de la camisa. Contempló el piano. No había luna, y bajo aquellas violentas cortinas líquidas, el Erard aparecía y desaparecía; las enormes gotas, al chocar contra la oscura madera, marcaban su silueta, y las patas se tensaban y se doblaban debido a la inclinación de las planchas.

No tardarían en darse cuenta de que había huido; quizá ya lo sabían y lo único que les impedía encontrarlo era el diluvio. Aterrado, Edgar caminó hasta donde estaba la balsa y se arrodilló. La cuerda que la sujetaba ya había empezado a hendir la corteza del tronco. Intentó deshacer el nudo con las manos, pero estaba demasiado tenso y el afinador, que tenía los dedos entumecidos, no consiguió ni siquiera aflojarlo.

La plataforma tiraba de las amarras, el agua borboteaba por encima de los maderos; podía volcar en cualquier momento. El lamento del Erard parecía proclamarlo: el vaivén lanzaba los macillos contra las cuerdas, que aportaban su crescendo al rugido del río. Entonces Edgar se acordó del saco de herramientas que se había llevado de Mae Lwin. Se agarró a la cuerda, fue hacia la balsa y una vez allí buscó el baúl. Lo abrió y metió un brazo; sus dedos pronto tocaron el cuero seco de la bolsa.

La abrió a tientas y revolvió en su interior, desesperado, hasta dar con la navaja. La canción del piano cada vez era más intensa: todas las cuerdas sonaban a la vez, todos los arpegios... Lanzó la bolsa al agua y ésta flotó un poco en el remolino que se había formado junto a las tablas; luego Edgar volvió a la ribera. Perdió el equilibrio, tropezó con la soga y cayó de rodillas. Se le escaparon las gafas; las atrapó en el agua y volvió a colocárselas. Sujetó la cuerda con una mano, abrió la navaja con la otra y empezó a cortar. El bramante se fue pelando con facilidad debido a la tensión, hasta que Edgar llegó a las últimas fibras, que se rompieron por sí solas. La embarcación dio una sacudida y el piano cantó cuando el impulso lanzó hacia arriba los macillos. La balsa se detuvo un instante en medio del río y viró atrapada en las ramas de los sauces, cuyas hojas acariciaban la superficie de caoba. Luego cayó otra cortina de lluvia y el Erard desapareció.

Edgar avanzó por la orilla haciendo un gran esfuerzo. Se guardó la navaja en el bolsillo y echó a correr otra vez. Pasaba entre los matorrales apartando las ramas de su cara y atravesaba a toda velocidad los claros inundados. Se imaginaba el piano flotando, la lluvia golpeando la caja, el viento levantando la tapa, los dos tocando un dueto... Vio espuma, la corriente que lo impulsaba río abajo, su paso por otros poblados, niños que lo señalaban, pescadores que salían con sus redes...

Cayó otro relámpago e iluminó a un hombre con gafas, con la ropa hecha jirones y el cabello pegado a la frente, que corría hacia el norte, por la selva; y a un piano de cola de caoba negra que se bamboleaba hacia el sur, por el río, con incrustaciones de madreperla que reflejaban la luz. Se alejaban como si los hubieran lanzado de un determinado punto donde, en ese momento, un perro guardián tiraba de su correa y los soldados de una patrulla de reconocimiento preparaban sus faroles.

Corría chapoteando en el barro. El sendero atravesaba un denso bosque, y Edgar continuó avanzando en la penumbra, sin mirar, tropezando con las ramas. Se tambaleaba, caía rodando sobre el lodo, se levantaba, seguía adelante jadeando...

Pasada una hora torció hacia el río. Quería esperar hasta estar más cerca de Mae Lwin para cruzarlo, pero temía que los perros olieran su rastro.

El Saluén bajaba lleno por la lluvia. Edgar no distinguía la otra orilla por culpa de la oscuridad y el aguacero. Se quedó vacilando al borde del agua, intentando escudriñar la ribera opuesta. Tenía las gafas mojadas, lo que le dificultaba aún más la visión; se las quitó y se las guardó en el bolsillo. Permaneció de pie, escuchando la corriente. Sólo veía negrura; y entonces oyó el ladrido de un perro a lo lejos. Cerró los ojos y se lanzó al río.

Bajo el agua reinaban un silencio y una calma asombrosos. Nadó a ciegas por la corriente, rápida pero tranquila. Al principio se sintió a salvo; el agua, fría, acariciaba su cuerpo, y la ropa se esponjaba con cada una de sus brazadas. Y entonces empezaron a arderle los pulmones. Continuó, combatiendo la necesidad de ascender, y nadó hasta que ya no pudo soportar aquella sensación y tuvo que salir a la superficie, donde lo recibieron la lluvia y el viento. Descansó un instante, respiró y notó que el río lo arrastraba. Pensó en lo fácil que sería dejarse llevar, abandonar. Pero entonces estalló un relámpago y fue como si el río ardiera en llamas; Edgar se puso a nadar otra vez dando amplias brazadas, y cuando ya no podía más, su rodilla tocó unas rocas. Abrió los ojos y vio una playa. Subió y se derrumbó sobre la arena.

La lluvia le golpeaba el cuerpo. Edgar respiraba con hondas y rápidas bocanadas, tosía y escupía agua del río. Hubo otro relámpago. Sabía que podían verlo; se puso en pie y echó a correr.

Siguió avanzando por la jungla, topando con los troncos derribados, poniendo los brazos al caer entre las lianas, a ciegas, presa del pánico; había creído que encontraría un camino por la margen izquierda del río, al sur de Mae Lwin, una ruta por la que nunca había ido, pero de la que había oído hablar al doctor. Pero allí no había nada, sólo selva. Bajó por una pendiente esquivando árboles, y llegó a un riachuelo, un afluente del Saluén. Trastabilló, resbaló en el barro, cayó en lugar de correr hasta que la ladera se niveló, volvió a erguirse; cruzó el arroyo por un árbol caído, trepó a la otra orilla arrancando terrones con las manos; al llegar arriba resbaló otra vez, se desplomó, se levantó, corrió, y de pronto se le enredaron los pies en unas zarzas y se derrumbó de nuevo. La lluvia caía con fuerza. Cuando intentó incorporarse oyó un gruñido.

Se dio la vuelta lentamente, esperando encontrarse con las polainas de un soldado británico. Pero lo que vio, a escasos centímetros de su cara, fue un perro, un animal sarnoso, empapado, que le enseñaba unos dientes rotos. Intentó apartarse, pero se le había quedado una pierna enganchada en los matorrales. El animal gruñó otra vez y se impulsó hacia delante mientras mordía el aire; entonces una mano salió de la oscuridad, lo sujetó por la piel del cuello y tiró de él. El perro ladraba, furioso. Edgar miró hacia arriba.

Era un hombre que sólo llevaba unos pantalones shan enrollados que dejaban al descubierto unas piernas musculosas y nervudas, chorreantes de agua. No dijo nada; Edgar Drake se agachó, liberó el pie y se levantó. Se quedaron un momento de pie frente a frente, mirándose a los ojos. «Ambos somos un fantasma para el otro», pensó Edgar, y un relámpago iluminó el cielo. El afinador vio que el hombre tenía el cuerpo cubierto de tatuajes: fantásticas formas de bestias de la jungla que cobraban vida y se movían, relucientes bajo la lluvia. Y entonces todo volvió a oscurecerse; Edgar corría de nuevo entre los arbustos; la selva cada vez era más espesa, hasta que de pronto salió a una carretera. Se secó el barro de los ojos y echó a correr hacia el norte;

aminoraba el paso, cansado, seguía. Llovía copiosamente, y el agua lo empapaba.

Por el este empezaba a clarear. Amaneció. La lluvia fue amainando hasta parar del todo. Edgar, agotado, dejó de correr y continuó caminando. Iba por una vieja senda de carros invadida por la maleza. Había dos estrechos surcos paralelos, desiguales, labrados por los gastados bordes de las ruedas. No veía a nadie; todo estaba en silencio, y los árboles goteaban a ambos lados del camino. La vegetación ya no era tan densa. Cada vez hacía más calor.

Mientras andaba, Edgar no pensaba mucho; se limitaba a buscar indicios que pudieran conducirlo hasta Mae Lwin. El calor se hizo sofocante, y las gotas de sudor se mezclaron con las de lluvia que le resbalaban por el cabello. Empezó a sentirse mareado. Se arremangó la camisa y se la desabrochó; al hacerlo notó algo en el bolsillo: un trozo de papel doblado. Intentó recordar qué era, y entonces le vinieron a la memoria los últimos momentos con el doctor, y la carta que éste le había entregado. Desdobló la hoja sin dejar de caminar. Se la puso frente a la cara y se detuvo.

Era una página arrancada del ejemplar de *La Odisea* de Anthony Carroll, un texto impreso con anotaciones en el alfabeto shan realizadas con tinta china, y unas líneas subrayadas:

Mis hombres siguieron adelante
y encontraron a los comedores de loto,
y éstos no tenían intención alguna de destruir
a nuestros compañeros, y sólo les ofrecieron lotos
para que los probaran.
Pero a todo el que saboreaba aquel dulce fruto
dejaba de interesarle volver con un mensaje o marcharse
de allí. Todos querían quedarse con aquella gente
comiendo loto; y olvidaban el camino de regreso.

A través del papel mojado, casi transparente, vio algo más escrito, y le dio la vuelta. El doctor había anotado al dorso: «Para Edgar Drake, que lo ha probado.» Releyó el texto; bajó lentamente la mano, y la hoja quedó ondeando junto a su costado, movida por la brisa. Se puso en marcha de nuevo, ya sin tanta premura, despacio, quizá sólo porque estaba cansado. A lo lejos el terreno se elevaba y se convertía en cielo; tierra y aire se mezclaban con las pinceladas de acuarela de lejanas tormentas. Levantó la cabeza y vio las nubes; le dio la impresión de que ardían, de que aquellas almohadas de algodón se convertían en cenizas. Notó que el agua de su ropa se evaporaba, y que lo abandonaba como el espíritu al cuerpo.

Remontó una pendiente con la esperanza de ver el río, o quizá Mae Lwin, pero sólo había una larga carretera que se extendía ante él hacia el horizonte, y la siguió. En la lejanía distinguió una única mancha en el paisaje; se acercó y comprobó que era una capillita. Se detuvo ante ella. «Qué lugar más extraño para hacer ofrendas —pensó—. No hay montañas, ni casas; aquí no hay nadie.» Miró los cuencos de arroz, las flores marchitas, las varillas de incienso y la fruta, ya podrida. Dentro había una desteñida estatua de madera, la representación de un espíritu con una triste sonrisa y una mano rota. Edgar sacó la hoja que llevaba en el bolsillo y la leyó una vez más. La dobló y la depositó junto a la imagen.

—Aquí te dejo una historia —dijo.

Siguió andando; el cielo estaba despejado, pero Edgar no veía el sol.

Por la tarde divisó a una mujer a lo lejos. Llevaba una sombrilla.

La mujer avanzaba pausadamente por el camino, y Edgar no estaba seguro de si se acercaba o se alejaba. A su alrededor todo estaba muy tranquilo, y de pronto recordó un día de verano en Inglaterra, cuando le dio la mano a Katherine por primera vez y pasearon juntos por Regent's Park, entre el gentío. No hablaron mucho: se limitaron a observar a la gente, los coches, a otras parejas jóvenes... Ella se despidió con un susurro: «Mis padres me esperan. Volveremos a vernos pronto», y desapareció por aquella verde extensión bajo una sombrilla blanca que reflejaba la luz del sol y que la brisa movía con suavidad.

Rememoró aquel momento, el sonido de la voz de Katherine, cada vez más nítido, y de pronto aceleró el paso, empezó a correr, hasta que le pareció oír ruido de cascos a sus espaldas, y luego una voz que lo ordenaba parar; pero no se dio la vuelta.

El grito se repitió:

—¡Alto!

A continuación oyó un ruido mecánico y un tintineo de metal, distantes. Otro grito, y luego un disparo. Edgar Drake cayó al suelo.

Tumbado en el camino, notaba un calor que se extendía por debajo de él; giró la cabeza y miró hacia el sol, que había regresado, pues en 1887, como cuentan las historias, una terrible sequía azotó la meseta Shan. Y si no hablan de las lluvias, ni de Mae Lwin, ni de un afinador de pianos, es por el mismo motivo: porque llegaron y desaparecieron, y la tierra volvió a secarse enseguida.

La mujer atraviesa un espejismo, el fantasma de luz y agua que los birmanos llaman *than hlat*. A su alrededor el aire tiembla, descompone su silueta, la separa, la ondula. Y entonces también ella se desvanece. Ahora sólo quedan el sol y la sombrilla.

Nota del autor

Un viejo monje shan discutía con un asceta hindú.

El monje explicó que todos los shan creen que, cuando un hombre fallece, su alma va al Río de la Muerte, donde una barca lo espera para llevarlo al otro lado, y por eso cuando muere un shan sus amigos le ponen una moneda en la boca con la que podrá pagar al barquero que lo trasladará.

Según el hindú, hay otro río que se debe cruzar antes de pasar al más alto de los cielos. Tarde o temprano todo el mundo alcanza su orilla y tiene que buscar la forma de atravesarlo. Para algunos resulta fácil y rápido, para otros es una tarea lenta y dolorosa; pero al final todos llegan a casa.

Adaptación de *Shans at Home* (1910),
de Leslie Milne

Edgar Drake, Anthony Carroll, Khin Myo, el poblado de Mae Lwin y el traslado de un piano Erard a la selva birmana son personajes y hechos ficticios.

Sin embargo, he intentado situar mi relato en un contexto histórico real, una labor facilitada por la circunstancia de que la sublevación shan y sus protagonistas son más pintorescos que los que podría crear cualquier imaginación. Todos los datos que aparecen en el libro relacionados con la historia de Birmania y con el piano Erard son reales. La pacificación del estado de Shan representó un periodo crítico en la expansión imperial británica. La Confederación Limbin existió, y opuso una decidida resistencia. Mi relato termina, más o menos, en abril de 1887, cuando el principado de Lawksawk fue ocupado por el ejército británico. Tras esa victoria militar, extendió su dominio con rapidez a todo el sur del territorio shan. El príncipe Limbin se rindió el 13 de mayo, y el 22 de junio el señor A. H. Hildebrand, comisario del estado, informó de que «el sur del estado de Shan ya está completamente sometido».

Entre los personajes históricos mencionados en esta obra de ficción está el gobernador del estado de Shan, sir James George Scott, que introdujo la liga inglesa de fútbol en Birmania cuando era director de la escuela St. John's de Rangún, y que me dio a conocer el país mediante su amplio y riguroso tratado *The Burman*, la primera obra académica que leí al respecto y la inspiración de gran parte del trasfondo cultural de mi novela. Sus libros, desde las meticulosas descripciones del *yôkthe pwè* incluidas en *The Burman*, hasta el compendio enciclopédico de leyendas locales de *The Gazetteer of Upper Burma and the Shan States*, pasando por su correspondencia, *Scott of the Shan States*, fueron una valiosísima fuente de información, así como un placer inmenso para mí como lector.

Dmitri Mendeleiev, padre de la tabla periódica de elementos, se reunió con el cónsul birmano en París. Nadie sabe de qué hablaron.

Maung Tha Zan era una estrella del *pwè* birmano. No era tan bueno como Maung Tha Byaw.

La *belaidour*, que los bereberes llaman *adil-ououchchn*, se conoce en Occidente como *Atropa belladonna*, y se emplea sobre todo para acelerar los latidos del corazón. La especie debe su nombre al hecho de que las bayas embellecen los ojos de las mujeres, al volverlos más grandes y oscuros.

Las sospechas de Anthony Carroll sobre la malaria eran correctas. Diez años más tarde otro inglés, el doctor Ronald Ross (que también pertenecía al Cuerpo Médico de las Indias, pero que trabajaba en otro hospital indio, en la ciudad de Secunderabad), demostró que el mosquito transmitía la enfermedad. Su empleo de «una planta procedente de China» también resultó profético. Actualmente el *qinghaosu* se utiliza para producir artemisinina, un potente fármaco contra la malaria cuya eficacia «volvió a descubrirse» en 1971.

Todos los *sawbwas* son reales, y siguen siendo héroes locales en el estado de Shan. La reunión celebrada en Mongpu es inventada.

En cuanto a Twet Nga Lu, el Príncipe Bandido, el ejército británico acabó capturándolo, y su muerte, descrita por sir Charles Crosthwaite en *The Pacification of Burma*, merece ser reproducida aquí:

El señor Hildebrand recibió la orden de enviar a Twet Nga Lu a Mongnai para que lo juzgara el *sawbwa*. Por el camino intentó escapar, y el guardia beluchi que lo escoltaba le disparó. Los hombres regresaron al fuerte Stedman, informaron de lo ocurrido y dijeron que lo habían enterrado allí mismo...

Poco después se desvelaron las dudas respecto a ese detalle. El verdadero escenario del suceso fueron las montañas boscosas que limitan con Mongpawn. El día posterior a la muerte del bandolero, un grupo de shan de Mongpawn desenterraron, o mejor dicho levantaron, el cadáver de su tumba, que era poco profunda, y lo limpiaron de tierra. Le cortaron la cabeza, la afeitaron y la enviaron a Mongnai, donde fue expuesta en las puertas norte, sur, este y oeste del poblado durante la ausencia del subcomisario del fuerte Stedman. Le quitaron los talismanes que llevaba en el tronco y en las extremidades. Generalmente consisten en pequeñas monedas o trozos de metal introducidos bajo la piel. Aquéllos debían de tener un valor especial, por haber pertenecido a un líder tan famoso, y sin duda se venderían todos. A continuación hirvieron el cuerpo, con lo que obtuvieron una mezcla que los shan llaman *mahe si*, y que es un amuleto infalible contra todo tipo de heridas. Una «medicina» tan valiosa no permaneció mucho tiempo en manos de los pobres, y pronto acabó en algún lujoso botiquín... Ése fue el final de Twet Nga Lu; muy completo, desde luego, por lo que respecta al cuerpo.

O como afirmaba lady Scott, que editó *Scott of the Shan Hills*, al hablar del Príncipe Bandido: «Tan destacado personaje tuvo un fin al por mayor.»

Los detalles sobre las leyendas y la cultura shan, la medicina local y la historia natural los he recogido en Myanmar y Tailandia, y en la literatura de la época. Creo que la mayoría de los textos que he encontrado estaban bien documentados y tenían buenas intenciones; pero me temo que muchas de las fuentes contienen prejuicios o interpretaciones erróneas y simples, frecuentes en la Inglaterra victoriana. Sin embargo, con vistas a la redacción de esta novela, a mí me importaba más lo que los victorianos consideraban real a finales del siglo pasado que lo que ahora sabemos. Por lo tanto, quiero pedir disculpas por los errores que pueda haber causado mi decisión. Un ejemplo de ello se vislumbra en el párrafo anterior: la relación del *mahaw tsi* de los kachin empleado por el doctor Carroll, que según el gran coleccionista de plantas Frank Kingdon-Ward estaba hecho de una especie de *Euonymus*, y el *mahe si* de Crosthwaite, etimológicamente similar, sigue siendo un misterio para mí, y muy intrigante.

Entre las fuentes que he consultado y que considero indispensables, aparte de los libros de Scott, Kingdon-Ward y Crosthwaite, están los siguientes: *Burma's Struggle Against British Imperialism, 1885-1895*, de Ni Ni Myint, por su disertación sobre la sublevación shan desde la perspectiva birmana; *Shans at*

Home, de Leslie Milne, una maravillosa etnografía de los shan publicada en 1910; y *The Illusion of Life: Burmese Marionettes*, de Ma Thanegi, por sus detalles sobre el *yôkthe pwè*. *The Making of Modern Burma*, de Thant Myint-U, también merece ser mencionado por su digresión sobre las guerras anglo-birmanas, un renovador y esclarecedor análisis de las diversas opiniones mantenidas por los historiadores, así como por los personajes de mi libro. Por último, estoy en deuda con *Piano Tuning and Allied Arts*, de William Braid White, por redondear las habilidades técnicas de Edgar Drake.

Mucho después de que comenzase a escribir esta historia viajé hacia el norte desde la frontera meridional de Tailandia y Myanmar, donde una vez estuve estudiando la malaria. Fui a la pequeña aldea de Mae Sam Laep, situada a orillas del río Saluén, mucho más al sur de donde situé el poblado imaginario de Mae Lwin. Un día hice una excursión en la barca de unos comerciantes y tuve ocasión de detenerme en varias poblaciones karen ocultas en las frondosas riberas. Era una tarde calurosa y el aire estaba quieto y silencioso, pero cerca de un fangoso almacén situado en la orilla de un afluente, un extraño sonido surgió de la maleza. Era una melodía, y antes de que el motor de nuestra embarcación se pusiera en marcha y nos alejáramos, reconocí el sonido de un piano.

Quizá no fuera más que una grabación que sonaba entre chisporroteos en uno de esos viejos fonógrafos que todavía pueden encontrarse en algún remoto mercado. Tal vez. Aunque, desde luego, el piano estaba terriblemente desafinado.

Agradecimientos

No habría podido documentarme para escribir este libro sin la ayuda del personal de las siguientes organizaciones: en Tailandia, la Facultad de Medicina Tropical de la Universidad de Mahidol y el Hospital Provincial de Ranong; en Gran Bretaña, la British Library, la Guildhall Library, la National Gallery y el Museo de Londres; en Estados Unidos, la Henry Luce Foundation, el Jardín Botánico de San Francisco y las bibliotecas de la Universidad de Stanford, la Universidad de California en Berkeley y la Universidad de California en San Francisco. Las poblaciones de Myanmar que inspiraron esta historia son tantas que no puedo mencionarlas todas, pero sin el cariño con que me trató la gente por todo el país jamás habría escrito esta novela.

Quiero agradecer especialmente el apoyo de Aet Nwe, Guha Bala, Nicholas Blake, Liza Bolitzer, Mary Lee Bossert, William Bossert, Riley Bove, Charles Burnham, Michael Carlisle, Liz Cowen, Lauren Doctoroff, Ellen Feldman, Jeremy Fields, Tinker Green, David Grewal, Emma Grunebaum, Fumihiko Kawamoto, Elizabeth Kellogg, Khin Toe, Peter Kunstadter, Whitney Lee, Josh Lehrer-Graiwer, Jafi Lipson, Helen Loeser, Sornchai Looareesuwan, Mimi Margaretten, Feyza Marouf, Gene McAfee, Jill McCorkle, Kevin McGrath, Ellis McKenzie, Maureen Mitchell, Joshua Mooney, Karthik Muralidharan, Myo, Gregory Nagy, Naing, Keeratiya Nontabutra,

Jintana Patarapotikul, Maninthorn Phanumaphorn, Wanpen Puangsudrug, Derk Purcell, Maxine Rodburg, Debbie Rosenberg, Nader Sanai, Sidhorn Sangdhanoo, Bonnie Schiff-Glenn, Pawan Singh, Gavin Steckler, Suvanee Supavej, Parnpen Viriyavejakul, Meredith Warren, Suthera Watcharacup, Nicholas White, Chansuda Wongsrichanalai, Annie Zatlin, y muchas personas más de Myanmar y Tailandia que me contaron su historia, pero cuyos nombres nunca llegué a saber.

Wendy Law-Yone y los doctores Thant Myint-U y Tint Lwin me proporcionaron mucha información sobre Birmania. Dos afinadores de pianos me ayudaron a entrenar a Edgar Drake: David Skolnik y Ben Treuhaft. La experiencia de Ben trabajando en Cuba y el tiempo que pasó reparando un Erard de cola de 1840 que había tocado Liszt lo convertían en el consejero perfecto a la hora de hablar de otro piano de cola y de otro país tropical. Huelga decir que soy el único responsable de cualquier error relacionado con Birmania, con la afinación de pianos o con cualquier otro tema que aparezca en el libro.

Por último, me gustaría mencionar a varias personas que han dado mucho a este libro: Christy Fletcher y Don Lamm, por sus ideas y aportaciones en diversos temas, y Maria Rejt, de Picador, en Gran Bretaña, por ayudarme a convertir a Edgar Drake en un verdadero londinense. Gracias a Robin Desser, mi editora de Knopf; añoro sus incisivos y agudos comentarios, su apoyo y su sentido del humor. Después de tantos días hablando sólo de palabras no sé cómo transmitirle mi sincero aprecio.

Desde el día en que les hablé por primera vez de un piano y de un río, mis padres, Robert y Naomi, y mi hermana Ariana acogieron a Edgar Drake en el seno de la familia y me animaron a dejar volar la imaginación. Quiero expresarles mi más profundo amor y agradecimiento.